ABOMINABLE

GARY WHITTA

ABOMINABLE

Traducción de Liliana Blum

TUSQUETS
EDITORES

Título original: *Abomination*
Publicado originalmente en Estados Unidos por Inkshares Inc., San Francisco, California
www.inkshares.com

© 2017, Liliana Blum, de la traducción
Diseño de la colección: Guillemot-Navares
Ilustración de portada: Ilustración de Tania Villanueva realizada especialmente para esta
edición. © Tania Villanueva
Fotografía del autor: Cortesía del autor

© 2015, Gary Whitta
Todos los derechos reservados

Derechos exclusivos en español para Latinoamérica y Estados Unidos

Publicado mediante acuerdo con The Park Literary Group, LLC. 270 Lafayette Street,
Suite 1504, New York, New York 10012, USA

© 2017, Editorial Planeta Mexicana, S.A. de C.V.
Bajo el sello editorial TUSQUETS M.R.
Avenida Presidente Masarik núm. 111, Piso 2
Colonia Polanco V Sección
Deleg. Miguel Hidalgo
C.P. 11560, Ciudad de México
www.planetadelibros.com.mx

1.ª edición: junio de 2017
ISBN: 978-607-07-4032-9

Impreso en los talleres de Litográfica Ingramex, S.A. de C.V.
Centeno núm. 162-1, colonia Granjas Esmeralda, Ciudad de México
Impreso y hecho en México – *Printed and made in Mexico*

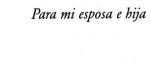

Para mi esposa e hija

Índice

Inglaterra, 888 d.C.

Quince años después

No juzguéis, y no seréis juzgados.
No condenéis, y no seréis condenados.
Perdonad, y seréis perdonados.

—Lucas 6:37

Después de la caída del Imperio romano, el caos y el derramamiento de sangre acabaron como una plaga con los restos de la civilización occidental.

Consumida por contiendas feudales, Europa se sumergió en una era de analfabetismo y desolación cultural que duró siglos; de este periodo sobrevivieron muy pocos documentos históricos.

Algunos creen que la verdadera historia de esta oscura época fue ocultada deliberadamente por los eruditos que la sobrevivieron. Demasiado inverosímil para creerse, demasiado terrible para contarse.

Hasta ahora.

Inglaterra,
888 d.C.

Uno

Alfred estaba cansado. A pesar de que resultó vencedor en aquella larga y sangrienta guerra, no había podido reposar desde entonces. Sabía que la paz no duraría demasiado. Nunca era así para un rey inglés. Si algo había aprendido era que siempre vendría otra guerra.

Había pasado todo su reinado defendiendo su patria y su fe de las hordas de bárbaros vikingos del otro lado del océano. Durante casi un siglo habían llegado en flotas de barcos, asaltando la costa inglesa y asediando aldeas y pueblos; con cada año que pasaba, sus incursiones se volvían más osadas y sangrientas. Cuando Alfred era apenas un niño, los invasores daneses establecieron enclaves permanentes a lo largo de Inglaterra, apoderándose así de Anglia del Este y de Mercia, dos de los reinos más grandes del territorio. Después, el poder de los daneses se esparció a diestra y siniestra, tan rápido que tras unos años sólo Wessex permanecía intacto. El último reino libre y soberano en toda Inglaterra. El reino de Alfred.

En ese entonces él no era el rey aún ni tenía ninguna ambición de serlo, pero pronto la corona le sería impuesta. Los vikingos no perdieron tiempo y atacaron Wessex. Por un corto periodo el rey, hermano mayor de Alfred, pudo repeler a los invasores con éxito. Pero una derrota siguió a otra, y cuando el rey encontró su muerte poco después de que su ejército fuera derrotado en Reading, la corona pasó a la cabeza de Alfred, el único heredero. Fue así que para su cumpleaños número veintiuno Alfred se convirtió en el único rey anglosajón de Inglaterra, y con toda seguridad, pensó, en el último.

Por un breve periodo, Alfred había considerado rendirse. Tenía una buena razón: los nórdicos daneses eran tristemente célebres por su brutalidad y falta de misericordia. Otros reyes ingleses, aquellos que no huyeron o los que se rehusaron a ceder, fueron torturados a muerte hasta que las murallas de sus reinos cayeron. El rey danés a la cabeza de la fuerza invasora, un matón impío llamado Guthrum, barrenaba cada vez más profundo el corazón del amado Wessex de Alfred, saqueando cada ciudad y aldea a su paso. El ejército de Alfred fue obligado a retirarse al oeste, hasta Somerset. Allí, gracias al aislamiento debido a los pantanos producidos por la marea, tuvo tiempo para reagruparse. Convocó a los hombres de los condados vecinos y los hizo construir una fortaleza para reunirse y desde donde pudieran orquestar ataques. Harto de huir y esconderse, Alfred se decidió por fin a luchar contra el enemigo.

Derrotó a los vikingos en la batalla de Ethandun, forzándolos a regresar a su baluarte y asediándolos hasta que la hambruna obligó a los paganos a rendirse. Fue una victoria decisiva, pero la cantidad de nórdicos seguía siendo muy alta y se encontraban demasiado diseminados por todo el territorio para ser expulsados totalmente. Exhausto por tantas batallas sangrientas y más cadáveres de los que podía contar, Alfred le ofreció una tregua a su aborrecible enemigo Guthrum: si ellos accedían a dejar las armas, se les otorgarían sus propias tierras en el este. El territorio inglés que ya habían ocupado sería formalmente reconocido como Danelaw, un reino en el que Guthrum y su gente podrían vivir en paz.

Y así fue acordado. Y fue de esa manera en que Wessex se salvó.

A lo ancho y largo de su reino, los súbditos de Alfred, profundamente agradecidos por no haber tenido que sufrir los horrores de una ocupación danesa, comenzaron a llamarlo Alfred el Grande. Él pensaba que el título no le sentaba bien: él mismo no veía grandeza en su interior. Había estudiado la vida y las campañas militares de ese otro «Grande», Alejandro III. Aquel rey macedonio estaba motivado por la sólida convicción de su propia grandeza, una creencia tan firme y profunda que creía que su destino era conquistar el mundo entero. Y así lo hizo: a la edad de Alfred, Alejandro ya había vencido al ejército persa, del que se decía era invencible, y había presidido uno de los más grandes imperios que el mundo hubiera visto jamás. Su poder abarcaba toda Asia Menor, desde el mar Jónico hasta los Himalayas. Alfred, en cambio, apenas se las había arreglado para no perder su propio y diminuto reino.

Alejandro era famoso por nunca haber sido derrotado en una batalla, mientras que Alfred había sido derrotado en muchas. Demasiadas.

Pero no volvería a perder otra, se dijo a sí mismo. En los años siguientes al tratado con los daneses, Alfred se rehusó a ser autocomplaciente. Se dirigió a Londres, una ciudad saqueada y destruida durante las invasiones nórdicas; no sólo la restauró hasta quedar otra vez habitable, sino que la apuntaló para resistir futuros ataques. El propio palacio real de Alfred en Winchester fue fortificado de manera similar, así como las ciudades y aldeas a lo largo de todo Wessex, hasta que cada hombre y mujer dentro de las fronteras de su reino pudo sentirse seguro de que los horrores de los años recientes no los volverían a tocar.

Todos, excepto Alfred. Wessex era tan seguro como podía ser y, sin embargo, él no podía conciliar el sueño. Todos los mensajeros y batidores traían nuevos reportes de la actividad naval de los vikingos, rumores de que una invasión se aproximaba. Y Guthrum, de quien se decía que estaba enfermo, yacía ahora en su lecho de muerte.

A pesar de que el rey danés era un bárbaro, Alfred había llegado a respetarlo, además de confiar en él. Tras el armisticio, Guthrum sostuvo siempre su palabra de mantener la paz. Pero era bien sabido que muchos hombres ambiciosos y aguerridos entre los escandinavos de Danelaw esperaban tomar el poder apenas muriera Guthrum. Hombres que no respetarían el tratado que su predecesor había honrado. Y la única cosa a la que Alfred le temía más que a otra invasión de allende el mar era una revuelta danesa dentro de las propias fronteras de Inglaterra.

Sentado en su trono en Winchester, Alfred se encontraba más intranquilo que nunca. Envió mensajes a los líderes militares de todo el reino para que estuvieran en constante alerta.

Sabía que se necesitaban varios días para que un mensaje llegara hasta allí desde Danelaw; Guthrum bien podía haber muerto sin que él lo supiera aún. Es más: en ese preciso instante, mientras él estaba allí sentado, las fuerzas vikingas podían estar agrupándose bajo las órdenes de un nuevo rey en preparación para un ataque. Pero él ya había hecho todo lo que estaba a su alcance. Ahora sólo quedaba esperar y preocuparse.

—¿Su majestad?

Alfred miró al paje parado frente a él; había estado tan inmerso en sus pensamientos que no escuchó al muchacho acercarse.

—¿Qué pasa?

—El arzobispo solicita su presencia en el patio —dijo el paje—. Hay algo que usted tiene que ver.

Alfred gruñó. Æthelred, el arzobispo de Canterbury, era el último hombre que hubiera querido ver ese día, o cualquier otro. A pesar de que Alfred era fiel a sus creencias cristianas, no apreciaba de la misma manera al líder de su Iglesia. No era su elección: Alfred había heredado a ese arzobispo junto con el resto del reino. Había algo en aquel hombre que lo perturbó desde el principio. Si al reino le hubiese tocado vivir una época pacífica, probablemente Alfred habría hecho algo para reemplazar al prelado; pero había estado tan ocupado peleando la guerra en contra de los daneses que hubiera sido imprudente embrollarse además en una batalla contra el clero. Sin embargo, en los últimos meses se encontraba sumamente arrepentido por no haberlo hecho, y en ese momento se arrepintió más que nunca. Era incuestionable que cualquier cosa que Æthelred estuviera por enseñarle le arruinaría el apetito y lo mandaría a la cama con pesadillas. Como si no fuera suficientemente difícil conciliar el sueño en esos días.

Alfred asintió reacio en dirección al paje.

—Dile que estaré allí en breve.

El paje hizo una reverencia frente al rey y se alejó. Alfred permaneció sentado un rato más antes de encaminarse hacia el patio. No tenía prisa alguna en ver la nueva atrocidad que Æthelred le tuviera reservada.

Cinco meses atrás, Æthelred, febrilmente entusiasmado, había acudido a Alfred. Durante la reconstrucción de Londres, un peón había descubierto por casualidad un lote de antiguos pergaminos en latín enterrados bajo tierra. El peón los llevó con el sacerdote de su parroquia quien, sorprendido por lo que vio en ellos, los llevó en persona a Canterbury ese mismo día.

Lo extraordinario de los pergaminos fue evidente para Æthelred apenas los vio. Eran antiguos, tanto que el texto en latín que contenían era una forma previa y arcaica del lenguaje. Los sacerdotes más eruditos comprendían escasamente su contenido. Pero lo poco que lograron traducir provocó que a Æthelred se le helara la sangre y, al mismo tiempo, que su emoción fuera tal que apenas podía mantener quietas las manos. Los pergaminos hablaban de poderes mucho más antiguos que ellos mismos. De hechizos y ritos que podían cambiar la forma de la carne, crear vida a partir de la muerte. Del poder que convertiría en dios al hombre que lo poseyera.

Æthelred y sus sabios más experimentados tardaron meses en descifrar el texto de los nueve pergaminos. Cuando al fin concluyeron su labor, Æthelred fue a Winchester y presentó sus resultados al rey como una estrategia para asegurar al fin la paz en todos los reinos ingleses y aniquilar la amenaza danesa de una vez por todas. Cuando Alfred escuchó la promesa del arzobispo de que podría lograr aquello sin derramar ni una sola gota de sangre inglesa, se sintió intrigado; tras enterarse de cómo planeaba hacerlo, no supo si horrorizarse o simplemente dar por hecho que el hombre había enloquecido.

Hizo falta una demostración para que Æthelred le probara al rey que su cordura no lo había abandonado.

Æthelred ordenó a uno de sus asistentes que trajera un puerco de la granja del castillo. Alfred y todos los que lo acompañaban ese día en la corte se divirtieron al ver al cerdo atado con una correa jalar al desgraciado ayudante mientras olfateaba el piso de piedra. ¿Se trataba de una broma? En el mejor de los casos, pensó Alfred, el arzobispo se avergonzaría a sí mismo en frente de toda la corte real. Aquello le daría a Alfred la excusa perfecta para remover al hombre discretamente de su puesto en Canterbury y reemplazarlo con alguien menos irritante. Estaba claro que el pobre había trabajado demasiado. Ya era hora de que descansara.

El asistente del arzobispo lanzó al cerdo una manzana a medio comer y se alejó apenas el animal la devoró. Muy pocos se percataron del lívido terror en la cara del joven sacerdote al retirarse; todas las miradas estaban sobre el cerdo, una bestia común suelta como si nada en aquel recinto.

Mientras el cerdo masticaba con voracidad, Æthelred les advirtió a los miembros de la guardia real que estuvieran preparados; luego levantó los brazos en un ademán ostentoso. Los cortesanos intercambiaron miradas incómodas; algunos rieron nerviosamente. *Esto ya es suficiente para terminar con él*, pensó Alfred desde su trono. *El gran primado de Inglaterra haciendo aspavientos como un bufón de la corte al invocar un conjuro.* Y fue así que Æthelred dio inicio a su faena. Las risas, al igual que las miradas divertidas, cesaron de inmediato. Todos lo observaban fijamente, mientras él enunciaba aquellas palabras antiguas y recién descifradas. El lenguaje sonaba familiar, pero no del todo. *¿Qué sería eso? ¿Algún tipo de latín?*, se preguntó Alfred. Sólo una cosa era segura: a medida que Æthelred seguía con el hechizo y su voz subía de tono progresivamente, la temperatura descendió en la habitación. A pesar de que nadie podía entender el idioma, todos los hombres y mujeres allí presentes sabían sin lugar a dudas que algo estaba *mal* con esas palabras. Como si provinieran de un lugar que nada tenía de humano. Algunos de los espectadores experimentaron la urgencia de salir de allí, pero sus piernas no los obedecieron: se quedaron enraizados al piso, inmóviles, incapaces de ver a otro lado.

El cerdo, que había estado devorando la manzana con singular alegría, la dejó caer repentinamente. Se le soltó la quijada. Su cabeza se retorció y giró en un movimiento circular, contra natura, como torturado por un ruido infernal que sólo él podía oír. Lanzó un chillido espantoso, lacerante, y se desplomó de lado sobre el suelo, en donde permaneció inmóvil.

Un silencio escalofriante invadió la habitación: todos se quedaron mudos frente a aquel macabro espectáculo. Aparentemente Æthelred había matado al animal sin haberle puesto la mano encima, sólo con el poder de las palabras.

Le correspondió a Alfred romper el silencio:

—Exijo saber lo que esto significa... —pero el cerdo chilló más fuerte que antes, interrumpiendo al rey. Tras una sacudida, su cuerpo volvió a la vida, retorciéndose en el suelo con violentos espasmos.

¿Algún tipo de reflejo post mortem? Alfred dejó de mirar a la pobre bestia y se concentró en Æthelred: había una amplia sonrisa plasmada en el rostro del arzobispo. Como si lo deleitara saber lo que pasaría a continuación.

Algo estalló en el vientre del cerdo, dejando el piso rociado de sangre. Varios de los testigos, consternados, lanzaron un alarido. Los que estaban más cerca se alejaron con repulsión: del cuerpo del cerdo emergía una protuberancia y luego otra, cada una reluciente de sangre oscura y viscosa, desdoblándose y tomando forma. Escuálidas, articuladas con apéndices como tallos, parecidos a las extremidades de un insecto monstruoso, se escurrieron y deslizaron sobre el suelo de piedra como las patas de un ternero recién nacido que intenta ponerse de pie.

Justo entonces la *cosa*, pues no sería sensato seguirla llamando un cerdo, se levantó con sus seis nuevas patas, cada una tupida de pelos gruesos y fibrosos igual que púas. Como si hubiera perdido sus goznes, la quijada de aquella criatura cayó, revelando un hocico lleno de colmillos puntiagudos y afilados. Los guardias reales desenvainaron sus armas y Alfred observó con una lúgubre fascinación cómo la criatura comenzó a moverse hacia delante. Sus ojos salvajes e inyectados de sangre escrutaban la sala; daba la impresión de que la bestia era medio ciega y estaba al borde de una fiebre rabiosa.

Levantó su cabeza, abrió las fauces y aulló: era un ruido abominable que desafiaba a la naturaleza y que erizó la piel a todos los presentes. Un guardia joven e inexperto, cercano a la bestia, trató de matarla con su espada. Antes de que Æthelred pudiera advertirle que no lo hiciera, el filo del arma se incrustó en una de las patas arácnidas. La extremidad dejó escapar un chisguete de sangre oscura que salpicó el capote del hombre. La bestia aullaba; el guardia trató de liberar su espada para asestarle otro golpe, pero se había quedado atorada entre el hueso y el cartílago de la pata. Herida y furiosa, la cosa-cerdo rodó, arrancando la espada de la mano del guardia. Antes de que el joven pudiera retirarse, la bestia se lanzó hacia él y, como si fuera una tenaza, cerró las patas delanteras alrededor de su cintura.

El muchacho se agitaba en vano cuando sus compañeros llegaron a rescatarlo: algunos trataban de liberarlo de la sujeción de la criatura, mientras que otros la atacaban con sus espadas. Los gritos del monstruo y del guardia atenazado se mezclaban en una cacofonía infernal. La pinza terminó de cerrarse y el chico vomitó sangre al tiempo que su cuerpo se partía en dos. La bestia lanzó las dos mitades inertes para intentar defenderse de los otros guardias, que lo cortaban y apuñalaban con furia. Pero ya era tarde: había recibido demasiadas heridas severas y se desangraba con rapidez. Debilitada y moribunda, se derrumbó al fin, jadeante, la sangre burbujeando en su garganta. El capitán de la guardia se acercó empuñando en lo alto su espada y dejó caer el metal con todas sus fuerzas, cercenando limpiamente la cabeza del monstruo, que por puro reflejo continuó moviéndose durante algunos instantes, sacudiendo el pecho y retorciendo sus patas arácnidas. Luego, al fin, se quedó inmóvil.

Con la cara salpicada de sangre, el capitán lanzó una mirada fulminante a Æthelred. Alfred descendió del trono y cruzó la habitación hasta el sacerdote, quien no había dejado de sonreír durante todo el sangriento episodio, y seguía sonriendo aún.

—¿Disfrutó la demostración, milord? —preguntó el arzobispo.

—No —bufó el rey, apretando los puños y rechinando los dientes.

La sonrisa de Æthelred se volvió más grande todavía.

—Sospecho que los vikingos van a disfrutarlo incluso menos.

Dos

Antes de interrogar al arzobispo sobre el horror que recién habían presenciado, Alfred ordenó que todas las personas salieran de la habitación, excepto sus guardias. Æthelred explicó tranquilamente que, a pesar de que se había asegurado de traducir con exactitud los hechizos de los pergaminos, la forma precisa de recitarlos era algo en lo que todavía tenía que trabajar. Aunque los guardias no hubieran acribillado a la bestia, habría muerto de todas formas tras unos minutos, al igual que los otros animales en los que el arzobispo intentó probar el mismo rito. Pero confiaba en que, con un poco más de tiempo y una exigua porción de la riqueza del reino, podría perfeccionar el proceso y de esa manera transformar a las criaturas simples en un ejército de bestias salvajes que infligiría pavor en los corazones de los invasores. Con el tiempo, prosiguió, las bestias estarían bajo control y serían entrenadas no sólo para matar a los daneses, sino a cualquiera que osara convertirse en enemigo de Inglaterra.

Alfred, todavía echando humo, hizo que escoltaran al arzobispo hasta sus aposentos y se reunió con sus oficiales de alto rango para buscar su consejo. Aunque ninguno negaba la naturaleza abominable del evento del que habían sido testigos, la gran mayoría argumentaba que lo que Æthelred les había mostrado no debería ser rechazado sin analizarlo un poco más.

Todos compartían la preocupación de Alfred ante las posibles nuevas hostilidades de los vikingos, sobre todo si tomaban en cuenta la endeble salud de Guthrum. A pesar de que Alfred hizo un gran trabajo al reforzar el reino contra cualquier ataque, Wessex todavía llevaba las heridas de aquel largo conflicto con los daneses: no podían darse el lujo de gastar más sangre o riquezas en otra guerra. El consejo que el comité le dio a Alfred fue casi unánime: como defensores jurados del reino tenían la obligación de ser fuertes, tanto en músculo como en determinación. Por *poco convencionales* —como les llamó eufemísticamente uno de los consejeros— que fueran los métodos propuestos por Æthelred, no debían permitir que su disgusto, intenso como era, limitara su acceso a lo que podría ser una gran oportunidad de asegurar un futuro de paz para Wessex y para toda Inglaterra. Tan poderosa fue la promesa hecha por el arzobispo, que en toda la conversación ninguno de los hombres presentes se atrevió a pronunciar la única palabra que les aterraba: *brujería*.

Renuente, Alfred tuvo que aceptar. Æthelred y su séquito de Canterbury se alojarían en Winchester y se les otorgaría lo que necesitaran para perfeccionar sus oscuras prácticas.

Sólo Dios sabe cuántas pobres bestias sufrieron y murieron en los retorcidos experimentos del arzobispo durante los meses siguientes. Alfred había perdido la cuenta tras no soportar más ser testigo de las miserables abominaciones que Æthelred conjuraba diariamente.

Al principio ninguna de ellas vivía mucho. Las malformadas criaturas producto de cada perro, mula y caballo en los que Æthelred practicaba su arte, o bien se colapsaban y morían tras unos cuantos minutos, o tenían que ser sacrificadas por los piqueros cuando intentaban atacar al arzobispo o a sus asistentes. Con el tiempo, Æthelred refinó sus métodos y corrigió la pronunciación y cadencia de los hechizos registrados en los pergaminos antiguos, así como los ademanes allí descritos, y las criaturas comenzaron a vivir más. Primero por varias horas, luego por días y, más tarde, por un tiempo indefinido. Pero algo no cambió: en cada caso, sin importar por cuánto vivieran, las bestias eran brutalmente agresivas desde el momento en que se creaban. Atacaban cualquier cosa, sin provocación, incluso se atacaban unas a otras. Æthelred presenció una vez cómo dos perros de caza, hermanos de la misma camada que nunca se habían agredido entre ellos, se transformaron por el rito en un par de sabuesos infernales, escamosos y con crestas sobre el lomo que se hicieron trizas el uno al otro. Fascinado, hizo un reporte detallado en su diario.

Æthelred también descubrió que con unos sutiles cambios al conjuro podía crear formas variadas de bestia a partir de un sujeto base. Podía convertir un cerdo en el mismo cuasiarácnido que había creado en el salón del trono, pero reformulando ligeramente el hechizo resultaba en un chacal de piel aceitosa y nariz de espolón. Los aprendices de Æthelred documentaban cuidadosamente todos los experimentos en un bestiario que iba en continuo crecimiento. Incansable, el cura practicó sus hechizos cada día durante meses, creando docenas de variedades; no paraba hasta quedar satisfecho de haber agotado todas las posibles transformaciones para cada sujeto base. Aprendió, por ejemplo, que un gato podía convertirse en una gran cantidad de cosas. Cuando ya no quedaba nada nuevo por crear a partir del felino, empezaba a experimentar en un ganso o tejón o cualquier pobre criatura desprevenida que siguiera en su lista. A la larga, aprendería a crear toda clase de criaturas con impecable especificidad, desde la extensión de la cola hasta la forma en la que expulsarían fuego. Las que exhalaban fuego eran sus favoritas; el día en que descubrió aquella variación en particular produjo una de sus entradas más entusiastas en el diario. Los exhaladores de fuego justificaban tener su propia sección en el bestiario.

A pesar de todos los logros de Æthelred, persistía un problema: el control. Había reclutado a los entrenadores de animales más hábiles de todo el reino, hombres que habían domesticado a los caballos más salvajes, capaces de enseñarle a un lobo feral a comer de la palma de la mano, pero nadie había logrado domar a ninguna de sus creaciones. Se volvía cada vez más claro que las bestias eran ajenas a cualquier forma de dominación, aunque Æthelred, obstinadamente, se negara a aceptarlo. La impaciencia de Alfred iba en aumento, a pesar de que el arzobispo le aseguraba que con el tiempo podría controlarlas. Finalmente el rey, aterrado por las cosas que a diario veía en el patio del castillo, decidió que ya era suficiente.

Cuando un curtido monstruo reptiliano —que alguna vez fuera un zorro— se lanzó contra el domador que trataba de alimentarlo con carne y le arrancó el brazo a la altura del hombro, Alfred se volvió una furia. Le dijo al arzobispo que no deseaba ver más de sus «avances» hasta que fuera capaz de probarle que las bestias podían ser controladas. Si no, ¿para qué les servirían en la batalla? Las bestias lo mismo podrían atacar a sus propios soldados que al enemigo contra el que pelearan. Antes de abandonar el patio, el rey advirtió a Æthelred que, de no resolver pronto aquel problema, él mismo le pondría fin, de una vez y para siempre, a todo el proceso de experimentación.

Un par de meses después, Alfred volvió renuente a encontrarse con Æthelred. Había visto muchos horrores en la guerra, pero ninguno se comparaba con lo que había presenciado en su propio patio desde que el arzobispo iniciara sus experimentos. El suelo lucía cicatrizado, como un campo de batalla tapizado de grandes manchas oscuras de sangre seca. Las vigas de las estructuras que rodeaban al patio estaban carbonizadas por el fuego. Lo más notorio era el nauseabundo hedor a sulfuro que flotaba en el ambiente. La fetidez envolvía todo el lugar. Alfred sacó de su manga un trapo que usaba para estas tristes visitas y lo puso sobre su nariz y boca mientras avanzaba con pasos largos a través del cuadrángulo ensangrentado. Aun con el fuerte perfume con el que el boticario había empapado el trapo, era imposible abstenerse de respirar aquel olor por completo.

Æthelred lo esperaba ya, muy seguro de sí mismo y vestido como siempre con las galas eclesiásticas apropiadas para su alto rango. Alfred no lo había visto en varias semanas; el arzobispo había obedecido las órdenes de su rey, sin requerir su presencia o molestarlo ni una sola vez desde que el pobre entrenador fuera mutilado. Por eso Alfred supuso que existía una buena excusa para hacerlo ahora. Se preguntó a sí mismo qué era realmente lo que esperaba. ¿Quería que Æthelred tuviera éxito en ejercer dominio sobre aquellas bestias y, por extensión, sobre los enemigos de Inglaterra? ¿O deseaba su fracaso, lo que al final le daría una razón para clausurar en definitiva ese repugnante proyecto y quitarle su puesto en Canterbury? *Algo que debí haber hecho hace mucho tiempo*, se dijo Alfred una vez más.

—Gracias por acompañarme, su majestad —dijo Æthelred al ver al rey aproximarse.

—Después del fracaso de tu última demostración, supongo que no me habrías convocado sin un buen motivo —contestó Alfred.

Æthelred ignoró el desaire y simplemente asintió.

—Ciertamente. Creo que quedará usted muy complacido con nuestro progreso desde la última vez que estuvo aquí.

Alfred suspiró; no estaba de humor para preámbulos.

—¿Las puedes controlar, o no?

—Dudo que alguna vez podamos domesticarlas como mascotas, pero para su objetivo previsto, armas de guerra, sí, creo poder controlarlas ahora. No ha sido sencillo, pero he estado trabajando arduamente para ese propósito.

Expectante, Alfred miró a Æthelred. Si el arzobispo esperaba un cumplido, algún tipo de reconocimiento por las horas que había dedicado a crear esas atroces aberraciones, no lo recibiría de él.

—¡Muy bien, entonces! —dijo Æthelred y se volvió hacia los guardias—. ¡Estén listos, por favor!

Una docena de los mejores y más experimentados piqueros ya estaba en posición con sus armas preparadas. Todos eran hombres rudos, pero de sus expresiones se podía deducir que preferirían estar patrullando la frontera con Danelaw, congelándose en una torre de vigilancia o limpiando la mierda de los chiqueros del castillo. Cualquier sitio menos allí. Nadie deseaba este deber. Aquellos a los que se les había asignado apenas podían dormir.

Cerca de ellos, una pequeña tropa de sirvientes cargaba cubetas llenas de agua, lista para extinguir cualquier cosa que las bestias del arzobispo pudieran poner en llamas. Habían aprendido aquella lección de la peor forma: cuando uno de los primeros «infernales» —como a Æthelred le gustaba llamarlos— incendió los establos de madera de un solo soplido, el fuego se hubiera propagado hasta consumir las cocinas del castillo, así como la biblioteca, de no ser por la pronta respuesta de la improvisada brigada de cubetas. Fue imposible rescatar el establo: por órdenes de Alfred, se dejaron las pocas vigas ennegrecidas que quedaron de pie como un recuerdo, y ahora los apagafuegos estaban siempre listos antes de cada conjuro.

Satisfecho de que todo estuviera preparado, Æthelred hizo una seña al aprendiz al otro lado del patio, encargado del redil que contenía a los animales de prueba. El joven corrió el pestillo de la puerta, que se abrió con un crujido herrumbroso, y Alfred se estremeció: había llegado a aborrecer aquel sonido. Lo había escuchado muchas veces: era el sonido que precedía al graznido y chillido de alguna pobre y condenada criatura que se transformaba a través de las palabras de Æthelred. Se preguntó qué tipo de bestia habría seleccionado para el sangriento espectáculo de aquel día.

Por un instante, nada sucedió. Alfred estaba desconcertado; por lo regular el animal emergía del corral de inmediato y se dirigía al patio, feliz de ser liberado de su reclusión, ignorante del triste destino que le esperaba. Miró a Æthelred, quien se mostró un poco apenado antes de gesticular impacientemente en dirección a su aprendiz. Este vaciló al principio, pero al ver la mirada del arzobispo, entró de mala gana al redil para persuadir a su ocupante de que saliera. Alfred lo perdió de vista brevemente, aunque podía escucharlo engatusando a la bestia. «Sal de allí, anda, vamos. ¡Arre, que el arzobispo está esperando! ¡No te atrevas a hacerme quedar mal, o haré que te destripen!».

Alfred parpadeó, perplejo, al ver a otro hombre salir del encierro. Desnudo hasta la cintura, descalzo, pálido y tan delgado que sus costillas eran visibles, daba la impresión de no haber comido en días. El aprendiz iba detrás de él, empujándolo hasta el centro del patio.

Alfred se volvió hacia Æthelred.

—¿Qué es esto?

—Un descubrimiento —contestó el arzobispo.

Alfred volvió a mirar al hombre semidesnudo y pudo reconocer las señales: la delgadez extrema, la mirada distante, las cicatrices de látigo que atravesaban su espalda. Las mallas eran las mismas que usaban sus soldados de infantería. El hombre era un desertor capturado, uno de tantos que rutinariamente languidecían en la empalizada del castillo. De un tiempo a la fecha las deserciones habían aumentado, en especial allí en Winchester: los hombres pensaban que era mejor apostar a una huida peligrosa que correr el riesgo de ser asignados a trabajar bajo las órdenes de Æthelred y volverse víctimas de las atrocidades que ya habían traumatizado a muchos de sus compañeros.

—Explícate ahora mismo —exigió Alfred.

—He observado que la transformación disminuye considerablemente las facultades cognitivas del sujeto base —dijo Æthelred—. Un animal estúpido, aunque se trate de uno muy bien entrenado, no conserva la inteligencia necesaria para reconocer los comandos más básicos. Pero un *hombre*... un hombre puede sobrevivir el proceso con inteligencia de sobra. Suficiente, creo yo, como para ser fiable y controlado.

El rostro de Alfred palideció aún más. Miró a Æthelred, horrorizado.

—Debes estar bromeando.

—Nuestro gran error fue haber usado animales desde un principio —dijo Æthelred—. Hemos aprendido muchas cosas útiles, pero este tipo de prácticas no fueron diseñadas para formas de vida tan bajas. Estoy seguro de eso ahora.

Alfred fulminó con la mirada al arzobispo.

—No voy a permitir esto.

—Señor, ¿debo recordarle todo lo que está en juego? Los bárbaros impíos de Danelaw han aumentado sus fuerzas y esperan el momento de atacarnos nuevamente. Con Guthrum muerto, o a punto de morir, el ataque no tardará en llegar. Debemos usar todos los medios a nuestra disposición para defender el reino y nuestra fe; de lo contrario, ambos serán destruidos por esa raza de paganos salvajes.

—El que experimentaras con animales era algo reprobable de por sí —dijo Alfred—, pero esto no lo voy a tolerar... ¡Practicar *brujería* con seres humanos!

Æthelred levantó una ceja.

—¿Brujería? Su majestad, nada más alejado de la realidad que eso. El descubrimiento de los pergaminos no fue casualidad. Fue un regalo del mismísimo Dios. Él nos ha favorecido con el conocimiento, este *poder*, con la intención de que lo aprovechemos. Él ha visto los crímenes que los herejes vikingos han perpetrado en contra de su Iglesia. Monasterios devastados hasta los cimientos, reliquias sagradas destruidas, hombres buenos del clero quemados en las estacas. Su guerra es una guerra en contra de Dios, y Él nos ha bendecido con los medios para aniquilarlos en su Santo Nombre.

—El Dios en el que yo creo nunca permitiría que esas blasfemas criaturas fueran parte de su creación —replicó Alfred—. Esos pergaminos, cualquiera que sea su origen, no pueden tener ese propósito. —Ya estaba harto de que cuestionaran su palabra. Se volvió hacia el guardia más cercano y le señaló al prisionero harapiento parado en el centro del patio—. Lleva a este hombre de vuelta a la empalizada. Asegúrate de que le den comida caliente.

En el instante en que el guardia se preparaba para llevarse al prisionero, Æthelred movió sus brazos e inició un conjuro. Contaba ya con una buena práctica y era capaz de enunciar todas las palabras necesarias en un instante. A pesar de que Alfred se dio cuenta de inmediato de lo que Æthelred hacía, no fue suficientemente rápido.

—¡Deténganlo! —gritó a los guardias, que corrieron hacia el arzobispo. Pero el cuerpo del prisionero ya se convulsionaba, retorciéndose con un súbito ataque de dolorosos espasmos. Æthelred completó el hechizo justo cuando los guardias lo sujetaron de los brazos. No se resistió; sus ojos estaban fijos en el sujeto de prueba, que ahora se doblaba en agonía. Los ojos del pobre hombre parecían a punto de explotar, y de su boca abierta al máximo escapó un grito de sufrimiento.

Alfred sujetó a Æthelred por el cuello de su ropaje. El desertor estaba de rodillas, sus brazos ceñidos al vientre, mirando enceguecido al suelo y tratando de escupir algo atorado en su garganta.

—¡Deshaz el hechizo ahora! —ordenó el rey.

—No puedo —contestó Æthelred. Veía el espectáculo con fascinación—. Debe seguir su curso.

Impotente, Alfred observó al prisionero. Todas las miradas en el patio convergían en aquel hombre. Había caído sobre su costado y se convulsionaba pateando salvajemente la tierra al tiempo que se arañaba a sí mismo, encajando sus uñas sangrantes en el pecho y el cuello como si tratara de emerger desde dentro de su propia piel.

Y eso fue exactamente lo que sucedió. Su caja torácica se hinchó contra su pecho hasta hacerlo estallar con las puntas de una docena de espadas de hueso. Uno de los sirvientes encargados de extinguir el fuego dejó caer su cubeta de agua y huyó; los otros retrocedieron, horrorizados al ver cómo el torso del prisionero se volteaba de dentro hacia fuera. Aullaba agonizante mientras sus órganos se derramaban sobre la tierra y una cosa oscura y húmeda emergía de su abdomen. El resto de su cuerpo comenzó a desgarrarse; la piel de sus brazos, piernas y cabeza se desprendió por completo, mientras unos miembros sangrientos y palpitantes brotaban de su interior.

Alfred no podía dejar de mirar a esa cosa que apenas unos momentos antes había sido un ser humano. Se sostenía sobre sus nuevas patas traseras al tiempo que unos apéndices como tentáculos culebreaban y se desplegaban sobre el suelo. El hombre ya no tenía cabeza; en su lugar, un enmarañado racimo de largas lenguas cubiertas de saliva se asomaba del muñón hendido donde había estado la testa. Las lenguas lamían y daban latigazos sobre los hombros de la bestia, que ahora estaban cubiertos por una especie de coraza de hueso, una armadura. Lo poco que todavía semejaba un hombre colgaba flácido de la cintura deforme de aquella criatura, un macabro cinturón de piel recién desollada.

El monstruo hizo un sonido que no era de este mundo, un alarido atormentado, espantoso. Alfred sintió como si una roca fría como hielo se formara en su estómago.

—¡Mátenlo! —gritó—. ¡Por amor de Dios, que alguien lo mate!

Varios guardias cercaron a la abominable criatura, amenazándola con sus lanzas para mantenerla a raya. La criatura rugió y dio un latigazo con uno de sus tentáculos, que fue a enredarse alrededor de la pica más cercana, jalándola hacia sí junto con el guardia que la sujetaba. Antes de que el hombre pudiera escapar, el tentáculo se cerró alrededor de su cintura y la apretó hasta pulverizarle las costillas. De su garganta salía un grito ahogado y borboteante, pero el ruido se apagó cuando un segundo tentáculo, grueso y húmedo, se enrolló en su cara y le arrancó la cabeza de los hombros. La sangre manaba del cuello del hombre cuando la bestia dejó caer aquel cuerpo sin vida. Los tentáculos entregaron la cabeza a las lenguas; éstas la arrebataron para meterla dentro del cuello del monstruo, que la tragó con voracidad.

Los otros guardias ya estaban atacando, pero aquello no era como la cosa-cerdo o como ninguna de las criaturas que Æthelred había conjurado antes. Estaba fuertemente blindada y las puntas de las picas se desviaban apenas tocaban la gruesa coraza. La bestia dio un giro y con una garra huesuda atravesó a un soldado desprevenido: entró por su pecho y salió por su espalda. El hombre resbaló hacia atrás: había muerto antes de tocar el suelo. Un tercer guardia fue atrapado por el tobillo y lanzado con tal fuerza por el patio que Alfred escuchó cómo se le rompían los huesos al impactarse contra la pared. Cinco guardias desesperados aún rodeaban al monstruo, que seguía ileso y cada vez más encolerizado.

—¡Yo puedo detenerlo antes de que nos mate a todos! —gritó Æthelred—. ¡Suéltenme!

Alfred estaba reacio a liberar al arzobispo siquiera por un instante, pero sabía que tenía que actuar con rapidez y sus opciones eran escasas. Dio la señal para que los guardias lo soltaran. Æthelred levantó sus manos haciendo un torcido ademán de hechicería y gritó una orden que ni Alfred ni nadie más pudo entender, aunque sí reconocieron el mismo lenguaje arcaico que usaba en los conjuros.

La bestia se detuvo al instante. Ya había acorralado a otros dos soldados y con seguridad los habría matado en segundos, pero se volvió para encarar a Æthelred, repentinamente dócil. Æthelred habló en aquella extraña lengua una vez más y la bestia se acercó, obediente.

Mientras se arrastraba hacia el arzobispo, Alfred y los otros hombres, cautelosos, dieron varios pasos atrás. Æthelred alzó una mano para tranquilizarlos.

—Está bien —dijo—. No le hará daño a nadie más, a menos que yo se lo ordene. Está completamente bajo mi control y no supondrá ningún peligro para nosotros o para nuestras tropas en batalla, pero en contra de las hordas de daneses... será algo muy distinto.

La bestia medía más de dos metros y sobrepasaba por mucho a Æthelred, pero este no mostraba ningún temor. Alfred se puso rígido cuando el arzobispo estiró el brazo para acariciar a la horrenda criatura con el mismo afecto que uno pudiera tenerle a un perro muy querido. La bestia respondió con un lloriqueo miserable. La visión de aquella cosa vil y desgraciada le inspiraría a cualquier persona cuerda una mezcla de miedo, lástima y asco; sin embargo, Alfred se dio cuenta de que Æthelred la miraba con profunda admiración. No le quedaba duda: había enloquecido.

Æthelred estaba prendado de su creación y no se percató de los guardias que se habían reagrupado y tomado posición detrás de la bestia. Con un movimiento de su cabeza, Alfred les dio la orden que estaban esperando. Arremetieron al unísono y clavaron sus espadas en el lomo de la criatura, en donde encontraron músculo y carne blanda entre las gruesas láminas de hueso. El monstruo lanzó un horrible chillido, sus extremidades cedieron y cayó al suelo. Antes de que pudiera recuperarse, los soldados treparon sobre su lomo para acuchillarlo una y otra vez, clavando sus espadas hasta el fondo. Æthelred protestó, pero nadie le prestaba atención alguna. La bestia se derrumbó sobre su estómago. Sus lenguas continuaron moviéndose como serpientes durante un rato más. Luego, finalmente, murió.

Atraídos por los gritos y la conmoción, más guardias llegaron al patio. Alfred señaló a Æthelred.

—Llévense a este hombre y enciérrenlo en la torre bajo vigilancia —ordenó. Los soldados rodearon al arzobispo tomándolo con firmeza de cada brazo.

—No tenían que haberlo matado —dijo Æthelred, más preocupado por su adorado experimento que por los cuatro hombres que yacían muertos—. Pudimos haber aprendido mucho más de él.

Alfred apenas podía contener su furia.

—Yo ya he aprendido lo que necesitaba. Aprendí que dejé que esos experimentos tuyos fueran demasiado lejos. Bien, ahora voy a ponerle un fin a todo esto.

—¿Y tirar por la borda los avances que hemos logrado? —protestó Æthelred—. Ese fue mi sujeto más exitoso hasta ahora. Si tan sólo me permitiera explicar…

—¡Nada de lo que puedas ofrecerme justificaría esta atrocidad! —vociferó Alfred, rojo de rabia—. ¿Cuántos más ha habido? ¿Cuántos hombres mutilaste antes de este pobre desgraciado?

—Ninguno que usted no hubiera mandado matar de por sí —dijo Æthelred—. Todos salieron de las listas de hombres condenados a muerte.

—¡Yo nunca condenaría a ningún hombre a tal suerte! Si toleré este repugnante proyecto fue sólo porque me aseguraste que nos permitiría librar una guerra sin derramar sangre inglesa.

—Señor, ¡un hombre transformado vale por veinte hombres de cualquier tipo! En fortaleza, resistencia, agresividad. Usted vio de lo que fue capaz uno solo, ¡ahora imagine la devastación que cien de estas bestias infligirían sobre nuestros enemigos! Apenas cien que, comparados con los miles que podríamos perder en una batalla convencional, no son nada.

Alfred bajó el tono de su voz, pero seguía resuelto.

—No voy a permitir que le impongas esta maldición a ningún ser humano, condenado o no.

—La transformación no tiene por qué ser permanente —ofreció Æthelred—. Yo le aseguro que con un poco más de tiempo puedo encontrar la manera de revertir el efecto, de restaurarles su forma original cuando regresen de la batalla.

Con un suspiro profundo, Alfred se masajeó la frente.

—Ya he escuchado suficientes de tus promesas. Guardias, acompañen al arzobispo a la torre. Allí se quedará hasta que yo decida qué hacer con él.

Los soldados se llevaron a Æthelred y Alfred tuvo al fin una visión general de la carnicería frente a él. Sacudió la cabeza maldiciéndose a sí mismo por haber sido tan tonto como para creer que algo bueno podría haber resultado de todo aquello.

Barrick y Harding, dos de los carceleros más serviciales y de mayor tamaño, escoltaron bruscamente a Æthelred por los peldaños de piedra de una escalera en espiral. La luz de las antorchas parpadeaba sobre las paredes. Barrick abrió la pesada puerta de roble de la celda solitaria en la parte superior de la torre y Harding empujó al arzobispo para que entrara. Cayó sobre la paja húmeda y fría; antes de que volviera a levantarse, los guardias ya habían cerrado la puerta y le habían puesto candado.

Se sacudió el polvo y se acomodó la sotana. Estuvo sentado en la oscuridad por un rato, escuchando el parloteo ocioso de los dos soldados que hacían guardia afuera. Una delgada sonrisa se pintó sobre sus labios. *Alfred está más ciego de lo que yo pensaba*, se deleitó al pensar. *Después de todo lo que ha visto, ¿en verdad cree que puede enjaularme?*

Alfred se había reunido con sus consejeros más experimentados en el cuarto de guerra. Para entonces todos se habían enterado ya de la matanza en el patio, y algunos incluso la habían presenciado. Aunque meses atrás todos habían votado a favor de explorar las propuestas de Æthelred, ahora, al igual que Alfred, se encontraban intranquilos y preocupados por la dirección que tomaban las cosas. Los sucesos de ese día fueron la gota que derramó el vaso. Nadie necesitaba ser convencido de que era hora de que el desafortunado episodio llegara a su fin. Alfred ordenó destruir cualquier documento sobre el mismo, incluidos los malditos pergaminos que fueron el inicio de todo. La única pregunta que quedaba por resolver era qué procedía hacer con el arzobispo de Canterbury.

—Su carrera en el clero y como arzobispo ha terminado. Eso, seguro —declaró el rey ante la aprobación unánime de la sala—. Los clérigos superiores no lo disputarán. A muchos les perturbaba también lo que Æthelred hacía. Por lo mismo, me disculparé con ellos y les pediré que elijan a un sucesor para el cargo.

—¿Cuál será el castigo, además de la excomunión? —preguntó Cromwell, uno de los alguaciles de más alto rango y confiable consejero militar—. ¿Se le imputarán cargos criminales? ¿Habrá un juicio en su contra?

—Si Æthelred es culpable de algún crimen, entonces yo soy igualmente culpable por haber permitido que lo cometiera durante todo este tiempo —dijo Alfred—. Y un juicio público de tan bizarra naturaleza sólo serviría para expandir el miedo y la superstición a lo largo de todo el reino.

Hubo una larga pausa antes de que alguien se atreviera a hablar. Ahora fue Chiswick, otro de los consejeros de guerra. Tenía la responsabilidad de dirigir el sistema de espionaje del ejército y siempre se podía confiar en sus aportaciones poco convencionales para solucionar problemas especialmente complicados.

—¿Un accidente, tal vez?

Alfred y los demás lo miraron.

—Los súbditos de aquí hasta Canterbury están al tanto de que el arzobispo está involucrado en asuntos muy peligrosos, aunque no conozcan los detalles —prosiguió Chiswick—. Quizá murió en el ejercicio de su leal labor hacia su Iglesia y su rey. Nadie aprecia a Æthelred. Dudo que alguien quisiera husmear para descubrir la verdad.

Todos se volvieron a mirar a Alfred, a quien la idea le causaba desazón.

—Yo tampoco le tengo aprecio alguno a ese hombre, pero ejecutarlo así como así...

Chiswick se inclinó hacia él.

—Me temo que sus opciones son muy limitadas, su majestad. Æthelred no puede seguir siendo el arzobispo y un juicio, como bien lo dijo usted, sería una catástrofe. Definitivamente no se le puede liberar; el oscuro poder que posee lo vuelve demasiado peligroso.

Un escalofrío recorrió la columna vertebral de Alfred. *Sí, sí lo vuelve muy peligroso. ¿Cómo pude ser tan estúpido?* Con súbita urgencia se dirigió al capitán de la guardia, allí junto.

—Triplica el número de guardias en la torre. Y quiero que amordacen al arzobispo y le aten las manos. ¡Ahora!

Cuatro soldados subieron corriendo la escalinata de la torre. Uno de ellos llevaba un pedazo de soga resistente, y otro una mordaza. No podían comprender el porqué de sus órdenes, pero no cabía duda sobre la urgencia en la voz de su capitán. Subieron los escalones de tres en tres.

Al llegar arriba encontraron la puerta de la celda al final del pasillo abierta de par en par, medio colgando de sus goznes, como si hubiera sido aporreada por unas manos gigantes: sus pesados travesaños de roble estaban astillados y embarrados de sangre. Pero ni siquiera diez hombres podrían haber roto aquella puerta. Más extraño aún, daba la impresión de haber sido destruida desde fuera.

Se acercaron cautelosamente con las espadas desenvainadas, llamando a Barrick y a Harding sin obtener respuesta. La antorcha que iluminaba el pasillo había sido arrancada de su armazón de hierro y yacía sobre el piso con la flama agonizando. Uno de los guardias la recogió e iluminó la celda oscura.

Algo tibio y húmedo rodeó su brazo. Conmocionado, dejó caer la antorcha; de súbito su cuerpo fue jalado bruscamente hacia delante y desapareció en la oscuridad del calabozo. Luego se escucharon los gritos; el inútil pataleo del hombre se proyectaba como sombra en la pared gracias a la luz de la antorcha caída.

Los gritos cesaron casi tan rápido como habían comenzado; las sombras se quedaron quietas. Por un momento todo fue silencio. Los tres guardias afuera de la celda, con sus espadas listas y sus corazones golpeándoles el pecho, no se atrevían a moverse. Pero brincaron hacia atrás, asustados, cuando su compañero surgió de la oscuridad, derramando sangre a borbotones por una tajada tan profunda que su cabeza colgaba torcida hacia uno de los lados, y se derrumbó sobre el suelo.

Barrick apareció también. O lo que alguna vez fue Barrick. Ahora él, o eso, era un monstruo semejante a un lobo, el musculoso cuerpo cubierto de un pelaje gris mate. Caminaba sobre sus patas traseras y tenía cuatro extremidades más: brazos largos y correosos, manos grandes con garras filosas como navajas.

La cosa que alguna vez fue Harding se deslizó detrás de la criatura-lobo y trepó la pared. Una especie de lagartija gigante y bicéfala, con piel escamosa recubierta de púas gruesas y puntiagudas y una cola como garrote que daba chasquidos al moverse de adelante hacia atrás, reptaba de manera perezosa hacia los tres hombres.

El que estaba más cerca sucumbió al pánico y estúpidamente arremetió contra el reptil con su espada. La lagartija esquivó con facilidad el golpe y respondió escupiendo una flema que, como un ácido, le atravesó al guardia la pechera metálica. Este soltó su espada, gritando; desesperado, intentaba quitarse la armadura. Pero antes de que pudiera desabrochar una sola correa, el ácido llegó a su carne y el hombre se desplomó, retorciéndose; sus últimos alaridos hicieron eco en el pasillo de piedra.

Los dos guardias restantes vieron horrorizados a sus amigos caídos. En ese momento, Æthelred salió caminando del calabozo.

Sonrió.

—Bajen sus armas y les doy mi palabra de que no morirán aquí el día de hoy.

Los hombres obedecieron. Æthelred levantó sus manos y, fijando su vista en los ojos de los guardias, recitó las palabras que durante meses había practicado.

Al cabo de unos momentos, ya eran suyos también.

Tres

Los dos jinetes llegaron a la cumbre de una colina y desde allí miraron el campo abierto frente a ellos, un extenso valle de tierras de cultivo y algunas modestas cabañas tan desperdigadas que difícilmente podría llamársele aldea.

—No puede ser esta —dijo el primer jinete.

—El tipo de la posada dijo que era esta —repuso el otro—. «Ocho kilómetros por el único camino al este; la verán cuando lleguen a la cima de la colina».

—Yo sé cómo son las fincas de los caballeros. Si hubiera una de esas aquí, créeme que la reconocería.

Abajo, un hombre solitario empujaba el arado por una de las parcelas en las que se había dividido el terreno.

—Vamos a preguntarle a ese.

Descendieron cabalgando por la escarpada ladera evitando las rocas y terrones. Muchas partes del ondulante campo inglés son pintorescas y cabalgarlas es muy placentero; no era el caso de esta. Un paso en falso en este terreno podía significar un caballo con el tobillo luxado y tal vez un jinete con el cuello roto.

Ya en el valle, se dirigieron a medio galope hasta el hombre que laboraba el campo y sudaba copiosamente al cavar un surco profundo con el arado. Hecho de hierro pesado, hubiera sido mejor que lo jalara un buey, pero el hombre lo empujaba sin ayuda, como si no supiera hacer otra cosa. Los dos hombres a caballo intercambiaron miradas divertidas. Los campesinos no eran famosos por su intelecto, pero ese ni siquiera sabía utilizar una herramienta básica de trabajo. Increíble.

El peón se alejó de la ladera ignorando a los recién llegados, embebido como estaba en su laboriosa tarea, a pesar de que uno de los caballos resopló ruidosamente.

—¡Eh, tú!

El arado se detuvo. El campesino se dio la vuelta y levantó su mano para cubrirse los ojos del sol y enjugar el sudor que empapaba su frente. Parecía un espécimen particularmente incivilizado: tenía la cara embadurnada de lodo y el cabello largo era un desastre de hebras enmarañadas.

—¿Qué?

Los dos jinetes compartieron otra mirada; esta vez no era de diversión, sino de molestia. ¿Es que el campesino no reconocía sus uniformes? ¿Estaba ciego y no podía ver la insignia real sobre sus capotes?

—¿Como que *qué*? —dijo el primero—. ¿Es así como un plebeyo se dirige a dos emisarios del rey?

El peón dio un paso adelante para que no lo atosigara el brillo del sol. Ahora los podía ver mejor.

—Oh, tienen razón.

Los jinetes esperaban que después de comprender quiénes eran, el campesino hiciera algún gesto de respeto o humildad, pero aquello no sucedió. En cambio, permaneció parado allí, haciendo bizcos por el sol, como si aguardara a que le contestaran su pregunta inicial. *Bueno, ¿qué?*

El segundo jinete habló.

—¿Sabías que el arado está diseñado para que lo jale un animal?

—Por supuesto. No soy un idiota —dijo el hombre—. Mi yegua está enferma. Le duele la barriga.

El primer jinete se impacientaba cada vez más.

—Estamos buscando...

—Sospecho particularmente de esas zanahorias —continuó el campesino tomándose la barbilla.

—Deja de hablar. ¿En dónde está la finca de sir Wulfric?

El peón sofocó una risa.

—Yo no la llamaría una finca.

—¿Entonces sabes dónde está?

El hombre se volteó y apuntó hacia el lado más lejano del campo que trabajaba. De la chimenea de una modesta cabaña a la orilla de la aldea salía un humo que se dispersaba en el cielo. Los dos hombres se veían desconcertados. Impaciente sobre su montura y con el ceño fruncido, el primer jinete espoleó a su caballo para acercarse más a él.

—No estamos de humor para juegos, amigo.

—¿Qué juegos? Esa de allá es su casa.

—Es muy poca cosa para pertenecerle a un caballero.

—Bueno, para ser justos, debo decirles que Wulfric también es dueño de este campo, y de ese de allí, y de aquel otro de más allá —dijo el peón, señalando—. Un suelo muy rico y productor de buenas cosechas. Nada mal, si me preguntan.

—Es sir Wulfric para ti, ¡bruto! —lo regañó el primer jinete—. Ten cuidado cómo te expresas de un caballero del reino.

—Y no cualquier caballero —añadió el segundo—. El más grande de todos los caballeros.

—Sí, he escuchado las historias —comentó el campesino, aburrido de aquella conversación—. Muy exageradas, por cierto.

El primer jinete decidió que ya había tenido suficiente. Desmontó y avanzó hacia el hombre, dedicándole una mirada oscura.

—Escucha, campesino. Ya me tienes harto...

El sol, poniéndose sobre la colina, derramó su luz sobre el pendiente de plata con forma de escarabajo que colgaba del cuello del peón. Era un diseño simple, pero muy familiar para cualquier hombre y niño que hubiera jurado servir al rey. Ese mismo medallón era muy conocido por todos los que habían pasado alguna vez por las barracas de Winchester, gracias a una pintura expuesta en el salón principal. Allí, el escarabajo podía verse colgando del cuello de Wulfric, el Salvaje, quien había salvado la vida del rey Alfred y cambiado el curso de la batalla de Ethandun, y con ella, la guerra contra los vikingos.

Las piernas del jinete temblaron y, por unos segundos, pensó que iban a fallarle por completo. En su lugar, hizo una genuflexión y una reverencia con la cabeza ante el campesino de cara sucia.

—Sir Wulfric, por favor acepte mi más humilde disculpa.

—Mierda —exclamó muy bajo el segundo jinete. Rápidamente desmontó y se hincó junto a su compañero.

—Este campo está muy lodoso para hincarse —dijo Wulfric, que a pesar de su posición, nunca se había sentido a gusto en la presencia de un hombre que se subyugara ante otro. Si ante los ojos de Dios todos eran iguales, ¿por qué no también ante los ojos de los mismos hombres?—. Pónganse de pie.

Y se levantaron, observando ahora al miserable trabajador del campo con la misma reverencia y asombro que normalmente se reserva para los reyes y los dioses.

—Yo me disculpo —agregó Wulfric sacando un trapo de su bolsillo para limpiarse las manos—, pero los largos días en el campo suelen volverse muy aburridos y debo entretenerme con lo que pueda. Ahora díganme, ¿qué quiere Alfred?

Wulfric dejó el arado en el campo y regresó a la cabaña; los jinetes del rey se fueron por donde habían venido. Todavía era temprano y quedaba mucha tierra por sembrar, pero eso podía esperar. Normalmente no tenía tiempo para dedicarse a cumplir las órdenes de los reyes; sin embargo, Alfred era mucho más que un rey: era un gran amigo que había hecho tanto por Wulfric, que este no podría pagarle jamás. Así que, a pesar de que a Wulfric no le entusiasmaba la idea de volver a tomar un arma en su vida —pues estaba seguro de que aquella era la única razón por la que Alfred lo había mandado llamar—, no podía negarse.

Cuando era un muchacho, Wulfric había sido aprendiz de herrero. Aunque sabía forjar sólidamente una espada, no sabía usarla. Ese tipo de cosas eran para los demás. La mera idea de la violencia hacía que su estómago se agitara como si tuviera un pez dentro. Como todos los ingleses, había sido criado en la fe cristiana, pero su padre lo había alentado además a pensar por sí mismo y a tomar de las Sagradas Escrituras lo que mejor le acomodara. De toda la Biblia había un verso que siempre le había llamado la atención a Wulfric más que cualquier otro: *Amad a tu prójimo como a ti mismo.* Así como no quería que ningún hombre levantara su mano en su contra, él tampoco la levantaría en contra de otro.

Eso fue hasta que llegaron los daneses.

Él creció en el mismo pueblo en donde había nacido, un lugar pequeño llamado Caengiford. Londres estaba a unos cuantos kilómetros al suroeste, y fue allí, cuando Wulfric tenía diecisiete años, que los saqueadores daneses llegaron. Derrumbaron las grandes murallas que los romanos habían construido hacía siglos, reivindicando la ciudad como suya, masacrando a quien no hubiera tenido el sentido común de huir. Wulfric podía recordar aún a todos los desplazados y heridos que llegaban a Caengiford, horriblemente chamuscados, mutilados, a las madres cargando los cadáveres de sus bebés atropellados por los caballos o lanzados contra los muros. Todo cortesía de los bárbaros del otro lado del mar.

Wulfric se rehusó a cerrar los ojos a la realidad. Quería ver. Aunque no entendía el sufrimiento del que era testigo, sabía que darle la espalda y fingir que no sucedía era algo irresponsable. Sabía también que aquellos horrores podían alcanzarlo a él y a los suyos. El problema fue que no calculó qué tan pronto lo harían.

Los vikingos llegaron a Caengiford a la semana siguiente. Un destacamento de ataque, cuya misión era cazar a todos los que huyeran de la ciudad, terminó por error en la aldea de Wulfric. Dado que su naturaleza era destruir cuanto encontraran a su paso, se abocaron a quemar todo hasta los cimientos. Wulfric apenas pudo escapar vivo, deslizándose a través de una ventana abierta y sólo gracias a la insistencia de su madre, mientras los brutos intentaban tirar la puerta. Él escapó un segundo antes de que entraran y corrió hacia el bosque tan rápido como le fue posible, sin mirar atrás. Por consiguiente, no pudo saber cuál fue el destino de su padre, su madre y sus cuatro hermanos, demasiado pequeños aún para correr. Pero su imaginación le bastaba, e incluso años después se obligaba a no pensar en ello; los recuerdos, no obstante, lo invadían espontáneamente en forma de pesadillas.

Tras escapar de la destrucción de su aldea, Wulfric se escondió en la carreta de un comerciante y logró viajar unos kilómetros hasta que lo descubrieron y lo echaron de un empujón. Tuvo que caminar. No tenía un destino en mente ni lugar a donde ir, pero dondequiera que no estuvieran los invasores asesinos sería suficiente para él. Perdió la cuenta de las semanas que pasó viajando solo, durmiendo a la orilla del camino, comiendo lo que podía encontrar en el bosque o, si tenía suerte, lo que se le cayera a alguna carreta con comestibles, ya fuera por azar o con un poco de ayuda de su parte. Un día le preguntó a un transeúnte en dónde se encontraban y así supo que había caminado hasta Wiltshire. Logró llegar a un pequeño poblado y, tras demostrar su habilidad con el martillo y las pinzas, fue acogido por el herrero local. Se ganó el sustento forjando herramientas para el campo, herraduras para caballos y, a medida que pasó el tiempo, un gran número de espadas. La guerra de Alfred en contra de los daneses no iba nada bien, según decía la gente, y se necesitaban armas para los civiles reclutados en todos los condados.

Era responsabilidad de un herrero revisar el peso y el balance de cada espada mientras se enfriaba la fragua, pero Wulfric siempre encontraba una excusa para dejar esa tarea a los otros aprendices. El simple acto de sostener una espada le provocaba desazón; la idea de traspasar el cuerpo de otro ser humano con ella le causaba náuseas. Trató de explicar eso mismo a los reclutadores del rey cuando entraron al pueblo anunciando que todo hombre físicamente capaz debía unirse a la guerra. No le sirvió de nada: por respuesta recibió un golpe en la oreja y la orden de reportarse a las barracas en Chippenham a más tardar el fin de semana, so pena de ser señalado como desertor.

Wulfric sopesó sus opciones y por un instante consideró huir, pero estaba al tanto de la implacable persecución que hacía el ejército de los cobardes que desafiaban las órdenes del rey. No le apetecía seguir viviendo a salto de mata, en fuga, y le disgustaba mucho más el castigo que le impondrían si llegaban a atraparlo. Fue así que se presentó en Chippenham el último día antes de ser declarado un prófugo. Allí le proporcionaron un uniforme y una espada de madera para practicar, antes de ser obligado a sostener un combate simulado. En tiempos de paz su entrenamiento hubiera sido más lento y meticuloso, pero como los vikingos avanzaban en todos los frentes, no había tiempo para hacer otra cosa más que lanzar a los nuevos reclutas directamente a la guerra esperando que pudieran pelear, o que aprendieran a hacerlo cuanto antes.

A pesar de que Wulfric se sentía incómodo de traer en la mano una espada, aunque fuera de imitación, sin duda tenía facilidad para usarla. No importaba que no tuviera deseo alguno de pelear. Más que facilidad, era instinto. En su primer día de pelea en el patio de entrenamiento se enfrentó con el maestro de armas, un soldado barbón, con cuerpo de barril y más años de experiencia en combate que los que Wulfric había pasado en el planeta. Armado sólo con una despuntada espada de madera, peleó con tal velocidad y fiereza que el instructor terminó en el suelo, estupefacto. Los otros aprendices gritaron y aplaudieron, pero Wulfric era el más sorprendido de todos. Era como si otra entidad hubiera tomado control de su espada, de todo su cuerpo, y lo empujara hacia delante. En esos breves segundos se había transformado en alguien por completo distinto, desagradable, despiadado y cruel. En otras palabras, exactamente el tipo de persona que sus superiores buscaban. Si bien la forma en la que Wulfric peleaba no era muy artística, poseía una pureza salvaje. Peleaba más como un vikingo que como un inglés, algo que con el tiempo les congelaría la sangre tanto a unos como a otros. Los daneses tenían un nombre para los guerreros como Wulfric, hombres que peleaban y mataban sin temor, piedad o gracia: *Berserker*. Frenético.

El apodo se le quedó. En todas las filas de Chippenham se le conocía como Wulfric, el Salvaje. Él detestaba aquel mote, pero no el respeto que le traía. Nadie se atrevía ya a golpearlo en la oreja, como cuando lo reclutaron. En cambio, de allí en adelante, sus maestros lo observaban muy de cerca, ya que lo habían señalado como uno de los pocos que poseían algo especial que podía usarse como una ventaja en el frente. Cuando llegara el momento de la batalla —e inevitablemente llegaría—,

Wulfric y los demás como él serían colocados cerca del rey para otorgarle la mejor protección.

La batalla se produjo más pronto de lo que esperaban, a mitad de un helado invierno, nada menos que en la noche de Reyes. Wulfric y los otros reclutas aún se encontraban disfrutando sus raciones navideñas cuando los vikingos irrumpieron en Chippenham.

Las campanas de alarma repicaron, levantando a todos los habitantes de sus camas; afuera, los bárbaros se descolgaban por los muros y apaleaban las puertas de la fortaleza. Los oficiales corrieron de prisa hacia las barracas para movilizar a tantos hombres como pudieran. Allí, un sargento que conocía a Wulfric lo tomó del cuello y lo mandó en dirección opuesta a sus jóvenes camaradas. Él se dirigió a donde le ordenaron; de pronto se encontró afuera de la cámara real, en donde la guardia personal de Alfred, junto con una tropa de hombres fuertemente armados, escoltaba al rey a un lugar seguro.

Era la primera vez que Wulfric veía a Alfred, aunque tenía la impresión de haberlo vislumbrado alguna vez observando desde el parapeto el patio de entrenamiento. Pero en este momento no había duda: Wulfric estaba a unos metros del rey mientras este era sacado de sus habitaciones, medio vestido, instantes después de haber sido levantado de la cama real.

—¡Wulfric, ven aquí, muchacho!

Su maestro, el mismo hombre al que había embestido y tirado de espaldas en su primer día de entrenamiento, lo llamaba con urgencia, haciéndole señas. Wulfric se acercó y sintió en su mano las ataduras de cuero de la empuñadura de una espada. Era mucho más pesada que las de madera con las que había practicado. Miró la hoja de metal destellando bajo la luz de la antorcha: la primera espada que sostenía como soldado.

—¡Quédate con el rey! ¡Quédate con el rey! —aulló el maestro y empujó a Wulfric junto con el resto de la compañía de Alfred. Todo sucedía a gran velocidad. Afuera se podían escuchar los ruidos de la batalla: el choque de metal contra metal, el rugido del fuego, los gritos de los hombres heridos y moribundos. Ruidos que Wulfric no escuchaba desde que había huido de su aldea hacía dos años.

Fue ahí que Wulfric mató a su primer hombre. Él seguía a la cola del grupo de protección de Alfred en el instante en que salieron del pasillo al aire helado del patio. Hacía un frío penetrante y Wulfric deseó haber tenido tiempo de tomar su capote más grueso antes de que lo hubieran sacado a empujones, como ganado, de su cuarto. Escuchó un grito de guerra que le cuajó la sangre; al darse la vuelta, vio a un vikingo gigantesco que se disponía a embestirlo, la cara escondida tras una larga barba trenzada y un maltrecho casco metálico. Aquel guerrero era dos veces más grande que Wulfric y asemejaba un toro que aprendió a caminar sobre sus patas traseras. Eso fue todo lo que logró observar antes de tener al danés casi encima, agitando amenazadoramente un martillo enorme. En toda su vida Wulfric nunca había visto un arma así, y en verdad que había forjado muchas.

Saltó hacia atrás para evitar el primer golpe, pero el vikingo era más rápido de lo que su gran talla haría pensar, y su segundo ataque llegó demasiado rápido como para que Wulfric pudiera anticiparlo. Esta vez sólo consiguió esquivarlo a medias y el mazo lo golpeó en el hombro, tirándolo al piso. Levantó la cara, aturdido, y se encontró con aquel toro de hombre empuñando el martillo arriba de su cabeza, listo para darle el golpe que terminaría con él.

Pero Wulfric no había soltado su espada. La hizo oscilar por lo bajo, cortando profundamente el tobillo de su enemigo. Este gritó y cayó sobre una rodilla, soltando el martillo. Luego sacó un cuchillo del cinturón, pero esta vez fue Wulfric quien lo sorprendió con su velocidad. Se puso en pie de un salto y empuñó su espada hacia arriba y de lado, como un campesino cortando el trigo con una guadaña. La hoja metálica le dio al bárbaro en la parte inferior del cuello y se enterró con profundidad en su garganta.

Mientras la sangre del gigante se esparcía como lluvia sobre el adoquinado, el tiempo pareció detenerse, y Wulfric notó que la sangre lucía negra, no roja, bajo la pálida luz de la luna.

Qué curioso. Tras esa reflexión, el tiempo reanudó su velocidad habitual y Wulfric jaló su espada. El movimiento liberó el cuello del vikingo y lo hizo desplomarse sobre el piso. Wulfric se retiró un poco para evitar que la sangre que brotaba del cadáver le manchara las botas. Luego corrió para alcanzar al rey Alfred y a sus hombres.

Aquel toro fue el primer hombre que Wulfric mató en batalla, pero distaba de ser el último. Muchísimos más vinieron en los meses que le siguieron. Alfred y su compañía, junto con el resto de aquellos que lograron escapar del desastre en Chippenham, se retiraron a la isla de Athelney, en el condado vecino de Somerset, al sur. Como la pequeña isla formaba un cuello de botella que los protegía de asaltos frontales como el sufrido en Chippenham, Alfred tuvo tiempo de reagrupar a sus soldados.

Y no es que quedaran muchos para reagruparse: la mayoría habían sido asesinados o capturados. Si la minúscula fuerza que quedaba apenas podía defenderse a sí misma, mucho menos podría protagonizar un contraataque. Pero Alfred se rehusó a agachar la cabeza, aun después de tan desastrosa derrota y con tan pocos recursos a la mano. Envió un mensaje a cada ciudad y aldea cercanas, ordenándoles a los hombres que allí vivían congregarse bajo su estandarte real. Y se congregaron. Tras varios meses de reconstruir su ejército, Alfred regresó al campo de batalla para enfrentar toda la fuerza de los invasores daneses asentados en Ethandun.

Iba a ser una mañana sangrienta, cosa que no le molestaba al joven Wulfric quien, desde que probó la sangre en aquella lucha contra el hombre toro, había descubierto que no sólo poseía un gran talento para matar, sino que además lo disfrutaba. Tras la caída de Chippenham, los enemigos habían rastreado al ejército de Alfred en retirada hasta la mitad de Wiltshire antes de finalmente cesar en su persecución. En el camino hubo varias refriegas sangrientas en las que Wulfric había cortado muchas más

50

cabezas danesas. Era como si en cada batalla se despertara un salvaje interior que usualmente permanecía latente, para tomar control de su cuerpo hasta que terminaba la pelea. Luego de la matanza, Wulfric sólo podía sentir remordimientos por todas las vidas que había segado. Pero cuando estaba en plena pelea, con la espada ensangrentada en su mano, era como si hubiera nacido para hacer eso y nada más. Nadie de los que habían peleado junto a él y habían atestiguado esta transformación podría estar en desacuerdo. A medida que pasaba el tiempo, el apodo de Wulfric que le dieron sus compañeros sin pensarlo demasiado el primer día de su entrenamiento comenzó a quedarle corto.

Aquella vez en Ethandun vieron algo totalmente distinto. Wulfric ya había matado al menos a unos veinte vikingos en la batalla y el escudo real en su tabardo había desaparecido tras varias capas de sangre danesa, cuando se dio cuenta de que el rey Alfred no se veía por ningún lado. Ensimismado con la masacre, Wulfric rompió la única regla que su maestro de armas le había dado: *¡Quédate con el rey!* Buscó entre la aglomeración de cuerpos, liquidando a cualquier desafortunado danés que estuviera al alcance de su espada, hasta que vislumbró al rey sobre su caballo. A pesar de que los separaban más de quince metros, a Wulfric le quedaba claro que Alfred estaba en problemas. Un enjambre de daneses había rodeado su posición y eliminado a sus guardias personales; los bárbaros se acercaban cada vez más al hombre que Wulfric había jurado proteger.

Wulfric se lanzó hacia donde se encontraba el rey, alcanzándolo justo cuando un poderoso danés vestido con pieles y cota de malla lo tiraba de su montura. El monarca yacía indefenso en el suelo y el vikingo levantó su hacha para terminarlo. Fue allí que Wulfric irrumpió en el combate, atravesando la armadura de malla danesa con su espada. El bárbaro se deslizó inerte desde la espada de Wulfric hasta el suelo, pero llegaron tres más a terminar el trabajo que el primero dejó inconcluso. Wulfric, respirando agitadamente, tomó una posición defensiva entre sus enemigos y el rey.

Despachó con rapidez al primer hombre en atacar: esquivó la espada del danés y le tasajeó la espalda con la suya. El segundo y tercer hombres atacaron juntos a Wulfric, pensando que así tendrían más probabilidades de vencerlo. Las tuvieron, pero no fue suficiente. Wulfric insertó su espada a través de la boca abierta de uno de los hombres, y cuando la hoja metálica se atoró en la parte trasera del cráneo y no pudo sacarla, Wulfric la soltó y se enfrentó al otro a mano limpia.

El danés llevaba un garrote muy burdo —un pesado trozo de madera atravesado por gruesos clavos de hierro—, pero que podía resultar letal, especialmente a tan poca distancia. Wulfric, movido por el espíritu guerrero que lo poseía durante las batallas, sabía que sólo tendría oportunidad si se acercaba. Esperó a que el bruto danés lanzara un mal golpe, se agachó y lo embistió hasta derribarlo. Con todo, el otro seguía siendo el más fuerte de los dos y se impondría fácilmente en un forcejeo mano a mano, pero Wulfric no dejaría que llegara a eso. Sacó un estilete de su bota y lo clavó en el ojo derecho de aquel bárbaro, lo suficientemente profundo para dejar su cabeza anclada al piso como una brocheta.

Wulfric se dejó caer, exhausto. Para entonces, soldados ingleses ya se habían congregado y rodeaban al rey. Dos hombres ayudaron a Alfred a ponerse de pie. A Wulfric nadie lo ayudó. Ninguno de los recién llegados había presenciado el encuentro; para ellos era un soldado de infantería cualquiera y no merecía su interés. Pero había un hombre que se había fijado en él: Alfred. Mientras lo escoltaban a un sitio seguro, sus ojos nunca se apartaron de Wulfric, el joven que recién le había salvado la vida.

Alfred consiguió una gran victoria en Ethandun que cambió el curso de la guerra. Derrotó a las hordas danesas y persiguió a los sobrevivientes hasta Chippenham, en donde el resto de los vikingos se había acuartelado. Con el rey danés Guthrum aislado de su gente, Alfred vio la oportunidad de quebrantar a sus enemigos de una vez por todas. De ese modo, con toda su fuerza desplegada alrededor de la muralla de Chippenham,

Alfred dio inicio a un lento asedio. Luego de un par de semanas, los daneses allí dentro se morían de hambre y su voluntad de resistir ya estaba quebrantada. Desesperado, Guthrum demandó la paz y Alfred le ofreció los términos que al fin darían por terminada la guerra.

Tras su regreso triunfal a casa, lo primero que hizo Alfred fue ordenar que trajeran ante él al joven que le salvó a vida en Ethandun. Wulfric no tenía idea de por qué se le había llamado a la cámara real para luego ordenarle que se hincara; se sorprendió cuando sintió la parte plana de la espada de Alfred tocarle un hombro y luego el otro.

—Levántese, sir Wulfric —dijo el rey. Y el muchacho que una vez se juró que jamás tocaría un arma se puso de pie, convertido en un caballero.

Como Wulfric era un hombre común y no provenía de un linaje noble, le tuvieron que explicar que todos los caballeros deben tener un escudo de armas para indicar a qué casa pertenecen. Sin ningún precedente de blasones al cual recurrir, Wulfric decidió tomar como símbolo de su casa una memoria preciada de su niñez. Su padre le había enseñado a identificar muchas especies de escarabajos y bichos curiosos, y el favorito de Wulfric era el escarabajo pelotero. Su padre le había explicado que su coraza blindada lo volvía resistente a todo tipo de condiciones hostiles. A Wulfric, que conocía lo ruda que era la vida del campesino, le había agradado esa cualidad. También le había gustado saber que el pasatiempo preferido de aquel bicho era juntar estiércol. Y fue así que años más tarde, luchando contra el hecho de que ya no era un hombre común, sino un caballero del reino, pensó que aquella era la mejor manera de recordar siempre sus humildes orígenes. ¿Qué podía ser más bajo que un insecto que pasa sus días medio enterrado en mierda?

Wulfric ya tenía listo el escudo de armas para identificar a su casa: ahora sólo necesitaba la casa. Alfred le dio a escoger entre muchos castillos y tierras en el reino, pero Wulfric no aceptó ninguno. Se instaló en una cabaña y una parcela en donde podía cultivar rábanos y zanahorias, y tal vez encontrar una esposa también. Dios mediante, quizá pudieran ser bendecidos con un hijo o una hija, pero Wulfric jamás pediría algo que no se hubiera ganado antes. Según él, sólo había matado hombres en batalla, nada especial, y no veía razón alguna para que alguien lo premiara por eso.

Cuando Wulfric entró a su casa, Cwen, su esposa, se dio la vuelta, sorprendida, de la estufa donde cocinaba una sopa.

—Llegaste más temprano —dijo—. ¿Se te olvidó algo?

Dios mío, qué bien huele esa sopa, pensó Wulfric cuando el aroma llegó hasta su nariz. De todas las razones por las que había escogido a Cwen como su mujer, la cocina figuraba en segundo lugar. *Bueno, tal vez en tercero*, se dijo a sí mismo.

—Sí —respondió Wulfric sin energía—. Se me olvidó, si acaso por un instante, que nunca dejaré de estar en deuda con Alfred.

A Cwen no le agradó cómo sonaba aquello. Puso sus manos sobre las caderas y con el ceño fruncido miró a su marido.

—Por favor, no me veas así —dijo Wulfric sentándose a la mesa—. ¿Qué tal si mejor me das un poco de esa sopa?

—Todavía no está lista —contestó Cwen sin suavizarse ni un poco—. ¿Qué quieres decir? ¿Esos jinetes que vi en la colina eran emisarios del rey?

—Me ha llamado a Winchester.

—Y tú por supuesto le dijiste que no, ¿verdad?

—No podía hacer eso. No después de todo lo que ha hecho por mí. Debo al menos ir a ver de qué se trata.

Cwen salió de detrás de la mesa de la cocina. Cada día aumentaba su tamaño. Esperaban que el bebé naciera en unos cuantos meses. Esa era la razón por la cual Wulfric trabajaba el arado, a pesar de que la yegua estuviera enferma. Cuando su hijo naciera, y estaba seguro de que sería un niño, no quería que pasara hambre ni que le hiciera falta ninguna de las cosas que Wulfric no tuvo de pequeño. Sería el hijo de un caballero. Tal vez Wulfric le pediría a Alfred un castillo, después de todo, para que su hijo pudiera crecer allí.

—Estás equivocado —replicó Cwen con severidad—. Siempre has entendido mal las cosas. Es Alfred quien te debe a ti, no al revés. Él estaría muerto si no fuera por ti.

—Yo sólo hice lo que juré hacer —dijo Wulfric—. Lo que cualquier soldado hubiera hecho en mi misma posición. Alfred no tenía por qué investirme de caballero, ni arreglarme la vida de la forma en que lo hizo. Mira todo lo que tengo ahora: más de lo que alguna vez soñé. Mi propia casa, mis propias tierras —se levantó de la mesa y tomó la mano de su esposa—. Mi propia mujer, la más hermosa de todo el mundo.

—Ahórrate tus cumplidos —repuso Cwen, aunque una ligera sonrisa indicaba que Wulfric había dado en el blanco—. Estoy bien segura de que no fui yo un obsequio de Alfred para ti.

—Cierto, pero no te hubiera ganado si él no me hubiera hecho un caballero.

—Yo no sabía que eras un caballero cuando acepté casarme contigo.

—Si yo no hubiera sido un caballero, no me hubiera atrevido a pedir tu mano —dijo, acercándose lo suficiente para besarla. Y la besó.

Se besaron e hicieron el amor, y poco más tarde pudo Wulfric probar por fin la sopa mientras comían juntos cerca de la chimenea.

—No creas —dijo Cwen levantando la vista de su tazón— que con unas cuantas palabras bonitas y un revolcón en la cama me puedes convencer. No quiero que te vayas a desaparecer en alguna de esas campañas militares. Te quiero aquí para cuando nazca el bebé. Te *necesito* aquí.

—Nadie dijo nada de una campaña —repuso Wulfric.

—¿Crees que soy tonta? ¿Por qué otra razón te estaría llamando Alfred? He escuchado los rumores sobre el rey de Danelaw. Dicen que ya está casi muerto y que los vikingos se levantarán en armas bajo las órdenes de un nuevo líder.

—Sólo son eso: rumores —dijo Wulfric. Pero Cwen lo conocía lo suficiente como para saber que, por mucho que deseara que fueran habladurías, él mismo no lo creía así. Se inclinó para tomar la mano de su esposo.

—Wulfric, mírame. Yo sé que Alfred es tu amigo, pero yo soy tu mujer y este de aquí es tu hijo —colocó la otra mano sobre su abultado vientre—. Quiero que me prometas aquí y ahora que no permitirás que te mande a pelear una nueva guerra en contra de los daneses.

Wulfric apretó su mano firmemente y la miró a los ojos.

—Te lo prometo.

Satisfecha, Cwen sonrió y se dispuso a seguir con su sopa.

—Estoy seguro de que no es nada importante —dijo él—. Tal vez Alfred quemó otra tanda de pasteles y quiere contratarte a ti para que seas su cocinera real.

Cwen se rio y le dio un beso en la frente antes de ponerse de pie para servir otros dos platos de sopa.

A la mañana siguiente, muy temprano, Wulfric salió de su casa con una montura y provisiones para un día de camino. Desatrancó la puerta del establo y su yegua, Dolly, se asomó desde la oscuridad que reinaba dentro.

—¿Cómo estás, chica? —le preguntó. Dolly no contestó hasta que Wulfric se quitó la montura que cargaba sobre sus hombros y la puso sobre el lomo del animal. Golpeó el suelo con la pezuña y resopló molesta.

—Deja de quejarte —dijo Wulfric mientras le ofrecía un puñado de avena—. Te dejé descansar todo el día de ayer. Hoy, con dolor de barriga o sin él, vamos a cabalgar. Tenemos que ver al rey. Y estoy seguro de que las zanahorias de palacio son mejores que las nuestras.

Cuatro

Wulfric llegó a Winchester esa misma noche. Había cabalgado sin descanso durante todo el día; tomó sus alimentos arriba de su montura y sólo se detuvo brevemente para que Dolly pudiera descansar, beber agua y comer su avena. Detestaba la idea de estar lejos de Cwen y del pequeño, incluso por una sola noche, y haría cualquier cosa para no pasar fuera ni un segundo más de lo necesario. *Tal vez Alfred sólo quiere algo sencillo y yo podré estar mañana de vuelta con mi familia,* pensó.

Tal vez. No creía que el rey mandara a sus emisarios reales a buscar a su más confiable caballero por una simple nimiedad, pero Wulfric se entretuvo durante el camino imaginando todas las posibles razones por las que Alfred quisiera verlo y que le permitieran estar de vuelta en casa antes de la siguiente puesta de sol. Para cuando el castillo de Alfred se vislumbró en el horizonte, Wulfric ya se había forzado a aceptar la triste verdad: esas posibles razones eran tan pocas que podrían contarse con los dedos de una mano. Y ninguna resultaba muy probable.

Desde las almenas, los guardias en turno divisaron a Wulfric acercándose por el camino; las puertas de la gran fortaleza retumbaron al abrirse a su paso. Al atravesar el puente levadizo se escuchó el golpeteo de los cascos de Dolly, y cuando Wulfric pasó por debajo de la barbacana y entró al patio del palacio, recordó por qué, por más que apreciara a Alfred, difícilmente disfrutaba visitarlo en su trono. Los guardias y otros soldados que lo recibieron al entrar lo miraron con fascinación, como si un héroe mitológico hecho carne y hueso estuviera ante ellos.

Para muchos de esos jóvenes, por supuesto, Wulfric era justamente eso. Sir Wulfric, el Salvaje. El hombre que mató más vikingos en las campañas danesas, más del doble que cualquier otro soldado. El hombre que con una mano masacró una docena de bárbaros para defender la vida del rey y que luego rechazó espléndidas tierras y las riquezas ofrecidas en recompensa. El hombre en quien más confiaba el rey; la persona cuyo consejo valoraba más que el de nadie, la mismísima reina incluida.

Wulfric trató de evitar la mirada del hombre que tomó las riendas de Dolly luego de que desmontara, pero podía sentir cómo aquellos ojos se clavaban en él. Sabía que así sería la historia de su visita a palacio. Un incesante desfile de genuflexiones y reverencias que harían que Wulfric pronto anhelara estar en casa, donde el menor indicio de tal alarde le haría acreedor a un duro golpe en los nudillos con un cucharón de madera. Prefería aquello, por mucho, a todo esto.

Esperaba al menos evitar una visita a la barraca donde se exhibía aquel horrible retrato suyo. Él se había negado a posar para la pintura, de modo que el artista había tenido que trabajar con cualquier descripción o dibujo que pudiera obtener de otros. Cuando Wulfric vio el cuadro por primera vez, pensó que el resultado era totalmente ridículo. La imagen lo representaba sosteniendo en lo alto una espada brillante, en una pose absurdamente heroica, hinchado de orgullo, un rasgo que Wulfric había tratado de evitar a lo largo de toda su vida. El artista incluso había restaurado el pedazo perdido de su oreja, célebremente mutilada por un hacha danesa en la batalla de Ethandun. Como si fuera mejor que Wulfric pareciera invulnerable. Pero a él le gustaba su oreja tal y como era. Le servía para no olvidar nunca que la muerte estaba a unos cuantos centímetros, que aun los guerreros más famosos y venerados eran tan mortales como cualquier otro.

Sería muy útil que los jóvenes soldados que pasaban frente al cuadro de Wulfric tuvieran eso en mente también; pero así como estaba, la pintura sólo inspiraría en aquellos hombres una idea inocente y romántica del heroísmo, idea que sería destruida sin miramientos en su primera batalla de verdad. La única cosa representada con cierta exactitud, según Wulfric, era el pendiente en forma de escarabajo que colgaba de su cuello; al menos habían hecho algo bien. *Sí, definitivamente tengo que evitar las barracas,* se recordó a sí mismo. Agradeció al hombre que llevó su caballo al establo, cruzó el patio hasta la muralla interior y de allí se dirigió a la torre central del castillo, en donde vivía Alfred.

El simple hecho de estar en la casa real, con todos sus adornos y lujos, hacía que Wulfric se sintiera incómodo. La idea de realeza siempre le había parecido injusta; una postura sin duda heredada de su padre. *Ningún hombre es superior a otro por nacimiento,* le había enseñado a su joven hijo. Pero Wulfric era también un hombre de Dios. Para muchos creyentes, los reyes y reinas eran elegidos por Dios mismo, ya que sólo Él sabía quién, de todos sus fieles, estaba destinado a llevar al país a su justo destino.

Habiendo sido un testigo de primera mano de las hazañas de Alfred, no podría discutir el argumento divino. La corona se le había impuesto a una corta edad, tras la muerte prematura de su hermano, y con extrema valentía y audacia había podido convertir años de amargas y sangrientas derrotas a manos de los daneses en la más increíble de las victorias. Inglaterra había estado al borde de ser aniquilada totalmente y Alfred la había rescatado. Ahora, gracias a su liderazgo, el país era más seguro y fuerte que nunca. ¿Podría cualquier otro hombre haber logrado esto? ¿Podría Wulfric mismo haberlo hecho? No estaba seguro.

Aunque Wulfric sabía bien, como todos, que no debía usar el nombre de «Alfred el Grande» en presencia del rey, creía que el epíteto era justo. Porque Alfred era un gran rey y, además, un gran amigo. No era necesario que recompensara a Wulfric por hacer lo que simplemente era su deber como soldado, pero todo lo que ahora él consideraba una bendición en su vida, se lo debía a la generosidad de su amigo. Los dos habían pasado innumerables horas juntos, comiendo y compartiendo historias; lentamente habían llegado a la mutua conclusión de que en otra vida habrían sido hermanos. Como estaban las cosas en esta vida, prácticamente lo eran.

—¡Wulfric!

Alfred cruzó con vigorosas zancadas el Gran Salón y abrazó a Wulfric afectuosamente. En ese instante, interrumpida la formalidad con aquel gesto casual, la inquietud de Wulfric se evaporó. Nada más en esa habitación había suficiente madera y piedra para construir veinte casas como la de Wulfric, y sin embargo, el saludo de Alfred lo hizo sentir en confianza, como si hubiera cruzado la calle para saludar a su vecino Brom y pedirle una hogaza de pan. Estaba en la compañía de un amigo en primer lugar, y de un rey en segundo y distante lugar. Le regresó el abrazo con calidez.

Al separarse, Wulfric pudo ver que algo no estaba bien. Alfred se veía exhausto y demacrado, como si no hubiera dormido en mucho tiempo. Cualquiera que fuera el aprieto que lo impulsó a llamarlo era sin duda la causa de su apariencia, pero no le correspondía a él preguntar.

—Te agradezco por haber venido tan rápido —dijo Alfred en el tono más jovial que le fue posible—. ¿Qué tal el viaje?

—Sin novedad —contestó Wulfric—. Hice muy buen tiempo. Espero que a mi regreso sea igual. —No perdió tiempo en dejarle claro a Alfred que estaba ansioso por volver a casa.

Alfred se rio.

—¿Acabas de llegar y ya estás planeando tu viaje de regreso?

—Tu invitación siempre es un gran honor —dijo Wulfric—. Pero no quiero estar lejos de Cwen en estos momentos.

—Ah, ¿y cómo está la hermosa Cwen? Espera, no está enferma, ¿o sí?

Wulfric irradiaba esa emoción que sólo tienen los que están a punto de ser padres.

—No. Está más sana que nunca.

Alfred conocía esa mirada. Él tenía seis hijos. Una sonrisa se extendió en su propia cara y sujetó a Wulfric de los hombros para volver a abrazarlo, ahora con más firmeza.

—¡Dios te bendiga, bastardo cachondo! —exclamó con una carcajada—. ¿Cuánto tiene de embarazo?

—Más o menos seis meses. Le duele la espalda y camina balanceándose como un pato. La semana pasada juro que la vi comer un pedazo de carbón. Pero fuera de eso, sigue siendo la mujer más hermosa sobre la que pude poner mis ojos, la mujer más bella con la que pude haberme casado.

—Sí, así es —convino Alfred—. ¿Y esperas un niño o una niña?

—Cwen dice que a ella no le importa lo que sea, con tal de que tenga salud. Yo también rezo por eso, pero en mis fantasías siempre imagino que es un varón.

—No tengo duda de que así será —dijo Alfred con la sonrisa deslavándose de sus labios—. Yo rezo para que estés de vuelta en casa antes de que nazca.

Algo dentro de Wulfric se hundió como una roca.

Cenaron juntos esa noche en la habitación privada de Alfred. Wulfric no tenía apetito. Había sospechado, por supuesto, que su esperanza de regresar al día siguiente era una ilusión, pero ahora estaba confirmado. Cualquier tarea que le fuera asignada no podría medirse en días o incluso semanas, sino en meses.

Alfred parecía resuelto a evitar por el mayor tiempo posible la discusión de cualquier cosa de importancia; Wulfric no tenía más remedio que asentir y sonreír cortésmente mientras que en su interior se torturaba preguntándose cuál sería su misión. Se avergonzaba al recordar la promesa que le había hecho a Cwen antes de partir. *¿Cuánto valen tus palabras si se vuelven polvo tan fácilmente?*, se preguntó a sí mismo. ¿Pero a quién pertenecía su lealtad? ¿A su amada esposa embarazada de su hijo? ¿O a su mejor amigo y rey, a quien le debía todo lo que poseía? Se puso a rezar con la esperanza de regresar a casa sin haber roto su promesa con ninguno de los dos.

—¿Crees en la brujería, Wulfric?

La atención de Wulfric regresó repentinamente a la mesa. El rey había estado hablando por un buen rato, pero la peculiaridad de la pregunta era tal que resaltaba del resto de la conversación.

Esperó a que el rostro de Alfred se resquebrajara por la risa. El rey no era capaz de mantener una cara seria cuando contaba un chiste, pero la expresión de Alfred era la más sombría que Wulfric le hubiera visto, aun durante los días más oscuros de la guerra. No era una broma. Y había algo perturbador en su mirada. Sugería que sabía más, mucho más que lo que había dicho sobre el tema que trajo a colación.

Wulfric pensó detenidamente su respuesta antes de hablar.

—Nunca he visto ninguna evidencia de eso.

—Tampoco has visto ninguna evidencia de Dios —replicó Alfred, como si anticipara su respuesta—. Y sin embargo, crees.

—Dios estuvo con nosotros en Ethandun —dijo Wulfric—. No podríamos haber cambiado el rumbo de la batalla sin su ayuda. Recuerdo que tú mismo lo dijiste.

—Evidencia *directa* —retrucó el rey—. Algo frente a tus ojos que desafíe a la naturaleza, a la ciencia y a la razón. Algo que no tenga explicación.

—Entonces, no. Pero la fe es la evidencia de las cosas que no se pueden ver, ¿cierto?

Alfred guardó silencio por un largo instante. Pasaba los dedos por la espiga de su copa mirando la superficie rojo sangre del vino, perdido en algún pensamiento oscuro.

—He visto cosas —dijo al fin. Su voz era apenas más fuerte que un susurro—. Cosas que me han hecho cuestionar mi propia fe. Y que tal vez te hagan cuestionar la tuya.

Una ráfaga de viento atravesó la ventana con un aullido. Wulfric no sabría decir si el cuarto se enfrió de repente o si fue su imaginación. De cualquier modo, la conducta de Alfred lo preocupaba. Aquellas no eran las palabras de un hombre racional, y Wulfric no conocía a su amigo de otra manera que no fuera esa.

—¿Por qué estoy aquí? —preguntó finalmente.

—Te lo mostraré en la mañana —contestó Alfred levantándose de la silla, indicándole a Wulfric que hiciera lo mismo.

—No estoy cansado —replicó Wulfric, decidido a conocer la causa de lo que estuviera provocando ese comportamiento raro en su amigo—. Vine desde muy lejos. Si tienes algo que mostrarme para justificar que yo esté aquí, entonces muéstramelo ahora.

—En la mañana —dijo Alfred—. Las cosas de las que hablo no se deben de ver de noche, antes de dormir.

Wulfric no durmió. Se movió y dio vueltas sin descanso durante toda la noche, en parte porque la cama, mucho más espaciosa y cómoda que la suya, no era, precisamente, la suya. Rara vez pasaba una noche fuera, lejos de casa, desde que empezó su nueva vida, y cuando llegaba a hacerlo, le costaba mucho conciliar el sueño. Extrañaba la sensación de su propia almohada, burda como era. Extrañaba el olor de lo que fuera que Cwen hubiera cocinado esa noche y que dejaba enfriándose sobre la mesa. Y por encima de todo, extrañaba a Cwen, el calor de su espalda al acurrucarse contra ella, su mano sobre su vientre redondo y firme, sintiendo el suave movimiento de su bebé. Todos los lujos y el fastuoso mobiliario del castillo de Alfred sólo le recordaban lo lejos que estaba de su familia.

Pero en especial no pudo dormir porque estaba preocupado por su amigo. Había visto a Alfred demacrado y ojeroso muchas veces durante la guerra, mas nunca de ese modo. Wulfric conocía mejor que cualquiera la fortaleza de aquel hombre; sabía que se necesitaba una situación extremadamente grave, mucho más grave que una guerra, para que le pesara tanto a su amigo. Las palabras de Alfred se repetían incesantemente dentro de su cabeza mientras cambiaba de posición bajo las sábanas, incómodo. *He visto cosas que me han hecho cuestionar mi propia fe.* Wulfric sabía que la fe de Alfred en Dios provenía del centro mismo de su ser. Esa fe lo hacía ser el hombre que era y le había dado la fuerza para prevalecer sobre los vikingos aun cuando todo parecía perdido. Si todos los horrores del combate, el ver a sus compañeros tasajeados y sangrando a su alrededor, no habían podido hacer tambalear la fe de este hombre, ¿qué, en nombre de Dios, podía hacerlo? Esa era una pregunta a la que Wulfric no era capaz de dar una respuesta, por más que obligara a su cerebro a pensar. La cuestión lo obsesionó durante toda la noche, hasta que el primer gallo cantó en la mañana y uno de los pajes de Alfred llegó hasta su cuarto para llevarlo con él.

Alfred esperaba a Wulfric en el Gran Salón. No le ofreció desayunar ni le preguntó cómo había dormido; era evidente que muy mal. Si ayer el rey se mostraba resuelto a posponer el momento de dar explicaciones, esta mañana estaba igualmente resuelto a no retrasarlo ni un minuto más. Escoltó a Wulfric fuera del salón y a través de sinuosos pasillos hasta que llegaron a una puerta que Wulfric no conocía; pensaba que había visto todo el castillo durante su estancia allí, pero esto era nuevo para él.

La puerta estaba construida con pesada madera de roble y reforzada por una reja de hierro que daba la impresión de haber sido puesta recientemente. Dos guardias custodiaban la entrada. A Wulfric no le agradó el lugar. Nunca le habían gustado los espacios reducidos. Al mirar atrás se dio cuenta de que las paredes y el techo se habían reducido gradualmente a medida que avanzaban, de modo tal que en ese punto el corredor parecía más bien un túnel. Comenzaba a sentirse claramente incómodo.

—¿Qué es eso? —preguntó.

—El calabozo —contestó Alfred e hizo una señal a uno de los guardias, quien corrió el cerrojo de la puerta de hierro para abrirla, y después hizo lo mismo con la puerta de madera.

—Ten —dijo Alfred. Sacó un trapo bordado y se lo ofreció. Estaba humedecido con alguna sustancia que producía un penetrante pero nada desagradable olor. Aunque Wulfric no era ningún herborista, su amigo Aedan, dueño del campo aledaño al suyo, cultivaba varios tipos de plantas fragantes, así que pudo reconocer el aroma: una mezcla de lavanda y menta. No era muy distinto al perfume que Cwen se había preparado ella misma a partir de la fanega rellena de hierbas que Aedan les trajo como regalo de bienvenida cuando se asentaron en su nueva casa. Por un momento, Wulfric se sintió reconfortado: era el olor de su hogar.

La puerta del calabozo se abrió con un crujido y otro aroma se elevó desde la fría y mohosa oscuridad. Wulfric no pudo identificarlo, pues nunca antes había olido nada parecido, pero era nauseabundo. De inmediato presionó el trapo contra su boca y nariz; sin embargo, ni el fuerte perfume podía bloquear totalmente aquella pestilencia. Wulfric miró a Alfred y notó que él no se cubría con un paño.

—¿Dónde está el tuyo? —preguntó.

—Me apena decirte que ya me he acostumbrado al olor —contestó Alfred. Tomó una antorcha encendida de la pared más cercana y comenzaron el descenso.

Wulfric siguió al rey por las serpenteantes escaleras, ambos guiados por uno de los guardias de Alfred. El otro había permanecido arriba, cerrando y atrancando la puerta tras ellos. Bajaron pisando con tiento, sobre todo Wulfric; las piedras húmedas se sentían resbalosas bajo sus pies y su mente se aceleraba pensando qué cosa los estaría esperando allá en lo profundo. La mazmorra de Winchester no estaba reservada para desertores o criminales comunes, quienes típicamente languidecían en la empalizada. Tampoco era para enemigos de alto rango de la Corona, a quienes mandaban a la torre. Era para los peores y más despreciables seres que buscaran perjudicar el reino de Alfred. ¿Quién estaba allí abajo? ¿Un recién capturado espía danés con noticias de una conspiración? ¿Un asesino frustrado? ¿O algo más allá de lo que podía imaginar? Wulfric no sabía si sentir alivio o pavor ante la certeza de que pronto iba a averiguarlo.

Con cada paso que descendían, la fetidez que flotaba desde la oscuridad se volvía más fuerte. Wulfric retorció el trapo para extraer más de su perfumada esencia, pero fue inútil. Aun si lo presionaba firmemente contra su cara, la peste era tan poderosa que para cuando llegaron al final de la escalera, Wulfric apenas podía contener las ganas de vomitar. ¿Qué diablos era eso? ¿Sulfuro, tal vez? Algo similar, pero mucho peor.

A pesar de la brillante luz de las antorchas, no se veía gran cosa del estrecho corredor al que llegaron. Los muros de piedra a cada lado se percibían sólo unos metros antes de desaparecer en la más profunda e impenetrable negrura que Wulfric hubiera visto jamás. No era una oscuridad común y corriente, y no sólo por la ausencia de luz. Era como si algo allá abajo estuviera *irradiando* tinieblas, rellenando cada esquina del calabozo con oscuridad. Wulfric no era un hombre que se pusiera nervioso fácilmente, pero en ese momento lo embargaba un poderoso deseo de regresar por las escaleras y alejarse de ese lugar. Sin embargo, se mantuvo firme.

Con su antorcha iluminando el camino, el guardia guio a Alfred y Wulfric por el angosto corredor. Pasaron frente a varias celdas, una tras otra, todas vacías. A pesar de que la flama ardía con mucho brillo, se rehusaba obstinadamente a revelar más de un metro hacia delante. Debía arrojar cuando menos un tenue resplandor a lo largo de toda la extensión del pasillo, pero al contrario, se encogía hasta volverse una diminuta mancha de luz aislada en un mar de inquebrantable negrura.

Wulfric escuchó algo. Un ruido como de arañazos. Bufidos, gruñidos. Algún tipo de animal salvaje. Sonaba como si estuviera enfermo o herido, mas no de una forma que él hubiera oído antes, y vaya que él atendía a muchos animales en su granja. Lo recorrió un escalofrío a medida que aumentaba la sospecha sobre si lo que estaba apresado allí abajo caía en esa última y temida categoría: *una cosa más allá de su imaginación.*

El guardia se detuvo.

—Hasta aquí —advirtió.

Frente a ellos había sido trazada una línea con añil en el piso; un par de metros más adelante, las barras de hierro de la última celda al fondo del pasillo alcanzaban apenas a distinguirse en la penumbra parpadeante. Esa celda lucía diferente a las demás. La parte baja de la reja estaba atacada de óxido y de una corrosión verdosa, y llena de marcas como si algo hubiera estado masticando las barras metálicas, de las que goteaba una especie de saliva húmeda y viscosa.

Detrás de aquellos barrotes algo se movía, algo primigenio y horrible rascaba y bufaba sobre el suelo de la celda. Lo que sea que fuera, vivía por lo bajo, cerca del piso. Wulfric alcanzó a entreverla brevemente. Por un momento creyó discernir una pata con garras, como la de un gato gigante. Pero luego la antorcha reflejó un destello de escamas de reptil. ¿Era un truco de su mente, allí abajo en la oscuridad?

El guardia usó la antorcha para encender otra que colgaba de la pared. Esperó a que la flama prendiera por completo y luego la lanzó al pie de la reja de metal. Wulfric se estremeció de pavor cuando la cosa dejó escapar un alarido que se amplificó contra las paredes de piedra y que le erizó los vellos de los brazos y la nuca. La criatura se retiró a un rincón de la celda para alejarse del fuego, pero al poco tiempo volvió a acercarse despacio a la luz, y Wulfric pudo al fin verla de cuerpo entero.

Sostenida por seis patas como de lagartija, palmeadas y terminadas en garras encornadas, la criatura se movía sobre la capa de paja podrida que cubría el piso de la celda. El torso, cubierto de escamas, era el de un puerco de vientre hinchado. También poseía la trompa y los colmillos de un cerdo salvaje, pero sus ojos sin párpados eran claramente reptilianos, de un rojo brillante con rasgados iris amarillos. Aquella cosa innombrable se acercó a la antorcha caída olfateando los rescoldos a través de la reja, sacó el hocico y tomó la antorcha, batallando por unos momentos al tratar de pasarla a través de los barrotes. Al final la dejó caer, la cogió de nuevo por su parte más estrecha y la jaló hacia el interior de la celda. Wulfric observó con mórbida fascinación cómo la bestia abría sus quijadas, revelando filas de babeantes colmillos como agujas, y mordía la antorcha con un fuerte crujido, convirtiéndola en astillas, frenéticamente, antes de comérsela con flamas y todo.

El guardia dio un paso atrás, haciendo retroceder con un brazo a Alfred y a Wulfric. Un instante después, tras haberse tragado la antorcha por completo, la bestia eructó un estallido caliente, una flama naranja y brillante. En la breve erupción de luz, Wulfric vio que gran parte de las paredes de la celda estaban negras y chamuscadas por el fuego.

En contra del sentido común, Wulfric se acercó sin pensar, cruzando la línea sobre el suelo. El guardia, alarmado, alcanzó a tomarlo por el hombro, pero fue demasiado tarde. La criatura avistó a Wulfric y se volvió loca. Babeando como un perro rabioso, se aventó contra la reja, dando chillidos mientras lanzaba zarpazos al aire. El guardia trataba de jalar a Wulfric fuera del alcance de la bestia cuando una lengua tremendamente larga se desenroscó del hocico de la criatura y fue a enredarse en su muñeca. Wulfric gritó y trató de liberarse, pero el monstruo era más fuerte: comenzó a moverse hacia el fondo de la celda, arrastrando a Wulfric con él.

Alfred sujetó el brazo libre de su amigo y clavó sus talones en el piso; no obstante, ni la fuerza combinada de ambos fue suficiente para contrarrestar la de aquella cosa. Al ver que estaban siendo irremediablemente arrastrados hacia la bestia, el guardia sacó su espada y atacó con furia aquella lengua; logró cortarla sólo hasta el tercer golpe. Finalmente libres, Wulfric y Alfred cayeron hacia atrás sobre el piso. La bestia herida también rodó sobre su espalda, aullando y pateando histéricamente.

Rápidamente el guardia sacó un puñal de su cinturón, deslizó la hoja de metal bajo el pedazo de lengua que aún apretaba la muñeca de Wulfric y la cortó de un fuerte jalón hacia arriba. La lengua cayó al piso, retorciéndose como un pez que se bate fuera del agua. Alfred ya estaba listo con una bota llena de agua y la derramó sobre el brazo de Wulfric apenas le quitaron aquella cosa. Su carne chisporroteó al tiempo que hilillos de humo se elevaron por el aire. Wulfric vio un verdugón rojo brillante envolviendo su muñeca en el lugar en donde la lengua lo había tocado: la capa superior de su piel estaba completamente quemada por la saliva de aquel monstruo.

—¡Escupe ácido! —gritó Alfred—. Por eso no nos acercamos.

Wulfric seguía conmocionado. Tomó la bota de manos de Alfred y bebió largamente. Volvió a mirar hacia la celda. La criatura parecía haberse calmado. Se había echado sobre su barriga al frente de la celda, con la cabeza ladeada, masticando perezosamente los barrotes como haría un perro con un jugoso hueso. Wulfric observó cómo su lengua herida y sangrante lamía el metal, cubriéndolo con su baba corrosiva.

—Ordené que todos los demás fueran destruidos —explicó Alfred—. A este lo conservé, a pesar de mi propia renuencia.

¿Quién iba a creer esta historia si sólo tuviera mis palabras para contarla?

—En nombre de Dios, ¿qué es esa cosa? —preguntó Wulfric, todavía jadeante.

—Sólo de algo estoy seguro —dijo Alfred gravemente—: sea lo que sea, no fue creada en nombre de Dios.

Cinco

Alfred le contó a Wulfric toda la historia mientras se alejaban del calabozo y se dirigían de regreso al Gran Salón. En el camino se detuvieron a visitar al médico personal del rey, quien atendió la herida de Wulfric. «Pudo haber sido mucho peor», dijo el doctor mientras aplicaba un ungüento a la muñeca antes de envolverla. Había atendido ya a un hombre que perdió una mano a causa de la misma bestia. Hubo otro que no regresó vivo de su visita a las mazmorras. Desde entonces, las visitas al calabozo estaban estrictamente reguladas y no se hacía ninguna sin la aprobación previa del rey.

Para cuando llegaron al Gran Salón, Wulfric ya estaba enterado de todo. De cómo Æthelred había descubierto los pergaminos secretos y cómo concibió un plan para usarlos como una forma de reforzar al reino contra futuros ataques daneses, sin poner en riesgo las vidas de los súbditos de Inglaterra. De cómo el plan había parecido muy prometedor en aquel tiempo. De cómo se le había dado licencia a Æthelred para llevar a cabo sus experimentos, con la esperanza de perfeccionar un modo de controlar las transformaciones y las abominables criaturas que resultaban de éstas. De cómo Alfred había finalmente puesto fin a la iniciativa al enterarse de toda la repugnante verdad sobre los límites a donde había llegado la obsesión de Æthelred. De cómo Æthelred, usando las oscuras habilidades que tan bien manejaba ahora, había transformado a los guardias que lo vigilaban en monstruos que después lo ayudaron a escapar de la torre.

Wulfric se quedó perdido en sus pensamientos mucho tiempo después de que Alfred terminara de contar la historia. Sentado en silencio frente a la pesada mesa de roble al centro del salón, miraba a la distancia, tratando de asimilar todo lo escuchado. Lo habían criado para aceptar la existencia de cosas más allá de su entendimiento, fuerzas invisibles y mucho más grandes que él mismo, pero verlas con sus propios ojos era otro asunto por completo. Ningún fenómeno natural o científico podía explicar lo que acababa de presenciar en aquel calabozo ni tampoco la historia que el rey acababa de contarle. Y estaba de acuerdo con Alfred: ningún Dios al que él pudiera adorar sería capaz de haber creado algo tan diabólico, tan retorcido y tan falto de virtud. Algo tan... *infernal.*

—Este es Chiswick —anunció Alfred sacando a Wulfric de sus pensamientos. Wulfric se puso de pie para saludar al hombre y, como siempre, no supo a dónde mirar cuando el consejero del rey le hizo una reverencia. Salvo por la horrible cicatriz que corría diagonalmente a lo largo de su cara, desde justo debajo de su ojo izquierdo y a través del puente de su nariz y de ambos labios hasta el lado derecho de su barbilla, Chiswick era un hombre de cuello ancho como toro, calvo, bajo, fornido y totalmente ordinario. Wulfric ya había visto suficientes heridas de guerra como para reconocer que se trataba de una de ellas, probablemente infligida por una espada danesa hacía varios años. Y aunque la cicatriz resultaba perturbadora para muchos, a Wulfric lo tranquilizaba. Solía darle más valor a la palabra de hombres que habían entendido el precio de la guerra de primera mano. Eran más propensos a decir la verdad llanamente.

—Es un gran honor, sir Wulfric —dijo Chiswick terminando su reverencia—. El rey me ha agasajado numerosas veces con historias de su gran heroísmo.

—Hay una delgada línea entre el heroísmo y el deber —replicó Wulfric—. Yo prefiero pensar que fue lo segundo.

—Chiswick es mi más experimentado consejero militar y jefe de espionaje —dijo Alfred—. Muy pocas cosas suceden en el reino sin que se entere. Él se ha encargado de seguir el rastro a Æthelred desde su escape. ¿Chiswick?

Chiswick desenrolló sobre la mesa un mapa de la Baja Inglaterra, poniendo copas y candelabros sobre las orillas para detenerlo en su lugar. El mapa estaba adornado con múltiples anotaciones hechas por la propia mano de Chiswick.

Al estudiar el mapa, Wulfric se transportó a los tiempos de la guerra danesa. Muchas veces había estado en la tienda de Alfred, con él y con su consejero de guerra, para estudiar los mapas de las campañas y discutir las estrategias a seguir. El superior de los consejeros de guerra había resentido el hecho de que invitaran a un plebeyo como él a reuniones de alto nivel, pero Alfred, tras conocer a Wulfric en Ethandun, había insistido en ello. «Todos estos nobles y caballeros me dicen lo que creen que yo quiero oír», le dijo al joven Wulfric. «Su deseo de ganar mi favor dándome siempre la razón terminará por matarnos a todos. Necesito hombres valientes que se atrevan a estar en desacuerdo conmigo cuando me equivoco».

Y así lo había hecho Wulfric cuando le habían preguntado, diciendo la verdad tal y como la veía. Los consejeros de alta cuna no habían tenido otra opción que soportar su presencia, limitando sus objeciones a miradas furtivas entre ellos mismos, particularmente cuando el rey prefería el consejo de Wulfric por encima del suyo.

—Æthelred se fue de aquí con seis de nuestros hombres que pervirtió a su total voluntad —dijo Chiswick, señalando a Winchester en el mapa—. Eso fue hace veinte días. Desde entonces hemos recibido numerosos reportes de altercados a lo largo del distrito al noreste de Wessex. Gente que abandonó sus casas asegurando haber sido atacada por bestias rabiosas, espantosas como nada que hubieran visto jamás. A cada nuevo reporte, el número de bestias aumenta. Creo que Æthelred se dirige hasta la frontera con Danelaw, y que su ejército sigue creciendo con cada ciudad y aldea que esclaviza a medida que avanza.

A Wulfric todavía le resultaba increíble. Había estado en muchas reuniones militares informativas iguales a esa y, al mismo tiempo, completamente distintas. Esto era más bien algo salido de una pesadilla o de un relato de fantasmas, de esos que cuentan los campesinos frente a una fogata para asustarse unos a otros. No podía ser real y, sin embargo, no podía negar lo que había visto con sus propios ojos. Su mente, atribulada por un frenesí de ideas, tardó un buen rato en concentrarse para formular la primera pregunta.

—¿Qué tan grande es su ejército, según el reporte más reciente?

—Los aldeanos con los que hemos hablado no son precisamente los más fiables —contestó Chiswick—. Muchos están conmocionados, balbucean. Pero el más coherente nos dijo que calculaba algo cercano a la centena.

Wulfric se tomó un momento para meditar aquello. ¿Cien de esas... *cosas*... como la que había visto en las mazmorras de Alfred? La idea lo dejó helado.

—¿Dónde está ahora?

—El último avistamiento fue aquí —repuso Chiswick, señalando un pequeño pueblo a poco menos de cien kilómetros de la frontera entre Wessex y Danelaw—. Al ritmo que lleva, podría llegar a la línea danesa para el final de este mes.

—¿Y cuál es su intención al alcanzar ese destino? —preguntó Wulfric.

—Al principio propuso a su ejército de bestias como un arma disuasiva en contra de la invasión vikinga —contestó Chiswick—. Pero ahora... tengo mis dudas al tratar de predecir las acciones de un hombre claramente loco... Creo que intenta lanzar un ataque preventivo en su territorio.

—Si realmente pretende atacar a los daneses en su propio terreno con un ejército tan pequeño, sospecho que este problema se resolverá por sí mismo muy pronto —dijo Wulfric.

—Cien no parecerán muchos —replicó Alfred—, pero en nuestra experiencia, una sola de esas bestias equivale a una docena de hombres armados. ¿Quién sabe de cuántos más se habrá hecho Æthelred para cuando llegue a Danelaw? Con el poder que tiene, sus enemigos no caen en el campo de batalla, sino que se vuelven sus aliados. Muy pronto podría usar ese poder para voltear a los propios daneses en contra de sí mismos.

Un largo silencio se instaló en el Gran Salón. Alfred esperó a que la conclusión obvia se afincara en las mentes de los presentes. Wulfric se había vuelto un experto en la guerra, tanto en la teoría como en la práctica; sin embargo, esto ya no era la guerra tal y como la entendía él. Las reglas habían cambiado. En la vieja forma de pelear, como había sido durante miles de años, ambos bandos perdían hombres en batalla. Pero bajo las nuevas reglas de Æthelred, el vencedor absorbía a los derrotados en sus propias filas y se volvía más poderoso con cada conquista. Era una idea aterradora, tanto en el aspecto estratégico como en otros que perturbaban a Wulfric más profundamente.

Fue Chiswick quien rompió el silencio.

—Nuestra preocupación no es tanto una guerra entre los daneses y el ejército de Æthelred, si es que se le puede llamar así, sino que cualquier ataque desde Wessex será percibido como hecho en nombre del rey. Si Æthelred rompe la tregua y ataca Danelaw, alterará lo que ya es una situación precaria con los daneses, y esto llevará a un contraataque.

—Y a otra guerra total —observó Wulfric. Era algo extraño, pensó, el estar considerando formas de evitar una ofensiva contra sus enemigos, luego de haber ayudado tantas veces a planear ataques en su contra. No les tenía aprecio debido a todo lo que le habían hecho a él y a aquellos a quienes quería, pero el reino simplemente no podía darse el lujo de costear otra guerra.

—Mi consejo es simple —dijo—: envíen a todo el ejército a interceptar a Æthelred antes de que llegue a Danelaw. Aplástenlo rápidamente, con fuerza arrolladora, y terminen con esto antes de que comience.

—Lo haría si fuera tan fácil —respondió Alfred con un profundo suspiro, mirando a Chiswick.

—Nuestras fuerzas se encuentran dispersas por todo el reino —dijo Chiswick, apuntando hacia varias de las anotaciones en el mapa que indicaban la disposición de los campamentos de infantería y otros recursos militares—. Incluso a la mayor velocidad, tendrían pocas posibilidades de reunirse en una sola fuerza, suficiente para superar a Æthelred, antes de que llegue a Danelaw. Además, aun en caso de que eso fuera posible, congregar tal ejército dejaría al resto de Wessex sin defensa alguna contra los vikingos, si quisieran atacar desde cualquier otro punto a lo largo la frontera. No. Nuestra mejor oportunidad, creemos, sería tomarlo por sorpresa usando una fuerza pequeña, veloz y móvil, creada especialmente para esta tarea.

Wulfric se rascó la cabeza, confuso.

—Si el ejército de Æthelred equivale a más de mil hombres, ¿qué oportunidad podría tener un pequeño contingente en su contra? Únicamente estarían mandando más hombres para ser esclavizados.

Por primera vez en todo ese tiempo, Alfred se permitió sonreír. Wulfric conocía bien esa sonrisa burlona que el rey adoptaba cada vez que se le ocurría una argucia brillante.

—Æthelred no es el único con trucos mágicos en la manga —dijo—. Acompáñame a la capilla. Gracias, Chiswick.

El sacerdote caminaba de un lado a otro frente al altar de piedra de la capilla de Winchester. Le habían ordenado esperar al rey, y de eso ya había transcurrido más de una hora. Pero no era la espera lo que lo molestaba, sino la preocupación de lo que se requeriría de él cuando finalmente llegara. Había estado practicando durante cada minuto, de día y de noche, y estaba bastante seguro de dominar lo que le habían pedido. Pero también sabía, mucho mejor que la mayoría, lo que estaba en juego: el precio del fracaso, tanto para él mismo como para los hombres cuyas vidas estarían en sus manos. Un ligero error, una sílaba mal pronunciada o un titubeo, significaría un desastre.

La ironía no se le escapaba. No tenía la madera necesaria para las profesiones marciales; había entrado al seminario primordialmente porque se trataba de una jornada pacífica. Pero ese camino se había torcido ahora en algo imprevisto que lo estaba llevando hacia la misma cosa que había esperado evitar: una guerra, y no una guerra cualquiera, sino una que se pelearía con armas más espantosas que cualquier cosa jamás concebida por un hombre. Lo recorrió un escalofrío, provocado, sólo en parte, por la baja temperatura de la pequeña cámara de piedra en donde se encontraba.

Escuchó la puerta de la capilla tras él y se volvió para ver entrar al rey Alfred en compañía de un hombre que no pudo reconocer. A los ojos del joven sacerdote, el hombre daba la impresión de ser un plebeyo, pero la mirada de hierro en sus ojos sugería que se trataba más bien de algún tipo de soldado. El cura tragó saliva y enderezó su postura mientras los otros dos se acercaban.

—Su majestad —dijo haciendo una reverencia frente al rey.

—Cuthbert, este es sir Wulfric —dijo Alfred. Los ojos del sacerdote se abrieron un poco; no hubiera reconocido a ese sujeto de aspecto descuidado de pie junto al rey, pero ciertamente conocía el nombre. Estaba ante la presencia no sólo de una leyenda viviente, sino de dos. Miró a Wulfric y trató de decir algo, pero no pudo pensar en nada que no lo hiciera sonar como un verdadero idiota.

Alfred sintió la incomodidad del cura; ya se había acostumbrado a ello para entonces y sabía que lo mejor era ir al grano.

—Cuthbert era estudiante de clérigo bajo la tutela de Æthelred en Canterbury —le explicó a Wulfric—. Tiene una aguda capacidad para los idiomas, de modo que el arzobispo le ordenó estudiar los pergaminos. Él fue el primero en descifrar con éxito lo que había dejado perplejos a otros investigadores y eruditos.

—Si hubiera sabido lo que había en ellos, jamás habría aceptado ayudarlo —se disculpó Cuthbert con rapidez. Había visto lo que el arzobispo creaba en el patio de Winchester a partir de las palabras que él había ayudado a descifrar, y la culpa pesaba fuertemente sobre él. Se sentía responsable por cada monstruosidad retorcida y deforme que el arzobispo había originado, y ahora sólo quería la oportunidad de ayudar a resarcir el daño.

—No se trata de repartir culpas —dijo Alfred colocando una mano sobre el hombro del clérigo para tranquilizarlo—. Toda la responsabilidad recae en Æthelred, y en nadie más. Quería decirte que eres uno de los jóvenes más brillantes de Canterbury. Y ahora también, quizá, nuestra mayor esperanza.

El ánimo de Cuthbert se levantó brevemente por el cumplido, pero luego se puso muy nervioso porque las palabras del rey sólo le recordaron la gran responsabilidad que ahora tenía sobre los hombros. Se llevó la mano a la parte posterior del cuello y comenzó a masajearla ansiosamente.

Wulfric no sabía qué pensar del inmaduro y nervioso joven frente a él. Era apenas poco más que un niño, en realidad. Había visto a muchos como él durante la guerra, reclutados por la fuerza a pesar de sus protestas y sus lágrimas. La mayoría no había sobrevivido por mucho tiempo. Pero tras toda esa incomodidad y ese temor, Wulfric vio una chispa en los ojos del muchacho: una aguda curiosidad intelectual que él mismo recordaba quemándole por dentro cuando tenía justo esa edad, antes de que la guerra la volviera un lujo al que había que renunciar. En realidad envidiaba a Cuthbert. A menudo, antes de que llegaran los daneses, él había soñado con unirse al clero y dedicarse al estudio en completa tranquilidad. *En tu próxima vida*, se dijo a sí mismo.

—¿Tú llegaste junto con Æthelred a Winchester? —le preguntó a Cuthbert.

Él asintió.

—Fui uno de los muchos que trajo consigo desde Canterbury para asistirlo con sus... —titubeó buscando la palabra correcta—, con sus... experimentos. No me atreví a negarme, pero fingí una enfermedad contraída en el camino para tener que ver con eso lo menos posible. Muchos de nosotros no estábamos de acuerdo con lo que el arzobispo estaba haciendo, pero pocos teníamos el valor para rehusarnos o para cuestionarlo.

—¿Qué fue de los otros clérigos cuando él escapó?

—Uno trató de detenerlo. Fue convertido, Dios lo tenga en su gloria. Los demás huyeron poco después, temerosos de ser castigados como cómplices de aquellos crímenes.

—Pero no tú.

—No tengo familia ni medios, no tengo a dónde ir. No puedo regresar a Canterbury. Y aun si pudiera, no lo haría. Me he jurado ayudar deshacer de algún modo lo que ayudé a provocar, y así se lo prometí a su majestad.

Wulfric sonrió; comenzaba a caerle bien este muchacho. Con mucha frecuencia, una personalidad introvertida como la de Cuthbert podía confundirse con falta de carácter, pero Wulfric le tomó la medida y estaba convencido de que Cuthbert no era ningún cobarde. Por su propia experiencia, duramente adquirida, sabía que el verdadero valor no consistía en la ausencia de miedo, sino en hacer lo que debía hacerse aunque uno estuviera paralizado por el temor.

—Cuando Cuthbert estudió los pergaminos descubrió que contenían mucho más que las palabras necesarias para las transformaciones —explicó Alfred y miró a Cuthbert. Agobiado por los nervios, al clérigo le tomó un instante darse cuenta de que el rey esperaba que continuara con el relato.

—¡Ah, sí! Los pergaminos también incluían descripciones detalladas de otras invocaciones muy interesantes, algunas de las cuales, creo, están diseñadas para contrarrestar el efecto transformador. Para ponerlo en palabras más simples, creo que es posible bendecir un objeto, una armadura, por ejemplo, con un halo de protección que desvanecería cualquier tipo de magia dirigida hacia él.

Asombrado, Wulfric miró a Alfred.

—Pensé que habías mandado destruir los pergaminos.

—He estado trabajando primordialmente de memoria —explicó Cuthbert—. Tengo una muy buena.

—¿Æthelred está al tanto de esto? —preguntó Wulfric.

—No. Para cuando logré descifrar estos contrahechizos, ya había visto lo que el arzobispo estaba haciendo, de modo que decidí que era mejor no darle más información. Cuando me preguntaba, le decía que la traducción del resto de los pergaminos se encontraba más allá de mis habilidades.

Wulfric estaba muy impresionado. Este joven sacerdote podía ser un blandengue aprensivo que no duraría más de unos segundos en el campo de batalla, pero el padre de Wulfric le había enseñado a valorar la inteligencia y la agudeza mental más que cualquier otra cualidad, y le estaba quedando rápidamente claro que a Cuthbert no le faltaba ninguna de las dos. De todas formas, era difícil no sentir una extrema intranquilidad ante la estrategia que Alfred proponía con tanta confianza. Los reyes, reflexionó Wulfric, eran siempre más optimistas respecto a las estrategias de guerra que los hombres cuya responsabilidad era llevarlas a cabo en el campo de batalla. Le dedicó a Alfred una mirada escéptica, como pocos en la corte se atreverían a darle.

—¿*Ese* es tu plan? ¿Una armadura mágica?

—Estoy seguro de que en este punto de la historia estarás de acuerdo con que la magia de Æthelred no es ninguna fantasía —dijo Alfred—. Si la magia con la que él conjuró a esos monstruos no se pone en duda, ¿por qué no podríamos confiar igualmente en los otros hechizos que surgieron a partir de los mismos pergaminos?

—Esto lo veo como vería cualquier otra arma de guerra —repuso Wulfric—. Sólo creeré en su utilidad hasta que observe su desempeño en el campo. ¿Cómo propones que la probemos?

—Yo pensaba ponerte a ti la armadura y lanzarte directamente a Æthelred —dijo Alfred con una sonrisa pícara.

Wulfric se volvió nuevamente al clérigo.

—¿Tu conocimiento abarca algo más que pudiéramos usar en contra de Æthelred y sus hordas?

Cuthbert se veía desconcertado.

—Lo siento, milord... ¿algo como qué?

Wulfric lo miró lleno de irritación.

—¡No lo sé! ¿Lluvia de fuego? ¿Flechas encantadas? ¡Tú dímelo; tú eres el experto!

Cuthbert bajó la mirada al suelo, apenado.

—No, milord. Me temo que no tengo nada como eso.

—¿Quieres decir que me puedes proteger de los hechizos de este conjurador, pero no de las bestias que crea?

—Para eso, mi querido amigo, tendrás que depender de tu espada y de tu ingenio, como siempre lo has hecho —dijo Alfred con una sonrisa que esperaba pudiera darle algún ánimo. No tuvo éxito.

Wulfric suspiró. Cada vez le quedaba más claro que no había forma de escapar a aquel serio deber; no sólo porque seguía sintiéndose en deuda con Alfred, sino porque mientras más sabía de la brujería de Æthelred, más temía genuinamente al caos y la destrucción que esta era capaz de generar. Podría rehusarse y volver a casa, pero ¿cuánto tiempo pasaría antes de que la guerra, o algo peor, alcanzara a su aldea, poniendo en peligro la vida de su esposa e hijo? No, este cura loco tenía que ser detenido. Y si él no lo hacía, ¿entonces quién?

—Quiero elegir a los hombres que irán conmigo —le dijo a Alfred en el tono hastiado de quien acepta algo con renuencia.

—Por supuesto —contestó el rey, tratando de esconder su alivio.

Cuthbert seguía allí de pie, en silencio, exprimiéndose las manos como si fueran un trapo. Wulfric lo señaló con un ligero movimiento de cabeza.

—En primer lugar, lo escojo a él.

Los ojos de Cuthbert se abrieron como platos.

—Perdón... ¿qué?

—Si queremos triunfar en esta misión, mis hombres y yo tendremos que apoyarnos fuertemente en tu conocimiento. Tu conocimiento *único*.

—Sí, sí, por supuesto —tartamudeó Cuthbert, preso de algo que se asemejaba mucho al pánico—. Pero puedo cumplir con mis obligaciones desde aquí, encantar cualquier armadura que usted requiera antes de que parta con sus hombres. Cualquier cosa que usted...

—Eso no será suficiente —lo interrumpió Wulfric con un movimiento de su mano—. Esa magia tuya todavía no está probada. Podríamos requerir de tu pericia para mantenerla o adaptarla según se vaya necesitando. Y con seguridad nos encontraremos en situaciones que requerirán improvisación. Nos servirás mejor en el campo.

Cuthbert podía escuchar los latidos de su propio corazón aporreándole los oídos como un tambor; la oscuridad parecía trepar desde las orillas de su visión. Sus rodillas se debilitaron. El estómago se le tensó. Repentinamente su boca se había secado tanto que apenas podía hablar, pero su agudo instinto de conservación hizo que de alguna manera pudiera sacar las palabras.

—Milord —dijo sumisamente con la voz quebrada—, con todo respeto, yo soy un estudiante, no un soldado.

Wulfric palmeó enérgicamente el hombro de Cuthbert, y las piernas del clérigo casi sucumbieron bajo su propio peso.

—Mi amigo —dijo Wulfric—, a partir de hoy, eres las dos cosas.

En cuanto le dijeron que podía retirarse, el sacerdote se apresuró a salir y se dirigió al edificio anexo a la capilla. Wulfric y Alfred caminaron de vuelta hasta el patio en donde el caballo de Wulfric descansaba dentro del establo. Por un rato ninguno de los dos habló. Un alud de palabras no dichas pendía sobre sus cabezas. Alfred se obligó a decir algo. Cualquier cosa.

—¿Por dónde comenzarás? —preguntó.

—Buscaré a Edgard —contestó Wulfric sin vacilar. Ya lo había pensado desde hacía unos momentos—. No hay batalla ni campaña que me pueda imaginar peleando sin él a mi lado. Una vez que él esté conmigo, los demás que necesito me seguirán.

Alfred asintió dando su visto bueno y continuaron andando otro rato sin decir nada más. Wulfric contemplaba las piedras bajo sus pies, profundamente sumido en sus pensamientos.

—Claro que antes debo darle la noticia a Cwen —observó. Su voz era muy baja ahora, como si hablara consigo mismo.

—¿Cómo lo tomará?

—La verdad sea dicha, no sé a qué le temo más: si al ejército de abominaciones de Æthelred o a su reacción —repuso Wulfric medio bromeando—. Le prometí que no volvería a ir a la guerra. Esa fue la única condición que me puso para casarse conmigo.

—Pero tú no irás a la guerra —respondió Alfred—. Esta es una misión muy peculiar en nombre de tu rey y, francamente, de tu Dios. Cwen es una mujer de fe, ¿no es así? Ciertamente podrá entender eso.

Wulfric lo consideró por unos segundos.

—Una cruzada —dijo al fin.

—Una pequeña cruzada —sugirió Alfred con ironía y una sonrisa que no fue correspondida por Wulfric. Alfred conocía demasiado bien a su amigo para saber que había algo más en su mente, pero estaba reacio a contarlo.

—¿Hay alguna otra cosa que quisieras pedirme? —preguntó. Y eso fue suficiente para detener a Wulfric en seco. El caballero se dio la vuelta y le dedicó a Alfred una mirada dura y cargada de algo cercano al odio, una mirada a la cual el rey no estaba acostumbrado.

—Sólo tengo una pregunta que hacer —dijo Wulfric—. ¿Cómo pudiste estar tan ciego para no ver a dónde te llevaría esta locura, esta... *herejía*?

Alfred miró a su alrededor como buscando una respuesta. Y Wulfric vio ahora en su rostro sentimientos que había observado en varias ocasiones en otros hombres, pero nunca en su rey. Remordimiento. Culpa. Vergüenza.

—Yo mismo me he hecho esa pregunta tantas veces. También se lo he preguntado a Dios. Hasta ahora, ninguno de los dos tenemos una respuesta. Lo único que puedo decirte es esto: todo lo que he hecho en mi vida, incluyendo esta horriblemente equivocada decisión, ha sido motivado por una sola idea: proteger y defender este reino. Así que me duele, más de lo que tú puedes imaginar, saber que mis propias acciones lo han puesto en mayor peligro que los vikingos. Por eso es que te pido ahora, no como tu rey, sino como tu amigo, que me ayudes por última vez. Ayúdame a deshacer todo el mal que yo mismo he hecho.

Wulfric miró a su rey. Alfred no pudo descifrar la expresión en su rostro, así que esperó algún gesto de comprensión, o —se atrevió a tener esa esperanza— de absolución. Pero todo lo que Wulfric le otorgó fue un movimiento de cabeza antes de volverse y caminar rumbo al establo donde lo esperaba su yegua.

—Lo haré —dijo sin mirar atrás.

Al llegar Wulfric a su casa fue mucho peor de lo que temía. Cwen se desgañitó y maldijo y le lanzó todas las cosas que su avanzado estado de gravidez le permitió. Alfred se había equivocado, por supuesto: no sobre que Cwen fuera una mujer de fe, sino al sugerir que podría comprender por qué Wulfric tenía que abandonarla cuando estaba a punto de parir, justo cuando más lo necesitaba.

Él sabía que Cwen jamás hubiera creído una historia de monstruos y magia, así que le contó mejor un cuento sobre una peligrosa banda de herejes comandada por un sacerdote trastornado de la cabeza que se dedicaba a esparcir blasfemias por todos lados. Alguien tenía que detenerlos: eso, al menos, era verdad —de alguna manera—. Pero invocar su deber para con Dios y con el rey no tenía mucho efecto en Cwen, cuyas prioridades ahora comenzaban y terminaban en el regalito que llevaba dentro. «¡Dile a Alfred que se puede meter su pequeña cruzada por el trasero!», le había gritado mientras le lanzaba las ollas de cobre desde el otro lado de la cocina. «¡Dios no quiere que persigas curas locos a miles de kilómetros! ¡Dios quiere que estés aquí conmigo y con tu hijo por nacer! ¿Cómo nos puedes hacer esto ahora?».

Por eso los guerreros nunca deben casarse, pensó Wulfric más tarde, cuando empacaba su alforja y se frotaba un moretón en la frente, producto de una jarra para leche con la que Cwen tuvo especial puntería. *Porque la guerra es una amante celosa. Tiene sus maneras para atraernos de vuelta a ella, mucho después de que nos habíamos jurado decirle adiós para siempre.*

Wulfric montó a Dolly y partió esa misma noche. Hubiera deseado pasarla en casa, pero Cwen le había dicho en términos muy claros que el único lugar en el que dormiría sería el establo. Así que emprendió su cabalgata hacia la oscuridad, rumbo al este, donde sabía que encontraría a Edgard. Se detuvo al llegar a lo alto de la colina y miró hacia atrás, con la esperanza de encontrar a Cwen atisbando desde la puerta o la ventana. Pero no se veía por ningún lado. Entristecido, se dio la vuelta y espoleó a su yegua.

Seis

Wulfric se sentó cruzado de piernas en el centro de aquel prado cubierto de césped. Examinaba distraído una curiosa flor que había cortado, un tipo que no había visto antes y no podía identificar. Un momento tranquilo, de los pocos que le habían tocado en varios meses, salvo por el tiempo de sueño y eso apenas, pues las horas de la noche estaban plagadas de pesadillas que se reproducían a su antojo dentro de su cabeza. Por eso buscaba algo de paz siempre que se encontraba con un instante de tranquila soledad, como este. Sin embargo, a decir verdad, el no tener en qué ocupar su mente le volvía más difícil ignorar ese dolor del que no podía aliviarse.

Meses después de que aquella bestia deforme lo hubiera atacado en las mazmorras, Wulfric llevaba aún la herida alrededor de su muñeca, tan fresca como si se la hubieran hecho ayer. Había probado todos los ungüentos y tratamientos conocidos, pero todavía la sentía arder debajo del vendaje con el que la cubrió. A veces tenía la sensación de que la lengua de la bestia seguía allí, un apéndice fantasma envolviendo su muñeca como un grillete al rojo vivo chamuscando su carne. Porque esa era otra característica de la magia negra de Æthelred: heridas que se resistían a sanar a pesar del tiempo y de los remedios.

El sonido de pasos tras él lo sacó de su ensimismamiento.

—Los soldados están preguntando si tienen que sentarse aquí toda la mañana o si planeas darles una orden de ataque en algún momento —dijo Edgard.

Desde abajo, Wulfric levantó la mirada hacia su compañero. De la misma manera en que Wulfric era uno de los pocos hombres en el reino que se había ganado el derecho a hablarle al rey como su igual, Edgard se contaba entre los pocos que disfrutaban de un privilegio similar con Wulfric. Cualquier otro soldado en Inglaterra, incluidos los oficiales de más alto rango, se dirigían a Wulfric con un grado de veneración que volvía imposible sostener con ellos cualquier tipo de plática útil y honesta. Pero no era así con Edgard, un caballero que, como Wulfric, había sido un plebeyo alistado en el ejército de Alfred. Había peleado a su lado en casi todas las batallas en contra de los daneses, antes y después de Ethandun.

La amistad había nacido casi desde el primer instante en que compartieron el pan en uno de los campamentos de reclutas. Se enteraron de que ambos venían de la misma provincia. Sus familias compraban fruta en el mismo mercado local y hasta tenían algunos conocidos en común. Ambos hombres habían sido bendecidos, o maldecidos quizá, con un talento innato para pelear. Eran afines en muchos aspectos y se volvieron inseparables en el campo de batalla. En poco tiempo ya se habían salvado la vida mutuamente más veces de las que podían recordar. Al principio comenzaron a llevar el puntaje como en una especie de competencia fanfarrona, pero tras un tiempo perdieron la cuenta. Fuera del mismísimo Alfred, Wulfric no conocía a otro hombre en toda Inglaterra al que le confiara su vida así, sin ningún reparo. Por eso Edgard había sido el primero al que Wulfric buscó alistar en su campaña para cazar a Æthelred y su ejército de condenados.

Edgard, a diferencia de Wulfric, no había sido tan humilde como para rechazar las pródigas tierras y títulos que Alfred les ofreció con gratitud a ambos al terminar la guerra. Se retiró con lujos y sin preocupaciones. Pero luego de un tiempo se sintió inquieto y aburrido. Estaba cansado de su castillo, tan caro en su mantenimiento e imposible de calentar en invierno; y más cansado estaba de su esposa, que lo incordiaba incesantemente. La verdad era que nunca la quiso mucho desde el principio, pero siempre había deseado tener hijos más que otra cosa en la vida. Ella era la más joven de cinco hermanas que le dieron muchos hijos a sus esposos: razón suficiente para casarse con ella.

Pero el destino decidió que a Edgard no le daría ningún hijo, y no fue por falta de intentos. Cuando las peleas por este motivo inevitablemente llegaron, ella le recordó que venía de familia fértil y que la culpa tenía que ser de él. Edgard estaba resentido con su mujer y con su maldito castillo lleno de corrientes de aire y sus tantísimos cuartos vacíos que deberían estar repletos de risas infantiles. Por eso cuando Wulfric llegó a tocar a su puerta con la propuesta de pelear a su lado una vez más, Edgard no hizo preguntas sobre la naturaleza del enemigo, ni siquiera sobre el tamaño de la recompensa; simplemente tomó la oportunidad de alejarse de todo lo que le recordaba su insatisfecha vida. *Para mí es más fácil terminar una vida que crearla*, reflexionó con tristeza mientras se alejaba de su castillo cabalgando junto a Wulfric.

Edgard no se volvió para ver si su esposa observaba su partida. Ni siquiera le avisó que se marchaba.

Juntos no tardaron en reunir el más poderoso —aunque pequeño— grupo de guerreros que hubiera sido creado jamás. Casi un centenar de veteranos de las campañas contra los vikingos, elegidos uno a uno por Wulfric y Edgard, quienes sabían que estos hombres podrían nivelar las probabilidades en contra de las criaturas de Æthelred. Alfred había tratado de advertirle a Wulfric que una sola bestia equivalía a una docena de soldados. *No de los que planeo poner a pelear en su contra*, se dijo Wulfric.

A la mayoría de los hombres que buscaron para reclutar les había hecho gracia la historia sobre Æthelred y sus abominaciones. Pero no todos se rieron: algunos ya habían escuchado historias en tabernas y fogatas sobre aldeas destrozadas por monstruosidades de formas cambiantes, guiadas por un brujo oscuro. Ninguno vaciló en aceptar; seguirían a Wulfric y Edgard a pelear en contra de cualquier enemigo, sin importar qué tan inverosímil fuera.

Con su fuerza ensamblada, Wulfric y Edgard cabalgaron hacia el noreste, siguiendo el rastro de Æthelred en su camino hacia la frontera con Danelaw. Los hombres de Wulfric que al principio se mofaron de la historia se volvieron creyentes a medida que avanzaban por el sendero de horrores que el arzobispo demente dejaba a su paso. Todos habían visto ya asentamientos saqueados por los daneses, pero jamás algo como esto. No había cadáveres ni heridos. En su lugar, ciudades y aldeas completamente vacías, con nada más que una espeluznante desolación. Mientras inspeccionaban las ruinas silenciosas del primer pueblo fantasma que encontraron, Wulfric les recordó a sus hombres lo que el rey había dicho sobre Æthelred: «Sus enemigos no caen en el campo de batalla: se convierten en sus aliados». A pesar de que todos eran soldados curtidos por la guerra, ninguno pudo atravesar el pueblo sin estremecerse.

Con el tiempo alcanzaron a Æthelred justo en las afueras de Aylesbury, un pequeño pueblo de mercaderes que había sido saqueado esa misma mañana. Un día más y hubiera sido demasiado tarde, pues Aylesbury estaba situado peligrosamente cerca de la frontera con Danelaw. Y de pronto ya no hubo escépticos entre los hombres de Wulfric, porque todos vieron con sus propios ojos lo que avanzaba frente a ellos: una gran manada de horripilantes bestias negras como el petróleo, de formas inconcebibles, arrastrándose y dando tumbos por el camino mientras aullaban y gemían en una cacofonía infernal tan repugnante que sólo inspiraba desesperanza. A la cabeza de aquel contingente de pesadilla, la figura solitaria de Æthelred las guiaba como un pastor demoniaco.

Por sus formas irregulares, así como por sus extraños movimientos, era difícil contar a las criaturas a la distancia, pero Wulfric estimó que el rebaño contenía al menos unas quinientas cabezas: las poblaciones enteras de las doce o más aldeas y caseríos con los que Æthelred se topó en el camino y que ahora formaban parte de la grotesca horda que avanzaba atropelladamente bajo su comando.

Wulfric era un estudioso de la guerra y de las tácticas de batalla. Durante la persecución del ejército de Æthelred había pensado una y otra vez en la mejor manera de confrontar al arzobispo y sus sirvientes, y cuando al fin lograron alcanzarlos ya estaba decidido por un plan de ataque que siempre le había funcionado bien: directo al corazón del enemigo, sin miedo ni titubeos. Wulfric sabía que Æthelred contaba con el miedo que sus abominaciones producían en el corazón de quien posaba sus ojos sobre ellas. Pero Wulfric había neutralizado ese recurso en particular al seleccionar hombres que jamás se congelarían de miedo ni demostrarían flaqueza aun si tuvieran que enfrentar al enemigo más aterrador. «El ejército de Æthelred no es distinto a cualquier otro que hayamos enfrentado y vencido numerosas veces», les recordó la noche anterior. «Es una horda sin sentido compuesta de bárbaros y animales sin honor, sin ingenio, y sin Dios de su lado». También les recordó que Cuthbert había estado trabajando sin descanso para bendecir la armadura que cada uno de los hombres portaba, dándoles a todos la protección que inutilizaría cualquier otra ventaja que Æthelred pudiera tener en la batalla.

El discurso funcionó. Por la mañana, sobre un campo abierto, Wulfric y Edgard lanzaron toda la fuerza de sus cien hombres directamente contra Æthelred, haciendo retumbar la tierra con los cascos de sus caballos. Llevaban sus espadas desenvainadas, sin miedo, y rugían a todo pulmón, tan alto que sus gritos competían con los aullidos del monstruoso rebaño.

Al principio, Æthelred pareció deleitarse con lo que se avecinaba. De pie, desafiante y sin temor frente a su ejército, centró su atención en Wulfric y en la punta de su espada que se acercaba a él en dirección contraria. Levantó sus manos e hizo danzar sus dedos huesudos en el aire, como un virtuoso del arpa que tocara un instrumento invisible, mientras recitaba un conjuro. Pero su mirada desafiante se transformó lentamente en una de consternación al darse cuenta de que Wulfric y sus hombres seguían avanzando, aparentemente inmunes al hechizo que debía haberlos convertido en esclavos quebrantados y dispuestos a sus órdenes.

Cuthbert había realizado muy bien su trabajo. La pechera de la armadura de Wulfric resplandecía con un brillo tornasolado mientras el sello de protección que el joven clérigo le había colocado absorbía el embate de la magia de Æthelred, como un pararrayos, y la disipaba sin que causara ningún daño.

Æthelred maldijo y se dispuso a preparar otro conjuro, pero el ejército de Wulfric se encontraba para entonces a menos de cincuenta metros y se acercaba con rapidez, así que, lleno de pánico, se escondió tras de su horda y dio la orden de ataque. Sus monstruos avanzaron para embestir a la brigada de Wulfric. En los momentos previos a que se enfrentaran, Æthelred se cuestionó por qué esa diminuta fuerza de hombres, superados en número de cinco a uno, no huía ante el espectáculo de su propio ejército como tantos otros habían hecho antes. Sólo podía suponer que eran estúpidos o dementes. Pero si él no podía sumarlos a sus números, sus bestias seguramente los harían trizas en el campo de batalla.

La arrogante suposición de Æthelred resultó ser errónea, como lo averiguó en breve. Su ejército era sin duda una imagen aterradora a la vista de cualquiera, pero nunca había probado a sus monstruos en batalla: todos los enemigos que habían enfrentado acababan transformados o huían aterrorizados. Esta era, pues, la primera degustación de una batalla real para sus viles criaturas. Æthelred descubrió consternado que, a diferencia de la banda de curtidos veteranos de guerra que comandaba Wulfric, su «ejército» no era tal. En el inicio del agónico caos, sus monstruos abatieron a varios hombres atacando salvajemente con garras, colmillos y tentáculos, pero la caballería de Wulfric contraatacó con más fuerza, cercenando miembros y dejando un reguero de monstruos mutilados y sangrantes que aullaban de dolor.

El rumbo de la batalla cambió rápidamente de dirección después de eso; la multitud de bestias sucumbió al pánico y a la confusión. Para sorpresa y deleite de Wulfric y sus hombres, se volvió evidente que esos seres infernales no eran tan temibles cuando se les confrontaba en condiciones de igualdad. Se parecían a los caballos salvajes, que se asustan al primer signo de peligro. Muy pronto la horda se dispersó y huyó ante las fuerzas de Wulfric, aun cuando Æthelred hacía un intento desesperado por mantener la ilusión de disciplina en su ejército. A pesar de que los hombres de Wulfric todavía entablaban combate con algunas bestias, principalmente aquellas que se habían encolerizado tras haber sido heridas, el arzobispo se dio cuenta de que no había esperanza. Con la mayoría de sus fuerzas en plena huida y su propia magia nulificada, aquella batalla estaba más que perdida.

Ante las circunstancias, buscó una forma de escape. Reunió un pequeño grupo de sus siervos más obedientes, los primeros que había transformado desde que escapó de la torre de Alfred, y junto a ellos emprendió la huida en medio del caos, descendiendo por una escarpadura hasta la orilla de un bosque cercano, donde desapareció entre los árboles. Mientras tanto, Wulfric liquidaba al resto de sus bestias.

Wulfric perdió veinte hombres ese día: un gran resultado si se considera que aniquilaron a más de cien bestias e hicieron que el resto huyera despavorido. La única amenaza que quedaba era Æthelred y las pocas abominaciones que aún controlaba.

De allí en adelante, la campaña se volvió una expedición de caza. Wulfric y Edgard siguieron el rastro del arzobispo día y noche, esperando encontrarlo antes de que tuviera la oportunidad de reponer sus números. Sus huellas los llevaron hasta Canterbury, la sede de Æthelred, y a la catedral en donde la desgraciada desventura había empezado.

Y ahora estaban ahí, precisamente cuatro meses después del día en que Wulfric había cabalgado lejos de su esposa e hijo nonato. Fue una larga campaña, ardua tanto para el cuerpo como para el alma, pero estaba por terminar. Su ejército acampó no lejos de la catedral de Canterbury. Sabían que Æthelred estaba dentro, lamiéndose las heridas. Una batalla final para cerrar ese capítulo del libro y Wulfric sería libre de volver a su hogar. Vería a su hijo por primera vez, que debía tener ya un mes de nacido, y arreglaría las cosas con Cwen. Podría empezar su nueva vida, como padre y como esposo.

Pero a pesar del ansia que sentía por hacer todo eso, no iba a permitir que las prisas se convirtieran en su ruina durante las últimas horas. Æthelred había sido superado en la batalla y su magia neutralizada, pero Wulfric sabía que no debía subestimar a su enemigo justo ahora. Æthelred era un hombre astuto, desafiante; lo que sea que hubiera estado haciendo dentro de la catedral en los últimos tres días, Wulfric podía asegurar que era algo más que esperar pacientemente a que él y sus hombres tiraran la puerta para liquidarlo.

No, Æthelred no se iría sin dar batalla. Con toda seguridad tenía una carta bajo la manga para la última jugada. La única pregunta era: ¿cuál?

Wulfric seguía ponderando lo anterior cuando Edgard lo miró con una ceja arqueada, esperando una respuesta a su propia pregunta.

—Por eso estamos aquí, ¿no? ¿Para atacar?

Wulfric contempló el capitel sin adornos de Canterbury, amortajado en la niebla de la mañana.

—Vamos a atacar cuando tenga una mejor idea de lo que nos espera allí dentro, no antes —dijo Wulfric.

—Sabemos lo que hay allí dentro. Æthelred y a lo mucho una docena de sus perros infernales; muchos menos que los que ya hemos liquidado. ¿Para qué esperar?

Mientras lo seguían, vigilaron muy de cerca el camino que Æthelred había seguido de regreso a Canterbury, tomando nota de cualquier asentamiento o pueblo donde hubiera podido cosechar refuerzos. Según lo observado no había pasado por ninguna población, pues había optado por la ruta más directa de vuelta a Canterbury. Eso significaba que sólo podría haber reclutado a la fuerza a individuos o grupos muy pequeños que se hubiera encontrado en el camino. Tal vez para este momento ya había convertido en bestias al personal de Canterbury y a otros criados, pero aun con eso los números no podían ser más de lo que Edgard estimaba. El hechicero estaba atrapado y sitiado, sus fuerzas menguadas, su magia inútil. Estaba listo para ser terminado. A menos que... Esas palabras comenzaron a corroer a Wulfric como el aro ardiente alrededor de su muñeca.

—Ha estado allí durante días —observó con una inclinación de cabeza hacia la catedral cubierta por la niebla en la distancia—. Haciendo qué, sólo Dios sabe. Quizá refinando su magia para contrarrestar los repelentes en nuestras armaduras. Tal vez entrenando a lo que queda de sus fuerzas para que se defiendan mejor y peleen con más fiereza. Probablemente estará haciendo algo que ni siquiera hemos considerado. No me gusta nada.

—¿Qué evidencia tienes para sugerir lo que acabas de decir? —preguntó Edgard.

—Ninguna —admitió Wulfric—. Es sólo un mal presentimiento. Como el que tuve antes de Chippenham. ¿Lo recuerdas?

—Mmmh —refunfuñó Edgard, contemplando el horizonte.

Los dos habían tenido muchas diferencias en materia bélica: desde estrategias de infantería hasta la mejor manera de cortar la garganta de un hombre, y muchas veces habían debatido hasta entrada la noche, pero Edgard tenía que admitir que, cuando se trataba de malos augurios antes de una batalla, el instinto visceral de Wulfric casi nunca se equivocaba. Suspiró.

—Wulfric, la única manera de averiguar lo que nos espera en la catedral es entrando en ella.

Wulfric dejó caer la flor que lo había tenido perplejo por un rato y se puso de pie, girándose para encarar a sus hombres, que se habían congregado tras él.

—Tal vez no —dijo—. Tráiganme a Cuthbert.

Edgard pasó la orden a un recadero y, minutos más tarde, vio al joven clérigo corriendo a través del campo hasta donde se encontraba su comandante; jadeaba mientras corría, su respiración era como pequeñas nubes en la neblina matinal.

—Es realmente un misterio cómo ese muchacho sigue con vida —dijo Edgard divertido al observar el paso torpe de Cuthbert y la sotana que le venía demasiado grande: colgaba de su esbelta estructura como si alguien la hubiera lanzado encima de una silla mal hecha.

—Ese chico es la única razón por la que seguimos vivos —contestó Wulfric. Cuthbert se había ganado su respeto durante el curso de la campaña. Al principio daba la impresión de ser muy nervioso y quebradizo, pero en los momentos importantes se había probado como un valiente. En Aylesbury, Cuthbert insistió en quedarse con los soldados hasta el último momento previo al combate para asegurarse de que cada uno de ellos tuviera una bendición recién puesta sobre su armadura, así como sobre su montura, en caso de que el efecto protector del hechizo —hasta entonces no probado—disminuyera con el tiempo. Para hacer todo eso tuvo que aventurarse más cerca de la horda de Æthelred de lo que se creía capaz. No fue sino hasta después, cuando la batalla hubo terminado, que se dio cuenta de que había olvidado ponerse una bendición protectora en sus propias vestiduras, dejándose a sí mismo vulnerable a las maldiciones de Æthelred. Fue sólo por suerte que no había sido el blanco directo de un conjuro que lo hubiera convertido en una bestia terrible a la cual sus propios compañeros hubieran tenido que sacrificar. Cuthbert pasó el resto de la noche vomitando, pero para entonces sus logros en el campo de batalla le habían ganado ya la estima de Wulfric y, por extensión, la de todos sus hombres.

Cuthbert también se volvió invaluable como curador y archivista de las increíbles y variadas formas de aquellas criaturas que Æthelred conjuraba. Después de la batalla de Aylesbury, muchas de las bestias se desperdigaron y ahora estaban diseminadas a lo largo y ancho del reino, viviendo al acecho en las sombras, salvajes y sin amo. Se habían convertido en la base de un nuevo folclor que ya se difundía por todo el sur de Inglaterra, cuentos que se relataban al calor de las fogatas o se le contaban a los niños inquietos. Eran historias espantosas sobre horrores sombríos y malévolos que acechaban a sus presas, hombres y animales por igual. Criaturas que en la noche arrastraban a su víctima hasta la oscuridad, mientras gritaba aterrorizada, antes de devorarla.

Los soldados de Wulfric ya se habían encontrado a varias de estas fieras durante la persecución a Æthelred tras la batalla de Aylesbury. Apenas las mataban, Cuthbert se esforzaba por catalogarlas en su propio bestiario, que llevaba cuidadosamente en un volumen encuadernado en piel. Realizaba dibujos detallados de cada nueva especie y tomaba notas de sus características de comportamiento, rapidez, fuerza, inteligencia y forma preferida de ataque. Con esta información, el siguiente enfrentamiento con una criatura similar era más rápido y menos probable de resultar en pérdidas humanas. El trabajo de Cuthbert era tan exhaustivo y erudito como útil en su aplicación práctica, y Wulfric tuvo que admitir que lo encontraba misteriosamente fascinante. Lo llevó de vuelta a su infancia, cuando su padre le enseñaba a estudiar e identificar las diferentes formas de insectos. Ahora los bichos eran el doble del tamaño de un hombre y podían matarte desde metros de distancia, pero el principio seguía siendo el mismo.

Cuthbert llegó con la cara enrojecida y sin aliento. Trató de hablar sin conseguirlo, pues estaba demasiado agitado y las palabras no le salían.

—¡Respira, muchacho! —espetó Edgard.

Cuthbert se tomó un momento para recobrar la compostura y regularizar su respiración.

—Lo siento... Sir Wulfric, ¿me necesita para algo?

—Hace unas noches me contaste sobre otro hechizo que habías empezado a traducir antes del escape de Æthelred —dijo Wulfric.

A Cuthbert le tomó un momento recordar aquella conversación.

—¡Oh! ¿Se refiere a la proyección?

—Sí. ¿Es algo posible de hacer?

Cuthbert titubeó.

—No estoy seguro. Mi traducción estaba incompleta, y...

—Pero puedes recordar con precisión lo que sí alcanzaste a traducir. —Para ese entonces, Wulfric sabía que la memoria perfecta de Cuthbert era un hecho comprobado.

Cuthbert asintió.

—Disculpen —interrumpió Edgard—, pero ¿exactamente de qué estamos hablando?

—Según mi comprensión de los manuscritos, la proyección le permite a una persona ver lo que está en otros lados —dijo Cuthbert—. El hechizo describe el uso de un medio reflectante, tal como un metal pulido o un cuerpo de agua inmóvil, para proyectar la imagen de una locación lejana exactamente como luce en ese momento. Algo como una ventana desde la cual uno puede asomarse a un lugar distante. Yo he hecho mis propias investigaciones al respecto y creo que es posible ir más allá incluso. Me refiero a proyectar una imagen incorpórea de uno mismo en ese lugar lejano y explorarlo remotamente, como si uno estuviera allí, presente de verdad.

—¿Y puedes hacer eso? —preguntó Wulfric intrigado.

—En teoría —dijo Cuthbert—. Pero en materia de magia a veces hay una gran distancia entre lo teórico y lo práctico.

—Necesito que lo intentes —dijo Wulfric—. Tengo que saber lo que nos espera adentro de la catedral antes de comprometer a mis hombres. Ese conocimiento podría ser la diferencia entre la victoria y la derrota, incluso podría determinar cuántos de nosotros vamos a sobrevivir ese día. ¿Entiendes?

Cuthbert se quedó en silencio mientras el peso de las palabras de Wulfric le hacía comprender lo que le estaba pidiendo. Se preguntó si él solo se había metido en ese brete por hablar de más. Su estómago se enmarañó hasta formar un nudo.

—Lo entiendo —contestó finalmente, haciendo acopio de toda la calma posible—. Voy a intentarlo.

—Bien —dijo Wulfric, y miró impaciente a Cuthbert.

Al joven clérigo le tomó un momento comprender.

—¡Oh! ¿Se refiere a ahora mismo?

—Sería lo más deseable —repuso Wulfric con una sonrisa apenas dibujada. Cuthbert palideció aún más.

—Yo... voy a necesitar algún tipo de superficie reflectante —dijo el joven sacerdote—. Algo de vidrio o...

Cuthbert se encogió instintivamente cuando Wulfric desenvainó su ancha espada. La parte plana de la hoja destellaba bajo la luz del sol que comenzaba a asomarse a través del cielo nublado.

—¿Crees que esto podría servir?

Cuthbert contempló la espada y vio su propia cara en el reflejo. Wulfric se jactaba del mantenimiento meticuloso de sus armas y de su armadura; la cuchilla estaba tan finamente pulida que para fines prácticos era un espejo.

—Creo que sí —respondió Cuthbert—. ¿Me permite?

Wulfric le ofreció la espada. Cuthbert casi se viene abajo al sostenerla: era mucho más pesada de lo que imaginaba. *No sé cómo carga esta maldita cosa por todos lados*, pensó mientras lidiaba con el arma. *Y no nada más la carga... ¿cómo puede moverla para atacar?*

Wulfric y Edgard dieron un paso hacia atrás y observaron a Cuthbert con gran curiosidad mientras ponía la espada sobre el suelo y se sentaba cruzado de piernas frente a ella. Colocó las yemas de todos sus dedos sobre la hoja, con cuidado de no acercarse al filo, pues sabía que Wulfric mantenía la espada tan afilada como brillante. Cerró los ojos y musitó un conjuro casi entre dientes. Para los oídos de Wulfric y Edgard aquello no sonaba diferente a las palabras que ya habían escuchado antes, cuando el joven ponía las bendiciones protectoras en las armaduras: la misma lengua arcaica e incomprensible.

Durante varios minutos lo miraron recitar las mismas líneas una y otra vez, al parecer sin ningún resultado, y Edgard comenzó a impacientarse. Se acercó a Wulfric para susurrarle al oído.

—¿Cuánto más para que sepamos si esto va a...?

Se calló a mitad de la frase. En ese instante vio algo absolutamente increíble, aun tomando en cuenta todo lo vivido en los últimos meses. Cuthbert daba la impresión de *brillar*: se volvió momentáneamente traslúcido, como una gasa, como si ya no estuviera allí por completo, antes de regresar a un estado corpóreo total. Ambos caballeros lo miraron con los ojos desorbitados.

—¿Viste eso? —preguntó Edgard.

—Sí.

—¿Qué demonios fue?

—No lo sé.

Cuthbert terminó de recitar las palabras; estaba en trance, inmóvil como una estatua. Aquello era desconcertante para Wulfric. Sólo había visto ese tipo de inmovilidad en los hombres muertos. Observó cuidadosamente a Cuthbert, buscando alguna señal de vida. Al principio no pudo detectar ninguna, pero luego se dio cuenta de que el joven sacerdote respiraba, tan despacio y superficialmente que apenas era perceptible. A Wulfric no le gustó lo que veía. Al no saber cómo se suponía que funcionaba aquello, no tenía forma de saber si algo andaba mal.

—¿Cuthbert?

Ninguna respuesta.

—¡Cuthbert! —más fuerte esta vez. Igual, ninguna respuesta. Wulfric se inclinó sobre el joven clérigo para despertarlo de una sacudida, pero en ese instante los ojos del chico se abrieron de golpe. Sin embargo no miraba a Wulfric, ni a Edgard, ni nada dentro de su propio campo de visión. Aunque su cuerpo seguía allí, él miraba algo completamente diferente, algo más allá de la percepción de los dos caballeros. Cuando por fin el chico habló, el tono de su voz era bajo y acompasado.

—Ya estoy ahí.

Durante más de una hora observaron a Cuthbert, sentado inmóvil salvo por algún estremecimiento súbito, como alguien en medio de un sueño poderosamente vívido. *O una pesadilla*, pensó Wulfric. Sin embargo, los ojos de Cuthbert permanecieron abiertos todo el tiempo, sin parpadear una sola vez, mirando fijamente hacia un lugar lejano. De vez en cuando brillaba como al principio, y se volvía transparente por momentos, como si estuviera en ambos lugares a la vez.

—Algo no va bien —dijo Edgard con creciente preocupación—. Debemos despertarlo.

—Todavía no —dijo Wulfric. Aún no entendía el funcionamiento de la magia, pero podía suponer al menos que perturbar el estado actual de Cuthbert podría lo mismo dejarlo varado en el otro lugar que regresarlo con ellos. Era peligroso.

Todo cambió repentinamente cuando las sacudidas y estremecimientos de Cuthbert se transformaron en algo más: al principio eran espasmos extraños, luego violentas convulsiones. Los ojos de Wulfric se abrieron con alarma al ver cómo la cabeza de Cuthbert se jaloneaba de un lado a otro, como si estuviera atrapado por algo terrorífico. Gritaba con fuerza y agitaba las piernas como si quisiera salir corriendo, pero sus pies resbalaban sobre el césped húmedo por el rocío de la mañana. Mientras la parte inferior de su cuerpo se resistía, las puntas de sus dedos permanecían fijas sobre el reflejo de la espada de Wulfric, sin moverse ni un ápice, como si esa mitad de su cuerpo estuviese paralizada por su conexión con el metal.

—Está bien, suficiente —dijo Wulfric al ver que Cuthbert seguía retorciéndose. Edgard sujetó al muchacho para que Wulfric intentara separarlo de la espada. Se requirió de toda su fortaleza para dominarlo y que Wulfric pudiera acercarse, pero en el instante en que este la tocó, el mundo a su alrededor se oscureció totalmente. Ya no estaba en una pradera soleada, sino rodeado de paredes frías y húmedas alumbradas por antorchas parpadeantes, en medio de un angosto pasillo que se extendía entre sombras y penumbra. Era difícil ver; su visión estaba algo distorsionada en ese lugar; su entorno era borroso y confuso, como si mirara a través de un grueso vidrio. Sólo podía percibir con claridad lo que estaba directamente frente a él; todo en la periferia de su visión se difuminaba.

Escuchó un gruñido a sus espaldas y se dio la vuelta, despacio, ya que cualquier movimiento en ese lugar resultaba lento, algo similar a la forma en que uno se mueve en sueños. Le tomó un momento a sus ojos orientarse y enfocar lo que tenía frente a sí: uno de los monstruos de Æthelred, pero uno muy diferente a los que había visto antes. La mayoría de las bestias que el ejército de Wulfric enfrentó en Aylesbury conservaban al menos alguna característica del humano que habían sido: casi siempre caminaban erguidos, sobre patas traseras. Pero la cosa frente a él se parecía más a la monstruosidad barrigona que había visto en las mazmorras de Alfred. Se sostenía horizontalmente, muy cerca del piso, sobre cuatro extremidades con garras que salían a ambos lados de un torso protuberante que recordaba al de una enorme lagartija. Por más que Wulfric lo intentaba, no podía ver mucho más a través del filtro distorsionado de su visión, fuera de aquella cola rugosa y con púas que se movía de un lado a otro. No parecía tener cabeza, o al menos no pudo identificar ninguna: en el lugar donde normalmente debería estar, había nada más un hocico enorme, repleto de dientes como navajas.

La bestia se lanzó hacia él con toda agresividad. La retirada de Wulfric fue como intentar avanzar metido en arena hasta las rodillas. Miró hacia abajo y descubrió que tenía su espada en la mano; trató de matar al monstruo con ella, pero se sentía tan pesada que apenas podía levantarla. Después escuchó una voz distante, tan débil que pensó que sería su propia mente jugándole trucos, hasta que se volvió más fuerte, claramente real, y pudo reconocer la voz del joven Cuthbert.

¡Sir Wulfric! ¡Suéltela! ¡Debe soltar la espada!

Trató de hacer lo que la voz ordenaba, pero su propia mano no le respondía. Cuando la bestia se acercó a una distancia desde la que podía atacar, Wulfric enfocó toda la capacidad mental de la que podía hacer acopio en la mano que sostenía la espada, hasta que sintió que su puño la soltaba poco a poco. En ese momento la bestia saltó y él tropezó hacia atrás, sintiendo el fétido hedor del aliento del monstruo sobre él...

Wulfric gritó al caer de espaldas en el prado. Nubes grises flotaban a la deriva en el cielo. Edgard y Cuthbert lo miraban con gesto de gran preocupación.

—¿Qué pasó? —preguntó. Se dio cuenta de que le costaba respirar y su corazón latía con fuerza. Edgard y Cuthbert se tranquilizaron al ver que los ojos de Wulfric se enfocaron primero en uno y luego en el otro.

—Sir Wulfric, no debió tocar la espada —dijo Cuthbert. Wulfric la vio tirada sobre el pasto, al alcance de su mano. Cuthbert se había quitado una de sus prendas y con ella había cubierto la hoja—. Me temo que tendrá que ser destruida. La forma de eliminar el hechizo está más allá de mis capacidades. Mis más sinceras disculpas.

Wulfric se incorporó, atontado.

—Yo estuve... yo estuve *allí* —dijo. Su mente tropezaba al recordar todo lo que vivió en esos breves momentos.

—Es extraordinario, ¿verdad? —repuso Cuthbert con el entusiasmo de un erudito—. La claridad de la visión es casi...

—¿Qué viste? —preguntó Edgard con firmeza y Cuthbert se puso serio en seguida.

—Vi lo que ya había visto antes en Canterbury —dijo y miró a Wulfric—, cuando el arzobispo comenzó sus experimentos.

Wulfric asintió. Ahora comprendía por qué las tierras de cultivo y las pasturas que rodeaban Canterbury estaban siniestramente desprovistas de los animales que por lo regular podían verse pastando por allí. Él había pensado que los animales habían sido movidos a otro lugar por sus dueños, o que habían huido, asustados por la maldad que se cocinaba dentro de la catedral. Pero ahora sabía lo que realmente les pasó.

Wulfric se sentó sobre una Dolly engalanada con montura de caballería, junto a Edgard y de frente a las filas de su ejército situado sobre las colinas desde donde se veía Canterbury. El tiempo de ocio que habían tenido mientras Wulfric ponderaba la situación sólo aumentaba su ímpetu de pelear esa última batalla; sus hombres estaban impacientes y se les notaba en el rostro. Y ahora que Wulfric sabía lo que los esperaba dentro de la guarida de Æthelred, les concedería al fin ese deseo.

—En su desesperación, Æthelred ha vuelto a las formas más primitivas de su magia maldita —anunció—. Ha regresado a donde empezó, transformando animales comunes en abominaciones viles que espera usar como última línea de defensa. Si tenía muy poco control sobre los hombres-bestias, sobre estos monstruos tiene todavía menos. Podrán pelear salvajemente pero sin disciplina, valentía o lealtad. Eso es lo que nos separa a nosotros, soldados obedientes de la voluntad de Dios y protegidos por su bendición divina, de esas desdichadas aberraciones allí dentro —levantó su brazo en dirección a la catedral—. Canterbury alberga nuestras creencias más sagradas y ha sido mancillada por una presencia blasfema y repugnante. Pero no más. Hoy limpiaremos esa catedral y la regresaremos a la gracia de Dios. Hoy vamos a enviar a la maldad que la infesta, junto con el hereje que la ha invocado, de vuelta al lugar de donde vino: ¡a las profundidades del infierno!

Sus hombres rugieron al unísono levantando sus espadas al aire. Cuando Wulfric hizo girar a su caballo rumbo a la catedral, intercambió una última mirada con Edgard, una demasiado conocida para los soldados que ya han visto muchas batallas.

—Muy buen discurso —dijo Edgard con una sonrisa y se volvió a ver a los soldados detrás—. Tienen la sangre enardecida.

—Sólo espero que hoy no se tenga que derramar más de la necesaria —replicó Wulfric—. Terminemos con esto. Ya quiero volver a casa.

Dicho esto, sostuvo su espada en el aire, lanzó un grito de guerra y espoleó a su yegua hacia Canterbury, seguido por el estruendo de trescientos cascos galopando tras él.

Siete

A diferencia de las múltiples fortalezas y bastiones vikingos que Wulfric y Edgard habían sitiado en sus buenos tiempos, Canterbury no fue diseñada para resistir un ataque. Usando cualquier material que encontró a la mano, Æthelred intentó levantar una barricada frente a las puertas externas, pero estas cedieron con facilidad a la embestida de Wulfric: muy pronto él y sus hombres se encontraron en el espacioso claustro de la catedral.

Si alguna vez aquello fue un lugar tranquilo para la reflexión, el claustro ahora se asemejaba más a los muchos campos de batalla que Wulfric había presenciado en sus campañas, o a las aldeas saqueadas que conoció de niño. El piso estaba manchado de sangre seca y cubierto por los mismos cuerpos sin vida que la habían derramado. Hinchados, llenos de gusanos y larvas, así yacían los cadáveres de las criaturas de Æthelred que, con su falta de inteligencia y su gran agresividad, terminaron por atacarse y matarse unas a otras. Algunas zonas del suelo estaban negras y quemadas por aquellas bestias que exhalaban fuego. Todo el lugar apestaba a sulfuro, bilis y muerte, aunque había poco tiempo para obsesionarse por esas cosas. Los muchos horrores que aún vivían dentro de las paredes de Canterbury ya salían de su sopor y avanzaban para interceptar a la multitud de hombres montados que ya entraban al patio detrás de su comandante.

Wulfric espoleó a Dolly hacia el combate. La primera bestia que encontraron fue pisoteada por sus cascos, la segunda fue decapitada de un solo tajo por el acero de Wulfric. Si bien la espada que empuñaba ahora no era su favorita —aquella se había vuelto inútil después del hechizo de la proyección—, no dejaba de ser letal. La tercera bestia atacó desde fuera de su campo de visión: un tentáculo aceitoso se enrolló alrededor de su guantelete derecho y lo jaló con fuerza. Al caer, su pie izquierdo se atoró en el estribo, de modo que fue a dar al suelo de cabeza y quedó colgando de un costado de Dolly.

El tentáculo soltó la muñeca de Wulfric y se replegó, dejando un anillo corroído alrededor de su guantelete. Mientras luchaba por liberarse pudo ver, colgado de cabeza, que la bestia que lo había tirado se acercaba a él. A pesar de que cada vez estaba más cerca, desde su perspectiva le resultaba difícil percibir qué tipo de monstruo era. Wulfric todavía tenía su espada, así que la movió de un lado a otro sin control para mantener a la bestia a cierta distancia, dándose tiempo para liberar su tobillo enredado en el estribo y finalmente ponerse de pie. Al levantarse frente a la bestia que gruñía amenazante, se dio cuenta de que ahora que estaba en posición vertical tampoco podía identificar qué cosa tenía ante él. Su cuerpo blindado con escamas era sinuoso y ágil, y podría decirse que se movía como una serpiente excepto porque tenía cuatro patas vagamente caninas, una nariz alargada y orejas puntiagudas. La cola articulada se curvaba hacia arriba como la de un alacrán, pero en el lugar en donde iría el aguijón, la cola se abría como una flor de pétalos rugosos que escondía dentro el tentáculo que había tirado a Wulfric de su montura. Aquel apéndice babeaba y se retorcía como una lengua grotescamente dilatada.

¿Qué fue en su otra vida esta abominación?, se preguntó Wulfric. La examinó buscando un rasgo familiar, una pista visual de su antigua anatomía antes de que Æthelred la profanara. *¿Algún tipo de perro? ¿Un lobo, tal vez?* Era difícil adivinar. Aun para alguien familiarizado con el bestiario de Cuthbert, siempre había algo nuevo que podía helar la sangre y sacudir la fe en Dios. Después de todo, ¿qué clase de Dios permitiría que su creación sufriera este tipo de blasfemias?

El tentáculo cascabeleó como la cola de una cobra y se lanzó contra Wulfric una vez más, con la intención de arrancarle la espada. Pero Wulfric fue más rápido; lo esquivó con destreza y de un golpe vertical cortó limpiamente el tentáculo en dos. La bestia serpentina chilló, al tiempo que retiraba el muñón sangrante; enfurecida, embistió directamente a Wulfric con las fauces bien abiertas y mostrando varias filas de babeantes colmillos caninos. El cuerpo del monstruo permanecía bajo, a no más de sesenta centímetros del suelo, de modo que cuando se lanzó contra Wulfric, este simplemente brincó y la montó a horcajadas, clavándole la espada sobre del lomo, entre las escamas que recorrían su espina dorsal. La bestia dio un alarido y se azotó de un lado a otro, impotente, mientras Wulfric enterraba su espada tan profundo que llegó al piso. Pero el monstruo se resistía a morir, así que Wulfric torció la hoja para abrir aún más la herida: la sangre formó un charco brillante debajo de ese cuerpo tembloroso.

Cuando la bestia se quedó quieta al fin, Wulfric retiró su espada y se volvió para examinar la escena. La batalla estaba en su apogeo; sus hombres, dispersos a lo largo y ancho del patio, se enfrentaban muy de cerca con esas bestias deformes. Al ver cómo se abrían paso entre ese rebaño monstruoso a punta de golpear con hachas y mazos, Wulfric se sintió satisfecho de que la pelea estuviera bajo control. A pesar de que las bestias sobrepasaban a sus hombres en número, era claro que sus soldados triunfarían: esas formas bajas de vida animal que Æthelred conjuró en su desesperación seguían siendo aterradoras, pero un poco menos que las variedades humanas que sus hombres ya se habían acostumbrado a matar.

Wulfric se dirigió hacia la catedral propiamente dicha, donde sabía que encontraría el origen de toda esa miseria y muerte, para ponerle fin de una vez por todas.

La puerta de madera estaba cerrada, pero Wulfric la abrió con dos golpes de su hombrera e ingresó a la nave central. Los rayos del sol se colaban a través de las rendijas de las ventanas y caían sobre las filas de bancas que se extendían hacia la oscuridad del fondo, donde el altar elevado se enmascaraba entre las sombras. Con la espada lista, Wulfric avanzó cuidadosamente por el pasillo de en medio. Sus pasos resonaban contra las losas de piedra bajo sus pies. Mientras más se internaba en el edificio, los ruidos de la batalla en el exterior parecían alejarse, y de pronto se dio cuenta de lo silencioso que se había vuelto todo a su alrededor. Se supone que una iglesia es un lugar tranquilo, pero no de esta manera. Eso era... no paz... sólo nada.

Wulfric experimentó la sensación envolvente, casi sofocante, de que su fortaleza interior, la misma que le permitía lidiar contra la desesperanza y le traía consuelo, se había quedado atrás, abandonándolo por completo apenas puso pie en ese salón. Era la sensación más desconcertante que hubiera experimentado jamás, y en ese momento supo exactamente qué la provocaba: la presencia del verdadero mal.

Se movió con cautela, consciente de que algunas de las desdichadas creaciones de Æthelred podrían estar acechándolo desde cualquiera de las filas de bancas que dejaba atrás. Fue avanzando cada vez más despacio a medida que se acercaba al área que rodeaba el altar y sus ojos se acostumbraban a la oscuridad. Desde allí pudo distinguir la silueta de una figura encapotada, sentada e inmóvil.

—Æthelred —murmuró para sí mismo, tan bajo que ni siquiera un alma sentada en la banca más cercana podría haberlo escuchado y, sin embargo, la figura de la sotana a unos quince metros de distancia se puso de pie como si la hubieran llamado por su nombre.

—Plebeyo, te vas a dirigir a mí como el Señor Arzobispo o como Su Excelencia —dijo Æthelred. Habló con suavidad, pero cuando su voz llegó hasta Wulfric produjo un poderoso eco a su alrededor, algo que no tenía que ver con la manera natural en la que suele viajar el sonido en un lugar como ese. Wulfric supo al instante que aquello también era el efecto de algo retorcido y maligno.

Æthelred dio un paso hacia él y se detuvo bajo un rayo de luz: todas las sospechas de Wulfric se confirmaron en ese instante. La magia oscura en la que el arzobispo se había sumergido durante los últimos meses terminó por consumirlo totalmente. Tenía la cara pálida y demacrada y su estructura se había marchitado hasta el punto de parecer un esqueleto. Y sus ojos...

sus ojos eran lo peor de todo, profundamente amarillentos e inyectados de sangre al mismo tiempo. Si era humano, era difícil afirmarlo a partir de cómo lucía. Wulfric lo contempló con repulsión y asombro: pudo presenciar la verdad final y amarga del poder que Æthelred había desatado. Tan maligna era aquella influencia que no sólo irradiaba hacia el exterior para crear bestias monstruosas y retorcidas a partir de sus víctimas, sino también hacia el interior, de modo que lenta y gradualmente causaba el mismo efecto a cualquier hombre que la invocara.

Cualquier otro hubiera titubeado y sentido compasión hacia lo que aparentaba ser apenas un viejo patético y enfermo, pero Wulfric no se dejó engañar. Ya sabía que Æthelred era mucho más peligroso de lo que parecía. Aunque Cuthbert le había colocado un nuevo hechizo de protección a su armadura antes de empezar la batalla, no iba a tomar riesgos innecesarios. Se apuró a acortar la distancia entre él y el arzobispo para atacarlo antes de que pudiera invocar uno de sus conjuros infernales. Para su sorpresa, este no hizo nada para defenderse; no levantó una mano ni masculló ninguna palabra cuando Wulfric subió a zancadas los escalones que conducían a él, ni siquiera cuando lo sujetó del cuello y lo empujó contra el altar, colocando la espada sobre su garganta.

Esto es demasiado fácil. Durante unos instantes Wulfric quedó perturbado por aquel pensamiento, pero lo hizo a un lado para concentrarse en su tarea. Al ver al arzobispo a tan poca distancia por primera vez, Wulfric vaciló. Estaba lo suficientemente cerca para oler la pestilencia agria de su aliento, para ver cada línea grabada sobre su cara. Se dio cuenta de que no era la apariencia amarilla e inyectada de sangre de los ojos de Æthelred lo que le resultaba inquietante; era la *forma* en la que el sacerdote lo observaba: fijamente, con la mirada salvaje y sin parpadear, como si se hubiera adentrado en una pesadilla inimaginable en el más allá y no hubiera retornado del todo.

Wulfric comprendió en ese momento que la magia de Æthelred había corrompido no sólo su cuerpo sino también su mente, llevándolo hacia las profundidades de una locura irrevocable. Matarlo sería un acto de justicia, pero también de piedad.

Sin embargo, algo detuvo su mano. El filo de su espada estaba a unos centímetros de la garganta latente de Æthelred; cortarla y ver cómo se desangraba hasta morir le tomaría el mismo trabajo que rebanar una manzana. Pero había algo más en aquella mirada demente y sobrenatural; aquellos ojos se clavaron en Wulfric como si pudieran adentrarse en su alma. Si era él quien tenía a su merced a ese viejo débil e indefenso, ¿por qué entonces se sentía tan... vulnerable?

—Así que tú fuiste quien encabezó esta guerra en mi contra —dijo Æthelred desde el altar—. Fuiste tú quien asesinó a mis niños, quien separó a mi familia. Sir Wulfric, el Salvaje.

¿Cómo es que sabe mi nombre?

—¿Tus niños? —respondió Wulfric con asco—. ¿Te refieres a esos hombres y mujeres inocentes que corrompiste y esclavizaste? —Pero Æthelred no daba muestras de escucharlo, perdido como estaba en su demente ensimismamiento.

—Nadie mejor que Dios para comprender la venganza —agregó finalmente el arzobispo. Una sonrisa como de zorro se extendió sobre su rostro, revelando dientes chuecos y podridos—. Es por eso que Dios sonríe cuando alguien la ejerce. Me he debilitado, pero me aseguré de conservar el poco poder que me queda con la esperanza de que fueras tú el primero en encontrarme y que te acercaras lo suficiente a mí. Y aquí estás. Como si alguien te hubiera traído justo como lo pedí.

Fue en ese preciso instante que Wulfric notó los pergaminos extendidos sobre el altar, junto a Æthelred. Página sobre página de garabatos escritos en una lengua que no podía comprender y que no reconoció a primera vista. Luego recordó en dónde había visto antes ese tipo de escritura: en las transcripciones de los pergaminos de Æthelred que Cuthbert había hecho de memoria en sus esfuerzos por perfeccionar los contrahechizos de protección. Wulfric sabía que los papeles sobre el altar no podían ser los pergaminos originales, pues Alfred se había asegurado de que todos fueran destruidos. Así pues, ¿de dónde habían salido? Vio entonces que la tinta en el papel superior aún seguía fresca, y la pluma que descansaba a un lado, sobre el tintero. Wulfric tomó el papel con su mano libre y lo levantó frente a Æthelred.

—¿Qué es esto? —exigió saber, lleno de coraje—. ¡¿Qué es?!

Æthelred hizo una mueca de desprecio, pero no contestó. Ya no hacía contacto con los ojos de Wulfric sino que contemplaba algo más abajo, sobre su pecho. La mirada del arzobispo se enfocó en el pendiente de plata con forma de escarabajo que colgaba de su cuello.

—Perfecto —susurró Æthelred con una amplia sonrisa burlona. Luego, con una velocidad sorprendente, levantó su mano derecha y la azotó con fuerza contra la pechera de Wulfric: la palma abierta, con los dedos muy separados, cubría el medallón y lo empujaba contra la armadura. Wulfric lo cogió por la muñeca y trató de quitarse la mano de encima, pero no pudo moverla; el viejo decrépito era mucho más fuerte de lo que aparentaba.

Æthelred lo miró con un odio candente y devastador. Presionó su mano con más fuerza contra el pecho del soldado y murmuró algo extraño e incomprensible para Wulfric, pero este supo de inmediato que se trataba de un conjuro mágico. Sintió que su pecho se calentaba; cuando miró hacia abajo, se dio cuenta de que su pechera metálica brillaba bajo la palma de Æthelred. Horrorizado, descubrió que estaba atravesando su armadura. La mano del arzobispo se volvió más brillante y caliente que la fragua de un herrero; la pechera de Wulfric se derretía bajo la presión del otro y la mano se hundía cada vez más en el metal.

Wulfric gritó cuando la piel debajo de la armadura comenzó a quemarse. No podía pensar en otra cosa que no fuera clavar su espada en la garganta de Æthelred. Al adentrarse la hoja en su cuello, de la herida comenzó a fluir la sangre de inmediato, pero Æthelred seguía murmurando en aquel lenguaje infernal con una voz como un silbido vacío, escupiendo cada palabra hacia Wulfric cual si fuera veneno, al tiempo que sumergía su mano con más profundidad a través de la armadura derretida y directo sobre la carne detrás.

Los gritos de Wulfric hicieron eco contra las paredes de piedra de la catedral. La quemadura era pura agonía. Desesperado, sacó su espada y la movió horizontalmente sobre el cuello de Æthelred mientras presionaba hacia abajo para cortar cada tendón y músculo, hasta atravesarlos por completo; la cabeza decapitada rodó sobre el altar y finalmente cayó sobre las baldosas.

Sólo entonces su fuerza abandonó al arzobispo, permitiéndole por fin a Wulfric deshacerse de aquella mano en su pecho. El cuerpo de Æthelred cayó como un fardo. Pero a pesar de que se había liberado, la pechera de Wulfric seguía al rojo vivo quemándole la piel. Dejó caer su espada y trató de desabrochar la armadura, desesperado; en ese momento Edgard, seguido de una fuerza de hombres que incluía a Cuthbert, irrumpió a través de la puerta al fondo de la nave central. Edgard vio a Wulfric retorciéndose de dolor y corrió hacia él para ayudarlo a desabrochar las correas y desembarazarse de la pechera. Cuando la jaló para quitársela, el metal le quemó las manos y tuvo que lanzarla al suelo. Aún salía humo del hueco derretido en la forma de la mano de Æthelred.

Las piernas de Wulfric cedieron bajo su peso y se desplomó de espaldas al altar, jadeando. Edgard se hincó frente a él y le dio a beber agua mientras Cuthbert revisaba su herida. La túnica que Wulfric usaba debajo de la armadura también se había quemado, dejándole una espantosa cicatriz al centro de su pecho, como si lo hubieran marcado con un hierro caliente. Al inspeccionarla con más cuidado, Cuthbert notó que la quemadura era como ninguna otra que hubiera visto: su forma se asemejaba asombrosamente a la de un escarabajo estercolero.

—Esta quemadura es grave. Necesita ser atendida de inmediato —dijo.

—Traeré a alguien —se ofreció Edgard poniéndose de pie apresuradamente.

—No —replicó Wulfric con la poca fuerza que le quedaba—. Es sólo una quemadura. Viviré. Primero atiendan a los otros heridos.

Edgard asintió y se tomó un instante para revisar el escenario. La pechera derretida. Las hojas del manuscrito regadas por el suelo. El cuerpo de Æthelred a varios metros de su cabeza.

—Por el amor de Dios, ¿qué pasó aquí? —preguntó.

Exhausto, Wulfric cerró los ojos. Aun si tuviera la energía para tratar de explicarle, no sabría por dónde comenzar.

Wulfric se puso de pie y contempló el cadáver de Æthelred ardiendo en el claustro. Sus hombres habían hecho una pira de madera y colocado encima el cuerpo sin cabeza. Luego le prendieron fuego. Pronto no quedaría del arzobispo nada más que cenizas al viento. La cabeza ya había sido quemada por separado; sus restos carbonizados le fueron entregados a un jinete para que los esparciera a varios kilómetros de allí. Wulfric no iba a arriesgarse con ese hombre, ni siquiera después de muerto.

Mientras las flamas lamían el cuerpo renegrido de Æthelred, Wulfric pasaba los dedos sobre el vendaje que cubría su quemadura del pecho. El ungüento que le habían aplicado ayudaba muy poco a mitigar el dolor palpitante de la herida. Lo peor era que su pendiente de escarabajo, una de las pocas cosas materiales que valoraba, se había perdido para siempre, derretido; lo único que quedaba era la marca con forma de escarabajo que la mano de Æthelred había grabado a fuego sobre su piel.

Cuthbert salió por la puerta de la nave y se dirigió hacia donde estaba Wulfric. Iba estudiando el fajo de pergaminos que había recogido del altar. Era evidente que cada página le causaba más desconcierto que la anterior. Cuando levantó la vista, alcanzó a ver que Wulfric retiraba la mano de su pecho, cohibido.

—¿Seguro que está bien, sir Wulfric? —preguntó Cuthbert.

—No es nada —dijo Wulfric centrando toda su atención en los papeles que sostenía Cuthbert—. ¿Qué has podido sacar de todo eso?

—Es curioso —respondió Cuthbert separando las hojas—. Este es el lenguaje usado en los otros pergaminos, pero lo que veo aquí no aparecía en ninguno de ellos. Lo recordaría si así fuera. El arzobispo no se limitó a transcribir lo que ya sabía: esto es trabajo original de él. Creo que intentaba aumentar su entendimiento y dominio de la magia que aprendió, desarrollarla y llevarla a un nivel más alto.

110

—¿Con qué fin?

—No podría decirlo, al menos no sin estudiarlo un poco más. Mucho de lo escrito aquí va más allá de mis habilidades de comprensión. Si tuviera que adivinar, diría que después de su derrota en Aylesbury empezó a trabajar en una forma de mejorar la potencia de su magia para contraatacar mis escudos de protección, o tal vez para crear bestias aún más poderosas. Y tal vez hubiera tenido éxito de no haberlo detenido cuando lo hicimos. Estos son conocimientos avanzados, más allá de lo que ofrecían los pergaminos originales. Cuando regresemos a Winchester tendré tiempo para estudiarlos y quizá podamos saber lo que él...

Wulfric le arrebató los papeles y los lanzó al fuego. Impactado, Cuthbert vio cómo las flamas los devoraron con fulgurante avidez.

—Æthelred está muerto —dijo Wulfric mirando las hojas, ahora reducidas a un montón de rescoldos ennegrecidos que pronto se llevaría el viento—. Y toda la maldad que creó debe morir con él.

Dio media vuelta y se alejó, dejando a Cuthbert con la mirada clavada en el fuego.

Su trabajo casi había terminado. Hasta la última de las abominaciones de Æthelred fue descuartizada y quemada, y cada centímetro de la catedral de Canterbury fue registrado por si alguna siguiera escondida por allí, acechando entre las sombras. De Æthelred nada quedaba salvo una pila irreconocible de huesos calcinados y quebradizos sobre brasas apagadas. Ya sólo faltaba lidiar con los caídos que, para su fortuna, eran relativamente pocos. De los setenta y siete hombres que habían irrumpido en Canterbury, sólo cinco murieron y otros nueve resultaron heridos.

Wulfric insistió en reunirse personalmente con estos últimos; eran, después de todo, su responsabilidad. Él había buscado, reclutado y comandado a cada uno de ellos. Ahora era su obligación atenderlos.

Ya había visitado a todos, excepto a uno. Fue y se hincó a su lado; era un guerrero ligeramente más joven que Wulfric, pero a él le pareció poco más que un niño. A todos los veía así: era la maldición del comandante. Conocía el rostro de ese hombre: era uno de los muchos que se habían distinguido en Aylesbury por seguir a Wulfric a la batalla infernal sin miedo ni titubeos, peleando con valentía, sin ceder hasta que la batalla hubo terminado. Al mirarlo reconoció con vergüenza que no recordaba su nombre, así que tuvo que preguntar.

—Osric —le contestó, a pesar de que estaba débil y se le dificultaba hablar.

Cuando Wulfric se acercó a él al principio, Osric trató de ponerse de pie para saludar a su comandante como corresponde a los soldados, pero como su pierna herida no podía soportar su peso, tuvo que contentarse con la pose más valerosa que pudo, sentado sobre su trasero y de espaldas a una de las paredes de piedra.

—Peleaste valerosamente, Osric —dijo Wulfric poniendo una mano sobre el hombro del soldado—. Lamento mucho que terminara así.

—Yo no —repuso Osric con voz áspera y mansa—. Me alegra haber sobrevivido a la batalla que terminó la obra de nuestro buen Dios... y haber podido pelear una vez más a su lado, milord.

Osric lo miró con admiración, lo cual sólo provocó que Wulfric se sintiera más incómodo. Siempre le sucedía. Aquel joven estaba agonizando; había dado su vida por su causa. A pesar de eso, los elogios y la gloria recaían en Wulfric. No lo merecía.

—¿Hay alguien a quien desees mandarle un mensaje? —preguntó Wulfric.

Osric sacudió la cabeza.

—Nunca me casé. Algunas mujeres se alegrarían al saber que morí, pero ¿para qué darles esa satisfacción? —se rio un poco, al igual que los hombres que lo rodeaban. Wulfric sonrió ligeramente.

—Sólo tengo una petición —agregó Osric—. Entiérren- me aquí en Canterbury. No tengo hogar. Así que prefiero que me pongan a descansar en el lugar donde caí para que yo pueda mirar desde el cielo y recordar el poco bien que hice en este lugar.

Wulfric asintió con tristeza; comprendía sus razones dema- siado bien. Volvió a mirar la herida de Osric. Una bestia mo- ribunda, parecida a un cerdo salvaje, le había rajado el muslo izquierdo con su garra llena de púas antes de perecer. La herida era muy irregular y se veía muy mal, pero no era demasiado profunda. Normalmente no sería algo que pusiera en riesgo la vida de nadie, nada que un buen médico no pudiera tratar, nada que no se curara con el debido tiempo. Pero esta no era una le- sión común y corriente, como bien sabían Wulfric y los demás. Una herida causada por una abominación nunca cerraba, nunca se curaba sin importar qué tan bien se la tratara. Las puntadas no se sostenían en su lugar y ningún vendaje podía parar el sangrado. Con una hemorragia imposible de detener, la muerte prolongada y dolorosa era inevitable. Podía tomar horas o días, dependiendo de la severidad de la lesión, pero la experiencia le había enseñado a Wulfric que el desenlace era siempre el mismo. Y no era la manera en que un guerrero debía morir.

—Sujétenlo —ordenó, y dos soldados lo sostuvieron de los brazos. Wulfric sacó una daga del cinturón; con un movimiento ágil y preciso, terminó con la vida de aquel hombre de la forma más rápida y humana que pudo. Limpió la hoja de la daga y estaba a punto de guardarla cuando cayó en cuenta de que ya no la necesitaba. La guerra había terminado. Osric había sido la última pobre alma bajo el mando de Wulfric que tendría que despachar de aquel modo. Y no tenía deseos de seguir cargando un recuerdo de tan triste tarea. Lanzó la daga lejos y se dirigió a los dos que aún sostenían el cuerpo de Osric.

—Preparen el entierro —dijo—. Encuentren un lugar ade- cuado en el cementerio de aquí y asegúrense de que la tumba esté señalada apropiadamente.

Los soldados asintieron y se llevaron el cuerpo de Osric. Wul- fric se dio la vuelta buscando a Dolly, que se encontraba descansando cerca, con los otros caballos. Aquella era la primera imagen en toda la mañana que le proporcionaba algún tipo de alegría. Subió a su montura y se sintió agradecido por aquellas pequeñas bendiciones. No podía imaginar qué habría hecho si Dolly hubiera muerto o, peor, si alguna de las criaturas de Æthelred la hubiera herido y él mismo hubiera tenido que librarla de su miseria. Pero al menos una pequeña parte de este cuento nefasto tendría un final feliz: cabalgarían juntos de regreso a casa.

Edgard, en su propia montura, galopó hasta quedar junto a Wulfric y los dos vieron cómo lanzaban al fuego los cadáveres de las últimas bestias.

—Hoy no fue un mal día, diría yo —comentó Edgard con la pinta de un hombre que hubiera disfrutado, tal vez demasiado, la masacre de aquella mañana.

—Pero tampoco fue un buen día —dijo Wulfric—. Sólo me alegro de que haya terminado.

—¿Terminado? Mi querido amigo, esto no habrá terminado hasta que hayamos cazado a cada una de las monstruosidades de Æthelred que quedan por ahí. Ya hemos hablado de esto. Los dos sabemos que nuestro deber no acaba con la muerte del arzobispo. Después de volver a Winchester, propongo que nos tomemos un día para descansar y reabastecernos, y luego…

—No iré a Winchester —lo interrumpió Wulfric—. Iré a casa. Tú eres más que capaz de comandar a la Orden sin mí.

Habían discutido ese tema varias veces desde que vencieran a las hordas de Æthelred en Aylesbury: la necesidad de una fuerza permanente de hombres que continuaran el trabajo que él y Edgard habían comenzado. Quedaba la difícil tarea de cazar a todas y cada una de las abominaciones que huyeron durante la batalla, cientos de monstruos desperdigados por el territorio: un peligro para cada hombre, mujer y niño en la Baja Inglaterra. Pero Wulfric nunca tuvo la intención de comandar aquella fuerza. Había sugerido fundar la Orden para que alguien más pudiera completar la tarea en su lugar, permitiéndole así volver a casa con su familia. Y sabía que Edgard se deleitaría con aquella responsabilidad, ya que sería una buena excusa para posponer el regreso a su propia casa.

Edgard lo miró sorprendido.

—¿No quieres al menos darle en persona al rey la noticia de nuestra victoria?

—Ese honor te lo dejo a ti. Le prometí a mi esposa que no estaría lejos ni un momento más de lo necesario y planeo cumplirlo. Dale mis saludos a Alfred, y dile por favor que no vuelva a llamarme otra vez. Al menos no hasta que mi hijo haya crecido. Él entenderá.

Wulfric espoleó a Dolly hacia la puerta. Una parte suya, la parte donde guardaba su lealtad y su deber, rezongó ante su decisión. Edgard estaba en lo cierto cuando decía que docenas de monstruos aún deambulaban libres y seguían siendo un peligro para gente inocente a lo largo de todo el reino, y que alguien tenía que encontrarlas y encargarse de ellas. Pero de ningún modo podía discutir con esa otra parte, la parte más grande, la que sólo quería volver a reunirse con su amada Cwen y conocer a su hijo recién nacido.

Æthelred está muerto. La amenaza que él representaba ha sido vencida, se dijo a sí mismo. *Has hecho todo lo que Alfred te pidió. Ya no le debes nada. Ahora ve a casa con tu familia. Nadie puede negar que te lo ganaste.*

Aquel pensamiento ayudó a Wulfric a cabalgar con más rapidez. Su casa estaba a poco más de sesenta kilómetros al oeste. Una nueva vida lo esperaba, una mejor vida, y si cabalgaba lo suficientemente rápido, podría comenzarla antes de que se pusiera el sol.

Ocho

Wulfric llegó a casa justo antes del anochecer. Se había cuidado de no forzar demasiado a Dolly, pero por el paso que ella sostuvo sin pedírselo durante todo el camino, uno podría pensar que sabía a dónde se dirigían y estaba igual de impaciente que él por llegar. Juntos persiguieron al sol poniente hasta subir por la misma colina desde donde Wulfric había lanzado esa última mirada a su hogar antes de irse a cazar a Æthelred. Daba la impresión de que había transcurrido toda una vida desde entonces. La puesta de sol pintó de dorado todo el valle y ahí, en la distancia, Wulfric vio humo saliendo de la chimenea de su cabaña. Su humilde casa se veía como siempre, pero para él nunca lució tan hermosa.

Dirigió a Dolly rumbo al valle y a través de los campos que formaban sus parcelas cultivables. En su ausencia, la tierra no había sido labrada ni atendida; tendría mucho trabajo por hacer, y tendría que hacerlo rápidamente si quería sembrar algo a tiempo para la cosecha. Sonrió para sí mismo, deleitándose ante la idea del sudor producto del trabajo honesto, de ensuciarse las manos con otra cosa que no fuera sangre.

A medida que Wulfric se acercaba a su hogar, pudo ver a su mujer de pie allí afuera. Cwen sacaba ropa recién lavada de una canasta de mimbre y la colgaba a secar en un lazo. Wulfric perdió el aliento ante aquella visión: casi había olvidado lo impresionantemente hermosa que era. Después de meses lejos, contemplarla ahora era como hacerlo por primera vez. Jaló las riendas para que Dolly se detuviera y se dispuso a contemplar por unos momentos la belleza de Cwen.

Ella lo vio cuando se giró para sacar una prenda de la canasta. No reaccionó al instante. Terminó con la lavandería, colgando metódicamente toda la ropa, antes de caminar hasta el frente de la cabaña para encontrarlo. El sol que se ponía detrás de Wulfric hizo que Cwen tuviera que cubrirse los ojos.

Wulfric espoleó a Dolly, y cuando se acercó pudo ver por primera vez que el enorme bulto en el vientre de Cwen, al que tanto se había acostumbrado antes de partir, había desaparecido. Al mirar la ropa tendida detrás de su mujer notó las diminutas camisas de lino colgadas junto a los vestidos y faldas que ondeaban suavemente por la brisa. La ropa de su hijo.

Wulfric desmontó súbitamente consciente de lo inseguro que se sentía. En su entusiasmo por volver a casa y vivir este momento, nunca se detuvo a pensar en lo que encontraría. Hacía cuatro meses se había alejado de su esposa, dejándola sola con la carga de dar a luz y criar a su primer hijo. Había roto su voto sagrado, un voto que tenía poco más de un año, y había escogido el peor momento para hacerlo. Ella había maldecido y llorado y lanzado contra él todo lo que había podido: aún tenía en la frente la marca que la jarra de la leche le dejó. Luego le había dicho que si se iba no sería bienvenido en casa cuando regresara, si es que ella todavía seguía allí.

En aquel entonces Wulfric desestimó la amenaza: era algo dicho al calor de una pelea y que seguramente Cwen lamentaría poco después de la partida de Wulfric. Pero ahora, de pie de frente a ella, ya no estaba tan seguro. Cierto es que sintió un poco de alivio al verla allí: al menos no había cumplido la amenaza de abandonar la casa. Pero el estómago se le hizo nudo ahora que la miraba con esa cara sin expresión, imposible de leer. Comprendió que la feliz reunión con la que había soñado por tanto tiempo en realidad sería algo para lo que no venía preparado.

Ella dio un paso hacia él para verlo mejor bajo la poca luz que aún quedaba. Wulfric se preparó, demasiado nervioso para hablar, y en cualquier caso, sin estar seguro de lo que podría decir. Esta turbación era una sensación extraña. Él estaba bien familiarizado con el miedo, por supuesto; todos los soldados lo estaban. Sabía muy bien lo que era el temor y lo conocía en sus miles de apariencias, desde el terror mortal en la cara de un vikingo enloquecido hasta el helado pavor que sintió tantas veces en la presencia de los horrores deformes de Æthelred. En todos los casos había sabido cómo enfrentar aquel miedo, conquistarlo para después hacer lo mismo con su enemigo. Pero esto... El terror más abyecto frente a una muerte casi certera palidecía en comparación a como se sentía ahora, atrapado en la mirada inescrutable de Cwen, enfrentándose a la posibilidad de que lo que más amaba en el mundo podía escapársele de las manos para siempre, y todo por su propia culpa. Nunca se había sentido tan profundamente desarmado, vulnerable y aterrado.

Su mente trabajaba intentando encontrar una forma de actuar. ¿Remordimiento? ¿Triunfo? ¿Debió haberse detenido en el camino a recoger unas flores para ella? ¿Debió comprarle en la panadería del pueblo uno de esos bizcochos de bayas que tanto le gustaban? Su corazón se hundió al concluir que ninguna palabra, disculpa o gesto podrían ser suficientes para borrar todo el mal que le había hecho.

Aún buscaba desesperadamente las palabras correctas cuando Cwen terminó con aquel sufrimiento al romper ella misma el silencio.

—Sabía que eras tú desde que te vi allá arriba de la colina —dijo.

¿Qué significaba eso? ¿Era algo bueno? Las palabras sonaban bien, pero no así el tono de su voz. Si le daba gusto verlo, ¿por qué lo miraba como si fuera algo que el gato trajo a casa? ¿O era sólo la forma en la que entornaba los ojos por el sol? *No te quedes allí parado como un tonto animal, idiota. ¡Di algo!*

Wulfric miró hacia la colina, a unos quinientos metros de allí.

—¿Debo tomar como un cumplido el que me hayas reconocido desde tan lejos? —preguntó, buscando aplicar algo del pícaro encanto que Cwen alguna vez confesó como una de las razones por las que se enamoró de él en primer lugar. Pero ella permaneció impasible.

—No —fue su respuesta desapasionada—. Reconocí a Dolly, no a ti. Reconocería a esa yegua en cualquier lugar. —Dio un paso más para escrutar a Wulfric de cerca, pero sin dar ninguna señal que revelara lo que sentía—. ¿Qué es esa...cosa?

A Wulfric le tomó un instante darse cuenta de que se refería a algo sobre su cara. Levantó su mano para tocar la barba gruesa y áspera que había crecido en todos esos meses.

—¿No te gusta? —preguntó cohibido, recorriéndola con sus dedos.

—Parece como si un animal enfermo se hubiera trepado a tu cara para terminar de morir allí —dijo ella—. Te la vas a tener que quitar si quieres entrar en la casa, y con mayor razón, en mi cama. Tú decides.

Colocó las manos sobre sus caderas esperando su respuesta. Pero ahora su fachada de frialdad se derrumbaba; Wulfric detectó una sonrisa muy sutil. Estaba jugando con él: saber esto fue como si le hubieran quitado una tonelada de encima. Ya podía respirar. Pero sólo para estar completamente seguro, sacó un cuchillo del cinturón, tomó un mechón desaliñado y rasposo de barba, y lo cortó. Cwen corrió hacia él con una gran sonrisa y le quitó el cuchillo.

—Después —dijo, y lo miró amorosamente—. Puedes rasurarte más tarde.

Le echó los brazos encima, presionando su cuerpo contra el suyo mientras las lágrimas bajaban por sus mejillas. Wulfric dejó caer el cuchillo y la abrazó también, apretándola con fuerza. Una sola lágrima rodó por su cara y desapareció en la jungla apelmazada de su barba.

—Recé todas las noches para que regresaras con bien —exclamó entre sollozos.

—¿Cada noche?

Cwen lo miró, se limpió una lágrima y de repente ahí estaba de nuevo aquella sonrisa traviesa.

—Bueno, la primera noche recé por que te cayeras del caballo y te rompieras el cuello —respondió—. Pero todas las otras noches sí recé por que regresaras con bien.

Wulfric sonrió, más por alivio que por buen humor, y la apretó contra sí, sin querer dejarla ir.

—Tenía miedo de que me odiaras —dijo.

—Créeme, lo intenté. Pero aprendí que sólo puedo odiar las cosas que te alejan de mí. —Volvió a contemplarlo, esta vez sin alegría—. Dime que terminó —agregó firmemente, casi como una orden, algo que no estaba abierto a negociaciones—. Dime que esta fue la última vez. Júramelo.

Wulfric tomó su cara perfecta entre sus manos.

—Ya terminó —dijo con certeza y sinceridad—. Esta fue la última vez. Te lo juro.

Cwen se derritió. Se besaron. Luego ella lo tomó de la mano y sonriendo cálidamente lo condujo a la casa.

—Ven —le dijo—. Hay alguien a quien quiero que conozcas.

El interior de la cabaña estaba oscuro —la única iluminación era la decreciente luz que entraba por una pequeña ventana—, pero Wulfric vio de inmediato en la esquina del fondo una cunita con una cobija de lana cuya superficie se movía suavemente, como si algo se revolviera dentro. Cwen permaneció de pie junto a la puerta, observando con una sonrisa cómo Wulfric soltaba su mano y se dirigía hacia la cuna, hipnotizado. Avanzó muy despacio hasta que finalmente llegó a su lado y se asomó para ver aquel pequeño bulto recostado y cubierto por la cobija. Miró a Cwen, pidiéndole permiso con los ojos. Sonriendo, ella le respondió con un movimiento alentador de la cabeza. *Anda.*

Con mucha cautela metió las manos a la cuna. Sus palmas eran ásperas por tantos años de manejar todo tipo de armas y herramientas, los instrumentos de la vida y la muerte. Nunca había sostenido algo tan delicado ni tan precioso como esto. Sus brazos temblaron al sostener con delicadeza a la criatura y levantarla con cuidado hasta su pecho. Se dio vuelta hacia la luz y vio el rostro de la criatura, no más grande que su propio puño. Sus ojitos estaban entreabiertos: la había despertado. Era un ser pequeño y perfectamente formado. Lleno de asombro, Wulfric observó al bebé estirarse y bostezar: su corazón se llenó de amor. Nunca en su vida había experimentado una alegría como esta. Parado allí, acunando a su primer hijo entre sus brazos, lo supo. Todos los horrores de los que había sido testigo a lo largo de su vida, todas las penurias y las adversidades... si ese era el camino que había que recorrer para llegar hasta este instante y ser recompensado con el regalo perfecto e invaluable que ahora sostenía entre sus manos, entonces todo había valido la pena, diez veces y más.

Cwen llegó hasta su lado con una cálida sonrisa en los labios.

—Así —dijo, y cariñosamente ajustó la posición de las manos de Wulfric, mostrándole cómo se debe sostener la cabeza del bebé—. Mucho mejor.

Wulfric seguía tan abrumado que tenía la voz entrecortada; casi tartamudeó al hablar.

—¿Cómo se llama?

—Pensaba que cuando regresaras podríamos escoger un nombre los dos juntos —respondió Cwen—. Pero a mí me gusta Beatrice. Como mi madre.

Wulfric tardó un momento en comprender. Luego le quitó la cobija al bebé y miró. Cwen contempló divertida cómo su esposo por fin lo entendía. Wulfric ni siquiera había considerado la posibilidad. Muy en el fondo de su ser siempre estuvo más que seguro de que sería niño. Cuando soñaba con ser padre, era siempre un varón al que imaginaba. Todos los nombres que había elegido con Dolly mientras labraba el campo, para ver qué tal sonaban, eran nombres masculinos.

Tal vez había sido una forma de apaciguar su inquietud de volverse padre; él era el más grande de cinco hermanos y, al menos un poco, sabía cómo criar niños. A veces en sueños entrenaba a su hijo con espadas de madera, enseñándole a defenderse a sí mismo y a su casa si un día hubiera la necesidad, como Wulfric hubiera deseado que le hubieran enseñado a él cuando los daneses vinieron por su familia. Esa era una forma de ser padre. Pero una niña era algo completamente distinto. Las niñas eran mucho más *delicadas*. ¿Qué podría enseñarle él a una hija?

Hija. Repitió la palabra dentro de su mente varias veces y cada vez resultaba más difícil de manejar, más... complicado.

—¿Estás decepcionado? —preguntó Cwen.

—No —respondió Wulfric dándose cuenta en ese momento de que no, en realidad no importaba. De hecho, sólo hacía que el amor que sentía hacia aquella criatura aumentara. Ella necesitaría de su protección más que un niño y eso era algo que él podía darle. Por lo demás, no tenía idea de cómo ser padre de una hija. Pero hubo un tiempo en que tampoco tenía idea de cómo ser un guerrero. Quizá ser padre de una niña sería la prueba más grande a la que se enfrentara, pero podía superarla. Aprendería. Por ahora, el solo hecho de estar con ella, de tenerla cerca de esa manera, era suficiente.

Soy un padre. Tengo una hija.

Sí, era más que suficiente.

El hogar de Wulfric estaba situado en las orillas de una aldea de agricultores estrechamente unida, y la noticia de su regreso se esparció rápidamente por todas partes. Cuando en un principio había llegado a ese lugar a vivir, muchos aldeanos lo miraban con recelo; a pesar de que Wulfric se cuidaba de nunca hablar de su pasado, la gente había escuchado rumores. Con el tiempo, sin embargo, terminaron por aceptarlo como un buen vecino, un buen amigo, y un hombre que difícilmente creían pudiera enojarse o levantar una mano en contra de alguien. En este lugar fue donde conoció a Cwen y se enamoró de ella. Se casaron un mes después. Aunque la fecha cayó justo en la temporada más alta de la cosecha, nadie trabajó ese día; todos los habitantes de la aldea fueron a su boda.

Y ahora todos volvieron a reunirse otra vez. La plaza del pueblo estaba bañada por la luz de las antorchas, pues al ocaso le había seguido una noche de luna. Los amigos y vecinos de Wulfric se reunieron para darle la bienvenida y felicitarlo por su nueva paternidad. Quienes sabían tocar un instrumento fueron convocados apresuradamente a formar una banda: se necesitaba música para bailar. También se sirvió comida y vino en abundancia, y después de arreglarse con Arnald, el panadero del pueblo, Wulfric se aseguró de que no faltaran los bizcochos de bayas.

Bailó con su esposa toda la velada, empapándose de la música y la risa y el amor que lo rodeaban. Tan profunda había sido la pesadumbre que sintió durante los largos días y noches cazando a Æthelred, que el estar así de contento otra vez le produjo un mareo súbito. Era una sensación tan intensa y arrolladora que casi se sintió culpable. ¿En verdad merecía ser así de feliz? ¿Qué había hecho él para merecer esta buena fortuna? ¿Una esposa tan amorosa, tantos buenos amigos y una hermosa bebé? Sería incorrecto pensar que la recompensa por toda una vida de derramar sangre fuera esto...

No. Alejó esos pensamientos de su mente. No se permitiría arruinarse él mismo aquel momento. Nunca había disfrutado la masacre como otros que se deleitaban al matar. Lo hizo sólo porque fue necesario para proteger a su patria, y no pidió nada a cambio. Cualquier recompensa que el destino quisiera otorgarle no sería causa de culpa. Se merecía esto, la vida con la que siempre había soñado. Y no renunciaría a ella. La promesa que le hizo a Cwen también se la hizo a sí mismo: ya estaba harto de la sangre, de la guerra, de servirle al rey. Si los mensajeros de Alfred volvían a llamarlo, tendrían que regresar a palacio con una respetuosa pero firme negativa. Esta sería su vida, ahora y por el resto de sus días. Hogar. Familia. Paz.

Wulfric no había bebido vino, pues quería recordar esa noche claramente, y aun así, cuando él y Cwen regresaron a su cabaña al final de la fiesta, se sentía ebrio y atolondrado. Estaba seguro de que por primera vez en muchas semanas le esperaba una buena noche de sueño... pero no todavía. En la oscuridad de su habitación, Cwen se pegó a él contra la pared, su aliento tibio cerca de su pecho mientras abría su camisa y metía las manos para acariciarlo. Wulfric se tensó al sentir los dedos juguetones de su esposa sobre la zona áspera de la cicatriz donde Æthelred había dejado marcado el pendiente de escarabajo.

Cwen conocía todas y cada una de las cicatrices de guerra de Wulfric: esta era nueva. Pero la historia podía esperar; ahora estaba simplemente agradecida de que su esposo hubiera regresado sin algo peor que una cicatriz como esa.

—Tendré cuidado —le aseguró a Wulfric.

—¿Por qué empezar ahora con eso? —dijo él, uniendo su boca con la de ella y besándola con toda la pasión de su primera noche juntos. La lengua de Cwen bailaba con la suya al tiempo que sus manos se deslizaban más abajo para desabrocharle el cinturón.

—¿Y si despertamos a la bebé? —dijo Wulfric sintiendo que su corazón latía cada vez con mayor velocidad.

—Me decepcionaría si no fuera así —susurró Cwen en su oído mientras le introducía una mano en la ropa interior.

Una hora después, Wulfric y Cwen yacían desnudos, enredados, sintiendo cómo el sudor enfriaba sus cuerpos. El sueño ligero y relajador que Wulfric había deseado tanto, y que estaba seguro estaría esperándolo después de tantas noches en vela y a la caza de Æthelred, nunca llegó. En cambio, su noche estuvo plagada por la pesadilla más intensa, más visceral y terrorífica que jamás hubiera experimentado. Los terrores de la noche no eran ajenos a Wulfric; muchas veces en tiempos de guerra se había levantado de madrugada, presa del pánico por la memoria de algún encuentro en batalla que lo perseguía en la forma de un sueño horrible y sangriento. Pero esto era algo muy distinto, desgarrador, vívido.

En el sueño, una de las abominaciones de Æthelred llegaba al pueblo de Wulfric en mitad de la noche, cuando todos dormían. La vil criatura iba de casa en casa masacrando hombres, mujeres y niños en sus camas. Una mujer se despertaba sólo para presenciar cómo el monstruo destrozaba en pedazos a su marido. Luego se volvía a ella rasgándole la garganta. Sus gritos despertaban a los aldeanos vecinos, quienes salían de sus casas con antorchas y horquetas y se encontraban a la bestia bajo la pálida luz de la luna, babeando, pegajosa con la sangre de sus primeras víctimas.

Se quedaban allí por un momento, los ojos desorbitados, congelados por el puro e inverosímil horror de aquella cosa, pero después se apresuraban a atacarla, sólo para ser brutalmente aniquilados: la bestia furiosa los pisoteaba y los despedazaba con sus colmillos y garras. Era imparable. Las hachas y las horquetas rebotaban sin hacerle daño en su armadura escamosa. El fuego únicamente la ponía más iracunda.

Tras arrasar con sus atacantes, la abominación continuaba acechando por la aldea. Perseguía a los que se habían levantado por los gritos de pánico y los alaridos y ahora corrían inútilmente por sus vidas. Era muy rápida: alcanzaba y derribaba a todos y cada uno de los aldeanos, y ya en el suelo los corneaba mientras gritaban y trataban desesperadamente de escapar.

El horror de la pesadilla era mayor debido a la intensidad con que Wulfric la experimentaba. Cada momento nauseabundo, cada instante de terror se representaba en su mente con una claridad mayor que cualquier otro sueño que hubiera tenido antes. Todo, excepto por la bestia misma. Wulfric, demasiado cerca para ver su forma completa, sólo alcanzaba a distinguir destellos de cuando esta atacaba, se sacudía y asesinaba. Una tenaza. Una garra. Seis negras patas aceitosas que hacían clic-clic-clic cuando la cosa invisible iba de una víctima a la siguiente. Y siempre el chillido agudo y terrible que emitía cada vez que asesinaba.

En otras pesadillas, Wulfric siempre conseguía despertar para escapar al horror y volver de nuevo al mundo real repitiéndose que sólo había sido un sueño. Pero no aquí. Por más que lo intentaba, Wulfric no podía lograr que la pesadilla terminara. Estaba aprisionado dentro de ella, incapaz de hacer nada, ni siquiera de mirar a otro lado, como si algún torturador invisible forzara sus ojos a estar abiertos y atestiguar cada momento del sueño. Ahora la bestia se alejaba del centro de la aldea caminando sobre los cuerpos rotos, desgarrados y esparcidos por el suelo. Se dirigía hacia la periferia, rumbo a la casa donde él, su esposa y su hija recién nacida dormían sin darse cuenta de nada. A medida que el monstruo se acercaba, el terror de Wulfric se volvía más profundo y trataba de concentrar su mente, haciendo acopio de todas sus fuerzas para terminar con aquel tormento. *Despierta despierta despierta despierta...*

Despertó. Un enorme alivio lo inundó al darse cuenta de que finalmente había escapado de ese mal sueño, pero el alivio pronto cedió ante la sensación enfermiza que permanecía a pesar de que la pesadilla había terminado: un pavor opresivo, casi sofocante. Se frotó los ojos y, con un quejido, llevó su mano a la sien. Su cabeza latía con un zumbido sordo, como si se hubiera levantado tras una noche de beber en abundancia. Pero Wulfric no había tocado ni una gota de alcohol. El sueño había sido tan poderoso, tan traumático, que le dejó una especie de dolor fantasma.

Más que todo, y más que nunca, Wulfric tuvo la necesidad de estar cerca de Cwen, de sentir su calor contra su cuerpo. Se dio la vuelta en la oscuridad. Pero no estaba allí. La mano de Wulfric, buscando a ciegas a su esposa, sólo encontró un puñado de paja. Se sentó y, mientras su vista se acostumbraba a la oscuridad, se dio cuenta de que yacía desnudo sobre una cama de paja. Todo el lugar apestaba a estiércol, sulfuro y heno quemado.

Se encontraba en un establo para caballos, sobre un montón de cenizas que por alguna razón estaban esparcidas sobre el heno. Aparentemente había dormido enroscado, como un perro, en el centro de aquel nido de polvo negro. Era eso lo que apestaba a sulfuro. Una fina capa cubría a Wulfric de pies a cabeza, manchando su piel del color del carbón. Al tratar de quitársela, sólo consiguió embarrarla aún más. En ese momento cayó en cuenta de que algo más estaba mal. No tenía consigo su anillo de matrimonio. No se lo había quitado ni una sola vez desde que se casó y ahora, inexplicablemente, había desaparecido.

Un fino haz de luz entró por una rendija en la puerta del establo. Desnudo y gimiendo de dolor, Wulfric se puso lentamente de pie. No era sólo su cabeza: cada músculo y cada hueso de su cuerpo le dolía más que al día siguiente de cualquier batalla que hubiera peleado. Doblado por el dolor, Wulfric trastabilló hasta la puerta y la empujó para abrirla. Entrecerró los ojos y se llevó la mano a la frente para cubrirse del sol que lo deslumbraba. Con paso vacilante llegó hasta la sombra de un árbol cercano. Desde allí lo vio todo.

Los cadáveres de los aldeanos yacían por todas partes. Unos cubiertos de sangre, con brazos y piernas rotos, torcidos en posiciones imposibles. Otros abiertos desde la garganta hasta el vientre con las entrañas desparramadas sobre el suelo. Algunos eran poco más que pedazos de carne aplastados contra el piso o esparcidos en trozos a lo largo y ancho del terreno. La aldea entera había sido masacrada. Estupefacto, Wulfric volvió al establo. Su mente le jugaba una broma. ¿Estaría todavía soñando y aquel supuesto despertar había sido sólo un truco cruel para prolongar su tormento? No, la sensación exasperante y frenética, la impotente parálisis que experimentó mientras se desarrollaba la pesadilla, había desaparecido ahora. Se podía mover con libertad, incluso mirar a otra parte para evitar el horror frente a él si así lo deseaba.

Pero no lo hizo. Armándose de valor y recuperando la compostura hasta donde le fue posible, Wulfric caminó entre los muertos, asimilando cada detalle de lo que veía. Una comprensión vertiginosa comenzó a apoderarse de todo su ser; el cuerpo de cada amigo, de cada vecino, yacía exactamente de la misma manera en que los había visto caer en su sueño. Allí estaba Leland, el vecino más cercano a Wulfric y el primero en llegar a darle la bienvenida el día anterior. Tirado bocabajo en la tierra, era un fantasma pálido y congelado, un cadáver hinchado sobre los intestinos que asomaban por los lados: la bestia de su pesadilla lo había destripado con su espolón demoniaco. No muy lejos estaba Arnald, el cocinero que había traído los bizcochos a la celebración de bienvenida y quien, en el sueño, había estado entre los primeros que se enfrentaron a la criatura. Esta los había recibido con una ráfaga de golpes y, con sus garras como guadañas, les había arrancado brazos y piernas por igual. Wulfric miró la cabeza cercenada del hombre, los ojos abiertos que sin vida miraban hacia el cielo; su rostro era una máscara adusta que preservaba aún el horror que se había posesionado de él en el momento de su muerte. Igual que en la pesadilla.

De pie en medio de aquella carnicería, reconociendo cada macabro detalle, Wulfric llegó a la inconcebible pero inevitable conclusión: las visiones de pesadilla que lo asaltaron al dormir no habían sido un sueño. ¿Qué eran, entonces? ¿Algún tipo de presagio? ¿Pero con qué fin, si al final había sido demasiado tarde para impedir que aquello se volviera una realidad? ¿Y qué había sido de...?

Cwen. La bebé. Wulfric se volvió hacia su cabaña en las afueras de la aldea y corrió. Todos sus músculos y huesos repicaron en protesta; su cuerpo estaba adolorido de los pies a la cabeza, pero no se detuvo. El sueño, o lo que sea que hubiera sido, terminó antes de que a ellos les sucediera algo, ¿no? Por más que trató de recordar, la memoria de aquella visión, como siempre sucede con los sueños, se deslavó de su mente; los detalles se volvieron cada vez más vagos, más difíciles de recordar, hasta que lo único que quedó fue aquella sensación aterradora e incómoda con la que se había despertado en la mañana.

Su cabaña era la más lejana del centro de la aldea; tal vez la criatura la había pasado de largo cuando se iba, o quizá se había saciado para entonces por la matanza de los demás aldeanos. O no. *Por favor, que estén vivas. Por favor.* Estos pensamientos recorrían la mente de Wulfric cuando abrió de golpe la puerta de su casa y se apresuró a entrar.

Era como si alguien hubiera pintado de rojo el interior de la cabaña. Lo poco que quedaba de Cwen no era más que una mancha en la pared que escurría sobre el suelo, residuos de una violencia más allá de toda imaginación. Incluso del techo goteaban restos de su mujer. Una oreja, un dedo, un mechón enmarañado y desgarrado de cabello amarillo trigo, ahora teñido de escarlata, eran los únicos pedazos identificables de lo que había sido su esposa. La barbarie requerida para hacer algo así iba más lejos que cualquier cosa que Wulfric hubiera visto jamás, aun entre los más salvajes, irracionales y enloquecidos vikingos. La brutalidad de un acto así sobrepasaba la capacidad de cualquier hombre. Pero ningún ser humano había hecho esto, pues si había sido humano alguna vez, la infernal magia de Æthelred lo había transformado en algo retorcido, espantoso e irreconocible.

En la esquina estaba la cuna de su hija, el mimbre manchado de rojo con la sangre de Cwen. Derrotado, Wulfric trastabilló hacia la cuna con la vana esperanza de que la criatura hubiera sido, de algún modo, perdonada. Pero no habría de ser. En el interior sólo encontró un amasijo de carne, sangre y huesos que hubiera sido imposible de identificar como la bebé que antes había dormido ahí. Una simple mirada fue más de lo que Wulfric pudo tolerar. Se alejó dando tumbos hasta que estuvo fuera, bajo el sol, y se derrumbó sobre el suelo sin poder respirar. Mientras luchaba tratando de inhalar aire, se dio cuenta de que ni siquiera Dolly había sobrevivido. El cuerpo de su querida yegua yacía sobre uno de sus costados, en el mismo lugar en donde Wulfric la había amarrado a un poste la noche anterior, con la cabeza arrancada y el vientre abierto de par en par.

Finalmente el horror, la confusión y la incredulidad de Wulfric cedieron paso a la pena que lo golpeó con todas sus fuerzas como una gran ola. Lloró de angustia, sus lágrimas fluyeron imparables y los sollozos eran tan fuertes que todo su cuerpo se convulsionaba con ellos. Lloró por más de una hora hasta que no pudo más. Luego se sentó en muda desesperación: cualquiera que hubiera podido verlo entonces se habría encontrado con una cáscara vacía en lugar de un ser humano.

Dentro de su cabeza las ideas giraban con rapidez, tratando de comprender la verdad de lo ocurrido. ¿Dónde estaba él cuando esto sucedió? ¿Por qué los gritos de los aldeanos no lo despertaron? ¿Y por qué se levantó en un lugar tan lejano de donde se había acostado la noche anterior? De todos los lugares posibles, ¿un establo? Aunque pudiera contestar todas esas preguntas, seguramente ninguna podría explicar la pesadilla y su terrible augurio. ¿Cómo podía ser posible que...?

Fue entonces que Wulfric, perdido en sus pensamientos, vio su anillo de bodas tirado en el piso afuera de su casa. Pero ya no era un anillo. Al levantarlo se dio cuenta de que se había reventado, perdiendo su forma: ahora era sólo una retorcida tira de oro. Wulfric giró el metal entre sus dedos tratando de imaginar qué podría haberlo arrancado de su propio dedo de manera tan destructiva; de pronto lo supo. Inmediatamente, como por instinto, *lo supo*.

No fue un sueño ni una premonición. No lo imaginó. Todo fue real. Cada detalle de aquella visión de pesadilla, inquietante por su gran claridad. La bestia misma era igualmente real, aunque hubiera sido lo único que Wulfric nunca pudo ver en su totalidad. La razón era que había experimentado todo a través de los ojos de la bestia. Porque él era la bestia. O lo había sido, de algún modo. Ahora era humano, pero su cuerpo retorciéndose de dolor y apestando a sulfuro decía la verdad. Sentía, ahora lo sabía, como si algo le hubiera explotado desde dentro, astillándole los huesos y desgarrándole los músculos y tendones al escapar violentamente de su jaula humana. Y luego, quién sabe cómo, se había ido dejando sólo la jaula, intacta como al principio.

La mano de Wulfric se fue a posar sobre su pecho, en la quemadura en forma de escarabajo que Æthelred le había dejado como impronta. La memoria regresó a Wulfric con fuerza: la mirada perversa y astuta en los ojos del arzobispo mientras murmuraba el último conjuro, cada incomprensible palabra envenenada de odio, y el gesto malévolo recorriendo su cara al tiempo que la cuchilla de Wulfric penetraba en su cuello y la vida se le escapaba. Como si supiera que no era el final, como si estuviera seguro de que tendría su venganza a pesar de todo.

¿Sería posible? ¿Podía transformar a un hombre en un monstruo como aquellos que el arzobispo conjuró tantas veces antes, y después devolverlo a su forma original? «Estaba tratando de ampliar el conocimiento y dominio de la magia que ya había aprendido», había dicho Cuthbert después de estudiar los escritos del hombre muerto. «Llevarlo a un nivel más alto». Cómo fue capaz lograrlo estaba más allá de su entendimiento, pero Wulfric no podía negar todos los cuerpos rotos y destrozados que lo rodeaban, ni lo que su propio cuerpo agonizante le transmitía, ni lo que su mente le gritaba ahora. *Él había hecho esto.* No había sido un monstruo desconocido. El monstruo era él.

Esa fue la venganza de Æthelred: implantarle a Wulfric esta maldición para que se apoderara de él apenas estuviera en casa con sus seres queridos y los masacrara con una furia brutal, sólo para retornar más tarde a su forma humana, su alma otra vez dentro de él, y ser testigo del horror completo de su propio crimen. Para ser torturado por su conciencia durante el resto de sus días. Así Æthelred, desde el fuego del más profundo infierno, podría ver su angustia y burlarse de él.

Aturdido, Wulfric trataba de aprehender la verdad en toda su dimensión. De pronto, en la distancia, más allá de la colina, escuchó el ruido de caballos aproximándose. Se llenó de pánico. ¿Qué pasaría si lo encontraban aquí, de esta manera? ¿Creería alguien en su historia? ¿Lo tomarían como el único sobreviviente o como un lunático asesino? No lo sabía, y tampoco le importaba: así de profunda era su desesperanza. Pero la poca razón que aún le quedaba le aconsejó que este no era el momento para dejar que su destino fuera decidido por otros. Se acercaba cada vez más el ruido de los caballos; Wulfric tomó una túnica de lana, se cubrió con ella y se escabulló por la aldea hasta llegar al bosque espeso que se encontraba en la orilla, para luego perderse en él.

Quince años
después

Nueve

Una lluvia torrencial caía sobre el campo. Había sido así durante las últimas semanas. El cielo era del mismo color del hierro y la tierra se encontraba reducida a un lodazal enorme que se tragaba los pies hasta los tobillos y dejaba a las carretas varadas incluso en los mejores caminos. Los campesinos guardaron en el granero lo que alcanzaron a cosechar, y ahora estaban a la espera de que las lluvias cesaran y regresara el sol para poder aprovechar lo que quedaba de la estación. Gran parte del sur de Inglaterra era un paisaje triste y desolado; aun los pueblos y las rutas de mayor actividad comercial se veían desiertos. El silencio se había infiltrado en la tierra y él único sonido era el monótono y eterno tamborileo de la lluvia, interrumpido de vez en cuando por el retumbar de un relámpago a la distancia.

Es exactamente como debe ser, pensó Wulfric mientras avanzaba por el páramo con determinación; iba encorvado, recibiendo de frente la lluvia que un viento helado empujaba fuertemente contra él. Cada paso chapoteaba al sumergirse en el pantano que era la tierra y otra vez cuando salía con trabajos para volver a hundirse después. Era un tramo difícil pero todos los caminos estaban prácticamente en las mismas condiciones, y además Wulfric prefería no encontrarse a nadie que transitara por ellos. Más que nada, odiaba inventar excusas para aquellos pocos que le tenían piedad y le ofrecían un refugio. Incluso en un día como este, no podía aceptar ayuda de nadie.

Wulfric bajó con mucha dificultad, entre resbalones, por una ligera cuesta que desembocaba en un sendero que serpenteaba a través del valle. Se trataba de apenas algo más que una angosta vereda de gravilla y lodo, pero era ligeramente más fácil caminar sobre ella, y Wulfric estaba muy cansado. Miró a ambos lados para asegurarse de que no había otros viajeros por allí. Luego escogió una dirección, aunque realmente le daba lo mismo un lado que otro, y siguió andando.

Aunque le era más fácil moverse ahí que sobre el pantano por el que venía antes, Wulfric avanzaba a paso lento; la lluvia caía todavía con fuerza, y su manto de lana, aún más pesado por el agua que absorbía, le sumaba una considerable cantidad de peso. Pero Wulfric no refunfuñaba ni se quejaba. Al contrario. No merecía un buen clima, ni comodidades, ni descanso.

Pronto necesitaría encontrar un lugar para pasar la noche. No había visto más que campo abierto a lo largo de todo el día y comenzaba a arrepentirse de haber dejado la relativa seguridad y aislamiento del pequeño bosque donde había pernoctado la noche anterior. Como el bosque estaba muy cerca de una senda bastante concurrida, Wulfric pensó que distaba de ser un lugar ideal y decidió marcharse con la primera luz del día, esperando encontrar algo mejor, pero hasta ahora nada se había presentado. Necesitaba un área arbolada, lejos de cualquier pueblo o vía pública. Un lugar con troncos fuertes de raíces profundas. Un lugar...

—¡Eh, tú! Detente, amigo.

Wulfric se detuvo y levantó la vista. Había estado perdido en sus pensamientos con la mirada clavada en el suelo mientras caminaba pesadamente sobre el lodo. Ahora veía, más allá de la neblina, a tres hombres y un pequeño campamento a la orilla del camino. Unas pocas tiendas, escasos suministros, una tetera suspendida sobre una fogata apagada, pues no había forma de mantenerla encendida con este clima.

Wulfric sabía que había pocas razones para estar fuera, en un camino, un día como este. Una, que no te importara, como en su caso. O dos, que estuvieras desesperado. Como en el caso de ellos.

Se trataba de una banda de asesinos de la más baja calaña. Aun entre la escoria había niveles y los mejores bandoleros reclamaban las vías más anchas y transitadas, las rutas comerciales por donde circulaban los mercaderes y los agricultores que transportaban sus cosechas para llevarlas a la venta. A los ladronzuelos les dejaban las veredas y senderos menos transitados. En este tipo de caminos era difícil encontrar a alguien a quien valiera la pena robar, y a falta de dinero o bienes, esta gentuza compensaba su frustración golpeando, violando o matando a los transeúntes.

Así eran estos hombres. Wulfric ya se había topado antes con tipos como ellos. Una vez su padre le había contando que hacía cientos de años, durante el dominio de los romanos, había leyes. El bandolerismo y otros crímenes se frenaban efectivamente a través de castigos muy severos. Además, había pocos incentivos para robar; bajo la ley romana siempre había algo en proceso de construcción y no era difícil encontrar un trabajo honesto. Pero décadas de constante brutalidad danesa habían terminado por destrozar y desplazar comunidades enteras, creando así una pobreza generalizada y una nueva cultura de anarquía y violencia entre los mismos ingleses. Los tres hombres de pie frente a Wulfric eran producto de esa cultura, así como probablemente sus padres antes que ellos. Su porte demacrado y ojos animales hablaban de un hambre que ningún hombre merecía, pero que muchos en estos tiempos conocían bien. Wulfric supuso que habría pasado una semana desde la última vez que comieron algo sustancioso, y era probable que no se equivocara. Había otra cosa que Wulfric sabía bien: un hombre hambriento es capaz de cualquier cosa.

—Este es un camino de cuota —dijo el más alto de los tres mientras los otros se colocaban a cada uno de sus lados, blandiendo unos rústicos garrotes—. Si quieres pasar, tienes que pagar.

—No tengo nada de valor —contestó Wulfric. Aquello no era completamente cierto, pero no era difícil de creer. A pesar de que los tres ladrones vestían harapos, Wulfric lucía más pobre aún. Ellos al menos tenían zapatos; Wulfric iba descalzo, con los pies cubiertos de lodo y sus manos y cara manchados de costras de mugre.

—Entonces no pasas —dijo el hombre alto.

Wulfric estudió a los hombres que le impedían seguir su camino. Se veían desgastados y exhaustos al igual que él, sin apetito de una lucha inútil que no les redituaría en nada. Pero lo que fuera que rufianes como esos tuvieran en lugar de orgullo, no les permitiría hacerse a un lado y dejarlo pasar. Por esa razón las opciones de Wulfric eran pocas y simples. Regresar por donde había venido, o matarlos. Podía hacer cualquiera de las dos cosas con la misma facilidad, pero sólo una de ellas dejaría intacta la promesa que se hizo a sí mismo hacía años.

Asintió con humildad en dirección al hombre alto y se dio la vuelta, desandando el camino. ¿Qué importaba? Pronto se tendría que aventurar fuera de la vereda para internarse en la naturaleza nuevamente y poner algo de distancia, antes del anochecer, entre él y cualquier lugar donde hubiera personas. Sin embargo, al girarse, algo sonó debajo de su manta. Un ruido suave y metálico, amortiguado entre las capas de lana húmeda, que el bandido de mayor estatura alcanzó a escuchar.

—¡No tan rápido!

Wulfric se detuvo y soltó un suspiro; sabía bien a qué pertenecía el sonido que lo había traicionado. Los tres hombres lo rodearon con rapidez. El alto, el líder, lo encaró. Miró a Wulfric de arriba abajo y algo le pareció extraño acerca de él. Daba la impresión de ser demasiado voluminoso debajo de esa capa, curiosamente deforme, y se movía de manera pesada, como si lo abrumara una carga invisible.

—¿Qué tienes allí debajo?

Wulfric no respondió. El alto sacó una daga —que en realidad era apenas un pedazo de metal afilado— y la presionó contra la barbilla de Wulfric.

—No te lo voy a preguntar dos veces. Si no tienes nada de valor, muéstrame.

—No es nada de valor para ti —dijo Wulfric.

—Yo seré quien decida eso. Quítate la túnica. —El bandido alto cambió su peso de una pierna a la otra y empujó un poco más la daga contra la piel de Wulfric, lo suficiente como para sacarle sangre. Pero él no se movió ni intentó alejarse del cuchillo.

Esto perturbó un poco al otro; aquella no era una reacción natural.

—Debo advertirte que debajo de la túnica estoy desnudo —dijo Wulfric—. Tal vez sería mejor, para todos, si me dejaran pasar.

Los otros dos hombres voltearon a verse y soltaron una risita, pero una mirada del alto los hizo callar. Ya se había cansado de esto. Retiró la daga de la barbilla de Wulfric y la clavó en su vientre. Wulfric jadeó y cayó de rodillas; los otros dos aprovecharon para acercarse y golpearlo con sus garrotes, azuzada su propia violencia por la de su líder. Wulfric permaneció inmóvil, sin hacer nada por evitar o protegerse de los golpes que llovían sobre él, hasta quedar tirado de espaldas, revolcado en el lodo, lleno de verdugones, sangrando y casi inconsciente. Agitados por el esfuerzo, sus atacantes se hicieron hacia atrás y lo miraron desconcertados.

—¿Por qué no pelea? —preguntó uno de ellos—. ¿Qué clase de hombre no levanta siquiera una mano para defenderse?

—Un cobarde —contestó el otro.

—Un cobarde huye —dijo el primero—. Un cobarde... ¡se acobarda! Este no hizo nada. No está bien. No es... humano.

Al que más le molestaba era al alto. Había practicado la violencia durante toda su vida y la había dirigido contra todo tipo de hombres. Algunos contraatacaban. Otros trataban de escapar. Algunos más pedían misericordia. Pero nunca aquello. Este sujeto se había hincado y se había dejado dar una salvaje golpiza sin resistirse o siquiera quejarse, casi como si se tratara de un castigo que quisiera recibir. Cualquiera que fuera la razón del comportamiento de este extraño, algo le aconsejó que era mejor no saberla, que la explicación sería mucho más perturbadora que lo que acababa de presenciar.

Se agachó en el lodo junto a Wulfric y comenzó a quitarle la túnica. Desató la deshilachada cuerda alrededor de su cintura y levantó las varias capas de lana mojada, abriendo cada vez más los ojos ante lo que aparecía debajo. Era verdad que Wulfric estaba desnudo por completo debajo de la tela, como lo había advertido él mismo, pero su cuerpo estaba envuelto en una pesada cadena de hierro, colgada de ambos hombros, entrecruzada sobre el pecho y alrededor de la cintura como un cinturón holgado.

—¿Qué diablos...? —murmuró uno de los otros. Todos miraban aquel extraño espectáculo sin saber qué pensar. Pero había una razón por la cual el alto era el líder. Mientras los otros intentaban descifrar de qué se trataba, él ya había encontrado el inicio de la cadena y comenzaba a desenredarla.

—Conozco un quincallero en Ipswich que pagaría muy bien por esta cadena —dijo—. Ayúdenme a quitársela.

La idea de que aquel estrambótico episodio podía convertirse en una operación rentable después de todo levantó el ánimo de los otros dos, que se acercaron prontamente para separar a Wulfric del metal. Rodaron su cuerpo hasta dejarlo con la cara sobre el lodo para desenrollar la cadena de alrededor de su cintura y luego de sus hombros. Se detuvieron brevemente cuando al girarlo otra vez y retirar la cadena, pudieron apreciar la extraña marca en el centro de su pecho desnudo.

—¿Qué es eso? ¿Algún tipo de quemadura? —preguntó uno.

—Idiota —dijo otro—. Ninguna quemadura se ve así. Es un tatuaje, mira la forma que tiene. Se supone que es un escarabajo.

—¿Pero quién querría tatuarse un escarabajo?

El hombre alto les chifló para que volvieran a su trabajo. Pronto liberaron la cadena y, al verla desenrollada en su totalidad, se dieron cuenta de que era mucho más larga de lo que aparentaba.

—Debe medir unos ocho o diez metros —dijo uno de ellos.

—Y pesa una maldita tonelada —exclamó el otro al tratar de recogerla del piso, donde serpenteaba, y acomodársela sobre el hombro—. Ipswich queda a más de quince kilómetros. ¿Quién la va a cargar?

—Todos lo haremos —dijo el alto, levantando una parte de la cadena y ordenando a los otros dos con una seña que hicieran lo mismo. Cuando consiguieron levantarla del suelo y dividieron su peso equitativamente entre los tres, se echaron a caminar uno detrás del otro con la cadena sobre sus hombros. Pero era mucho más pesada de lo que parecía y se tambalearon al tratar de llevarla a su campamento, apenas unos metros más allá. Uno de ellos resbaló y quedó sumergido en el lodo bajo el peso del fierro.

—¡Al diablo con esto! —dijo, quitándose la cadena antes de ponerse de pie—. Está muy pesada. Dudo que podamos moverla un kilómetro. ¡Ni pensar en quince! ¿Y qué hay de todas nuestras cosas?

El alto sabía que el otro tenía razón. Tal vez entre los tres podrían arrastrarla hasta el pueblo, pero no con el resto de las cosas del campamento, que ya eran de por sí engorrosas de llevar. Volvió a mirar a Wulfric y se preguntó cómo un solo hombre podía soportar una carga tan pesada y —esto era todavía más desconcertante— por qué lo estaría haciendo justo allí en el páramo.

Sus compañeros seguían discutiendo. El alto los calló de un grito y los hizo volver al campamento. Con sus pertenencias a cuestas, los tres desaparecieron al poco tiempo entre la niebla, dejando a Wulfric tirado en el camino, inmóvil y desnudo, con la lluvia lavándole la sangre que aún brotaba de sus heridas.

Pasó un tiempo antes de que Wulfric recuperara la conciencia. Se movió despacio, quejándose de dolor al sentir los moretes y verdugones que le gritaban al unísono. Cuando estuvo sentado se dio cuenta de que ya no sentía el peso de la cadena sobre su cuerpo. Había desaparecido. ¿La habrían tomado los ladrones? Esa cadena era lo único que se permitía poseer, la única cosa en el mundo que realmente necesitaba. Desesperado, buscó alrededor tratando de enfocar sus ojos a la luz del crepúsculo, y exhaló con alivio cuando vio la cadena sobre el suelo unos metros más allá, donde los ladrones la habían abandonado.

Sintió una punzada aguda en el abdomen al ponerse de pie; se llevó la mano a la fuente del dolor, recordando que lo habían acuchillado. Dolía mucho, pero se curaría; sólo importaba en la medida en que pudiera retrasar su búsqueda de un lugar seguro antes de que cayera la noche. Y ya empezaba a oscurecer.

Tambaleante, Wulfric caminó hacia la cadena hundida en el lodo y la colocó alrededor de su cuerpo como lo había hecho tantas veces antes, rodeando su cintura y sobre sus hombros, hasta que tuvo encima todo el peso del metal. Buscó su túnica para taparse y la encontró, hecha un ovillo, a unos metros de donde hacía unos minutos había despertado. La sacudió para quitarle el exceso de lodo y se la puso antes de dejar el camino y dirigirse hacia los matorrales. Raramente hablaba con Dios en esa época, pero al ver que el cielo oscurecía, rezó para que lo ayudara a encontrar al menos un tronco fuerte en ese páramo desolado antes de que cayera la noche. Ya tenía demasiada sangre sobre su conciencia.

Tras caminar poco menos de un kilómetro, Wulfric encontró un pequeño bosque apartado en la orilla de una colina que lo ocultaba de la carretera. Era perfecto. Dio gracias por no tener que pasar la noche en un lugar abierto. Ya lo había hecho antes al no tener una mejor opción: dormir en un valle remoto o en el campo. Pero a veces un desafortunado viajero, o alguna otra alma desgraciada, se topaba con él, y Wulfric era incapaz de prevenir lo que inevitablemente sucedería después. Cada vez se castigaba a sí mismo por no tener la fuerza suficiente para detenerse.

Pero esta vez, al menos, había encontrado un lugar seguro, y justo a tiempo; a medida que caía la noche, Wulfric podía sentir aquel estremecimiento que ya conocía bien, esa sensación de que algo se movía debajo de su propia piel. *No queda mucho tiempo.* Se adentró en el bosque y localizó el árbol más grande, un robusto tejo de tronco grueso y raíces fuertes y profundas. Agitó los hombros hasta que su túnica cayó al suelo y desenredó la cadena de su cuerpo, quedando nuevamente desnudo. Su cuerpo sufría de sacudidas y contracciones mientras enrollaba la cadena alrededor del árbol, dándole una vuelta completa y luego dos. *Rápido, rápido.*

Wulfric se sentó de espaldas al árbol y dejó resbalar la cadena sobre su cabeza y pecho. En una de las puntas de la cadena había un candado cuya llave pendía de una cuerda alrededor de su cuello. Con manos temblorosas, giró la llave dentro del candado y el mecanismo se abrió. Wulfric jaló la cadena, enganchó el candado entre dos eslabones y lo cerró con fuerza, luego empujó con su cuerpo para probar la resistencia de la atadura. No era fácil encadenarse uno mismo a un árbol, pero Wulfric había dominado aquella rutina después de años de práctica, noche tras noche.

Satisfecho por estar adecuadamente amarrado al árbol, puso la llave en el suelo junto a él. Y allí se quedó sentando, tiritando de frío, en espera de la bestia.

No tuvo que esperar demasiado. Momentos después de haberse encadenado, los temblores en su cuerpo se volvieron convulsiones, y luego algo peor. Gritó al sentir que todo su cuerpo era presa de un ataque espasmódico. Ya había comenzado el proceso y lo que faltaba sería una pura e insoportable agonía. Cerró los ojos y apretó con fuerza las mandíbulas tratando de concentrar su mente, de desviarla del dolor atroz que irradiaba del centro de su pecho y se infiltraba en cada una de sus extremidades. La bestia crecía dentro de él, empujando hacia fuera violentamente en todas direcciones, buscando escapar. La piel de Wulfric ondulaba y se retorcía por los ángulos imposibles que adoptaban sus piernas y brazos, y debajo se escuchaba el tronido espantoso de los huesos dislocándose en su espalda al arquearla hacia el frente y golpearla después salvajemente contra el tronco del árbol. Wulfric oyó la cadena crujir por el esfuerzo y, con su último pensamiento coherente, rezó por que las muchas noches como esta no hubieran debilitado el metal y aún fuera capaz de detenerlo. Rezó por que su cuerpo no pudiera ya tolerar más el dolor y, misericordiosamente, al fin se perdiera en la nada. Su cabeza colgaba hacia el frente. Rasgando su carne, de la cicatriz con forma de escarabajo al centro de su pecho emergió una tenaza negra y aceitosa que abrió más la herida, mordiendo ferozmente al aire. Como lo había hecho incontables veces antes, el monstruo que permanecía dormido dentro de Wulfric durante la luz del día renació una vez más en la oscuridad de la noche.

Wulfric despertó en ese mundo de pesadilla que compartía con la bestia. Estaba, de algún modo, consciente. Sería erróneo decir que él y la bestia compartían una mente de la misma forma en la que compartían un cuerpo, ya que la bestia en sí era irracional. Sólo conocía el odio y la muerte. Existía sólo para matar; aquello era su único instinto, su único propósito.

Así como durante el día la criatura estaba atrapada dentro de la jaula que era el cuerpo de Wulfric, así él estaba atrapado dentro del cuerpo de la criatura durante la noche. Una simbiosis profana. Wulfric estaba presente, consciente de lo que sucedía, pero era incapaz de influir o controlar aquella cosa salvaje e insensible en la que se transformaba apenas caía la oscuridad. La sensación de no ser más que una marioneta obligada a cometer actos violentos e irracionales por voluntad de un titiritero loco era exasperante. Muchas veces había intentado dominarla, concentrar su mente haciendo acopio de cada gramo de voluntad que poseía para impedir que la criatura atacara una aldea indefensa, una caravana, pero nunca era suficiente. La compulsión de la bestia de masacrar y destruir era muy profunda, primaria: no podía ser suprimida, por más que Wulfric tratara. Vez tras vez se convertía en un participante reticente de aquella carnicería, igual que lo había sido aquella primera noche, hacía mucho tiempo, cuando asesinó a sus amigos y vecinos, a su esposa y a su hija recién nacida.

Finalmente, tras abandonar toda esperanza de controlar al monstruo dentro de él, a Wulfric se le ocurrió la idea de la cadena. Si no podía restringir a esa cosa vil cuando tomaba posesión de él, lo haría mientras aún dormía. Amarrada a un árbol, la

144

bestia podía retorcerse, sacudirse y chillar todo lo que quisiera, pero si la cadena era lo suficientemente fuerte no podría hacerle daño a nadie. Así sería esta noche: la miserable criatura que emergió de su prisión de carne y hueso, hambrienta de sangre, se encontró con que no podía moverse, aprisionada en la trampa de Wulfric.

Cada noche, al despertar, la bestia se sorprendía al descubrirse confinada. Era como si naciera nuevamente cada vez, sin memoria de sus encarnaciones anteriores. Cada noche se enfurecía, justo como ahora, tratando de liberarse de sus ataduras de metal.

Las primeras dos cadenas que Wulfric fabricó eran más ligeras y débiles y se rompieron. No fueron suficientes para contrarrestar aquella fuerza inhumana. La tercera cadena —esta— era el doble de fuerte y nunca había cedido. Siempre y cuando la atara con seguridad cada noche, la bestia no podría obligarlo a asesinar más. Sin embargo, Wulfric seguía padeciendo la rabia del monstruo que luchaba por escapar, toda la noche y hasta el amanecer, cuando al fin la bestia se recluía nuevamente en el lugar oscuro donde dormía durante las horas de luz. Sólo entonces Wulfric, a su vez, podía dormir unas cuantas horas, la única paz que ahora conocía.

Seguía lloviendo, aunque más ligeramente que antes, cuando un rayo de sol atravesó el toldo de hojas de la foresta y cayó de lleno sobre la cara de Wulfric. Despertó al sonido de un coro familiar de dolores corporales, cada músculo y cada hueso gritando como si los hubieran despedazado y luego los hubieran unido de alguna manera. Nunca había entendido cómo era que su cuerpo se rehacía a sí mismo cada día después de que la bestia se iba. Se trataba de un cruel y diabólico truco de la magia infernal de Æthelred que lo obligaba a padecer ese infierno repetidamente, día tras día, sin final.

A pesar de que su cuerpo seguía acumulando el dolor por dentro, las heridas y moretones del ataque del día anterior habían desaparecido, lo mismo que el agujero en el vientre que el hombre alto le hizo con el cuchillo. Esa era la única y mínima bendición de la transformación nocturna de hombre a monstruo y de regreso a hombre; ninguna herida, sin importar lo grave que fuera, duraba más de un día.

Se despertó como lo había hecho cada mañana durante los últimos quince años, entre una pila de ceniza polvorienta, muy negra y con olor a azufre. Cubría su cuerpo desnudo de pies a cabeza como un manto de nieve que hubiera caído sobre él mientras dormía. Aquello debía ser algún residuo de su transformación de bestia a hombre, pensaba Wulfric, aunque en realidad, al no estar consciente en esos momentos, no podía estar seguro de lo que pasaba exactamente durante su regreso a la forma humana. Lo único que sabía era que esas manchas de carbón que la ceniza dejaba sobre su piel resultaban casi imposibles de lavar, así que se había dado por vencido y ni siquiera intentaba quitárselas ya. Sus manos y su cara, embadurnadas con mugre negra, le daban una apariencia monstruosa aun durante sus horas de humano, asustando a cualquier viajero que de otro modo podría incluso detenerse a charlar con él. Wulfric lo prefería así.

Enterró su mano en el montón de cenizas a su lado para buscar la llave que había dejado sobre el suelo. La tomó por la cuerda a la que estaba atada, sopló sobre ella para quitarle la ceniza y retiró el candado. Se movió para liberarse de la cadena y se puso de pie, levantándose como una aparición fantasmal. Con las manos sacudió su barba y su cabello antes de desenrollar la cadena del árbol y acomodarla nuevamente alrededor de su cuerpo.

Mientras realizaba aquella rutina examinó la cadena eslabón por eslabón, buscando señales de desgaste o ruptura. Estaba intacta, pero el árbol sí había sufrido un daño severo: tenía profundas hendiduras alrededor del tronco donde la corteza había sido desprendida como piel desollada por el roce de la cadena. Wulfric ya había visto ese tipo de marcas antes: era rara la ocasión en la que la bestia no dejaba evidencia del violento esfuerzo que realizaba para librarse de sus ataduras, pero jamás había visto unas tan profundas como estas. ¿Habría aumentado su fuerza? ¿Su rabia? ¿Ambas cosas? En aquella de por sí fría mañana, la idea le produjo escalofríos. Se agachó para recoger su manto y se lo echó encima, atándolo con el lazo por la cintura.

Consideró seriamente quedarse allí. Era un buen sitio: remoto, aislado, seguro. Una parte de Wulfric no quería dejarlo y correr el riesgo de no encontrar algo parecido antes de la próxima noche, pero necesitaba comer y las opciones en ese bosque eran mínimas. Unas cuantas nueces y bayas no serían suficiente para su estómago, que ya gruñía de hambre. ¿Cuándo había sido la última vez que comió en forma? No podía recordarlo. Lo que no daría por un tazón de estofado caliente, un plato de vegetales asados...

A pesar del riesgo, Wulfric decidió aventurarse en busca de comida, pero sólo hasta cierta distancia. Se daría tiempo suficiente para regresar allí mismo antes del anochecer en caso de no encontrar un sitio seguro. Se ajustó la cadena debajo de la manta para que no le resultara tan incómoda y se dirigió de vuelta al camino. A lo largo de los años había aprendido a llevar la cadena como si fuera una prenda de vestir, pero su peso nunca le permitía olvidar que estaba allí. Ni debía hacerlo. Hacía tiempo que decidió que sería parte de su penitencia, de su castigo. Deambular por el mundo solo, sufriendo toda la eternidad por las atrocidades que no había podido evitar al no ser suficientemente fuerte.

Diez

Se llamaba Indra y la adversidad era algo que conocía bien. Llevaba ya diez meses viviendo fuera de casa, moviéndose de un lugar a otro sin un techo sobre su cabeza, excepto cuando podía darse el lujo de conseguir algún alojamiento, cosa que rara vez ocurría. La mayoría de las noches dormía a cielo abierto sobre una estera que llevaba a cuestas junto con sus utensilios de acampar y las dos espadas cortas en las fundas entrecruzadas sobre su espalda. En conjunto aquello representaba una carga pesada, pero era joven, estaba en forma y bien entrenada. Por sus zancadas vigorosas y resueltas daba la impresión de no llevar carga alguna. Marcaba cada paso con el golpe de un bastón de madera que usaba para equilibrarse en terrenos desnivelados y... para otros propósitos, cuando era necesario.

Vivir así durante la mayor parte del año había resultado difícil, pero Indra rara vez se quejaba. Esta prueba había sido elección suya: había insistido en someterse a ella a pesar de las serias objeciones de su padre, quien la protegía con fiereza. Al final el hombre no tuvo más opción que ceder. Una vez que a Indra se le metía una idea en la cabeza, no había forma alguna de disuadirla. Muchos en la Orden se habían reído cuando ella les compartió sus planes. En los quince años que habían pasado desde su fundación, ninguna mujer había logrado, ni siquiera intentado, lo que ella se había propuesto hacer. Pero ella les mostraría a todos. No volvería a casa hasta haber cumplido con su misión, haberle mostrarlo a su padre que se equivocaba con respecto a ella, y haberse ganado el derecho a ser parte de la Orden.

Con todo, se permitía algunas quejas de vez en cuando. Hoy se sentía especialmente exhausta, hambrienta y empapada; a pesar de todo su empeño, no estaba más cerca de su meta que el primer día que salió de casa. Los últimos dos meses habían sido los más duros. Llovía incesantemente y era más difícil encontrar alimentos. Aunque ella sabía cómo vivir de la tierra, no había muchas cosas para cazar esos días. Corrían los rumores de que una bestia salvaje deambulaba en las cercanías, masacrando ciervos y ganado. Pero esa era la razón por la estaba aquí. Tal vez, finalmente, pudiera encontrar la presa que tanto había estado buscando.

Se detuvo sobre una pequeña colina y esperó. Venator volvería pronto y, en este clima alejado de la mano de Dios, quería ser encontrada fácilmente. Él había salido temprano en busca de comida e Indra esperaba que tuviera mejor suerte que ella, a pesar de que sabía que en realidad la suerte tenía muy poco que ver. Venator era un cazador nato; Indra no podía recordar ninguna ocasión en la que hubiera regresado sin una presa.

Aquella fue la única condición que su padre logró imponerle. *Venator irá contigo*. Sabía que aquella cruzada era imprudente y temeraria, y como no había logrado convencer a su hija de quedarse en casa, al menos quería que hubiera alguien protegiéndola y listo para traerle noticias, si es que llegaba a requerir ayuda. Ella se puso a la defensiva ante el supuesto de que necesitara ser protegida o ayudada por alguien más. No había pasado años practicando con espadas y bastones y puños para nada: era más que capaz de cuidarse a sí misma. Pero Venator le caía bien: había crecido con él y pensaba que podría ser buena compañía en la soledad del camino, así que aceptó llevarlo como su compañero de viaje. Y no se había arrepentido desde entonces.

Ahí estaba ya: apenas una mancha en el horizonte, pero Indra sabía instintivamente que era él. Sonrió ante la bella imagen. Movió su mano saludándolo mientras lo veía aproximarse y se maravilló por su velocidad. Ya de más cerca pudo observar que cargaba algo casi tan grande como él mismo. Había sido una caza provechosa. Por supuesto, no esperaba menos de él. Ella había escogido su nombre y no se había equivocado al hacerlo: *Venator* en latín significaba «cazador».

Momentos después, pasó planeando sobre ella con las alas abiertas majestuosamente. Indra se giró para seguirlo con la mirada, llena de asombro. *Qué maravilla debe ser volar*, pensó cuando Venator se inclinó hacia la derecha y empezó a dar la vuelta, cabalgando sin esfuerzo una corriente de aire.

A menudo Indra soñaba con volar. Una vez, hacía años, compartió esto con una amiga, quien le dijo que ese sueño recurrente era la expresión del deseo de escapar de su vida cotidiana, encontrar un propósito a su existencia y buscar las respuestas a las grandes preguntas. Indra no sabía qué preguntas eran esas, pero las palabras de su amiga se quedaron en su mente, agobiándola. De hecho habían contribuido en buena medida a traerla al lugar donde estaba ahora, aunque seguía sin encontrar ninguna respuesta. En cuanto a su propósito, por el contrario, nunca albergó la menor incertidumbre. Ese siempre lo tuvo muy claro.

Cuando Venator volvió a pasar, dejó caer su carga a los pies de Indra. Era un salmón enorme y gordo, recién salido del río. La sonrisa de Indra se hizo más grande: era la mejor captura de Venator en mucho tiempo. Levantó el brazo, doblando un poco el codo, y Venator aterrizó suavemente sobre él. Vio que llevaba un segundo pez, más pequeño, en el pico. Lo mostró orgulloso para que Indra lo admirara y después lo tragó con avidez.

Venator brincó al hombro de Indra cuando ella se agachó para levantar el salmón. Pesaba más de lo que aparentaba, unos cinco kilos al menos. Un pez de ese tamaño le costaría en el mercado dos veces más monedas de las que jamás hubiera tenido en el bolsillo. Para alguien que había estado viviendo últimamente de poco más que fruta silvestre y algún roedor ocasional, un salmón era una maravilla digna de contemplar. Comería bien esa noche, mucho mejor de lo que había comido en semanas.

—Buena caza —le dijo al halcón, acariciándole con la mano su lomo emplumado y suave como la seda. Eran almas gemelas, ella y Venator. Se entendían mutuamente. Después de todo, ambos eran depredadores. Él nunca regresaría de la caza sin un trofeo que mostrar. Y ella tampoco.

Esa noche, Indra acampó en una colina y cocinó el salmón para la cena. Temía que tuviera que comerlo crudo, pero la lluvia había disminuido lo suficiente para encender una fogata y asar el pescado. Si hubiera seguido lloviendo, podría haber buscado refugio en el bosque y cocinado allí su presa, pero prefería quedarse en campo abierto durante las noches, aun si ello significara empaparse. Desde arriba de la colina podía vigilar toda el área que la rodeaba y era más difícil que alguien, o algo, se acercara sin que ella se diera cuenta. Había estudiado el *Bestiario* en la biblioteca de la Orden; leyó todos sus volúmenes de principio a fin tantas veces que terminó por memorizarlo. Muchas de las abominaciones tenían una mejor visión en las sombras que a plena luz. Y casi todas eran del color del petróleo, un negro profundo y brillante que se confundía con la oscuridad de la noche, de modo que eran casi indetectables hasta que estaban muy cerca, a punto de atacar, y para entonces ya era tanto como estar muerto.

Durante la noche las abominaciones tenían muchas ventajas sobre ella, e Indra no iba a otorgarles una más al acampar en un área confinada que les diera mejores oportunidades de acercarse por sorpresa. Pero por muy bien que esas criaturas pudieran ver en la oscuridad, Venator veía mucho mejor que todas ellas. En el día acostumbraba dormir sobre el hombro de Indra mientras ella caminaba, y en la noche se quedaba despierto haciendo guardia. La fama de la espléndida visión de los halcones no era gratuita, y muchas veces durante la Prueba los ojos de Venator habían resultado ser un recurso muy valioso.

Indra comprobó que el salmón estuviera bien cocinado y cortó un filete grueso y suculento con su cuchillo. Lo mordió y parpadeó varias veces; tal vez el hambre hacía que fuera menos objetiva, pero la carne rosada le supo a gloria, mejor que cualquier cosa que hubiera probado en la casa de su padre, donde rara vez se servía algo menos que lo mejor. Pero había aprendido que momentos fugaces como este —el primer bocado del platillo favorito, la sensación del agua fresca en un día caluroso, la tranquilidad de una noche bajo la luz de la luna— eran lo más cercano a la felicidad.

Nunca había sido feliz en su infancia, a pesar de que creció en un hogar donde tenía todo lo que cualquier niño pudiera desear, en un reino asolado por la pobreza y la carencia. Pero desde un principio sintió que algo importante faltaba en su vida. Era la hija de un lord muy rico, un viudo que la crio sin ninguna ayuda, aunque la mayor parte del tiempo eso había significado delegar sus cuidados diarios a las nanas y demás sirvientes. Su padre rara vez tenía tiempo para ella, ni siquiera cuando estaba en casa, lo cual no pasaba casi nunca. Siempre estaba fuera, cazando o asistiendo a reuniones importantes de la Orden.

De cualquier modo, ella sabía que no era la presencia de su padre lo que le hacía falta, el origen de ese vacío que la carcomía por dentro. Tal vez «hacer falta» no eran las palabras correctas. A pesar de lo nebuloso del sentimiento, Indra sabía que no era que algo estuviera ausente, sino simplemente… fuera de lugar. Era exasperante, una comezón que no podía rascarse y que la molestaba todo el tiempo.

Y luego estaba la otra cosa. La razón que la había traído hasta aquí, que la obligaba a alejarse de una vida privilegiada de riquezas y adentrarse en los rigores y penurias de la Prueba. Su padre solía decirle que superara ese deseo, que lo olvidara, pero no podía. Indra sabía que no conocería la paz hasta que hubiera hecho lo que tenía que hacer. Hasta el último momento, su padre trató de persuadirla de quedarse, usando todos los argumentos que se le ocurrieron. *Es muy peligroso. Sigues siendo una niña. Aunque tuvieras éxito, la venganza nunca trae la paz.* Ella se preguntaba si le hubiera dicho lo mismo de haber sido varón. Sospechaba que no, así que se preparó para partir, resuelta a probarle que la venganza era lo mismo terreno de mujeres que de hombres. O incluso más.

Maldijo en silencio. Siempre había sido su error obsesionarse en exceso con el pasado, y ahora, en consecuencia, había perdido el apetito. Comió un poco más sólo para tener energía, luego cortó un buen trozo y se lo lanzó a Venator. Ella comería el resto como desayuno al día siguiente. Acostada sobre su espalda miró al manto infinito de la noche, buscando apaciguar sus pensamientos y conciliar el sueño.

De repente se irguió. El ruido que llegó hasta ella haciendo eco a través de la colina y el valle era indescriptible, un chillido espantoso y lacerante que le revolvió el estómago y le puso la piel de gallina. Fugaz, el eco se disipó velozmente y desapareció tan rápido como había llegado, dejando la noche quieta y silenciosa una vez más. Pero todo cambió. El aire parecía ser más frío, el cielo más negro y amenazador.

Indra conocía lo que era la inquietud, la turbación y la ansiedad, pero no el miedo, ese miedo auténtico que se enreda en todo tu cuerpo como un lazo de hielo y te paraliza, el miedo que te impide moverte aunque todas las fibras de tu ser te digan que debes huir. En ese momento no deseaba otra cosa más que ponerse de pie y salir corriendo, pero sabía que no había a dónde huir en aquel lugar abierto. No se movió. Se quedó enraizada a ese pequeño espacio donde estaba sentada, tratando de escuchar. Giró su cabeza para intentar localizar la dirección de donde vino el ruido. ¿Cerca o lejos? ¿Aquí o allá? Daba la impresión de que provenía de todos lados y de ninguno. De lo único que podía estar segura era de la terrible maldad de aquel sonido que no pertenecía a este mundo, sino a la invocación de una pesadilla.

No, ningún hombre podría haber hecho ese ruido, ningún animal de la Creación. Aquello era tan monstruoso como la bestia de la que tuvo que haber salido. Una abominación, no cabía duda, a pesar de que nunca había visto o escuchado una en persona. Su padre la había protegido de eso asegurándose de que estuviera lejos cuando él y sus hombres trajeron una de esas criaturas para estudiarla. Irónicamente, al intentar protegerla de aquellos horrores, de aquellas cosas que ninguna niña inocente debería presenciar, sólo había conseguido incrementar su curiosidad y su determinación. Ella quería ver una de cerca, saber cómo lucía, a qué olía y cómo se movía. Más que cualquier otra cosa, deseaba verla morir, escuchar el ruido que haría cuando le atravesara el negro corazón con su espada y terminara con su vida.

Aquel chillido impío resonó dentro de su cabeza e Indra se descubrió por un momento insegura, a pesar de que su deseo estaba tan cerca de consumarse. Esa parte profunda y primaria de su mente, esa cuyo único propósito era protegerla del peligro, le advertía que se alejara lo más posible. Entonces el lazo frío alrededor de su cuerpo se aflojó un poco y se dio cuenta de que podía moverse otra vez. Se puso de pie inspeccionando sus alrededores, pero le fue imposible ver a través de la oscuridad de la noche. La urgencia de escapar era avasalladora, como un compañero que jalara de su brazo y le susurrara al oído *Sólo vámonos*. Aun así, resistió. No había venido desde tan lejos para acobardarse y huir con la cola entre las patas en el último instante. Esto era lo que quería, lo que había deseado desde que tenía memoria. Encontrar una bestia como esta, una de las pocas que aún quedaban. Una especie en extinción que pronto lo sería más gracias a ella. *Tú eres la cazadora y esa cosa es la presa*, se recordó a sí misma. *Es ella la que debería estar huyendo de ti*.

Venator, fiel protector, voló a su lado y se posó sobre su hombro. Ella le acarició las plumas, que ahora estaban esponjadas; el sonido también lo había perturbado.

—Todo estará bien —dijo Indra en un vano intento por reconfortarse los dos.

Se sentó de nuevo y trató de relajarse, pero su mente trabajaba a gran velocidad. Sí, estaba más cerca que nunca, y mañana lo estaría todavía más. Quizá mañana, o el día después, se enfrentaría cara a cara con aquella bestia. Y entonces podría verla morir.

Dejó que Venator abandonara su hombro para seguir haciendo guardia y ella se acostó y cerró los ojos. Temía que dormiría muy poco aquella noche. Su corazón latía muy fuerte. De emoción o de miedo, no sabría decir.

Estúpido. ¡Estúpido!

Wulfric se reprendió a sí mismo, de rodillas junto al río tratando lavarse la ceniza. Sabía que no podía quitarla por completo y normalmente ni lo intentaba, pero hoy quería deshacerse lo más posible de aquel residuo de la bestia. Desnudo y temblando en el frío glacial, sumergió las manos en el agua y se talló los brazos y la cara con el agua helada. *Todo esto es tu culpa*, se dijo a sí mismo, al tiempo que la ceniza que manchaba su piel se dispersaba en el agua y era arrastrada por la corriente. *Pudiste haberlo prevenido.*

Wulfric lo sospechaba desde hacía tiempo, pero ahora lo tenía claro: la bestia cobraba más fuerza. Lo había venido haciendo durante años, noche tras noche, luego de cada nueva encarnación, hasta que finalmente, hacía tres noches, rompió la cadena. Amarrada como siempre a un árbol robusto, la bestia luchó contra sus ataduras hasta que el metal, estirado más allá de sus límites, reventó. Y el monstruo escapó con Wulfric atrapado dentro de él, paralizado en una pesadilla viviente, capaz sólo de observar en inútil consternación cómo la criatura deambulaba por el campo en busca de alguien a quien masacrar.

La primera noche tuvo suerte; el área boscosa a su alrededor se encontraba desierta, y aunque la bestia hambrienta recorrió bastantes kilómetros, no pudo darse el banquete que deseaba. Wulfric despertó poco después del alba en su cama de cenizas y polvo, maldiciendo su suerte, pero agradecido de que al menos la noche había transcurrido sin incidentes. Pasó la mayor parte del día tratando de volver al árbol para recuperar la cadena y su túnica; una tarea difícil, ya que, como de costumbre, tenía apenas un recuerdo vago y difuso del camino que la bestia había tomado en la oscuridad. Hacía mucho tiempo, cuando a Wulfric no se le ocurría aún la idea de la cadena, la bestia había llegado a viajar más de lo que uno creería posible con aquel andar tan pesado, y la noche en que rompió la cadena no fue distinta. Para cuando Wulfric encontró el árbol con la cadena rota alrededor, el sol estaba a punto de ponerse; se consideró afortunado por haber llegado, al menos, al lugar correcto.

Quiso su maldito destino que la cadena se reventara cerca del centro y ahora, en lugar de tener una buena cadena, tenía dos, cada una de la mitad de la extensión original y ninguna lo suficientemente larga para serle útil. Necesitaba encontrar un herrero que las uniera de nuevo, pero el pueblo más cercano estaba a más de un día a pie. Ir ahí significaría aventurarse peligrosamente cerca de áreas pobladas y pernoctar sin la posibilidad de encadenarse de manera segura. La bestia, lo sabía por experiencia, masacraría a todo ser viviente en el pueblo en cuanto tuviera oportunidad. Sería mejor, calculó, ir en otra dirección, hacia una aldea más pequeña y menos poblada, tal vez a tres días de camino. Así que recogió la cadena rota y se puso en marcha. La primera noche había pasado sin derramamiento de sangre; Wulfric tuvo la esperanza de que, si era cuidadoso, podría pasar unas pocas noches más sin hacerle daño a nadie.

Estaba equivocado. La segunda noche, a pesar de que escogió el sitio más remoto y aislado que pudo encontrar, la bestia atacó una familia de ciervos en un claro del bosque y les arrancó una a una las patas, también a las crías. Luego siguió avanzando hasta que llegó a un campo donde había unas ovejas dentro de un corral. Trepó la valla y se lanzó contra el indefenso rebaño, tasajeando a los animales frenéticamente y persiguiendo a los que trataban de huir brincando desesperados las paredes del corral, hasta que todos y cada uno fueron silenciados para siempre.

Al día siguiente, el anterior a este, Wulfric se topó con un hoyo en el sendero que atravesaba el bosque. Tenía más de tres metros de profundidad: una fosa común, pensó, que por alguna razón se cavó pero nunca fue utilizada. Con la esperanza de que él podría salir de la fosa, mas no así la bestia, se metió poco antes del anochecer. Pero la criatura no se resignó a estar confinada. Furiosa, por varios minutos rasguñó las paredes de tierra hasta encontrar apoyo, trepar y escaparse. No tardó en salir del bosque y dirigirse a campo abierto; pronto encontró un terreno agrícola donde dormían varias docenas de vacas y el campesino que las cuidaba.

El hombre vio la abominable silueta negra emerger de la oscuridad y plantarse bajo la pálida luz de la luna. Se quedó inmóvil, con los ojos bien abiertos por el miedo y por la incredulidad, mientras el monstruo se acercaba a su ganado. Sólo hasta que escuchó los chillidos de las vacas salió de su trance. Se dio la vuelta y corrió.

Y ese fue su error. La bestia, concentrada en los animales, no había visto al granjero hasta que este se movió súbitamente. Aunque las vacas eran presas más fáciles y carnosas, la bestia sabía, por algún tipo de instinto, cuál sería la peor maldad. Acechó al hombre en la noche oscura, mirándolo tropezar, caer y levantarse para seguir corriendo. Podría haberlo alcanzado con facilidad pero prefirió jugar con él: lo dejó alejarse hasta que, exhausto, sus piernas ya no le respondieron. Cuando al fin se derrumbó y cayó sobre su espalda, mirando aterrorizado a la bestia que se acercaba cada vez más, todo lo que Wulfric podía hacer era ver a través de los ojos del monstruo la cara de aquel hombre que sabía que estaba a punto de morir. En sus tiempos como soldado había visto a muchos hombres enfrentar la muerte. Pero no así. Esta expresión de terror era tan cruda, tan pura, que la muerte llegaría como un alivio. Era el tipo de miedo que sólo emergía frente a algo tan grotesco y malvado como esta cosa que se había posesionado de Wulfric. Con toda seguridad habría sido suficiente para llevar a la locura a esa pobre alma, de no ser porque murió de inmediato.

La bestia se plantó frente al hombre y le acuchilló el vientre con una garra larga como un cuerno, despacio, insertándola cada vez más profundo, hasta atravesarlo por completo. Se detuvo a contemplar cómo su víctima gritaba y se retorcía en agonía, aferrado a la púa que lo tenía ensartado. La bestia tomó el brazo

157

y la pierna del granjero y jaló hasta arrancárselos, partiéndolo por el centro como una fruta muy madura. El fluir de la sangre, esa sangre inocente que sería una mancha más sobre su conciencia, fue lo último que Wulfric pudo recordar antes de despertar a la mañana siguiente. Todo porque había sido lo bastante ingenuo para creer que podía impedir que la bestia desatada asesinara, así fuera durante unas pocas noches. *Estúpido. ¡Estúpido!*

Al menos se le había concedido una pequeña misericordia. La bestia no viajó muy lejos durante la noche y, aun después de desandar sus pasos para recuperar la cadena y la túnica, Wulfric estaba a pocas horas de la pequeña aldea. Si se apuraba podría llegar ahí al mediodía, justo a tiempo para que el herrero local reparara y reforzara su cadena rota y él pudiera asegurarse cuando cayera la noche. De lo contrario, no tendría otra opción más que regresar al bosque, alejarse lo más posible antes del ocaso, y rezar.

Doce

Indra llegó a la aldea poco después del mediodía. Había transcurrido mucho tiempo desde la última vez que se acercó a un pueblo y se sentía agradecida por el toque de civilización tras tantos días de soledad, así como por la oportunidad, tal vez, de obtener información útil.

El lugar era poca cosa, apenas un asentamiento sin nombre que había brotado en la intersección de dos caminos polvorientos con la esperanza de atraer a los viajeros. Aunque la llovizna persistía, los campesinos y comerciantes locales se habían animado a poner sus puestos. Uno ofrecía pollos y carnes, otro frutas y verduras, y al otro lado del camino había un herrero y un curtidor.

Aunque era la hora punta del día, las ventas, al parecer, iban mal. Quizá porque a la gente no le gustaba salir con ese clima o, más probablemente, a causa de la extrema pobreza que aún azotaba a gran parte del reino. Y como ejemplo de ello, frente a sus ojos un sucio pordiosero envuelto en una andrajosa capa, las manos y la cara cubiertas de mugre negra, discutía con el herrero por unos cuantos peniques. A pesar de ser claramente un tipo insignificante, el herrero parecía no tenerle consideración. Indra deploraba aquella actitud nada caritativa, pero sabía que era lo más común. En tiempos tan difíciles como estos, poca gente compartía sus escasas pertenencias.

Con gusto ella hubiera ayudado al pobre hombre, de no ser por el hecho de que no poseía nada para ofrecer. Así que trató de convencerse a sí misma de que no era su problema. En ese momento sólo le interesaba la taberna al otro lado del cruce.

Era el tipo de lugar donde los locales intercambian chismes, y ella necesitaba saber si existía algo de verdad en las historias que había escuchado.

La destartalada estructura de piedra y techo de paja era demasiada poca cosa para tener un nombre atractivo. Otras tabernas que había encontrado en su camino tenían nombres como El Ogro Danzante, La Cabeza del Rocín, El Vikingo Masacrado. Pero esta era tan anónima como el caserío al que pertenecía. Al dirigirse ahí, Indra ponderó qué nombre le iría mejor a un lugar como ese. El Montón de Ladrillos, tal vez.

Venator saltó de su hombro y se posó en el único poste afuera de la taberna; ella desabrochó sus fundas gemelas y las colgó de un gancho cerca de la puerta abierta, donde podía echarles un ojo. Muchas cantinas tenían reglas que prohibían ingresar con armas al lugar, pues la cerveza y los cuchillos han demostrado no ser buena pareja. Además, la imagen de una mujer con una espada solía poner nerviosa a la gente —y más aún si se traía dos—. Su bastón era menos problemático; pocos notaban que también se trataba de un arma hasta que era demasiado tarde. Con todo, lo dejó recargado contra la puerta.

—¡Suficiente! —atronó el herrero—. ¡A mí no me vas a regatear! O me pagas lo que vale el trabajo, o te largas a otro lado —y lanzó el pulgar sobre su hombro para darle énfasis a sus palabras—. Buena suerte en encontrar alguien que te haga esto por menos dinero.

Wulfric suspiró. El herrero tenía una posición más ventajosa que él para negociar: era el único en los alrededores que podía hacer esa compostura, y Wulfric no podía permitir que la bestia permaneciera sin ataduras una noche más. Esta era su única opción.

Ciertamente tenía poco dinero y había tratado de negociar usando sólo la mitad, pero el herrero se rehusaba a bajar su precio, así que Wulfric buscó dentro de su túnica y sacó el último par de monedas que le quedaba. El total era un poco menos de lo que el herrero pedía, pero tenía la esperanza de que fuera suficiente.

Le ofreció las dos monedas de cobre. El herrero frunció el ceño y le arrebató el dinero para inspeccionar ambos lados cuidadosamente; no eran raras las monedas falsas. Cuando el tipo de cara redonda y rojiza mordió ambas monedas para comprobar la calidad del metal, Wulfric permaneció en silencio; si supiera en dónde había guardado esas monedas para esconderlas de los bandidos, no las hubiera tocado ni con una mano enguantada.

El herrero miró a Wulfric de mala gana antes de guardarse las monedas en el bolsillo de su manchado delantal de piel.

—Vuelve en una hora, tal vez dos —refunfuñó y levantó los dos trozos de cadena amontonados a sus pies para acercarlos al yunque.

—Debe estar lista antes del anochecer —dijo Wulfric.

El herrero tomó un martillo de su caja de herramientas.

—A este precio, tienes suerte de que haya aceptado hacerlo. Búscate otro lugar para esperar mientras trabajo. Ya tuve suficiente de ese olor tuyo.

Wulfric dio la vuelta y se alejó despacio. El herrero hizo un gesto de fastidio, preparó las brasas y puso manos a la obra.

El interior de la taberna estaba tranquilo. Sólo había unas cuantas mesas, todas vacías, excepto una. En ella estaban dos sujetos sentados frente a frente, y en un extremo de la barra, un viejo que, a juzgar por su apariencia, había tomado la primera luz del día como señal de arranque para empezar a beber. Un hombre delgado y barbudo lavaba tarros detrás de la barra y los secaba con un trapo que se veía más sucio que cualquier otra cosa en aquel lugar.

Indra notó cierta tensión en el aire apenas puso un pie dentro. Había demasiado silencio, ese tipo de silencio incómodo que permea el ambiente cuando la gente no nada más calla, sino que hace el esfuerzo por fingir que no hay nada de qué hablar. El viejo terminó su bebida en el momento en que Indra tomó asiento frente a la barra y agitó su jarro de peltre para llamar la atención del tabernero.

—Otra más por acá, Ymbert —dijo. Por la forma en que arrastraba las palabras era evidente que se había pasado de copas desde hacía un buen rato.

—Creo que ya bebiste suficiente, Walt, ¿no te parece? —replicó el tabernero. Los otros dos bebedores sentados en la mesa observaban la escena. Indra tuvo la clara impresión de que la plática que sostenían cuando ella entró ni era placentera, ni deseaban continuarla en presencia de una extraña. Hizo lo posible para aparentar que no se metía en lo que no le importaba. Miró directamente hacia el frente, a los estantes con botellas y tarros detrás de la barra, y notó la estrella de cinco picos que había sido grabada en la pared. Daba la impresión de ser muy antigua; habían pintado sobre ella varias veces para luego colocar los estantes encima. Muchos la hubieran pasado por alto, o la hubieran confundido con otra cosa, pero Indra había crecido con aquel símbolo y lo reconocería en cualquier parte.

El viejo empezó a hacer un escándalo y a golpear su jarro contra la barra; el tabernero tomó el recipiente y lo rellenó de mala gana.

—Es la última que te voy a servir —le advirtió, aunque el viejo ya estaba ocupado bebiendo y no le puso atención. El tabernero movió la cabeza y se dirigió a Indra—. ¿Qué te voy a dar?

—Agua —contestó; no tenía dinero para nada más. Él le lanzó una mirada reprobatoria pero llenó un tarro, lo puso frente a ella y esperó a que comenzara a beber, y cuando lo hizo, no le quitó los ojos de encima. Indra bebió toda el agua sintiendo el desagrado que le provocaba la forma en que era escrutada.

—¿Otro? —preguntó el tabernero. Indra movió su cabeza negativamente, así que el hombre se llevó el tarro—. ¿Segura que no quieres algo más fuerte? La casa invita. No es nada comparado con lo que embelleces este lugar en un día tan apagado. Yo... ¡Eh, tú no! ¡Fuera, fuera de aquí!

Indra se sobrecogió, sorprendida por el grito, y giró sobre su asiento para descubrir, parado en la entrada, al mendigo que había visto con el herrero. Su manto estaba empapado y su rostro apenas era visible debajo de la capucha.

—Sólo quiero sentarme aquí hasta que pase la lluvia —dijo el vagabundo antes de aclararse la garganta con una áspera tos.

—A menos que compres una bebida, no te puedes sentar aquí —replicó el tabernero haciendo un movimiento con la mano—. Anda, ¡largo!

El pordiosero dejó escapar un suspiro de resignación y se dio la vuelta, a punto de salir otra vez a la lluvia, cuando Indra lo detuvo.

—¡Espere! —lo llamó, luego se dirigió al tabernero—. Yo le compraré una bebida.

—¿Qué? —preguntó el dueño, genuinamente confundido.

—Usted me ofreció una bebida a cuenta de la casa. Acepto. Désela a él y permítale sentarse.

El tabernero frunció el ceño. Miró a Indra y luego al mendigo, luego otra vez a Indra, como tratando de entender si había sido engañado. Finalmente llenó un tarro de cerveza y lo puso de mala gana sobre la barra. Indra le hizo señas al mendigo para que se acercara. Por un momento se quedó allí de pie, acostumbrado a desconfiar de cualquier demostración de bondad o generosidad, hasta que por fin, con suma cautela, se dirigió a la barra.

Cuando lo tuvo al lado, Indra hizo un esfuerzo para no reaccionar ante el hedor que el pobre arrastraba con él. El tabernero no fue tan gentil.

—Siéntate cerca de la puerta —le ordenó—. No quiero que apestes todo el lugar.

Con la cabeza baja y cuidándose de no levantar la vista, el pordiosero hizo un gesto de agradecimiento en dirección a Indra y se llevó el tarro de cerveza. Era el tipo de humildad que sólo los más desdichados conocen.

—Se lo agradezco mucho —murmuró. Se alejó y tomó asiento en la mesa más cercana a la puerta.

El tabernero, claramente molesto, cogió un trapo y limpió la barra en el lugar que la manga del pordiosero había tocado por un instante.

—Así que eres un alma caritativa, ¿eh? —le dijo a Indra con tono burlón.

Ella sólo quería marcharse. Se había sentido incómoda desde el momento en que entró a la taberna y ese sentimiento no había hecho más que aumentar a medida que pasaba el tiempo. Sin embargo, las palabras que aprendió de niña se elevaron desde su interior, espontáneamente, y se encontró repitiéndolas en voz alta sin pensarlo.

—Cuando ofrezcas un banquete no invites a tus amigos o a tus vecinos ricos sólo para que ellos a su vez te inviten —dijo, mirando sus manos apoyadas sobre la barra—. Invita al pobre, al enfermo, al cojo y al ciego. Y serás bendecido porque ellos nunca podrán pagarte.

Levantó la vista. El tabernero la miraba intrigado, como si hubiera hablado en lenguas. Indra se sintió cohibida. Había revelado una parte de sí misma, una parte que por lo general guardaba con recelo, pero algo en ese mendigo había hecho que aflorara.

La mirada desconcertada del tabernero se transformó en una de burla. Volteó a la mesa en donde el par de hombres bebían.

—¡Hey! ¡Bax, Roy! ¿Escucharon lo que dijo esta? Que le den toda su comida a los tullidos y a los ciegos porque no pueden pagártelo. ¡Esa sí que es nueva para mí!

Ninguno de los dos aparentaba estar particularmente interesado o divertido, así que el tabernero regresó a Indra.

—¿Qué idiota te enseñó eso?

—Jesucristo —farfulló el viejo al final de la barra, y la sonrisa se desdibujó de la cara del tabernero. Los dos de la mesa rieron por lo bajo y cuchichearon entre ellos, lo que le hizo pensar con más certeza que aquella mujer lo había hecho quedar como un tonto. Normalmente no tendría prisa por echar a una joven tan bonita de la taberna, pero empezaba a perder la paciencia con esta.

—Ese taburete es para clientes que pagan —le dijo a Indra en un tono poco amable—. Ya te di tu bebida gratis, así que o compras otra o te largas.

164

Indra se imaginó tomando a ese tipejo del cuello y azotando su estúpida cara contra la barra hasta romperle la nariz. Repitió la escena vívidamente dentro de su cabeza al mismo tiempo que intentaba suprimir la urgencia de convertir esa imagen en realidad.

El tabernero apoyó ambas manos sobre la barra y se inclinó hacia ella.

—Claro que, si no tienes dinero, hay otras formas de pagar —dijo. El dedo meñique de la mano izquierda del hombre acarició ligeramente el dedo meñique de la mano derecha de Indra. Aunque aquello era más sutil que las burdas insinuaciones que otras veces le habían hecho, fue suficiente para llenarle el estómago de hielo, y por un segundo la urgencia de hacerle daño a aquel pelafustán se salió de control.

El tabernero hizo un gesto de dolor y dejó escapar un gemido que nadie, además de Indra, pudo escuchar. Bajó la vista a la barra, hacia donde sus dedos se tocaban con los de ella. Indra había entrelazado su dedo meñique alrededor del suyo y lo torcía de tal manera que cada uno de sus huesos estaba a punto de romperse. Sus piernas hubieran cedido a causa del dolor, de no ser por el miedo del hombre a que el jalón terminara de quebrar su dedo.

Indra no daba indicios de querer soltarlo pronto. De hecho, lo apretó con más fuerza, obligándolo a acercarse a ella. Se encontraba ahora a sólo centímetros de su cara, tan cerca que podía oler las cebollas en su aliento jadeante y ver el riachuelo de sudor que le bajaba por las sienes. Observó los ojos llenos de pánico de aquel hombre y pensó en todos los otros que la habían insultado o tratado de abusar de ella. Si en cada una de esas ocasiones hubiera sucumbido a su antojo de hacerles daño, hubiera dejado un camino de huesos rotos desde aquí hasta Canterbury. Pero ese no era el tipo de persona que quería ser. Además, reaccionar así cada vez que alguien le faltaba al respeto era un desperdicio de buena ira, y sabía que llegaría el momento en el que habría de necesitarla.

Lo soltó. El tabernero tropezó hacia atrás, agarrándose la mano. Nada estaba roto, pero seguiría sobándose ese dedo por un par de días más. Indra volteó a ver al viejo y a los dos parroquianos de la mesa; todos seguían tomando como si nada. El incidente había ocurrido tan rápida y silenciosamente que nadie lo notó. No pensó en mirar al pordiosero sentado cerca de la puerta, único testigo mudo de la escena.

—Gracias por la bebida —dijo Indra tratando de controlar la ola de furia que casi la había arrollado y que apenas comenzaba a disminuir lentamente. Sintió las miradas furtivas de los bebedores de la mesa al dirigirse a la puerta. La habían hecho sentir no bienvenida desde el momento en que entró, y ahora parecían alegrarse de verla partir.

Al pasar junto al mendigo, Indra hizo un movimiento de cabeza pero no recibió ninguna respuesta. No pensó que fuera grosero; los pobres como él eran invisibles para los demás, así que los demás también se volvían invisibles para ellos.

Cuando salió de la taberna y tomó sus espadas de donde colgaban, sintió alivio de no haber neutralizado su acto bondadoso con uno violento. Aún le hervía la sangre y el sonido de su corazón retumbaba en sus oídos. Únicamente quería alejarse, pero al abrochar las fundas sobre su pecho...

—Yo sólo te cuento lo que me dijo Hewald, que lo vio con sus propios ojos —era la voz del viejo que hablaba casi a gritos, como suelen hacer los borrachos, tan fuerte que podía ser escuchado en el exterior—. ¡Y Hewald no es ningún mentiroso! ¡Que lo partieron en dos al pobre infeliz, te digo!

—¿Te quieres callar el hocico? —dijo el más gordo de los bebedores de la mesa—. ¡No has hecho más que hablar de eso toda la maldita mañana!

—Son puros chismes, leyendas —dijo el otro—. Y no le haces ningún favor a nadie repitiendo esas mentiras. Como si de por sí no estuviera mal el comercio por acá, y tú queriendo arruinarnos todavía más con cuentos de fantasmas.

El viejo terminó lo que le quedaba de cerveza y azotó su jarra.

—¡Ninguno de ustedes tiene edad para recordar! —gritó, gesticulando con un brazo tan violentamente que casi perdió el equilibrio y estuvo a punto de caerse del taburete—. Yo sí recuerdo. ¡Hace diez años todo el reino estaba atestado de monstruos! Deambulaban de aquí para allá atacando a quien se toparan en el camino, hombre, mujer o niño.

—Quizá fue cierto hace muchos años —le concedió el gordo—. Pero la Orden acabó con ellos. Eso todo el mundo lo sabe.

—¡Ja! —bufó el viejo, enfatizando la sorna con un profundo y resonante eructo—. Yo he visto con mis propios ojos lo que esas cosas van dejando por su camino. Hombres y animales destrozados por igual. Es lo mismo de estas dos últimas noches. Yo vi lo que pasó en la granja de Treacher, ¡yo mismo lo vi!

—Todos lo vimos —dijo el gordo—. Yo sigo pensando que fue un lobo el que les hizo eso a las ovejas.

—Sí, los lobos han estado muy activos últimamente —agregó el otro—. Hay más aullidos y por las noches bajan más seguido que de costumbre.

—Un lobo es más listo que ustedes dos juntos —murmuró el viejo—. Los lobos saben si una de esas cosas anda cerca. ¡Las detectan! Y respecto al rebaño de Treacher, ¿más de cien cabezas masacradas así, dentro del mismo corral? Ningún lobo, ninguna manada de lobos pudo haber hecho eso. ¡Ni tampoco lo que le hicieron a Hagarth anoche! Hewald vio lo que quedó del pobre infeliz esta mañana y me contó. Partido por la mitad, como si lo hubieran atado entre dos caballos de tiro.

—Por el amor de Dios, Walt —el gordo hizo una mueca de disgusto y depositó su tarro sobre la mesa—, suficiente.

—Ah, prefieren meter la cabeza bajo tierra hasta que la verdad se les aparezca de frente. ¡Pero ya será demasiado tarde! Yo sé sobre esto, y esa bestia no pertenece a la creación de Nuestro Señor. Es un demonio, una...

—¡No lo digas, Walt! —El tabernero lo apuntó con un dedo—. No bajo mi techo. ¡Es de mala suerte!

—Una abominación —dijo una voz que provenía de la entrada. Todas las cabezas se volvieron hacia la puerta. Allí estaba

Indra, llevando a la espalda sus dos espadas gemelas. Los hombres intercambiaron miradas incómodas.

—Mire, damita, es mejor que siga su camino —dijo el gordo—. Olvide lo que escuchó aquí. No son más que leyendas folclóricas.

Damita. Por un breve instante, Indra imaginó su mano apretando la garganta del gordo. Tendría que conformarse con la pura idea, pues era claro que necesitaba vivos a esos tipos por la información que poseían. Dio un paso adelante tratando de proyectar autoridad y confianza en sí misma, algo nada sencillo para una mujer al menos diez años menor que el más joven de ese lugar. Metió la mano en su túnica y sacó un medallón de oro y plata, levantándolo para que todos pudieran verlo. Tenía un emblema con la forma de una estrella de cinco picos —muy similar al de la pared detrás de la barra—, un estampado en relieve con dos espadas cruzadas sobre la cara del sol y tres palabras en latín grabadas en la parte inferior: *Contra Omnia Monstra.*

Los cuatro la miraron por un momento, perplejos, hasta que el tabernero rompió el silencio.

—¿Perteneces a la Orden? —preguntó en un tono bajo.

—Sí —contestó Indra. Era una mentira. O al menos una media verdad. Técnicamente no era un paladín aún, un caballero de la Orden, pero pronto lo sería. El medallón era de su padre; lo había tomado sin su permiso el día que se fue de casa, repitiéndose que sólo era un préstamo temporal. Esperaba que su padre no notara la ausencia del medallón hasta que fuera demasiado tarde para perseguirla, y así fue. O quizá había decidido no ir tras ella; quizá comprendía bien que la prueba de su hija era más grande que cualquiera que hubiera emprendido antes un iniciado y que necesitaría toda la ayuda que pudiera obtener.

Hacía años que no era común ver esos medallones por el reino, pero aún imponían respeto. El cuarteto de hombres ahora miraba a Indra de forma diferente, aunque con algo de escepticismo.

—Pero... eres una niña —dijo el gordo, articulando la palabra *niña* como si fuera un sinónimo amable de inválido o incompetente. Indra cerró el puño de su mano derecha y escuchó el tronido de sus articulaciones. Todo estaba resultando un gran ejercicio de control de su ira. A punto de decir algo más, el gordo hizo contacto visual con el tabernero y decidió que era más prudente cerrar la boca.

—¿Qué edad tienes? —preguntó el borracho de la barra, a quien no le importaba mucho si ofendía a alguien: uno de los peligros de estar ebrio y de los privilegios de ser viejo.

—La edad suficiente —respondió ella sin titubear, y eso también era una mentira; aunque no por mucho, se dijo a sí misma. A pesar de que se esforzaba siempre por decir la verdad, diez meses en el mundo real le habían enseñado que a veces era necesario adornarla o doblarla un poco para que las personas la tomaran en serio. Con el tiempo, y a fuerza de repetirlas tantas veces, aquellas mentiras se habían vuelto verdades dentro de su propia mente; eran un baluarte contra sus miedos y sus dudas, contra esa voz que a veces la mantenía despierta por las noches. Una voz que le recordaba mucho a la de su padre y que le susurraba: *No deberías haberte marchado. Tu motivación no es el valor o la obligación, sino la rabia. Tal vez hayas sido bien entrenada, pero todavía no estás lista. No eres más que una niña tonta en una misión insensata, y vas a morir.*

Se acercó a una silla vacía en la mesa donde los dos bebedores estaban sentados. Ellos se miraron uno al otro y levantaron los hombros: la invitación más formal que Indra iba a recibir de su parte. Al sentarse notó que el pordiosero ya se había marchado.

—Pensé que la Orden había desaparecido hace mucho tiempo —dijo el gordo.

—Quedamos unos cuantos —explicó Indra—. Así como quedan también algunas abominaciones. Nuestro trabajo no estará terminado hasta que hayamos matado al último monstruo. Si hay uno por aquí, es mi deber cazarlo y matarlo.

—¿Tu deber? —preguntó el viejo—. ¿Dónde están los demás? Yo recuerdo cuando los caballeros de la Orden venían aquí, hace años. Siempre andaban en grupo, una docena o más.

—Como dije —contestó Indra—, quedamos unos cuantos. Y lo que yo hago, lo hago mejor sola.

Hubo otro intercambio de miradas.

—¿Quieres decir que ya has hecho esto antes? —preguntó el gordo—. ¿Ya has matado alguna de estas cosas?

—Sí —dijo Indra, y esa fue la mentira más grande de todas. Las otras habían sido más fáciles de contar; esta no salió tan limpiamente y le preocupó que los hombres pudieran ver alguna fisura en su fachada. Pero el medallón y su tan practicada seguridad en sí misma habían resultado efectivos; ahora los hombres, creyentes de sus mentiras, la escuchaban inclinados hacia ella, como atraídos por una buena historia alrededor de una fogata. A pesar de todo, Indra sintió que prevalecía cierto desasosiego en el ambiente.

—No es de mala suerte hablar de estas cosas —dijo—. Negarse a hablar de ellas, no ver las señales, las advertencias, es lo que lleva a la desgracia. Necesito que me digan todo lo que saben. Empiecen contándome exactamente qué han visto y en dónde.

Trece

Los hombres hablaron durante más de una hora mientras ella los escuchaba. Supo cada detalle de la masacre de las ovejas en el campo del granjero hacía dos días, y del ganadero que fue brutalmente asesinado en su propiedad justo la noche anterior. Hizo que uno de los hombres le dibujara un mapa, como mejor pudiera, del área circundante a las dos granjas donde ocurrieron los incidentes. La imagen sugería que la cosa que había cometido aquellas atrocidades se movía en esa dirección. Sus compañeros de mesa pidieron otra bebida cuando Indra hizo notar aquello. El tabernero mismo sirvió una para él.

También se enteró de otras cosas: el extraño comportamiento de los perros del pueblo —y otros animales— durante los últimos días, que se encogían de miedo y ladraban a cosas invisibles; el chillido infernal que la noche anterior se pudo escuchar a lo largo de todo el valle, despertando a la población; los árboles de troncos mutilados con arañazos y profundos surcos en su corteza, como si algo o alguien los hubiera atacado con violento frenesí.

Por su entrenamiento, Indra sabía que las dos primeras señales eran indicaciones comunes de la presencia de una abominación —y ella misma había escuchado aquel chillido la noche anterior—. Pero la tercera señal la desconcertó. No tenía idea de por qué una abominación podría atacar o dañar un árbol; nunca había escuchado de un caso parecido. ¿Quizás un animal que huía del monstruo, presa del pánico, había clavado sus garras en la corteza del árbol intentando subir a un lugar seguro? Incluso en ese caso, era raro que hubiera sucedido en más de un lugar.

A pesar de que había ciertas anomalías, cosas que no tenían sentido, Indra sabía que estaba más cerca que nunca del rastro de una abominación. Porque había sido una abominación la responsable de todas esas cosas terribles, de eso estaba segura, y sus caminos habrían de cruzarse muy pronto. Sólo hacía falta que ella la acechara y finalmente la matara.

A juzgar por el comportamiento de los hombres allí reunidos, ahora estaban más intranquilos que cuando Indra entró a la taberna. Se encontraban muy perturbados por la advertencia de que una abominación se acercaba, y ciertamente nada confiados en su promesa de liquidarla.

No estás lista.

Sintió que su corazón empezaba a latir con más fuerza. Sabía muy bien lo que eso significaba. Apresuradamente, con manos temblorosas, dobló el mapa y se puso de pie, agradeciéndoles a los hombres su cooperación.

No esperabas sentirte así de asustada, ¿verdad? Ahora que está cerca. Ahora que es real.

Se le hacía difícil respirar; en cada inhalación jalaba menos aire que en la anterior. Caminó rápido hacia la salida. A pesar de que su mente daba vueltas, al pasar por la mesa en donde había estado el pordiosero se dio cuenta de que el tarro de cerveza seguía lleno hasta el borde, intacto.

Vuelve a casa ahora que todavía puedes. No hay vergüenza en regresar. Es mejor admitir ante tu padre que él tenía razón, que hacerlo llorar tu muerte cuando la bestia te arranque brazos y piernas.

Llegó hasta la puerta Mareada, tropezó en el umbral y por fin pudo salir. Intentó recuperar la compostura recargándose contra la pared y cerrando los ojos. Se concentró en su respiración y trató de calmarse. Esos súbitos arranques de ansiedad, la opresión en el pecho y la falta de aire que la hacían sentir como si se ahogara en tierra firme, llegaban siempre sin previo aviso y en los momentos más inoportunos. Había aprendido que la mejor manera de controlarlos era meterse dentro de su propia mente y repetirse una y otra vez que aquel episodio pasaría pronto. Y siempre terminaba por pasar, aunque unos duraban más que otros.

El pánico aminoró. Su mente estaba serena una vez más y su corazón ya no era un tambor descontrolado dentro de su pecho. Recuperó el aliento e inhaló aire frío, agradecida por la brisa y las gotas de lluvia rebotando sobre su cara. El contacto con la naturaleza siempre la calmaba, devolviéndola a la tierra.

Volvió a armarse de valor. No permitiría que sus propios miedos o dudas la derrotaran... aunque tal vez la bestia que tanto buscaba sí lo haría. No era tan arrogante ni tan ingenua como para negar esa posibilidad. Pero primero se plantaría frente a ella con sus espadas desenvainadas y fuego en sus ojos, y el monstruo sabría la razón por la que Indra estaba allí.

Tomó el bastón que había dejado recargado contra la puerta y dio la vuelta para partir, pensando en la mejor manera de prepararse para la cacería de la noche, cuando reconoció al mendigo encapuchado al otro lado de la calle, de nuevo con el herrero. Daba la impresión de tener mucha prisa por la manera en que enrollaba sobre su cuerpo una larga cadena de hierro que, al parecer, se llevaría a cuestas.

Se quedó mirándolo un momento, llena de curiosidad por varias cuestiones. Había encontrado muchos vagabundos en su vida, pero ninguno que tuviera prisa o que despreciara un tarro de cerveza. ¿Por qué ese mendigo se había marchado tan abruptamente sin siquiera darle un trago a su bebida?

Y ni para qué hablar de esa cadena que el hombre inspeccionaba con sumo cuidado mientras se la enredaba por la cintura para luego pasarla sobre sus hombros. Cómo podía cargar aquel peso era en sí un misterio. Tenía que haber una explicación para todo eso, pero mientras tanto, aquella rara imagen era como un rompecabezas al que le falta una pieza. Ese era el tipo de cosas que la enfurecían de niña y la seguían enfureciendo ahora.

Consideró si su pequeño acto de generosidad en la taberna le daba derecho a hacerle una pregunta o dos a aquel hombre, y estaba a punto de contestarse con un «sí», cuando vio a tres sujetos recién llegados que parecían conocer al pordiosero de la capucha y conversaban animadamente mientras caminaban en su dirección. Tal vez aquel intercambio dejaría satisfecha su curiosidad; de lo contrario, la estaría carcomiendo por dentro el resto del día.

El herrero se ofendió ante la cuidadosa inspección de Wulfric.

—La cadena está más fuerte que nunca—dijo apuntando con su dedo hacia donde había unido las dos partes—. Este trabajo vale más de lo que tú me pagaste, te lo digo yo.

Wulfric asintió; en efecto, era un buen trabajo. Ahora bien, si era lo suficientemente bueno, ya lo diría la noche, pero no antes de que él estuviera lo más lejos posible de allí. Normalmente estar en cualquier poblado suponía un peligro de por sí, pero con ese miembro de la Orden en los alrededores no tenía tiempo que perder. Tenía que apurar al herrero e irse cuanto antes. Aún faltaban unas horas para el anochecer, pero él necesitaba tiempo para...

—¡Te dije que era él!

Wulfric miró por encima de su hombro y vio a tres sujetos de pie en la intersección. Eran los que se había encontrado hacía unos días a la orilla de la carretera y lo habían golpeado y tratado de asaltar. Ahora le dedicaban una mirada agresiva, sobre todo el más alto.

—¿Te acuerdas de nosotros?

No había pasado más de una hora desde que a Wulfric le obsequiaran una cerveza, la primera en años —misma que tuvo que dejar intacta—, y ahora esto. De qué manera tan repentina cambiaba su suerte en esos días, y no solamente en una dirección.

Sin duda esos tres sentían que su suerte había cambiado para mejor; en aquel camino remoto la cadena resultaba muy pesada de cargar, pero aquí en el pueblo podrían quitársela fácilmente y venderla, incluso al mismo herrero que la acababa de reparar. Wulfric odiaba la idea de romper su juramento, pero no podía permitir —y no lo haría—que le arrebataran la cadena. Muchas más personas morirían si eso pasaba.

174

—Quítate esa cadena —ordenó el tipo alto. Miró a Wulfric directo a los ojos, tratando de intimidarlo, pero al acercarse fue él quien tuvo motivos para estar nervioso. Algo no andaba bien.

Aunque la cara del pordiosero era apenas visible debajo de la capucha, la barba enmarañada y las manchas de mugre, lo que veía le bastaba para darse cuenta de que el hombre no mostraba ninguna señal de haber sido lastimado recientemente. Hacía apenas unos días que él y sus secuaces lo habían golpeado hasta casi matarlo. Había quedado boqueando sobre el lodo, lleno de moretones y cortadas que tendrían que haberse hinchado y amoratado en los días posteriores a la golpiza… pero este mendigo no tenía ni una sola marca. Si no fuera por la cadena, el alto no hubiera creído que se trataba del mismo vagabundo. No había forma de explicar cómo sus heridas habían sanado tan rápidamente.

Más que todo lo anterior, había algo en él, en sus ojos. Algo que decía: *Mejor aléjate de aquí.*

Pero el bandido no se alejó. Sus compañeros, que lo veían como líder en gran parte por la reputación de tipo duro que cultivaba desde hacía años, lo observaban con atención. ¿Qué iba a hacer? ¿Retirarse de una confrontación —que él mismo había provocado— con un pordiosero tan humilde que en su último encuentro no había hecho el más mínimo esfuerzo por defenderse? No. A pesar de su aprensión, debía seguir adelante.

Le dio un fuerte empujón en el hombro a Wulfric, suficiente para hacer que diera un paso atrás, pero no para hacerlo reaccionar. Frustrado, le propinó un buen golpe en la cabeza con la palma abierta. De nuevo no respondió; las mangas de su túnica eran largas y nadie lo vio apretar los puños hasta que sus nudillos se pusieron blancos.

—Déjalo en paz.

La voz provenía de detrás del hombre. Él y los otros dos se dieron la vuelta y vieron a Indra, parada a unos cuantos metros, fulminándolos con los ojos.

—Vete al carajo —exclamó el alto e hizo un gesto despectivo con la mano.

Resuelta, Indra dio un paso al frente.

—¡Dije que te fueras al carajo! A menos que quieras un poco de esto —y blandió el garrote que llevaba, pero para su sorpresa, eso también falló en disuadir a la joven.

—Ese hombre no te ha hecho nada —dijo Indra—. Déjalo ir o te las verás conmigo.

Aquello le provocó una risita al bandido, misma que contagió a sus dos compañeros y terminó en estrepitosas carcajadas. Mientras tanto, Indra permaneció firme, con una mirada de hierro, hasta que los tres se dieron cuenta de que iba en serio.

El concierto de risas comenzó a menguar y el alto se acercó a ella. Como el líder, le correspondía manejar la situación; además necesitaba una excusa para alejarse del mendigo, cuya muda presencia seguía perturbándolo. Con una sonrisa torcida miró a Indra de arriba abajo y apuntó a las dos espadas cruzadas sobre su espalda.

—¿A quién le estás ayudando a cargar eso, niñita?

Indra sintió sus quijadas tensarse.

—Son mías —dijo en el tono más firme que pudo, pero no consiguió disipar esa mueca burlona de la cara del tipo.

—Qué bueno que son dos —dijo—. Así puedo meterte una en cada uno de los lugares donde no te da el sol.

Esa fue la señal que los dos compañeros estaban esperando para tomar sus posiciones en torno a Indra. Los comerciantes que andaban por allí se detuvieron a observar con interés, felices por aquel entretenimiento gratuito que rompería la monotonía de la tarde. También el tabernero, en la puerta de su local, hacía señas a sus clientes para que salieran a mirar.

Indra quería pelear. Por un lado le caería bien como práctica, se dijo, pero en realidad la motivaba algo peor que eso. La ira la llamaba a confrontarlos, la misma ira que la había metido en tantas peleas innecesarias como esta. Recordó que siempre terminaba arrepintiéndose después y que se debía a sí misma —y a esos hombres, por viles que fueran— el tratar de resolver esto sin violencia.

—Preferiría no pelear —dijo. No le resultó nada fácil porque cada fibra de su cuerpo gritaba justamente lo opuesto—. Dejen que él se vaya y... —Al voltear hacia el puesto del herrero se dio cuenta de que el pordiosero ya se había ido. Era la segunda desaparición abrupta en apenas un par de horas. Los ladrones también se dieron cuenta y se echaron a reír.

—Así es como agradecen los parásitos como él —comentó el alto—. Seguro va riéndose de que una extraña se haya ofrecido a recibir una golpiza en su lugar. —Los tres se acercaron un poco más, reduciendo el círculo alrededor de Indra. Estaban envalentonados ahora: confundían con miedo la reticencia de Indra a pelear.

Si así lo quieren, pensó Indra sin aceptar que secretamente estaba complacida. Clavó su bastón en la tierra mojada, de modo que permaneciera parado, y se plantó frente al más alto de todos.

Él la miró desconcertado.

—Anda, saca tus espadas.

—Espero no tener que hacerlo —dijo ella, y era verdad. Sólo conseguiría recriminarse más tarde si le dejaba una herida permanente —e innecesaria— a cualquiera de esos tipos. Si esto iba a ser una práctica, entonces que fuera un ejercicio en el uso mínimo de la fuerza, un área en la que definitivamente necesitaba mejorar. *Quizás esto será útil después de todo.*

Entusiasmado, el alto golpeteaba su propio muslo con el nudoso garrote de madera, hasta que de repente se lanzó contra Indra, levantando el brazo para golpearla. Al tenerla a su alcance descargó el garrote con fuerza. Indra cambió su peso de lado tan imperceptiblemente que apenas pareció moverse, pero fue suficiente para que el hombre no conectara con ella y el impulso de su propio movimiento lo hiciera perder el equilibrio, haciéndolo tropezar y caer de bruces sobre el lodo.

Ahora fue el segundo rufián quien atacó. Este tenía un par de cachiporras, cada una atada a una muñeca con una correa. Se fue contra Indra lanzando una veloz lluvia de golpes pero ella los esquivó sin esfuerzo, avanzando despacio hacia atrás sin perder de vista cada cachiporra y permitiéndole al tipo avanzar mientras ella esperaba pacientemente el instante justo para moverse. En cierto momento Indra puso más distancia entre los dos con la intención de que el hombre se estirara al máximo.

Al arremeter en su contra, ella lo esquivó haciéndose a un lado y lo golpeó verticalmente en la nariz con la palma de su mano. Él se tambaleó atontado un par de pasos antes de caer sobre su costado en un charco de lodo y sangrando profusamente por la nariz desfigurada. Indra sabía estaba rota —seguro que no era la primera vez—, pero si lo hubiera golpeado más fuerte lo habría matado, así que tenía razones para sentirse satisfecha.

Para entonces el alto ya se había puesto de pie, furioso, quitándose el lodo de la cara. Sacó una daga del cinturón y volvió a atacar a Indra, ahora auxiliado por su tercer compañero, quien tenía complexión de toro y pinta de no necesitar tirar más de un golpe en una pelea. Pero era lento, y el alto estaba muy enojado, lo que lo volvía poco cuidadoso. Indra se agachó fácilmente para esquivar el pesado golpe del fornido y luego sujetó por la muñeca al alto en el momento en que lanzaba el cuchillo contra ella, torciéndole el brazo y obligándolo a soltar el arma y doblarse. Una posición perfecta para un rodillazo en la cara. Su cabeza rebotó hacia atrás y el tipo cayó sobre el lodo por segunda vez, pero ahora de espaldas.

El gran toro seguía en pie, lanzando torpes ganchos de izquierda y derecha contra Indra. Ella se agachaba y los esquivaba, dejando que el otro se cansara y dándose tiempo para calcular el momento oportuno, y entonces lo pateó entre las piernas, con tal fuerza que hasta el herrero que observaba la escena desde el otro lado pudo sentirlo. El toro soltó un grito ahogado y cayó de rodillas frente a Indra, quien levantó su bota y de un empujón en el pecho lo tiró de espaldas, de modo que ahora sus tres contrincantes gemían tirados en el lodo.

Indra esperaba que aquello fuera el fin del problema y suspiró decepcionada cuando el alto volvió a levantarse, gritándole a los otros para que hicieran lo mismo. Estaba tan furioso que echaba humo. Los otros también se irguieron maldiciendo, vacilantes, y otra vez la rodearon con sus caras rojas de ira. Luego, todos juntos, atacaron.

Indra tomó su bastón de donde lo había dejado clavado. Nunca había peleado contra tres a la vez, y a pesar de todas las historias de heroicos caballeros que derrotaban a múltiples atacantes en una batalla, sospechaba que hacerlo en la realidad era más difícil de lo que sonaba: tres hombres, aunque carecieran de habilidades para pelear —como estos—, representaban un reto si eran enfrentados al mismo tiempo.

Y así fue. Armada con su bastón, Indra giró como remolino y corrió como rayo eludiendo el golpe de uno, luego del otro y después del último en una rápida sucesión de movimientos, pero seguían atacándola. Y si era difícil mantenerlos a distancia, era todavía más complicado absorber aquella furia ajena y tener que contener la propia. Finalmente, su frágil temperamento no pudo más y algo saltó en su interior.

La pelea terminó tan súbitamente que la audiencia de mercaderes y clientes de la taberna no pudo ponerse de acuerdo más tarde sobre la secuencia exacta de los hechos. Pero fue algo más o menos así: Indra dejó escapar un grito de batalla cargado de furia y explotó en un imponente tornado. Primero derribó al toro de un golpe tan duro en el cráneo que cayó como una marioneta a la que le han cortado los hilos; al segundo, el de las cachiporras, le dio un golpe con la mano abierta directo a la garganta, seguido de una barrida a las piernas con su bastón que lo hizo caer de espaldas al suelo, donde quedó jadeando, sin poder respirar. El alto se las arregló para jalar un mechón del cabello de Indra y la hizo perder el equilibrio por un momento; pero apenas se recuperó, golpeó con su bastón el brazo del tipo con tanta fuerza que todos escucharon cómo se le rompía el hueso. La soltó en ese mismo instante y se colapsó entre sollozos, apretándose la fractura.

Los tres hombres fueron derrotados con tal rapidez que ni Indra misma supo bien a bien qué había sucedido hasta que todo terminó. Parpadeó y retrocedió unos cuantos pasos. Respiraba de manera agitada, no tanto por el esfuerzo sino por la furia que se apoderó de ella de forma tan súbita y violenta. Trató de inhalar despacio y calmarse. Pero ver lo que había hecho sólo le provocó enojarse aún más... con ella misma. Le había hecho añicos el antebrazo al hombre alto, lo sabía, no sólo porque había escuchado aquel tronido espeluznante, sino porque estaba torcido de una manera horrible y antinatural y un fragmento de hueso astillado le atravesaba la piel. Aquello no podría arreglarlo ningún médico: el hombre no volvería a usar el brazo otra vez.

Se suponía que tenía que ejercitar el autocontrol, que debía evitar dejarles una herida permanente. Se suponía que ella era mejor que eso. Mientras los vencidos yacían sobre el piso frente a ella, Indra caminó de un lado a otro murmurando cosas en un tono muy bajo. De pronto soltó un rugido salvaje, se dio la vuelta y se lanzó contra la primera cosa que vio, que resultó ser un saco de zanahorias en el puesto del mercader de verduras. Lo golpeó furiosamente con sus puños desnudos una y otra vez, llorando, perdida en su propia ira, hasta que el saco se rompió y las zanahorias se desparramaron sobre el lodo. Sólo entonces su ira aminoró y levantó la mirada para encontrarse con el mercader, que la veía con los ojos desorbitados.

Respiró profundamente y recuperó su postura, tratando de ocultar su vergüenza.

—Siento mucho lo de las zanahorias —dijo quitándose un mechón de cabello que le cubría la cara—. Me temo que no puedo pagarle por el daño, pero si...

—¡No hay problema, señorita! —exclamó el mercader, mostrando sus palmas mientras daba unos pasos atrás—. No se preocupe en absoluto por las zanahorias.

Indra se dio la vuelta y vio al herrero y el curtidor al otro lado de la calle contemplándola embobados, con la boca abierta. Afuera de la taberna, el tabernero y sus clientes hacían lo mismo. Indra sintió una profunda vergüenza porque su estúpido... ¿qué era?, ¿orgullo?, ¿arrogancia?... la había llevado a demostrar pública y patéticamente su incapacidad de controlar su propia rabia. La verdadera fortaleza radicaba no en conquistar a los enemigos, sino en conquistar al oponente que vive dentro de nosotros. Ella intentó probarse eso a sí misma, y falló.

Puso dos dedos contra sus labios y emitió un silbido corto y agudo. Venator voló desde su percha frente a la taberna y vino a posarse sobre su hombro. Manteniendo la cabeza baja para no encontrarse con los ojos de nadie, Indra se volvió y caminó por la calle. Mientras dejaba atrás aquella encrucijada —todavía recriminándose en silencio—, trataba de encontrar consuelo en la idea de que podía haber sido mucho peor. Si esos tres hubieran sido guerreros entrenados ella se habría visto obligada a usar sus espadas, y entonces, de verdad, tendría sangre en sus manos.

Catorce

Indra caminó más rápido que de costumbre, ansiosa por alejarse del poblado y de todo lo sucedido. El breve tiempo que pasó en aquel pequeño caserío la habría acercado más a su presa, pero también había expuesto crudamente todas sus debilidades, dejándola más insegura de sí misma que nunca.

No entendía por qué experimentaba tanta ansiedad. Al confrontar el verdadero peligro ni siquiera temblaba. Se había enfrentado sin miedo y dado batalla a tres brutos armados. Sabía que su furia no dejaba espacio para otros sentimientos, ni siquiera el temor. Odiaba esa ira suya, pero al menos podía entenderla. La ira era algo simple y puro, un elemento básico, como el fuego. Ella sabía bien de dónde provenía y cómo planeaba deshacerse de ella. No había ningún misterio allí. Pero esos episodios de ansiedad sofocante que se apoderaban de su cuerpo sin previo aviso o razón... aquello era inexplicable y profundamente perturbador.

¿Qué tal si se trataba de algún tipo de locura? En sus viajes había visto hombres en los pueblos o al lado del camino que se mecían y hablaban solos o miraban cosas que no estaban allí, sus mentes convertidas en puré. Nada podía hacerse por ellos. Una enfermedad de la mente era distinta a una del cuerpo, que casi siempre podía ser diagnosticada y curada. Un loco nunca se componía y ningún doctor conocía una cura para ese mal, ni siquiera su causa. ¿Así era como empezaba? ¿Era ese su destino? Indra no podía pensar en nada más aterrador que su propia mente dejara de funcionar. Y allí estaban los terribles episodios de mareos y temblores, la incapacidad de respirar como si alguien tratara de asfixiarla, los pensamientos tan vívidos e incontrolables, fantasías de su propia muerte...

De pronto se paró en seco, alerta. Había detectado un movimiento en los árboles más adelante. Por un instante pensó que el crujido era un producto de su imaginación, pero Venator también lo había escuchado: se le alborotaron las plumas y sus garras apretaron el hombro de Indra con más fuerza que antes. Se detuvo a escuchar. Nada, sólo el suave murmullo del viento en los árboles.

Cuando el silencio del bosque se hubo instalado a su alrededor, Indra se volvió a mirar lo que ya había andado del camino, pero no encontró ninguno. Iba tan absorta en sus propios pensamientos que en algún momento se había alejado del sendero sin darse cuenta. Ahora no tenía idea de dónde se encontraba ni en qué dirección había estado caminando. Estaba perdida.

De nuevo, el sonido; no había forma de confundirlo esta vez. Algo se movía más allá de los árboles, no muy lejos de ella. Algo grande, tal vez un venado. No, más grande que un venado. Pero ¿qué?

El cuerpo de Indra se puso rígido. *La abominación.*

¿Podría ser? En su ensimismamiento había casi olvidado la razón por la que estaba allí. Había estado deambulando por un área donde probablemente merodeaba una abominación y ella iba cabizbaja, pensativa, ajena a su entorno, a cualquier cosa que pudiera estar acechándola. Su fracaso para controlarse en el cruce de caminos ya había sido un gran error, pero este podría haberla matado.

Y aún podía hacerlo.

Mientras reflexionaba se le ocurrió que tal vez no se trataba de una abominación. Faltaban algunas horas para el ocaso y, por lo que había estudiado en el *Bestiario*, sabía que eran en su mayoría nocturnas. Cazaban de noche porque su piel negro petróleo las volvía casi invisibles en la oscuridad; durante el día se refugiaban en cavernas y madrigueras para dormir. En las fantasías que su mente había reproducido más de mil veces, Indra se imaginaba acercándose sigilosamente a una abominación dormida para despertarla sólo el tiempo suficiente de ver su cara a la luz del día, de mirarla a los ojos mientras incrustaba profundamente la filosa hoja de su espada hasta hacer que a la bestia se le escapara la última gota de vida.

No, lo que sea que fuera esta cosa no podía ser una abominación. *En su mayoría son nocturnas.*

En su mayoría, pero no todas.

Se volvió hacia donde provenían los ruidos. No vio nada, ningún movimiento, pero los árboles eran tan densos que podían esconder lo que fuera. Estiró la mano por encima de su hombro para alcanzar una de sus espadas y avanzó silenciosa y cuidadosamente.

Wulfric casi había terminado de recolectar la madera que necesitaba para hacer un fuego. Había decidido detenerse a pasar la noche tras haberse internado considerablemente en el bosque: si la bestia lograba escaparse otra vez, no le sería fácil encontrar el camino de vuelta a la aldea. La verdad era que no había garantías de nada; sólo podía confiar en que la cadena iba a aguantar. Realmente deseaba que el trabajo del herrero fuera tan bueno como decía. Quería creer que la última vez que la cadena se rompió fue tan sólo porque un eslabón era más débil que los demás, un simple defecto. No le gustaba pensar en otra razón para la ruptura del metal.

Se había debatido entre adentrarse más en el bosque, pues todavía quedaba algo de tiempo para que se pusiera el sol, pero se sentía muy cansado. Haber visto ese medallón con la estrella de cinco picos en la aldea hizo que huyera sin pensar, instintivamente, lo que lo llevó hasta este lugar antes de que pudiera darse cuenta de que aquella niña no podía ser parte de la Orden. La Orden era apenas una sombra de lo que había sido, e incluso en sus mejores años, cuando la conformaban cientos de caballeros, nunca viajaban solos, sino en grupos. ¿Un paladín femenino? ¿Una niñita a la que el rey había encomendado la misión de cazar y matar abominaciones? Era una idea ridícula.

De hecho le parecía tan obvio ahora que Wulfric se lamentó por abandonar, innecesariamente, una buena cerveza sin haberla probado siquiera. Cierto, el sello que llevaba esa chica parecía ser auténtico, pero no sería el primero que alguien robaba o falsificaba. Hacía una década, en la cúspide del flagelo de las bestias, los paladines de la Orden eran recibidos como héroes en los pueblos y aldeas a lo largo y ancho del reino. En la actualidad, aunque el trabajo de la Orden había terminado, el sello de oro y plata todavía significaba algo. Era una mercancía muy rara y valiosa en el mercado negro.

Viéndolo en retrospectiva, la señal más grande fue que la joven lo había ayudado. Los paladines de la Orden no eran guerreros que practicaran la caridad. Su primera y única obligación era destruir todas las abominaciones. Creían responder a un llamado divino, luchar contra los engendros del infierno, y veían con desdén todo lo demás. Un paladín jamás se molestaría con un acto tan mundano como prestarle ayuda a un extraño, y mucho menos a un pordiosero como él.

Aquel episodio seguía atosigándolo. Regalarle una bebida era ya de por sí un gesto poco común, más bondad de la que Wulfric había visto en años, pero ¿haberlo defendido en contra de tres hombres armados? Jamás había visto algo así. La duda que lo carcomía no era tanto por qué ella había hecho algo tan admirable y temerario, aunque eso ya era un acertijo en sí, sino el hecho de que él hubiera permitido que la chica enfrentara sola a esos tres maleantes. Ella se la había jugado por él y Wulfric agradeció su bondad y su valentía abandonándola a su suerte, a ser molida a golpes, o algo peor. ¿En qué clase de ser humano se había convertido?

Refunfuñó y trató de sacar aquel pensamiento de su cabeza. Se inclinó frente a la pequeña pira que había construido y golpeó una roca contra un pedernal para encenderla. No le correspondía sentirse culpable por eso. Él no pidió que lo ayudaran; fue todo iniciativa de ella. Trató de recordarse a sí mismo que él pasaba cada segundo de su vida, al menos estando despierto, tratando de proteger a los demás, haciendo todo lo que estaba en sus manos para mantenerlos a salvo del monstruo en el que se convertía cada noche.

Miró nuevamente la cadena amontonada a los pies del árbol al que se ataría más tarde. Volvió a desear que fuera suficiente. Que la bestia no se hubiera vuelto más fuerte.

Muy pronto lo sabría.

Indra se acercó lo suficiente para verla: una figura borrosa, difícil de distinguir a través de la espesura de los árboles y la maleza, moviéndose en un pequeño claro del bosque. Era oscuro y deforme, tan grande como un adulto; Indra lo escuchó gruñir al agacharse.

Se aproximó un poco más, conteniendo la respiración y cuidando cada uno de sus pasos. Una fila de árboles era todo lo que los separaba ahora. Recargó su espalda contra uno de ellos y caminó de costado alrededor del tronco para echar un vistazo al claro. Allí estaba la figura oscura, de pie, a unos cuantos metros de ella: mucho más cerca de lo que estaba antes.

Indra volvió a esconderse tras el árbol, alarmada, y tropezó con una maraña de raíces. Venator graznó y aleteó para mantener el equilibrio sobre su hombro cuando ella estuvo a punto de caer, pero Indra logró sostenerse de una rama con su mano libre. Fue entonces cuando cayó en cuenta de que la cosa frente a ella no era un animal, sino un hombre encapuchado con una sucia y arrugada túnica que disfrazaba su figura. Era el mismo pordiosero que había tratado de ayudar en el cruce de caminos.

Él permaneció inmóvil, observándola en silencio. Ella se recompuso y dio unos pasos hasta el claro, con la espada aún desenvainada pero colgando a su lado, lista en caso de necesidad.

—Niña, ¿qué estás haciendo aquí? —preguntó la cara oscura bajo la capucha. El tono de su voz no era agresivo, sino cauteloso. No le tenía miedo pero tomaba sus precauciones.

El primer impulso de Indra fue enfurecerse por haber sido llamada niña, pero ahora no era el momento para eso.

—Estoy buscando un lugar para acampar esta noche —dijo mirando el parpadeo del fuego que empezaba a prender—. Igual que tú.

El mendigo la contempló por unos segundos.

—Busca en otra parte —contestó con brusquedad mientras se volvía para dirigirse nuevamente hacia la fogata. La curiosidad que ese hombre le despertaba regresó a Indra con fuerza. La pesada cadena de hierro que lo vio cargar en la encrucijada descansaba en la base de un roble cercano. Ahí, en medio de la nada. Un rompecabezas cada vez más complicado. Tenía que averiguar de qué se trataba.

Wulfric se sentó junto al fuego. Levantó la mirada sólo para darse cuenta, consternado, de que la chica seguía allí, observándolo con curiosidad.

—¡Dije que buscaras en otra parte! —gruñó con un tono más severo que antes—. Este lugar ya está tomado —y movió su mano en un amplio círculo para asegurarse de que comprendiera que se refería no sólo al pequeño claro en el bosque, sino a toda el área alrededor. Por su propia protección no era bienvenida en ningún lugar cerca de ahí. Cerca de él.

—Así lo haré —dijo Indra, avanzando un paso al tiempo que guardaba su espada en la funda para mostrarle que no era ninguna amenaza—. Pero me preguntaba si podrías compartir tu fuego conmigo por un rato. Ha sido un largo día.

Wulfric resopló irritado.

—No. ¡Ahora lárgate de aquí! ¡No te lo voy a repetir! —Se frotó las manos y las acercó a las flamas, con los ojos fijos al frente como si ella ya se hubiera ido.

Indra se dio cuenta de que no podría negociar con él. Por un instante le molestó su ingratitud ante el acto caritativo que había realizado horas antes ese mismo día. Pero la verdadera caridad no espera recompensa. Pedir algo a cambio sería minar la bondad del acto original, así que asintió en silencio y dijo:

—Perdón por haberte molestado.

Wulfric la vio alejarse y adentrarse de vuelta en el bosque, y algo se movió en su interior. La chica había sido bondadosa con él, no una vez, sino dos, allá en el cruce de caminos. Ya había luchado contra la culpa de haberla dejado morir sola en la pelea; quizás ahora tenía una oportunidad para mostrar su gratitud, ¿y la estaba desaprovechando? Buscó el cielo entre las copas de los árboles. Al sol todavía le faltaba un trecho para ponerse. A pesar de que el instinto que lo había guiado para proteger a otros durante quince años le ordenaba dejar ir a la chica, se puso de pie y le gritó.

—¡Espera! —Ella se detuvo y se volvió. Wulfric le hizo una seña para que se acercara al fuego—. Sólo por un rato —le dijo—. Debes seguir tu camino antes del anochecer.

Ella asintió y cruzó el claro hasta llegar a Wulfric. El halcón que llevaba en el hombro voló y encontró una rama cercana cuando la chica depositó el bastón en el piso. Esperó a que Wulfric volviera a sentarse y luego hizo lo mismo frente a él.

—Gracias.

Wulfric no contestó; sólo clavó su mirada en el fuego.

—Yo soy Indra —dijo ella alegremente, tratando de parecer amigable y abierta.

Wulfric sólo le ofreció un gruñido a cambio y se concentró en remover el fuego con una rama. No tenía intenciones de corresponderle.

Hubo un silencio incómodo antes de que ella lo intentara de nuevo.

—Me preguntaba si...

—Sin hablar —Wulfric la interrumpió con una mirada adusta—. Esa es mi condición. Siéntate y caliéntate al fuego si quieres, pero no hables. Si no puedes hacer eso, mejor vete.

Aquel tono le dejó muy claro a Indra que no habría más discusión. Asintió en silencio y se calentó las manos, compartiendo el simple consuelo del calor.

Quince

—¿Por qué me ayudaste?

Indra levantó la vista. Únicamente entonces se dio cuenta de que el mendigo sin nombre había estado mirándola. Estaba tan embelesada con la intermitente danza de las flamas que no tenía idea de cuánto tiempo había transcurrido desde que se sentó. Sólo sabía que en ese momento sentía una calma más profunda que cualquiera que recordara, una sensación de serenidad y bienestar que a su corta edad le era totalmente desconocida. Deseaba que no se acabara nunca.

—Pensé que no podíamos...

—Fue mi condición y yo puedo romperla si quiero —interrumpió Wulfric. Hizo una pausa y continuó—: No tienes que contestar. Olvida lo que dije. —Volvió a mirar el fuego. A Indra le pareció que se arrepentía de haber hablado. ¿Qué podría sucederle a una persona en la vida, se preguntó, para terminar así? Un hombre temeroso del contacto humano más básico.

—¿Por qué alguien ayuda a otra persona? —dijo Indra. ¿Sería sensato contestar su pregunta con otra pregunta? Esta conversación era nueva y frágil, y el hombre al otro lado del fuego estaba claramente incierto de querer continuarla. Si ella se hacía la lista o sonaba falsamente modesta, él podría retornar a ese silencio del que apenas había salido. Y ella quería saber mucho más.

—Soy cristiana —continuó Indra—. Al menos trato de serlo. Es mi deber ayudar a quien lo necesita. —Tomó una rama del suelo y la metió al fuego—. Además, no me gustan los bravucones.

Él asintió, al parecer satisfecho por la respuesta, pero quizá también un poco sorprendido.

—No hay mucha caridad cristiana por estos lares últimamente —dijo con un gesto adusto.

Indra asintió dándole la razón. Eran tiempos desesperados y la mayoría de la gente tenía demasiados problemas como para ocuparse del prójimo. Pero ¿no era entonces cuando los simples actos de altruismo eran más necesarios? Tal como ella lo veía, era más sencillo dar algo cuando costaba muy poco o nada hacerlo. Era en tiempos como estos, cuando la generosidad significaba sacrificio, que el verdadero carácter de alguien se ponía a prueba y se revelaba tal cual era.

—¿Qué pasó con aquellos hombres en la aldea? —preguntó Wulfric. La duda lo había estado atosigando desde que ella apareció en el claro. Cuando vio que los retaba a enfrentarla, Wulfric supuso que le darían una paliza o que incluso la matarían. Pero tenerla allí enfrente, ilesa, significaba que, o bien había persuadido a esos matones beligerantes de no pelear, a pesar de que ella misma los había provocado, o bien que… No, no se le ocurría ninguna otra explicación.

—No quería pelear con ellos —dijo Indra desviando la mirada—. Pero no pude convencerlos de que desistieran.

Wulfric la contempló, tratando de leer entre líneas. Percibió que la chica tenía una gran indisposición a hablar sobre el tema. Eso lo desconcertaba. De alguna manera esperaba que ella le contara una gran historia sobre cómo había derrotado valerosamente a los tres tipos en una batalla mortal. En sus tiempos eso había sido muy común: fanfarrones y mentirosos que narraban elaborados cuentos de heroicas proezas de batalla, todo sacado de su propia imaginación. Con nadie para contradecirla, esta chica podría haber hecho lo mismo, tal vez para ganarse su gratitud y quedarse más tiempo frente al fuego.

En su lugar, ella había respondido de la misma manera en que lo hacían los hombres que en verdad habían realizado las hazañas que los otros falsamente presumían. Había contestado sin contestar, hablando sólo de manera indirecta, con un tono reticente y humilde que sugería que en verdad sabía lo que era la violencia, y que no era nada de qué ufanarse, ni siquiera en la victoria.

¿Sería posible que esta chica, de unos cuarenta y cinco kilos a lo más, hubiera peleado contra esos tres rufianes y los hubiera vencido? Wulfric no podía imaginarlo posible, pero todo sugería que así era. Tenía otra pregunta que hacerle.

—¿Cómo te hiciste de ese medallón?

Ella despegó la vista del fuego.

—¿Perdón?

—El sello de la Orden —dijo Wulfric—. Te vi con él en la taberna.

—Sé cuál medallón —repuso Indra—. No entiendo a qué te refieres con eso de que cómo me hice de él.

—Ese sello sólo lo llevan los paladines, los caballeros de la Orden.

—Es cierto —contestó ella monótonamente al tiempo que miraba a Wulfric a través del fuego.

Él la observó por unos segundos, preguntándose qué tan lejos sería capaz de ir esta chica. *Bien, vamos a averiguarlo,* pensó.

—También lo llevan quienes lo han adquirido de forma deshonesta —aventuró Wulfric.

Los ojos de Indra se abrieron llenos de incredulidad.

—¿De eso me estás acusando?

—Los paladines nunca viajan solos —dijo él como si nada—. Y ningún paladín es mujer, mucho menos una niña.

Indra hizo todo lo posible para no ponerse en pie de un brinco y patearle las brasas encima. Apretó la quijada y dijo entre dientes:

—Yo no soy una niña. Soy una iniciada.

—¿Una iniciada? —preguntó él, divertido—. ¿Cuántos años tienes?

—Dieciocho —contestó Indra con brusquedad. Era la edad mínima para ser aceptado en la Orden como un paladín en entrenamiento.

Wulfric la escudriñó, escéptico. Se veía mucho más joven de dieciocho años, pero lo que parecía faltarle en edad física lo compensaba con madurez y confianza en sí misma, así que,

¿cómo podría estar seguro? Pero había otras cosas que no encajaban.

—Entonces, ¿estás aquí en tu Prueba? —le preguntó.

—Sí —contestó Indra. Para formar parte de la Orden como un verdadero paladín, todos los iniciados debían completar la Prueba: pasar un año entero en el campo sobreviviendo en la naturaleza, viviendo de la tierra y, lo más importante, cazando a sus presas. Antes del término de ese año, el iniciado debía regresar a la Orden con la cabeza de una abominación. O no volver jamás.

—Los iniciados deben tener dieciocho años al entrar y tienen que cumplir al menos dos años de entrenamiento antes de estar listos para la Prueba —dijo Wulfric—. Y nunca se enfrentan a la Prueba solos; siempre se acompañan de un grupo de iniciados y de un oficial experimentado que los supervise.

Silencio. Sólo el chisporroteo de las flamas entre los dos. Indra buscó una respuesta, tratando de proyectar algo de seguridad en sí misma mientras se preguntaba cómo era que este hombre conocía tanto sobre las reglas y prácticas de la Orden. Tanto como para haberla llevado a su trampa. Por supuesto que no había manera de que ella supiera que Wulfric había formado parte de quienes crearon aquellas reglas, él y Edgard juntos, hacía más de quince años, cuando todavía cazaban a Æthelred. Lo que ahora a Wulfric se le antojaba como otra vida, la vida de alguien más.

—Mi padre es un oficial superior en la Orden —dijo Indra—. Reconoció mi potencial desde que yo era pequeña y permitió que me admitieran mucho antes. —Vertió las palabras en una combinación tal de hechos y ficción que hasta ella misma tendría dificultad en separarlos—. La Orden es mucho más pequeña que antes —agregó—, y ya no acepta nuevos iniciados. El año pasado yo fui la única y por eso me dejaron hacer la Prueba sola.

Aunque su historia estaba aderezada con verdades a medias era lo suficientemente verdadera, y le fastidiaba que este hombre no la aceptara tal cual. *Porque no soy un hombre. Porque piensa que soy una niñita estúpida contando cuentos.*

En realidad Wulfric daba más crédito a sus palabras de lo que ella suponía. Aunque su historia se escuchaba forzada en algunos puntos, él se fijó más en quien contaba el cuento que en el cuento en sí. Esa chica tenía algo, la forma en la que hablaba y se comportaba. Algo que no había visto en años. Se necesita de un guerrero verdadero para reconocer a otro, y aunque era totalmente increíble, Wulfric reconoció a un guerrero en esa joven chica sentada frente al fuego.

Darse cuenta de aquella verdad lo llenó de preocupación. Si realmente pertenecía a la Orden, ¿por qué estaba aquí ahora? ¿Era pura coincidencia que lo hubiera encontrado, o se trataba de algo más? ¿Podía ser que la Orden supiera de Wulfric, de la abominación que se escondía durante el día en el cuerpo de un hombre?

Pensándolo bien, había razones para llegar a esa conclusión. Necesitaba seguir averiguándolo con mucho tiento.

—¿Cuántos meses llevas en tu Prueba? —preguntó.

—Diez —respondió Indra. No tenía caso mentir sobre eso. En dos meses más, si no regresaba con su trofeo, sería rechazada de la Orden.

A pesar de que pensar en el rechazo le calaba, la aceptación era menos importante para Indra que el trofeo en sí. Matar una abominación era lo que había querido desde siempre. Rastrearía todo el planeta por el resto de sus días si era necesario, con la autoridad de la Orden o sin ella, hasta encontrar a una abominación y matarla. Sólo entonces, quizá, podría encontrar algún tipo de paz duradera.

—Quedan muy pocas —dijo Wulfric sacando a Indra de sus pensamientos una vez más. Tenía razón: la Orden había hecho bien su trabajo. Ya habían pasado varios años desde la última vez que alguien viera una abominación real. Tiempo suficiente para que las historias se convirtieran en parte del folclor. Bien podría ser que Wulfric fuera la última abominación que existiera.

—Sí —confirmó Indra—. Hay pocas. Pero creo que me estoy acercando a una ahora.

Wulfric levantó la mirada furtivamente al otro lado del fuego. ¿Qué quería decir con eso? ¿Lo estaba probando para ver cómo reaccionaba? Sin embargo, al estudiar la expresión de la chica no encontró ninguna insinuación o acusación. Ni siquiera lo estaba viendo ahora; estaba concentrada en las flamas. Si hubiera sido una prueba, estaría observando de cerca a Wulfric para tomar nota de cómo reaccionaba.

—¿Ah, sí? —preguntó él de la manera más casual que pudo.

—Hay reportes de ovejas masacradas en un campo no muy lejos de aquí, hace dos noches, y también de un granjero asesinado de manera salvaje la noche de ayer —contestó Indra. Wulfric se relajó un poco. Le había otorgado a sus palabras más peso del que tenían. Ahora Wulfric sabía que la chica estaba cazándolo a él, pero ella no se enteraba todavía.

—Aunque algunos de los locales no quieran creerlo, yo estoy entrenada para reconocer las señales cuando las veo, y las estoy viendo aquí —continuó—. Hay una abominación suelta en los alrededores. —Sus ojos se toparon con los de Wulfric—. Deberías estar atento, especialmente durante la noche. Estas bestias son nocturnas.

—La mayoría —dijo Wulfric y su mirada regresó al fuego. Ahora era el turno de Indra de clavarle los ojos y preguntarse qué tanto sabía ese hombre. Las abominaciones y la Orden habían estado ausentes del país por tanto tiempo que ahora muy pocos plebeyos tenían conocimiento de ellas. Los pocos que lo tenían por lo común eran mayores, lo suficientemente viejos para recordar el tiempo en que esos monstruos deambulaban libres y salvajes matando todo lo que encontraban en su camino, y cómo los paladines de la Orden iban de pueblo en pueblo, montados en sus caballos, poniéndoles fin.

Pero al analizar con más cuidado al mendigo sentado frente a ella, fogata de por medio, Indra comenzó a pensar que tal vez no era tan viejo como su apariencia le había hecho pensar al principio. Su barba enlodada y en estado casi salvaje, así como esa cara embadurnada de mugre y esa mirada de poseído —sobre todo esa mirada— daban la impresión de que era mucho mayor. Fijándose mejor y de cerca, tras aquella máscara de suciedad y ese cabello áspero había un hombre de no más de treinta años.

Eso significaba que tendría la edad de Indra cuando esas cosas de las que parecía saber tanto eran parte del conocimiento de todos los súbditos del reino. No era descabellado, pero ahora albergaba una fuerte sospecha de que este vagabundo extraño sabía mucho más de lo que le había dicho. De hecho, ahora que lo pensaba bien, no le había dicho casi nada, ni siquiera su nombre. Y ella había contestado todas las preguntas hechas por él, ¿no? *Quid pro quo.*

Contempló la cadena de hierro a los pies del árbol detrás de Wulfric.

—Me preguntaba —dijo, esperando iniciar con algo inocuo y sin embargo tan extraño—: ¿para qué es esa cadena?

Los ojos de él se encendieron de forma tan vivaz que las flamas frente a su cara parecían ser parte del mismo brillo. Los pliegues de su túnica arrugada se deshicieron cuando se puso de pie.

El cielo se había oscurecido y el sol estaba a punto de ponerse tras las copas de los árboles. Faltaba todavía una hora para el crepúsculo y para los primeros revuelos de la bestia, pero había pasado más tiempo del que Wulfric se había dado cuenta. Ciertamente mucho más del que la chica debía pasar frente al fuego. ¿En qué estaba pensando?

Tenía la intención de dejar que se quedara sólo un rato, lo suficiente para acallar su culpa, antes de mandarla a seguir su camino, pero la curiosidad se había apoderado de él. Peor, el simple placer de conversar, de tener una interacción humana civilizada —algo que no había tenido en mucho tiempo— le hizo olvidar los muros que durante tantos años y con tanto sufrimiento había construido a su alrededor.

Se le ocurrió que había pasado más tiempo en la compañía de esta chica que con cualquier otra alma en los últimos quince años de su vida. ¿Cómo lo había engatusado para que perdiera el sentido del tiempo y de sí mismo?

No importaba cómo. Era suficiente. Ya le había mostrado su gratitud: su deuda estaba saldada. Pero la noche se acercaba y ella necesitaba estar muy lejos de ahí, más por su propio bien que por el de Wulfric. Pateó tierra sobre el fuego para apagarlo y apuntó con el brazo hacia el bosque, en la dirección por la que Indra había aparecido inicialmente.

—Es tiempo de que te vayas —le dijo.

Indra se levantó.

—Lo siento. Si fue algo que yo...

—No es nada que hayas dicho. Acordamos en que te podías quedar por un rato. Pero ya transcurrió eso y más. Agradezco tu bondad para conmigo allá en el cruce de caminos y te deseo lo mejor. Pero ahora vete.

Indra podía darse cuenta de que ninguna palabra lo haría cambiar de opinión.

—Gracias por el fuego y por la conversación —dijo—. Me siento muy agradecida por ambas cosas.

—Al igual que yo —contestó Wulfric, e Indra vio en esos ojos huecos y viejos que lo decía con sinceridad. Ahora esto era un acertijo mucho mayor que el de la cadena; se daba cuenta de que al hombre le apenaba verla partir, pero al mismo tiempo la mandaba lejos. Le hubiera preguntado por qué, si pensara que podría funcionar para quedarse, pero no lo creía así.

—Venator, a mí. —El halcón brincó de la rama en donde estaba y aleteó hasta su hombro. Wulfric miraba más allá de ella, hacia la línea de árboles en donde terminaba el claro y el bosque se extendía. Se volvió para saber qué era lo que había capturado la atención del pordiosero.

Cinco hombres estaban de pie en la orilla del claro, y cinco más emergían de la oscuridad del bosque para unirse a los primeros. Indra y Wulfric no los reconocieron a todos, pero sí a los tres que encabezaban el grupo: el gordo con cuerpo de barril y la nariz quebrada, el tipo de las cachiporras atadas con correas a sus muñecas, y el hombre alto con su brazo roto y sangrante en un cabestrillo, apuntándolos con su brazo bueno.

—¡Son ellos! —dijo, mirando a Wulfric y a Indra de manera asesina—. Son ellos, justo ahí.

Dieciséis

Los diez estaban armados. Garrotes, palos, cuchillos. Uno tenía una espada con la hoja despostillada, pero aún efectiva. Indra no sabía de dónde habían salido esos nuevos siete tipos, pero al verlos era claro que estaban cortados con la misma tijera que los otros tres: nacidos para la misma baja vida de malhechores.

El alto dio un paso al frente, tambaleándose; Indra se dio cuenta de que estaba ebrio. No sólo él, sino todos los demás, en diferentes grados a juzgar por sus rostros rojizos y la forma en la que algunos se balanceaban al estar de pie. Indra adivinó que los tres apaleados en el cruce de caminos se habían retirado a la taberna a sobarse las heridas y el orgullo, y luego habían reclutado a los otros mientras iban acumulando cervezas en la sangre. Se preguntó qué historia les habrían contado. Ciertamente no la verdad, que hubiera hecho de los tres tipos un hazmerreír. No, el alto, el bocón, se habría inventado un cuento chino, aderezado con falsa valentía y un botín de venganza.

Aquello era bueno y malo a la vez, pensó Indra. Bueno porque el alcohol los haría más lentos y descuidados que si estuvieran en sus cinco sentidos. Le constaba que los primeros tres no tenían talento para el combate cercano, y estimaba que los otros no eran mucho mejores. El único problema consistía en tener que pelear ella sola contra los diez al mismo tiempo.

Si estuvieran sobrios sería más fácil: haría un ejemplo de los primeros, y los otros, tal vez prudentes, se darían a la fuga. A la hora de los golpes, la mayoría de los hombres eran cobardes. Pero el alcohol separaba a la mente de la razón, suprimiendo la cobardía tanto como para transformar a esos rufianes en algo realmente peligroso. Una contra diez, aunque fueran borrachos sin entrenamiento, no podía ser ventajoso para Indra.

Uno de los nuevos, que llevaba un cuchillo de pescadero, se adelantó vacilante para estudiar de cerca a Indra y a su compañero. Dejó salir un eructo sonoro.

—¿Estos? —dijo, moviendo el cuchillo en su dirección—. ¿Estos son los que los golpearon y los robaron? ¿Un viejo y una niñita?

Los otros borrachos soltaron una carcajada burlona. Sólo los tres originales se mantuvieron serios.

—¡Ya se los dije! ¡Nos asaltaron mientras dormíamos! —insistió el alto tratando de evitar la vergüenza—. ¡Y allí está el hierro que nos quitaron! —Apuntó a la base del roble donde estaba la cadena mal enrollada—. Nos repartiremos las ganancias a partes iguales, como quedamos.

—No veo por qué necesitas que venga una multitud a recuperar esa cadena —dijo Cuchillo Pescadero, burlón—. Un par formidable, esos dos. ¡Sólo mírenlos! ¿Fue la jovencita la que te rompió el brazo, Pick? Y me imagino que el hedor del viejo pordiosero derrotó a los otros dos.

Ahora los recién llegados se reían estrepitosamente, cosa que enfureció más a los otros tres. Mientras discutían entre ellos, Indra dio un paso atrás para acercarse a Wulfric.

—¿Sabes pelear? —le preguntó.

—Sí —respondió él—. Pero no pelearé.

Ella lo miró sorprendida.

—¿Qué?

—Hace mucho tiempo —dijo— hice el juramento de no volver a ejercer la violencia en contra de otro ser humano.

—Eso es hermoso de tu parte. ¿Pero te das cuenta de que estos hombres quieren hacernos daño?

—Sí. Deberías correr.

—¿Y tú?

Él no respondió; simplemente se quedó allí parado. Exasperada, Indra agitó la cabeza. Así que no era más que un loco, un vagabundo sin el instinto de proteger su propia vida. Ella tendría que hacerlo sola. ¿Correr? El solo pensar en huir le provocaba que la ira ascendiera desde su estómago como si fuera bilis. Nunca había huido del peligro; al contrario, había pasado toda su vida corriendo a encontrarlo.

Buscó el bastón con la mirada: lo había dejado sobre la hierba. Metió la punta de su bota debajo del bastón y con un movimiento de su piel lo lanzó hacia arriba, hasta su mano. Los diez ebrios habían arreglado sus diferencias y el alto se separó de los demás para dirigirse hacia Indra, quien permaneció frente a él, desafiante. Levantó su voz muy alto para que todos la escucharan.

—Si de algo sirve decirlo, este hombre les está mintiendo —dijo apuntando con su bastón al más alto—. No le robamos nada. Esa cadena nunca le perteneció. Los han traído aquí con un pretexto falso. Lo mejor será que se den la vuelta y regresen al pueblo.

—Y si no regresamos, ¿qué? —gruñó Cuchillo Pescadero. Como Indra bien sospechaba, no habría forma de convencerlos de retirarse. Si tratara de razonar con ellos se encapricharían aún más con la pelea. Lo mejor era terminar con eso de una vez.

—Les mostraré cómo lastimé a esos tres idiotas hace rato.

Dos pasos atrás de ella, Wulfric se encontró una vez más en profundo conflicto. Ni una sola vez había roto su promesa, una promesa hecha hacía muchísimo tiempo, forjada por el fuego de su voluntad a lo largo de los últimos quince años; aunque no siempre podía proteger a otros de la violencia ejercida por la bestia que vivía dentro, al menos podía asegurarse de que en su forma humana nunca le haría daño a otra persona, ni siquiera para defenderse a sí mismo. Las palizas que a veces le propinaban las tomaba como parte de su penitencia. Pero años de aislamiento le habían impedido plantearse la siguiente pregunta: ¿estaba dispuesto a hacerse de lado y permitir que unos ejercieran la violencia sobre otros? Y sobre todo, ¿dejaría que lastimaran a una persona inocente que se había puesto en peligro sólo por ayudarlo a él?

En ese instante se le vino a la cabeza otro problema, uno mucho más práctico: la cadena. Esta vez no se encontraban tan lejos del pueblo y había suficientes ladrones para cargarla. No podía darse el lujo de perderla ahora, no estando tan cerca del anochecer. Muchas más que estas diez personas morirían si la perdía.

Incluyendo la chica.

Quedaban pocas personas valiosas como ella en el mundo, alguien que arriesgara su propia vida para defender la de un extraño. Su conciencia no le permitiría dejar que un alma tan rara como esa fuera apagada por la peor calaña de seres humanos. Antes pensaba que todas las formas de violencia eran malas, pero la mayor maldad sería cruzarse de brazos y dejar que la oscuridad se tragara a este pequeño punto de luz que era la chica.

Indra sintió el movimiento tras ella y se volvió a mirar a Wulfric, quien ahora estaba a su lado, mirando atentamente a sus enemigos.

—Dame una espada —le dijo.

—Pensé que no peleabas.

—¿Prefieres enfrentarlos tú sola?

Indra reflexionó por un instante. Quizás ahora no era el momento de cuestionar aquel súbito cambio de opinión. Giró la cintura para ofrecerle cualquiera de las dos espadas enfundadas sobre su espalda. Él titubeó por un segundo antes de levantar el brazo y sacar una.

Wulfric apretó sus dedos alrededor de la empuñadura. Por el peso y balance de la espada podía darse cuenta de que era de calidad; no se trataba del arma de un aficionado. Se sentía muy ligera para él; seguramente la habían forjado a la medida de la chica, quien era más pequeña y más ágil. Aunque no era un arma que habría escogido para sí mismo en otro contexto, se sentía como algo conocido en su mano, tanto que lo perturbó. Era la primera vez en más de quince años que sostenía un arma de cualquier tipo, y esta espada se sentía como la extensión de un brazo entumecido por un tiempo y que ahora recuperaba la habilidad de sentir. Odiaba la naturalidad con la que se ajustaba a su mano.

Los diez rufianes lo miraron, divertido. La imagen de ese viejo sucio y desaliñado sosteniendo una espada era ridícula.

Estaban seguros de que no sabía usarla y se cortaría a sí mismo antes siquiera de empezar.

—Esperen —dijo Cuchillo Pescadero con una mueca burlona, haciendo una seña a los otros para que se detuvieran—. El anciano quiere que también le demos lo suyo.

Wulfric levantó la espada y la apuntó a los hombres.

—Váyanse de aquí —dijo—, o prepárense a morir.

No lo gritó. Apenas y levantó la voz. Sólo lo necesario para que lo escucharan claramente y que no hubiera malos entendidos. Pero algo en el tono de su voz hizo que los diez se detuvieran a pensar. Quizá lo hubieran reconsiderado y se hubieran retirado de no ser por Cuchillo Pescadero, quien se encontraba en extremo borracho y fuera de quicio como para ser disuadido y ahora corría directo hacia Indra con su cuchillo sin filo.

Indra se giró y lo golpeó en la cara duramente con su bastón; el tipo cayó y rodó sobre la hierba, agarrándose la mejilla. Ver a su compañero caído motivó a los otros para atacar juntos. Indra y Wulfric se separaron un poco para darse espacio y pusieron manos a la obra.

El tipo de las cachiporras fue el primero en morir. Wulfric levantó su espada y le hizo un tajo en el cuello con la punta, rajándole la garganta. Mientras el cuerpo caía al piso, dos más se lanzaron a atacarlo. El primero fue recibido por el codo de Wulfric en plena quijada, que se quebró al tiempo que perdía la mayoría de sus dientes frontales. El segundo le tiró un golpe con un garrote nudoso, pero Wulfric se agachó y clavó su espada hacia arriba, debajo del brazo extendido de su atacante y a través de su axila, hasta que la punta resurgió junto al cuello del tipo. Se escuchó un ruido como de borboteo y el cadáver cayó al suelo en cuanto Wulfric sacó su espada.

Indra había tirado a dos hombres con su bastón y esquivaba una salvaje lluvia de golpes de un tercero. Estaba un poco más lenta que de costumbre, pues al mismo tiempo que peleaba observaba a su compañero por el rabillo del ojo.

Era extraordinario. No sólo el hecho de que supiera defenderse, aunque eso ya era una gran sorpresa en sí, sino la brutal eficacia con que lo hacía. El primer hombre había caído tan rápido que al principio Indra pensó que se había tropezado; fue hasta que notó su garganta abierta que entendió lo sucedido. Ni siquiera había visto el momento en que Wulfric blandió su espada.

El segundo cayó de una manera que ella jamás había presenciado: una estocada mortal que resultaba imposible desde esa posición. Era tan despiadado como hábil. Indra había pasado años aprendiendo a defenderse sin matar, usando la fuerza letal sólo cuando fuera necesaria, pero este hombre aparentemente no conocía otra forma —alguien que hacía apenas unos minutos declaraba haber hecho un juramento de no lastimar.

Indra sintió un súbito dolor en las costillas. Su distracción momentánea le permitió al tipo con el que peleaba conectarle un golpe que le sacó el aire y la mandó tambaleándose hacia atrás. Era más habilidoso de lo que aparentaba y aprovechó la oportunidad para atacarla rápida y despiadadamente con un cuchillo delgado como aguja, con la clara intención de clavárselo. Ella lo esquivó, pero el primer hombre todavía intentaba golpearla con su garrote y ella no podía hacer mucho más para mantenerlos a raya. Ya no podía permitirse pelear a medias. Si deseaba permanecer con vida, tendría que permitir que fluyera su ira.

Dejó escapar un rugido estridente y desenvainó su espada. Cuando el hombre del cuchillo le lanzó una estocada, ella lo esquivó y le cortó la mano de un solo tajo. Él chilló y se tambaleó hacia ella; la sangre brotaba de su muñón. Indra empujó su espada al frente y le atravesó las tripas. Mientras estaba ocupada con él, el tipo del garrote se le abalanzó con un golpe alto. Lo más fácil hubiera sido esquivarlo moviéndose a un lado, pero el de la espada clavada en el vientre la había apresado por la muñeca usando la mano que le quedaba: seguía vivo y luchando. Indra no podía liberar su espada.

Con gran esfuerzo se giró para ponerlo entre ella y su otro atacante, de manera que cuando el garrote cayó, lo hizo brutalmente sobre la cabeza del que estaba ensartado por la espada, quien afortunadamente dejó de gritar y soltó la muñeca de Indra. Apenas su cuerpo se volvió flácido, ella liberó su espada y la apuntó hacia el otro, atravesándolo arriba de la ingle. El maleante chilló antes de caer de bruces sobre el suelo, retorciéndose de dolor.

Wulfric peleaba contra otro de los atacantes, un hombretón enorme que aparentemente le estaba dando problemas, al menos por el momento. Indra estaba a punto de ir a ayudarlo cuando sintió que algo la golpeaba con fuerza en el pecho. Sus pies se despegaron del suelo y de pronto se encontró sobre su espalda y con un tipo con la boca sangrante, sin dientes y una quijada horriblemente torcida arriba de ella, golpeándola con sus puños. Logró sacarle sangre de la nariz antes de que ella alcanzara su espada y la clavara en la parte inferior de aquella mandíbula rota. La empujó hacia arriba con ambas manos hasta escuchar un tronido, señal de que había topado con algo muy duro. Los ojos del hombre se pusieron en blanco y su cuerpo se reblandeció, cayendo sobre ella.

Indra rodó apresuradamente para quitárselo de encima y se puso de pie. Liberó su espada y levantó la mirada a tiempo para ver cómo Wulfric partía en dos la cabeza del hombre con el que peleaba. Tenía tres cadáveres a sus pies ahora; uno de los rufianes corrió hacia él blandiendo de un lado a otro una burda maza. Uno de los que Indra había derrumbado la sujetaba del muslo, tratando de ponerse en pie o tirarla a ella. Indra dirigió el pomo de su espada directo a la cabeza del tipo, quien volvió a caer y a quedarse quieto. De pronto Indra sintió algo frío y puntiagudo en la parte posterior de su cabeza; el mundo comenzó a girar alejándose de ella. Dio un traspié, mareada, y el suelo se levantó para encontrarla.

Indra sintió el golpe contra el piso y por un momento experimentó un instante de paz allí abajo, con la hierba fría y húmeda en su mejilla. Alguien la jaló desde atrás, enganchando los brazos alrededor de sus codos para mantenerlos inmóviles tras de su espalda. Cuando la hubieron levantado se encontró de frente con el hombre alto que ostentaba una mueca malévola y una piedra cubierta de sangre en su mano sana. Dejó caer la roca y se agachó para recoger la espada de Indra. La había perdido cuando cayó al suelo y ahora aquel cerdo la tenía.

Ese cerdo tenía su espada.

Todavía estaba aturdida, con la vista nublada y tan separada de sus sentidos que su ira tomó las riendas. De otra manera habría sabido que no era una buena idea escupirle en la cara a un malhechor que empuñaba una espada cuando ella ni siquiera podía moverse de su lugar. Pero eso fue justamente lo que hizo; un montón de flema espesa fue a dar entre la nariz del alto y su labio superior. Él se quedó allí por un instante, congelado en su incredulidad. En su delirio, Indra soltó una carcajada.

Su risa hizo que la ira del hombre volviera; se limpió el escupitajo con el antebrazo y puso la punta de la espada en la garganta de Indra. Ella lanzó su cabeza hacia atrás, golpeando directamente en la nariz al que le aprisionaba los brazos. Sin nadie que la sostuviera ya, cayó en cuenta de qué tan endebles estaban sus piernas. Tambaleándose trató de recuperar su espada, y mientras luchaba contra el alto, vio cómo Wulfric mataba a su contrincante.

Después de que el cuerpo frente a él se derrumbó, Wulfric vio que Indra estaba en problemas, forcejeando con el alto para recuperar su espada. Lo que no alcanzó a ver fue al hombre que Indra había derribado al principio de la pelea, el de la espada astillada, quien se ponía de pie en ese momento. Indra sí lo vio venir detrás de Wulfric; levantaba su arma lista para atacar. Ella abrió la boca para advertirle y se dio cuenta de que aún no sabía el nombre de ese extraño que tanto conocía de la Orden, que aseguraba haber renunciado a la violencia pero había matado a cuatro personas con más brutalidad y talento del que ella hubiera visto jamás.

El tiempo pareció detenerse y el sonido decreció hasta volverse silencio. Indra se escuchó a sí misma gritar:

—¡Detrás de ti! —y vio cómo Wulfric se giraba demasiado tarde.

El hombre de la espada le había dado con fuerza y justo en el lugar que había previsto, en la base del cuello. La cabeza de Wulfric se separó limpiamente de su cuerpo ante el paso de la hoja; la sangre salió como en una explosión del muñón de su cuello. Indra gritó pero no escuchó nada, su mundo se había convertido en una pesadilla muda. El cuerpo sin cabeza de Wulfric dio un par de pasos tambaleantes antes de desplomarse sobre sus rodillas y venirse abajo a menos de un metro de donde su cabeza había dejado de rodar sobre el suelo.

Indra presenció aterrorizada cómo el cuerpo de Wulfric se sacudió una vez, luego otra, y finalmente se quedó quieto. Se le revolvió el estómago. Sintió otro agudo golpe en la nuca; y esta vez, el mundo desapareció por completo.

Diecisiete

Indra no supo cuánto tiempo estuvo inconsciente, sólo que al volver en sí, todavía atontada, estaba más oscuro que antes. La luz del día se había desvanecido casi por completo y pronto daría paso al inicio de la noche.

Parpadeó tratando de aclarar su visión borrosa y miró a su alrededor. Seguía en el claro, no muy lejos de donde había caído. Le dolían los brazos y los hombros, y la nuca le punzaba en el lugar donde había sido golpeada en dos ocasiones. Sintió que parte de su cabello estaba pegado a un lado de su cara, embadurnado con su propia sangre. Trató de quitárselo de la cara y fue allí que se dio cuenta de la razón por la que le dolían los hombros. Tenía los brazos tras su espalda, unidos por las muñecas. Escudriñó el lugar tanto como sus ataduras le permitieron. Estaba sentada en el suelo, en la base de un árbol, amarrada a este con una cuerda alrededor de su torso. Quien sea que la hubiera atado lo había hecho bien; por más que lo intentó, apenas pudo moverse. Trató de empujarse con los pies para levantarse y al menos estar de pie, pero tampoco le fue posible. Se dejó caer, frustrada.

Los cuerpos de los rufianes que ella y el hombre que peleó a su lado mataron seguían allí. Indra nunca había visto, mucho menos protagonizado, una batalla verdadera, una batalla militar como las que su padre peleó durante la guerra contra los vikingos, pero por las historias que él contaba, bien podía imaginar que los resultados de esos enfrentamientos se parecían a esto. Los cuerpos dispersos en el suelo, ensangrentados y surcados de heridas, tan inmóviles que era difícil imaginar que alguna vez hubo vida en ellos.

Y a pesar de que apenas se atrevía a mirar, notó que él también seguía allí. Miró sólo lo suficiente para enfocar el cuerpo tirado, manchado de sangre seca y oscura, la cabeza un poco más allá. Igual que con los otros cadáveres, su cabeza drenada de vida daba la impresión de irrealidad: una imitación pálida, como de cera, de lo que alguna vez fue. Sus ojos abiertos en una expresión espantosa que duraría hasta que la carne se pudriera encima del hueso, aunque por fortuna aquella mirada no estaba dirigida hacia Indra, sino hacia el cielo oscurecido. Volteó la cara para otro lado.

Ya había visto cadáveres con anterioridad. Además, este hombre había sido un desconocido para ella; se habían encontrado ese mismo día y habían compartido el fuego por un rato, nada más. No sabía nada de él. Sin embargo, se sintió profundamente triste al ver su cuerpo desangrado y sin vida sobre el suelo. Trató de convencerse a sí misma de que era sólo la frustración porque ahora el misterio en torno a él jamás sería resuelto. Pero en el fondo sabía que era más que una curiosidad insatisfecha. Aquella pena tan fuerte, tan pesada como el hierro, provenía de la certeza de que este había sido un buen hombre.

No necesitaba haberlo tratado por mucho tiempo para estar segura de eso; de alguna manera lo sabía instintivamente. En el corto tiempo que pasaron juntos logró adivinar una vida que había conspirado en contra de un hombre decente dejándole nada más que una existencia de miseria y soledad. Pero que esa vida terminara sin merecerlo por la simple razón de haber peleado junto a ella contra una banda de borrachos bravucones... ¿En dónde estaba la justicia? ¿Dónde estaba Dios?

Aquella era una pregunta que una vez le hizo a su padre, cuando de niña estudiaba historia. *Dios siempre reparte justicia a quien lo merece, de una forma u otra*, le había contestado él. Pero al observar con atención ese cuerpo sin cabeza, vestido en aquellos andrajos, a Indra le pareció que esa era otra de las mentiras de su padre. Si Dios existía, no hacía otra cosa más que mirar con una desalmada indiferencia. La única justicia en la que podía confiar era la impartida por sí misma.

Escuchó voces. Provenían de un lugar detrás de ella, a donde le era imposible ver, pero las reconoció de inmediato.

—¡Ella mató a dos de mis amigos! Sus cuerpos todavía están tibios. ¿Y tú no quieres hacer nada al respecto? —Era Cuchillo Pescadero. Sonaba menos borracho que hacía un rato y mucho más enojado.

—¡Usa la cabeza! —Esa voz le pertenecía al tipo alto, el que había empezado todo allá en la encrucijada. Pick, alguien se había referido a él como Pick—. Es mejor de esta manera. Yo conozco a alguien...

—Ay sí, tú conoces a alguien. ¡Tú siempre conoces a alguien! ¡Hablas y hablas y hablas y es lo único que sabes hacer! La sangre exige sangre. ¡Vivimos bajo esa ley!

—Escúchame bien. ¡Escúchame! Es una chica joven, de no mal ver. Si la entregamos ilesa, el hombre que conozco pagará bien por ella. Créeme, lo que sea que valga el hierro de la cadena, ella debe de valer el doble. O podemos hacerlo a tu manera y matarla, y entonces tus amigos y los míos habrán muerto por muy poca cosa.

Una pausa.

—¿El doble?

—Cuando menos.

Unas pisadas se acercaron. Cuchillo Pescadero entró al campo de visión de Indra, seguido de Pick y de Nariz Quebrada. De los diez originales, esos tres eran los únicos sobrevivientes. Cuchillo Pescadero la observó. Llevaba una de las espadas de Indra y Pick tenía la otra.

—Mira, ya se despertó —y la pateó en el muslo con fuerza suficiente para causarle dolor.

—¡Dije que ilesa! —protestó Pick, dándole un empellón en el hombro a Cuchillo Pescadero—. ¿Quieres sacar dinero de esto, o no?

A Cuchillo Pescadero no pareció importarle mucho. Contempló a Indra, amarrada e indefensa.

—Quizás haya una forma en la que todos podamos estar contentos —dijo—. Yo la quiero muerta. Tú la quieres ilesa. ¿Qué tal si se la entregamos en algún término medio a este hombre que dices? —Se tronó los nudillos—. No la matamos, sólo le damos una buena paliza. Únicamente lo necesario para que nos recuerde por un buen tiempo. Ningún daño permanente.

—Ya está muy golpeada de por sí —dijo Pick—. Si la dejas peor, su precio bajará al menos a la mitad.

Cuchillo Pescadero miró a Pick directamente a los ojos; aquella mirada y el tono glacial de su voz expresaban con mucha contundencia que había llegado a sus límites de negociación.

—Entonces tendrá que ser la mitad.

Pick levantó los brazos, rendido, y soltó un suspiro de frustrada resignación.

—Haz como quieras. Pero grábate mis palabras: es por cosas como esta que no progresamos en la vida.

Pick se dio la vuelta y se alejó gruñendo. Cuchillo Pescadero se acuclilló frente a Indra y la miró directo a los ojos.

—Mataste a dos de mis compañeros, uno de ellos mi mejor amigo —dijo—. Ahora voy a sentarme allá, haré un fuego y comeré mi cena. Y luego voy a volver aquí y te mostraré qué tan molesto estoy. Créeme, no lo vas a disfrutar. —Se inclinó hasta quedar muy cerca, lo suficiente para que Indra pudiera ver lo negro y café de sus dientes podridos y oler la cerveza en su aliento. Ella hizo un gesto de asco, pero no se movió—. Medita en ello mientras como.

En ese momento Indra quiso decirle que estaba equivocado, pues de hecho ella había matado a tres de sus estúpidos amigos, no a dos. Pero lo pensó mejor y guardó silencio. Lo miró con una expresión neutra para no darle la satisfacción de ver el miedo que comenzaba a anidar en sus entrañas.

Cuchillo Pescadero se puso de pie sacudiéndose el polvo y caminó hacia el claro. Ahí estaban Pick y Nariz Quebrada, compartiendo una bota llena de cerveza que habían traído para que su valentía no decayera.

—Voy a encender un fuego —dijo Cuchillo Pescadero. Arrebató la bota de la mano de Nariz Quebrada y le dio un largo trago—. Podemos comer y descansar aquí esta noche, y volver por la mañana.

—Vamos a necesitar más ayuda para llevarnos la cadena —dijo Pick—. Tres de nosotros ya lo intentamos antes. Es mucho más pesada de lo que parece. Y mi brazo está roto.

—Esta niña nos ayudará, si sabe lo que le conviene —repuso Cuchillo Pescadero mientras preparaba el fuego—. Y si necesitamos más ayuda, tú irás hasta el pueblo y traerás a otros para que nos ayuden. Carajo, ¿es que tengo que pensar en todo? —Echó una mirada a los cuerpos tirados—. Eh, hagan algo de provecho y muevan esas cosas.

Pick parpadeó.

—¿Qué?

—No los quiero aquí mientras como. Se me va el apetito.

—¿Qué se supone que hagamos con ellos? ¡No podemos enterrarlos aquí!

—¿Quién dijo que los enterraran? ¡Simplemente no quiero verlos! Arrástrenlos hasta el bosque.

Pick y Nariz Quebrada intercambiaron una mirada. Pick hizo un gesto hacia el cabestrillo improvisado que acunaba su brazo roto y levantó los hombros. Con un suspiro, Nariz Quebrada se encaminó fatigosamente hasta el cuerpo más cercano, lo agarró por un tobillo y lo arrastró rumbo a los árboles. Para cuando la fogata ardía en todo su esplendor, los siete cadáveres habían sido retirados del claro y abandonados en la negrura más allá de la línea de árboles. Sólo quedaba el cuerpo de Wulfric.

Nariz Quebrada agarró el cuerpo sin cabeza por una muñeca y con gran esfuerzo lo jaló hacia los árboles. Era mucho más pesado de lo que parecía. Pick calentó sus manos con el fuego; observó cómo Nariz Quebrada desaparecía en la oscuridad de la foresta con el cuerpo y regresaba sin él momentos después, limpiándose las manos. Caminó hacia la fogata y se plantó junto a los otros dos. Cuchillo Pescadero sacó una hogaza de pan duro y cortó un trozo para Nariz Quebrada, quien comenzó a engullirlo con avidez. Pick levantó una mano para recibir su parte, pero Cuchillo Pescadero señaló hacia donde la cabeza de Wulfric todavía miraba inexpresivamente hacia el cielo oscuro, rodeado de un charco de sangre medio seca. Pick hizo un gesto de asco. Cuchillo Pescadero cortó otro pedazo de pan y se lo tragó de un bocado.

—Siempre fuiste un flojo de mierda, Pick —dijo—. Si quieres tu parte, haz tu parte. No me digas que no puedes llevarte una cabeza. ¡Todavía te queda un brazo!

Pick dejó escapar un suspiro exagerado y se puso de pie. Se maldijo a sí mismo por haber involucrado a Ron en todo esto. Había sido su idea, su plan: Ron y sus secuaces ebrios eran sólo mano de obra. Y ahora él obedecía órdenes de ese cretino. Había sido así por años, siempre que se juntaban para algún trabajito: Ron acababa por creerse el más listo, por mandar a todos, por menospreciarlo. Bueno, nunca más, se juró. Apenas les pagaran por la cadena y la chica y él tuviera los bolsillos llenos, le rebanaría el cuello a Ron con su estúpido cuchillo para pescado y le quitaría su parte del botín. Pick conocía bien el código de honor entre bandidos; simplemente no pensaba respetarlo. Y Ron, el bravucón, el usurpador, pronto iba a descubrirlo, muy a su pesar.

Al llegar a la cabeza titubeó. Él no servía para cosas asquerosas como aquella. Hasta antes de ese día, lo peor que había visto era una pierna destrozada de la rodilla para abajo en un accidente donde una carreta atropelló a un anciano. Pick sabía que este pordiosero estaba muerto, pero le dio la impresión de que la cabeza, con sus ojos todavía abiertos y mirando sin vida hacia el cielo, parecía observarlo directamente a él.

Termina con esto de una buena vez. Se inclinó y levantó la cabeza por un mechón de cabello, sorprendido de lo pesada que estaba. Caminó hacia los árboles donde Nariz Quebrada había aventado el resto de los cuerpos pero se detuvo en la orilla. Atisbó hacia la densa e impenetrable negrura de la foresta y se dio cuenta de que no podía dar un paso más. No quería aventurarse en aquella oscuridad donde lo esperaban varios cuerpos más. Así que balanceó su brazo y lanzó la cabeza hacia los árboles, donde desapareció. Escuchó el crujido de ramas, el golpe seco del hueso sobre el suelo. Se dio la vuelta y regresó a sentarse junto al fuego. Cuchillo Pescadero le aventó lo poco que quedaba del pan con una risilla burlona.

—¿Qué pensabas? —preguntó, señalando hacia el bosque con un movimiento de cabeza—. ¿Que los muertos se iban a levantar y te iban a perseguir?

Avergonzado, Pick desvió la mirada.

—Ya lo hice, ¿no? Déjame en paz. —Arrancó un trozo de pan y comenzó a comer.

Cuchillo Pescadero rio y se dirigió a Nariz Quebrada.

—¿Qué te parece? A este le preocupan los fantasmas y los demonios —dijo.

Como era su costumbre, Nariz Quebrada no respondió nada. Cuchillo Pescadero bufó y se empinó la bota de piel hasta acabar con la cerveza. Miró hacia donde la chica estaba amarrada y vio que tenía la cabeza caída hacia delante; su cabello largo y café le cubría la cara. Dormida. Pero no por mucho tiempo más. Esperaría a que se asentara un poco la comida y luego iría a visitarla como le había prometido. Se echó de espaldas sobre el piso y contempló el manto de estrellas, ya visibles por lo avanzado de la noche.

En su árbol, Indra trabajaba. A pesar de tener la cabeza gacha y los ojos cerrados, estaba lejos de dormir. El engaño haría que sus captores le prestaran menos atención, y mantener los ojos cerrados la ayudaba a concentrarse en lo que hacía. Había encontrado la holgura suficiente en la atadura de sus muñecas para doblar una mano y alcanzar el nudo con las uñas. Hasta ahora había avanzado muy poco, pero si seguía intentándolo…

Tenía que tratar. Ella no iba a ser un premio, un trofeo para esos tipos. Moriría peleando si era necesario, pero sería mucho mejor que fueran ellos los que murieran. Una vez que tuviera las manos libres podría tomarlos por sorpresa cuando se acercaran, recuperar su espada, y luego todo sería posible. Si tan sólo pudiera hacer que ese maldito nudo cediera un poco…

Dieciocho

El cielo estaba negro ahora, y el bosque alrededor de ellos, inmóvil. Cuchillo Pescadero seguía echado de espaldas, mirando perezosamente a la luna. Nariz Quebrada se había quedado dormido sentado y roncaba con discreción. Sólo Pick estaba alerta. Su atención se concentraba en el perímetro de árboles, donde comenzaba el bosque.

Algo no andaba bien. Se descubrió a sí mismo atisbando una y otra vez hacia los árboles en donde habían tirado los cadáveres. Percibía ruidos y sombras que no podían ser reales. Y sin embargo...

Se levantó súbitamente. Aquello no podía ser un truco de su imaginación: algo se había movido en la oscuridad más allá de los árboles, algo grande que perturbó la alfombra de helechos y matorrales que conformaban el suelo de la foresta. Permaneció congelado un tiempo que a él le pareció una eternidad, esperando captar cualquier señal o movimiento en los árboles.

Cuchillo Pescadero giró su cabeza y eructó.

—¿Qué diablos pasa contigo?

—¿Escuchaste eso? —contestó Pick sin despegar los ojos del bosque.

Cuchillo Pescadero se llevó la mano a la oreja por unos segundos como si fuera la concha de un caracol marino.

—No oigo nada.

Fue entonces cuando Pick comprendió la fuente de esa sensación tan extraña y perturbadora que lo embargaba. Al tratar de escuchar los sonidos de su entorno, no percibía nada. Nada. Había pasado suficientes noches en un bosque para saber que siempre se podía oír algo. La foresta estaba viva, con múltiples criaturas nocturnas que creaban un conjunto de sonidos diversos. Eran esos sonidos precisamente, la sensación de estar rodeado por miles de criaturas vivientes, grandes y pequeñas, lo que ofrecía tranquilidad en noches como esta. Sin importar qué tan oscura fuera, sabías que no estabas solo.

Pero ahora no se escuchaba nada. Ni el arrullo de las aves nocturnas ni el correteo de los bichos sobre la hojarasca, ni siquiera el canto de los grillos. Sólo había silencio, una quietud perfecta, intacta, que lo envolvía todo. Estaban solos. Pick no podía explicarse cómo un lugar que por lo regular pululaba de seres vivientes podía repentinamente quedar desprovisto de ellos, a menos que algo de verdad terrorífico hiciera que todos los animales huyeran.

Ahora fue el turno de Cuchillo Pescadero de ponerse de pie. Nariz Quebrada salió de su duermevela y se volvió, atontado, hacia donde sus compañeros miraban cautelosamente.

—Ahora sí lo escuché —dijo Cuchillo Pescadero—. Y creo que también vi algo.

Pick asintió. Ambos lo vieron. Una silueta negra y sin forma, más grande que un ser humano, había cruzado la oscuridad. Entre los árboles, donde la luz de la luna no podía penetrar, el bosque era tan negro como el alquitrán, y Pick se preguntó cómo algo podía parecer más negro aún.

Cuchillo Pescadero dio un paso adelante, todavía a una distancia prudente de los árboles.

—¡Hey, ya te vimos! —gritó—. Somos cinco y tenemos armas. ¿Ves esos cadáveres por los árboles? Son unos pobres ingenuos que trataron de meterse con nosotros. Así que date la vuelta y vete.

Por un instante no escucharon nada más que silencio. Luego llegó un gran estruendo desde la oscuridad, un gruñido profundo y gutural que hizo eco por todo el bosque, tan poderoso como para que los tres hombres sintieran las vibraciones en el suelo que pisaban. Los árboles sacudieron sus copas en el aire y una lluvia de hojas cayó sobre sus cabezas.

214

—A ver, a ver —dijo Cuchillo Pescadero dando un paso atrás—. ¿Qué diablos fue eso?

Al otro lado del claro, donde estaba amarrada, Indra trató de no reaccionar para no atraer la atención. Manteniendo baja la cabeza, trató de asomarse a través de los mechones de cabello que caían sobre su cara: la atención de sus tres captores estaba fija en los árboles, lejos de ella. Tal vez ahora era su oportunidad. El nudo había comenzado a aflojarse, no por completo, pero con los tres tipos distraídos podía permitirse moverse más abiertamente y zafarse.

Además, ahora estaba doblemente motivada, tanto por lo que acechaba en el bosque como por su deseo de liberarse. Lo que los perturbó a ellos tuvo el mismo efecto sobre Indra. Sabía bien cómo viajar por el bosque de manera segura, cómo identificar a todos los animales usando la vista, el oído y el olfato. Pero lo que fuera que estuviera allá en lo oscuro no era algo conocido por ella, lo cual dejaba sólo una aterradora posibilidad. Podía ver la ironía en el hecho de que hubiera pasado toda su vida soñando con este momento y entrenado tantos años para poder enfrentarse a una abominación, para que cuando el día se presentara, al fin, ella se encontrara amarrada e indefensa...

No, no lo permitiría. Luchó con todas sus fuerzas contra la cuerda que la ceñía al árbol; sus captores estaban demasiado petrificados para notar lo que hacía, o para que les importara. Entonces, al girar su muñeca, la cuerda se soltó un poco más e Indra pudo liberar una mano. De allí en adelante, el resto fue fácil.

—¿Un oso? —aventuró Pick.
—No hay osos por aquí —contestó Cuchillo Pescadero, aunque él mismo consideró esa posibilidad por un segundo. ¿Qué otra cosa podía andar por allí? Le dio un codazo en

las costillas a Nariz Quebrada sin quitar la vista de los árboles, en el lugar donde aquella cosa se movía—. Anda, ve a echar un vistazo.

Nariz Quebrada se negó rotundamente con un movimiento de cabeza.

—Creo que deberíamos marcharnos —dijo Pick—. Y ahora mismo.

—¿Y haber venido hasta acá por nada? No lo creo.

—Podemos regresar por la cadena mañana.

—¡No la voy a dejar aquí para que otro la encuentre!

—No importa: si alguien la encuentra, todavía tenemos a la... —Por primera vez desvió la mirada de los árboles, sólo para darse cuenta de que la chica ya no estaba. Únicamente quedaba el lazo tirado en la base del tronco.

—Mierda.

Otro gruñido profundo y ominoso los obligó a retornar su atención al bosque.

—Vamos los tres juntos —dijo Cuchillo Pescadero fingiendo valor. Renuentes, los otros dos asintieron. Pick y Cuchillo Pescadero tenían cada quien una de las espadas de la chica, y Nariz Quebrada sostenía su garrote nudoso. Juntos fueron a la orilla del claro; los ruidos de la bestia, que resoplaba en la oscuridad, se volvieron más fuertes a medida que avanzaban. Estaban tan cerca ahora que no sólo podían escucharla, sino también olerla. Aquel aroma repugnante los abrumó por completo y los forzó a detenerse a unos pasos de los arbustos. Pick se llevó la manga de la camisa a su boca y nariz; por su parte, Nariz Quebrada reprimió las arcadas que le provocaba aquel hedor.

—Por los clavos de Cristo, ¿qué pestilencia es esa? —dijo Pick con la voz amortiguada por su camisa.

—Sulfuro —respondió Cuchillo Pescadero, que en su juventud, antes de elegir un camino menos noble, había sido aprendiz de alquimista—. Azufre.

Nariz Quebrada arrugó la nariz y se inclinó para oler mejor.

—Yo creo que... —comenzó a decir cuando algo oscuro y húmedo salió de los arbustos, se enredó en su cintura y lo

216

sumergió en la oscuridad de un tirón, mientras él agitaba los brazos inútilmente.

Cuchillo Pescadero y Pick brincaron hacia atrás. Los alaridos de Nariz Quebrada se volvieron cada vez más agudos, pasando del terror a la agonía; se les unió el espantoso sonido húmedo de la carne desgarrada y los huesos astillados, así como el voraz rugido antinatural del monstruo que lo había atrapado.

Los gritos cesaron.

Tras unos segundos de inquietante silencio, dos sanguinolentos trozos de carne fueron lanzados desde los árboles y aterrizaron en el suelo frente a Cuchillo Pescadero y Pick. Eran las dos mitades de lo que quedaba de Nariz Quebrada: un muslo, dos antebrazos y un torso del que manaban sangre e intestinos.

Los árboles se movieron. La bestia salió de la oscuridad hacia el claro y bajo la pálida luz de la luna. Sacudió la cabeza y lanzó un bufido ronco y gutural; su aliento cálido empañaba el fresco aire nocturno.

Boquiabiertos y con los ojos desorbitados, Cuchillo Pescadero y Pick permanecieron de pie frente a la bestia, paralizados de terror. Era al menos tres veces más grande que ellos y asemejaba a un escarabajo gigante y grotescamente deforme. Se movía pesadamente sobre tres pares de patas huesudas y llenas de púas, y su cuerpo estaba revestido de un caparazón blindado que hacía pensar en una enorme cáscara de nuez color petróleo. Un racimo de ojillos globulares de diferentes tamaños que brillaban en la oscuridad contemplaba a los dos hombres. Debajo de esos ojos, un par de mandíbulas dentadas y con forma de garras se abrían y cerraban como tijeras, escurriendo saliva y sangre.

Durante varios segundos el monstruo siguió observando a los dos hombres congelados frente a él. Abrió sus mandíbulas ampliamente para revelar un desfiladero negro y atestado de hileras de dientes largos y filosos como agujas. Luego siseó largamente, un sonido tan horripilante que Pick, por instinto, se dio la vuelta y huyó. Corrió más rápido de lo que nunca había corrido. Ya se había alejado unos tres metros cuando la lengua larga y brillante del escarabajo salió como un látigo y atrapó su pierna, como un sapo que cazara un insecto. Pick cayó al suelo, soltando la espada; gritaba y trataba de asirse a la tierra con su brazo sano mientras la lengua se retraía, arrastrándolo hacia sus fauces. La criatura bajó la cabeza y lo tomó entre sus mandíbulas, para luego lanzarlo al aire y volverlo a aprisionar.

Con el monstruo distraído con su cena, Cuchillo Pescadero vio su oportunidad y corrió por su vida. Atravesó el claro a zancadas galopantes y, ya cerca de los árboles, giró la cabeza hacia atrás para ver, con alivio, que aquella cosa no lo perseguía. Pero algo lo hizo detenerse repentinamente, un material frío contra su pecho, y se topó cara a cara con la chica, que en ese momento surgía de las sombras.

Bajó la vista y se encontró con la empuñadura de la espada que Pick le había quitado a la chica directamente contra su pecho, rodeada de una creciente mancha de sangre en la camisa. No podía ver la hoja, pues había entrado limpiamente en su cuerpo. La chica sólo había salido de su escondite, mientras él corría a toda velocidad con los ojos puestos sobre el monstruo, y lo había esperado con la espada lista. El propio impulso de Cuchillo Pescadero hizo el resto del trabajo.

Indra miró al hombre fijamente mientras este comprendía la inminencia de su muerte. No disfrutaba con el sufrimiento de los demás pero se había permitido la satisfacción del momento, si no por ella, sí por el inocente que ellos habían asesinado sólo por tratar de protegerla. Los ojos de Cuchillo Pescadero se pusieron en blanco y la vida lo abandonó; Indra extrajo la espada del cadáver y lo dejó desplomarse sobre el suelo. Se agachó para tomar la espada de la mano inerte y, otra vez en posesión de sus dos armas, marchó al frente para enfrentarse a la abominación.

Diecinueve

A Indra no se le ocurrió huir como a los dos cobardes que lo habían intentado, a pesar de que ella habría tenido una mejor oportunidad. Libre de sus ataduras, había observado desde su escondite entre los árboles al margen del claro cómo la criatura había matado a uno de los hombres para luego emerger del bosque y terminar con el otro.

El puro tamaño y la monstruosidad de aquella cosa hicieron que Indra se detuviera; aun después de todos sus estudios del *Bestiario* y de todas las historias que se contaban, nada la hubiera podido preparar para el horror helado de ver en persona una abominación. Pero ella no le había dedicado toda su vida a esta tarea sólo para correr en el último instante. Todo lo que necesitaba eran sus dos espadas, y ahora ya las había recuperado. Avanzó con pasos largos cruzando el claro, más allá de la fogata, mientras la bestia negra terminaba de devorar con su lengua salivosa lo que quedaba de Pick. No se dio cuenta de su presencia hasta que ella ya estaba cerca, con los hombros echados atrás y una espada en cada brazo, marchando con una determinación de acero.

Se detuvo a unos cuantos pasos del insecto gigante. Sus manos se cerraban alrededor de las empuñaduras de sus espadas con tanta fuerza que sus nudillos se veían blancos. Si esa cosa era tres veces más grande que los hombres que había matado, al menos cuadruplicaba el tamaño de ella, y por la manera en que se movía era fácil adivinar que pesaba mucho más. Se sentía empequeñecida: la sombra que la bestia proyectaba contra la luz de la luna engullía por completo a Indra.

Por un breve instante, lo absurdo de la situación cayó sobre ella como un balde de agua fría: era una chica diminuta enfrentándose a un mastodonte, una cosa diseñada y traída al mundo con el único propósito de asesinar. Indra se dio cuenta de que temblaba sin control y trató de recordarse a sí misma que era ella quien tenía la ventaja. La bestia no poseía inteligencia, no era más que un tonto animal; ella, en cambio, había sido entrenada para ser un arma letal. Y como la criatura, también tenía un solo propósito y también estaba diseñada para matar. Levantó la vista hacia la bestia, penetrando con fiera resolución aquel racimo de ojos negros y desalmados.

—Ven a mí, bicho maldito —gruñó.

Confundida, la abominación ladeó la cabeza. Probablemente nunca se había topado con un humano cuya reacción fuera otra que huir aterrorizado. Hizo un ruido extraño, un gorjeo. Sus mandíbulas tijereteaban al tiempo que la contemplaba con atención.

Indra comenzó a sentirse frustrada. En sus fantasías de cómo sería confrontar a una abominación había imaginado todo tipo de escenarios posibles, pero ninguno como este.

—¡Vamos! —atronó; su voz era claramente de reto, y para dejarlo más claro, chocó las hojas de sus espadas una contra otra con tanta fuerza que saltaron chispas. Aquello funcionó porque la bestia se levantó y, moviendo sus espinosas patas delanteras sin ton ni son, dejó escapar un chillido agudo y lacerante. Por instinto, Indra retrocedió cuando el escarabajo se irguió como una montaña frente a ella: de pronto el tamaño de aquella criatura se volvió terriblemente real.

La lengua de insecto salió disparada contra ella, buscando su brazo, pero Indra rodó hacia un lado y se puso de pie al instante, con los ojos fijos en su enemigo. El bicho arremetió con una pata delantera, la filosa navaja de su garra surcó el aire como una guadaña que hubiera separado limpiamente de su cuello la cabeza de Indra de no ser porque ella se agachó con agilidad y desvió la pata llena de púas con el canto de su espada.

La bestia titubeó y lanzó un gruñido, aparentemente sorprendida de que la chica pudiera moverse tan rápido. Indra lo vio en esos ojos sin párpados y se envalentonó. *Sí, así es. No soy otra de tus víctimas indefensas. Esta te va a dar batalla. Ahora tú eres la presa.*

La criatura caminó de lado, circundando a Indra como si tratara de evaluar a este oponente tan hábil y temerario. Indra hizo lo mismo; los dos se movieron en círculos sin quitarse la vista de encima, como si bailaran. Indra utilizó cada segundo de esa danza para observar a la bestia detenidamente: cómo se desplazaba, cómo cambiaba su peso de una pata a la otra, en qué momentos era rápida o lenta. Los ojos de Indra recorrieron toda su anatomía buscando un lugar suave y carnoso por donde su espada pudiera penetrar. ¿Dónde se localizaba el corazón en una de estas cosas? ¿Habría un cerebro dentro de su cabeza? A veces no era el caso. Algo que había aprendido en sus largas horas de estudiar el *Bestiario* era que anatómicamente ninguna abominación era idéntica a otra. Había elementos similares entre abominaciones del mismo tipo, pero esta no se parecía a nada que hubiera estudiado. ¿Cómo podría…?

La cosa la embistió cual si fuera un toro gigante. Ahora le tocaba a Indra atestiguar lo rápida que podía ser cuando corría. Indra se tiró hacia un lado para alejarse de la trayectoria de ataque, sin embargo no fue lo suficientemente rápida; la concha blindada de la bestia la rozó al pasar. La fuerza del impacto la levantó del suelo y la lanzó varios metros en el aire antes de caer despatarrada. Perdió una de las espadas durante el vuelo pero la recuperó al impulsarse para ponerse nuevamente en pie, tambaleándose por un momento hasta que recuperó el equilibrio. A pesar de haber escapado a una pisoteada que seguramente hubiera acabado con su vida, el golpe que el monstruo le propinó al pasar había tenido la fuerza de una carreta en movimiento. Le dolía mucho el costado. Se llevó una mano a las costillas, preguntándose si no se habría roto alguna.

La bestia se detuvo y se dio la vuelta. Indra notó que lo hizo despacio y con dificultad: sus patas se movían torpemente para rotar su cuerpo y colocarlo en posición de enfrentar a Indra otra vez. Allí había una oportunidad; la bestia era rápida y muy poderosa cuando atacaba de frente, y podía también escabullirse hacia los lados sin dificultad, pero no podía girarse con rapidez. Aquello era algo que Indra podría usar a su favor. Si pudiera situarse tras ella...

La bestia vino hacia ella nuevamente, pero parecía haber aprendido la lección y no se arriesgó a otra embestida como la anterior. En su lugar, se acercó lo más que pudo y lanzó un cuchillazo con su garra. Indra lo desvió con su espada y brincó a un lado, tratando de rodearla a corta distancia.

Como lo había intuido, la bestia no pudo girar con la prontitud necesaria para mantenerse de cara a Indra, lo que le dio a la chica una ventana para atacar. Empuñó su espada y la blandió con todas sus fuerzas; el impacto sacó chispas, pero el metal rebotó inocuamente sobre el caparazón de la bestia sin dejarle siquiera una marca. Más fácil habría resultado rebanar una roca.

Mientras la fuerza del impacto reverberaba a lo largo de su brazo, la bestia continuó girando para enfrentarla. Aunque aún no estaba del todo alineada para un ataque frontal, abrió las mandíbulas a la velocidad de un látigo y con el reverso de una de ellas alcanzó a golpear el hombro derecho de Indra. Ella gritó y dejó caer la espada que sostenía con esa mano. No tuvo tiempo para recuperarla; se vio forzada a retirarse pues el bicho gigante la enfrentaba y se preparaba para atacar una vez más. Su lengua salió intempestivamente y se enredó en su muñeca izquierda. Indra trató de liberarse, pero aquella cosa era muy fuerte y jalaba su brazo, atrayéndola hacia sí.

Indra pasó su espada de la mano atrapada a la libre, pero cuando trató de levantarla para cortar a la bestia y liberarse fue sorprendida por una corriente de dolor agudo e insoportable en su brazo derecho. Algo en su hombro había sido herido de tal manera que le era imposible moverse sin experimentar un dolor agónico. No obstante, cuando la bestia la arrastró más cerca de su hocico abierto, Indra supo que no tenía otra opción. Gimiendo por el dolor que la abrasaba, bajó la espada con toda la fuerza que pudo. No fue suficiente para cercenar la lengua pero le provocó una cortada profunda que hizo que la sangre negra brotara, obligando a la bestia a chillar y a liberarla.

Al retirarse, Indra escuchó algo que sonaba como tocino friéndose en una sartén. Bajó la vista: la saliva traspasaba su guantelete de piel, quemándolo como si fuera ácido. Su brazo derecho estaba inutilizado, así que rasgó el ribete del guantelete con los dientes y lo sacudió para quitárselo. Cayó al suelo chisporroteando mientras la saliva deshacía el cuero. La bestia seguía chillando y pataleando enfurecida; su lengua lacerada había vuelto a su lugar. Indra se llevó la mano al hombro y lo apretó, doblándose de dolor. Estaba segura de que tenía el brazo dislocado; inútil, para fines prácticos. Así que ambos estaban heridos ahora. La diferencia era que el cansancio se apoderaba de Indra y cada vez sería menos capaz de pelear, mientras que el mínimo daño que sufrió la bestia sólo había servido para enfurecerla más.

No correría; ella nunca correría. Pero tampoco podría continuar peleando así por mucho tiempo más. Ya había perdido un brazo —y por lo tanto el uso de una espada— y aquel bicho era resistente, demasiado poderoso. Su única oportunidad era jugarse el todo por el todo en un ataque desesperado para llevarlo a la fuerza a ese terreno desconocido para él que suponía defenderse y, con suerte, asestarle un golpe mortal... o perecer en el intento. Indra no era ninguna idiota: en todos sus años de fantasear con este momento y de entrenar con el mismo fin, siempre había sabido que su propia muerte era una posibilidad lógica. Siempre que esa inoportuna voz interna le susurraba al oído mofándose de su muerte, ella se paralizaba con un pánico sofocante, pero ahora que se enfrentaba a la realidad lo hacía sin temor alguno. Si debía morir, lo haría peleando hasta el fin, al servicio de una misión a la que había dedicado toda su vida; y aunque muriera, el monstruo no vería jamás miedo en sus ojos, sino desafío. Ella sabía muy bien —y esa cosa también lo sabría— que no era ninguna víctima.

Atacó, con su cuerpo de lado para mantener su brazo herido en la retaguardia y su brazo bueno listo con la espada, lanzando un grito de guerra tan imponente que tomó a su contrincante por sorpresa. La bestia se congeló por unos segundos pero luego abrió sus fauces enormes, dejó escapar su propio rugido y corrió para encontrarla.

Al converger en el centro del claro, Indra se tiró al suelo deslizándose por debajo de la bestia y levantó la hoja de su espada contra la parte inferior del monstruo, que pasó corriendo sobre ella. Lo oyó chillar, y cuando volvió a ponerse de pie detrás de él, pudo ver el esfuerzo que le costaba girarse. Ahora cojeaba, desbalanceado, y sangre negra goteaba de su parte inferior. Indra miró su espada: aquella sustancia oscura y viscosa también escurría por el metal. Justo como esperaba, había hecho una incisión en el vientre suave y sin caparazón de la bestia. Ahora estaba realmente herida, no lo suficiente para morir, pero sí para hacerla sentir verdadero dolor y disminuir su habilidad para pelear. Ahora, tal vez...

Su lengua salió como un látigo nuevamente. Indra estaba desprevenida, pues no pensaba que pudiera contraatacar tan rápido después de una herida tan severa; apenas logró agacharse y tirarse al suelo, pero cayó sobre su brazo lastimado. Aulló y de inmediato rodó sobre su espalda para aliviar un poco el dolor.

La bestia se tambaleó lentamente hacia ella, dejando un rastro de sangre tras de sí.

A pesar de tener la vista borrosa por una nube de brillantes puntos de luz que se encendían con cada punzada de dolor proveniente de su hombro, Indra localizó su otra espada en el suelo, ahí donde la había soltado. Aún seguía aferrándose a la única que le quedaba, pero si pudiera tener las dos otra vez...

Intentó alcanzarla; la empuñadura estaba a unos treinta centímetros de la punta de sus dedos. Clavando las uñas en la tierra logró arrastrar su cuerpo, pero cuando estaba a punto de cerrar su mano alrededor del arma, sintió en el vientre un golpe parecido a la patada de un caballo. El mundo dio vueltas en espiral a su alrededor; sin aire, desorientada, intentó incorporarse pero sólo podía ver las estrellas regadas en el cielo. Muy pronto ellas también desaparecieron: la gran masa negra de la bestia se había colocado encima de ella.

Una pata aplastó su muñeca y presionó hasta que Indra abrió la mano y soltó la espada. Estaba desarmada e indefensa, apresada bajo el escarabajo que ya se acomodaba sobre ella, asegurándose de que no tuviera oportunidad de escapar.

A tientas buscó la otra espada con su brazo herido, pero era inútil; y para asegurarse, el monstruo la empujó lejos con una de sus patas. Luego se inclinó sobre ella, tan cerca que Indra podía sentir en la cara su vaho caliente.

Así que esta era la forma en la que moriría.

Recibió aquella certeza con alivio; entendía ahora que el miedo a la muerte se sustentaba en la anticipación de cuándo y cómo llegaría. Una vez que se establecían con claridad esos detalles y se asumían como inevitables, sólo quedaba aceptar la idea y morir bien. Así que Indra se dejó ir, soltando su cuerpo; no le daría a la bestia la satisfacción de luchar desesperadamente o de mostrar una pizca de miedo.

El monstruo se inclinó mucho más, apenas a unos centímetros de Indra, quien atisbó dentro de ese horripilante racimo de ojos bulbosos y húmedos y se descubrió a sí misma reflejada decenas de veces en ellos. Era algo extrañamente hermoso, pensó, verse de esa manera, cada reflejo de un tamaño distinto pero cada uno con una perfecta distorsión convexa, como en una serie de espejos redondos y negros. Más que cualquier cosa, estaba satisfecha de no encontrar en su cara rastros de temor. La certeza de su propia muerte le había traído una tranquilidad tibia y reconfortante. El concepto de miedo ahora le parecía extraño, absurdo. Aunque su vida no pasó frente a sus ojos como otros aseguraban que sucedería, sí pensó en todas las veces en las que había permitido que el miedo o la inquietud se interpusieran en su camino. También lo había visto tantas veces en otras personas. *Qué terrible pérdida de tiempo es el miedo*, pensó.

La bestia aplastó su brazo con más fuerza e Indra no pudo más que gemir por el dolor. Siseando abrió sus fauces y expuso las filas de dientes babeantes y afilados como agujas. Indra apretó los párpados, preparándose para el final… pero aquella boca volvió a cerrarse.

Indra abrió sus ojos: la imagen de la bestia abarcaba aún toda su visión, tan cerca que podía sentir sobre su piel el roce de sus pelos ásperos y gruesos. Sus mandíbulas se crisparon haciendo un ruido como de cerdo busca-trufas; la olfateó por unos segundos y luego sacudió la cabeza, confundida. Cerró de golpe las mandíbulas. Su cabeza empezó a girar salvajemente, poseída por una especie de locura que Indra no alcanzaba a comprender. Luego se irguió con un rugido y, levantando la garra con la que había aprisionado a Indra contra el suelo, la dejó libre y se fue dando alaridos y rechinando los dientes.

Indra hizo acopio de toda su fuerza y se empujó con las piernas, luego apoyó el brazo bueno sobre el suelo y se puso de pie, tambaleándose pero sin quitarle la vista de encima al monstruo, quien pataleaba y lanzaba la lengua ciegamente, como si peleara contra un enemigo invisible en medio de una bruma de perplejidad y rabia sin dirección. Y entonces, dando un alarido infernal, tan atormentado que por un instante Indra compadeció a la criatura, huyó hacia el bosque, cojeando y escurriendo sangre. Ella observó cómo los árboles se sacudían a su paso y escuchaba el ruido de las ramas al romperse. La bestia se volvió nuevamente una sombra en la oscuridad y el sonido de su retirada se debilitó cada vez más, hasta que ya no pudo escucharse.

Indra permaneció inmóvil en el centro del claro. La quietud perfecta del bosque fue envolviéndola poco a poco. Al final sólo quedó el ruido de su propia respiración saliendo de su pecho agitado. Con la misma presteza con que regresó la calma exterior, la interior, la que le permitió a Indra enfrentar sin miedo su propia muerte, se evaporó dejándole una arrolladora sensación de pánico que penetró por cada poro de su cuerpo. Sin siquiera pensarlo, por mero instinto, se dio la vuelta y huyó tan rápido como su magullado y adolorido cuerpo se lo permitió. Se introdujo en la densidad de los árboles sin detenerse ni un segundo, sin importarle los golpes de las ramas o los rasguños en su cara, sin reducir la velocidad ni siquiera cuando su corazón amenazaba con romperle el pecho: sólo corrió, corrió y corrió.

Veinte

Wulfric se levantó como cada mañana, desnudo y medio enterrado en una montaña de cenizas negras y ardientes que apestaban a sulfuro. Se sentó con un gemido: cada músculo de su cuerpo le dolía, cada hueso resonaba como un diapasón. Era pasada la madrugada, el bosque aún estaba cubierto con la neblina matutina y los rayos del sol apenas atravesaban débilmente la cubierta de los árboles.

Hacía un frío intenso, pero al menos era seco. Wulfric se pasó los dedos por el cabello para quitarse el polvo suelto y luego, anticipando el dolor que vendría, se sacudió el cuerpo: hojuelas de ceniza volaron como copos de nieve oscura al ser arrastradas por el viento.

Miró a su alrededor tratando de recomponerse. Necesitaba dar con el camino de vuelta al claro y recuperar su cadena. Esperaba encontrar también su túnica; deambular por el campo en cueros, con este clima helado, no era algo que se le antojara, y tampoco le ayudaba en su propósito de no llamar la atención. Pero la cadena era lo más importante. Ya le había dado demasiadas noches de libertad a la bestia —aunque la última había sido inevitable— y no le permitiría ni una más.

Su estómago gruñó. Tenía hambre. Un pequeño pero cruel detalle de la horrible maldición de Æthelred: aun cuando la bestia se alimentara, como la noche anterior, Wulfric siempre se levantaba famélico. Ya habría tiempo de buscar comida una vez que estuviera vestido y en posibilidad de encadenarse.

Cuando se llevó la mano al estómago en un vano intento por acallarlo, notó una rugosidad en su piel que al tacto le produjo un cierto escozor. Bajó la mirada y se encontró con una cicatriz que subía desde sus genitales hasta el esternón, evidencia de una cortada profunda y severa. Parecía relativamente reciente, pero ya comenzaba a sanar. Wulfric no podía entenderlo. No recordaba haber recibido ninguna herida, y aun si así hubiera sido, su cuerpo se rehacía por completo cada mañana después de que la bestia se iba.

¿Podría ser que le fallara la memoria? Ciertamente el recuerdo de la pesadilla que compartía todos los días con la bestia era confusa y neblinosa, más que de costumbre. Evocaba con bastante claridad haber matado a dos hombres, o al menos haber sido un testigo impotente mientras la bestia los asesinaba. La distinción no importaba: se sentía responsable de cada uno de esos asesinatos como si los hubiera cometido él mismo. No recordaba qué había sucedido con el tercero, pero sí a la chica corriendo hacia la bestia como nadie lo había hecho jamás, desafiándola, azotando sus espadas una contra la otra, incitándola a pelear.

Se cuestionó si aquello realmente había ocurrido o era una mentira fabricada durante su estado de ensoñación. Lo único que sabía de cierto era que a partir de esa escena todo estaba empañado, un remolino de imágenes distorsionadas y sensaciones mezcladas. Volvió a tocarse el vientre y recordó haber sentido un dolor agudo en ese lugar, mas no lo que lo había causado. En cambio recordaba —como siempre— la furia abrasadora y la sed de sangre en la conciencia de la bestia, y haber empleado toda su fuerza de voluntad en un intento desesperado por controlarla. Pero como se había probado tantas veces, todo esfuerzo para frenarla era inútil.

Sin embargo, en algún punto de aquella pesadillesca cacofonía, había ocurrido... algo. Una emoción que ahora le parecía más irreal y vaga que el resto, tan distante que no podía ubicarla. Pero en un momento la había experimentado más intensamente que todo lo demás y, por un breve instante, lo volvió inmune contra la furia y el odio de la bestia.

Era una sensación extrañamente conocida, y ahora luchaba para entender el porqué. Era...

Se sacudió ese pensamiento; no hacía más que confundirlo, y además no tenía importancia. Lo que sí importaba era que la chica estaba muerta. Nadie que hubiera entrado en contacto tan cercano con la bestia había sobrevivido; la única variable era la forma en la que cada uno moría. En unas ocasiones era de manera misericordiosamente rápida; en otras, la bestia era sádica y gustaba de hacer sufrir a sus víctimas. Wulfric esperaba que con la chica hubiera sido de la primera forma. Aunque era muy imprudente y demasiado segura de sí misma para un mundo tan peligroso como este, era noble y de buen corazón; a Wulfric le había resultado muy simpática. Volvió a despreciarse por no encontrar la fortaleza para salvarla. Ahora se sumaba al número de almas que arrastraría por el resto de sus días, un peso mucho más grande que el de la cadena.

La cadena. No podía perder más tiempo sin buscarla.

Las huellas de la bestia estampadas en la tierra le habrían bastado para encontrar el camino de vuelta al claro, pero había también un rastro de sangre muy negra lo mismo sobre las hojas del suelo que las de los arbustos. Wulfric tocó aquella sustancia para examinarla: un fluido viscoso y pestilente se estiraba entre sus dedos como una telaraña aceitosa.

Aunque nunca antes había visto la sangre de la bestia, conocía la sangre de otras abominaciones: no había manera de confundirla. Wulfric se preguntó cómo era posible que la hubieran herido; intentó recordarlo, pero fue inútil. Luego volvió a tocar su vientre y por fin dio con una explicación para aquella cicatriz. La herida, como sea que se la hubieran hecho, no sólo había afectado a la bestia. De alguna manera lo habían alcanzado también a él.

Eso le daba mucho que pensar. Caminó sin prestar atención a sus alrededores, llevándose la mano al cuello para sentir el área por donde había cruzado la espada que lo decapitó. Giró la cabeza de un lado a otro como para acomodarse los huesos. No había cicatriz ni señal alguna de la herida, pero esa parte de su cuerpo era la que más le dolía.

Indra intentaba avanzar a través de una zona de helechos particularmente crecidos. La noche anterior había corrido sin parar y sin reducir la velocidad por un par de kilómetros, hasta que su pánico empezó a ceder y ella se desplomó exhausta en la base de un árbol. Cayó dormida casi al instante. Al despertar se dio cuenta de que estaba completamente perdida. Odiaba la idea de volver al claro, después todo lo que había pasado allí, pero necesitaba recuperar sus armas. Se sentía desnuda sin ellas. Simplemente atravesar este bosque abandonado de la mano de Dios sería más fácil si tuviera las espadas para abrir un sendero. Suponía, sin embargo, que la abominación andaría cerca del claro, pues la había herido —aunque no lo·suficiente para matarla— y eso habría impedido que se alejara demasiado. No podía entender por qué aquel bicho gigante no la mató cuando tuvo la oportunidad, pero estaba segura de que no tendría la misma suerte una segunda vez. Si volvía a encontrársela, necesitaba estar armada y lista.

No, no es cuestión de «si», sino de «cuando», se corrigió a sí misma, pues nada de lo sucedido en aquel primer encuentro la había disuadido de su misión. Por el contrario, estaba más envalentonada que nunca. La bestia la había vencido, sí, pero ella no se encontraba en su mejor momento, lastimada luego de pelear con esos borrachos brutos. Las cosas serían distintas la próxima vez. La bestia ya estaba herida e Indra había aprendido mucho sobre ella. Sabía cómo se movía, su forma de atacar, sus puntos vulnerables y cómo hacerla sangrar. La próxima vez la suerte estaría de su lado.

Lo primero era recuperar sus armas... pero no tenía idea de cómo encontrarlas. El bosque parecía tan distinto a la luz del día y ella había huido del claro presa del pánico, por lo que ahora no sabía cómo volver. Había estado caminando por más de una hora y sospechaba que no estaba más cerca que al principio.

Se detuvo a recuperar el aliento, frustrada ante la falta de resultados. Lo que la hacía avanzar tan despacio, lo sabía, era su lesión. El dolor punzante de su hombro la había despertado, y al intentar mover el brazo recibió una descarga de dolor aún más aguda, como si un hierro caliente lo atravesara. Dolía más que la noche anterior. No cabía duda: estaba dislocado y tendría que acomodar el hueso si quería volver a usar ese brazo otra vez.

Sabía bien cómo realizar ese procedimiento: había aprendido viendo cómo se lo hacían a los iniciados lastimados en combate. Pero lo había estado posponiendo. Quienes habían pasado por eso le contaron que volver a poner el hombro de vuelta en su lugar era más doloroso que la lesión original, aunque en este momento a ella le costaba imaginar que pudiera sentir más dolor del que padecía. Ese pensamiento le había impedido hacer lo que era necesario, pero aquel dolor persistente que crecía cada vez más, al igual que su frustración de avanzar a través de la densa foresta con un solo brazo, se estaba volviendo insoportable. No podría posponerlo por más tiempo.

Encontró un árbol robusto y fuerte. En el campo de entrenamiento ella había visto que lo hacían contra un poste de madera, pero en sus circunstancias tendría que contentarse con eso. Se puso de pie frente al árbol, un poco de lado, y alineó el brazo inservible contra el tronco. Girando la cintura movió su hombro despacio, hacia atrás y luego hacia delante, hasta tocar suavemente la corteza del árbol; un ensayo para asegurarse de que haría buen contacto. Titubeó. ¿Qué tal si no recordaba bien cómo hacer esto? ¿Si ignoraba alguna pequeña sutileza y todo salía mal? En ese caso podría empeorar la lesión y dañar permanentemente su brazo.

Suspiró; sabía que no tenía alternativa. Buscó en el suelo un pedazo de rama, lo puso entre sus dientes y lo mordió con firmeza. Tras una pausa movió su hombro hacia atrás, luego lo estrelló contra el árbol. Al sentir el intenso dolor recorriendo su cuerpo, mordió la madera con tal fuerza que se astilló entre sus dientes.

Indra se tambaleó hacia atrás, escupió la rama rota y dejó escapar un grito que asustó a las aves de los árboles cercanos. Sus ojos se humedecieron cuando se inclinó hacia delante, respirando agitadamente y preguntándose si vomitaría. Pero las náuseas pasaron con rapidez. Mientras el dolor se desvanecía, Indra intentó doblar el brazo. Para su gran alivio pudo hacerlo casi de manera normal, sólo con una ligera molestia. Había funcionado. Arqueó la espalda y miró el cielo entre las copas de los árboles: se tomó unos segundos para saborear esa pequeña victoria y para escupir un par de astillas que seguían en su lengua.

¿Y ahora qué? Giró para observar el bosque que la rodeaba. Seguía tan perdida como antes y cualquier dirección parecía igual a las demás.

Escuchó un crujido tras ella y de un brinco se puso en guardia. La maleza estaba en total quietud. Primero pensó que sería la abominación, pero estaba convencida de que una bestia de ese tamaño y peso no podría acecharla en un terreno como este sin que ella lo notara. Sólo que no era el único depredador en ese bosque profundo. No iba a sentirse segura nuevamente hasta que tuviera sus armas con ella. A como iban las cosas, se haría de noche antes que...

Escuchó otro ruido, esta vez proveniente de arriba, y levantó la vista. Se trataba de Venator, que se había posado en una rama. Aleteó contra la luz del sol e Indra sonrió por primera vez en días. No recordaba la última vez que vio algo tan lindo. Levantó su antebrazo con entusiasmo y llamó a Venator.

El halcón despegó de la rama, pero voló por encima de ella y se posó en otro árbol cercano. Miró a su ama y lanzó un graznido que ella conocía bien. El ave quería que la siguiera. Ella podía perderse en el bosque, pero a Venator jamás le sucedería lo mismo. Conocía bien el camino de regreso al claro.

El halcón abrió sus alas y emprendió el vuelo por entre las copas de los árboles. Con paso renovado y lleno de energía, Indra comenzó a seguirlo.

Wulfric llegó al claro luego de seguir por casi un kilómetro el sendero de sangre y follaje aplastado. Daba la impresión que la bestia no se había alejado mucho antes de sucumbir al sueño que la desaparecería del mundo por otro día. Tal vez la herida la había detenido, pensó Wulfric antes de volver a preguntarse quién o qué le podía haber causado aquella lesión. En quince años de horrores nocturnos, Wulfric había visto a la bestia destrozar a incontables hombres y mujeres. Algunos morían resignados mientras que otros intentaban —inútilmente— defenderse. Unos más incluso tenían armas, pero Wulfric no podía recordar ni una vez en que la bestia hubiera sufrido un solo rasguño. Con el tiempo había comenzado a cuestionarse si aquel monstruo podía ser herido. La experiencia de los años lo había llevado a concluir que era invulnerable; no obstante, mientras seguía aquel camino de sangre tuvo motivos para pensar, por primera vez, que no era así. Lo que ello podía significar para la bestia y para él...

Alejó esas ideas de su cabeza: no tenía tiempo para fantasías. Estaba acostumbrado a preocuparse exclusivamente por lo que podía suceder de un ocaso al otro. El único pensamiento de cada día era asegurarse de que la bestia estuviera amarrada para que no lastimara a nadie. Y para eso necesitaba la cadena.

En el claro, los manchones de sangre seca sobre el pasto en donde la noche anterior habían caído los cuerpos eran un triste recordatorio, no sólo de las víctimas de la bestia, sino de las vidas que Wulfric había tomado, conscientemente, por su propia mano. Un juramento solemne que había roto tras quince años. Pero también alejó esta idea de su mente. La cadena. La cadena era lo único que importaba.

Suspiró aliviado. Allí estaba, enredada cerca de las cenizas de la fogata de la noche anterior, justo donde la había dejado. Se dirigió a ella con un trote entusiasta y se hincó para examinarla cuidadosamente; volvió a sentir alivio al comprobar que seguía intacta. Y ahora, resuelta ya la preocupación más importante, se permitió al fin pensar en el hecho de que aún estaba desnudo de los pies a la cabeza, cubierto solamente por los negros residuos de la bestia.

Se puso de pie para buscar su túnica pero no la vio por ningún lado. Tampoco estaban, se dio cuenta justo entonces, la mayoría de los cuerpos de los hombres que murieron ayer en ese mismo lugar. Vio uno, el del tipo que había amenazado a la chica. Se había desangrado por una herida de espada que lo atravesaba de lado a lado en pleno centro del pecho. Un poco más allá, lo que quedaba del bandido con cuerpo de barril se encontraba cortado a la mitad, las entrañas saliendo de cada una de las dos partes: un festín para las aves carroñeras que pronto bajarían de los árboles a alimentarse. Pero no había señal de los otros. Caminó un poco y notó en la tierra unas marcas como de arrastre que comenzaban en los charcos de sangre y se dirigían a los árboles. Alguien se había llevado los cuerpos hacia aquella dirección. No podía imaginar el motivo, pero ahora sabía en dónde buscar su túnica.

Siguió aquel rastro hasta donde empezaban los árboles y algunos metros más allá, en donde encontró el resto de los cadáveres aventados entre los arbustos. Supuso que su propio cuerpo también había sido arrastrado al mismo lugar y comenzó a buscar su túnica, mirando las caras de los muertos mientras inspeccionaba el lugar. Pudo diferenciar a los que él había matado de los que había matado la chica, y recordó la impresión que le produjo su destreza durante la batalla. Quizá sus propios prejuicios lo habían llevado a no esperar mucho de una simple jovencita, a pesar de la forma en la que hablaba y se comportaba. Pero había mostrado gran valentía para pelear y no menos habilidad. Era ligera, veloz y certera; más que nada, tenía un instinto natural para matar, muy parecido al de Wulfric antes de que hubiera renunciado a la espada.

No había indicios de su cuerpo en el claro ni tampoco entre los árboles, sólo sus espadas gemelas tiradas en el suelo. Probablemente la bestia la había devorado completa. Aquel pensamiento le causó mucha pena. Saber que era una iniciada de la Orden y que había elegido libremente cazar a la bestia no aminoraba aquel dolor. Trató de recordar su nombre —estaba seguro de que se lo había dicho— y se odió a sí mismo por no poder hacerlo. No sabía por qué, pero tenía la certeza de que ella no se merecía ser sólo una más de las víctimas sin nombre de la bestia, sus víctimas.

Encontró su túnica sobre la hierba. La levantó y la sacudió para quitarle la tierra y la hojarasca; se sentía húmeda, pues había pasado toda la noche sobre el suelo mojado, pero ya se secaría. El problema en realidad era que, al examinarla, Wulfric vio que estaba hecha jirones. Tenía una rasgadura en un lado; sin duda la bestia se la había causado al emerger del cuerpo descabezado de Wulfric mientras la tenía puesta. Podría remendarla, pero eso implicaría ir a otro pueblo o aldea a pedir otro favor. Por ahora tendría que usarla como estaba. Se la echó encima y caminó entre los árboles para volver al claro y empezar la difícil tarea de enredar la cadena en su cuerpo.

Se agachó junto al montón de metal y comenzó a desenrollarlo cuando escuchó que una rama se rompía. Se giró en la dirección del ruido. A una corta distancia, en la orilla del claro, estaba la chica que recién había salido de entre los árboles. Con sólo verla, Wulfric recordó al instante su nombre: Indra.

Ella no habló, ni hizo el menor movimiento. Nada más se quedó allí, completamente estática, mirándolo como se mira a un fantasma.

Veintiuno

Por varios minutos sólo se escuchó el sonido de una suave brisa susurrando entre las copas de los árboles. Wulfric estaba sorprendido de ver a Indra, y al parecer el sentimiento era recíproco. ¿Cómo había sobrevivido a la bestia? No era capaz de imaginar un escenario en el que aquello fuera posible. No podía haberla derrotado ni escapado de sus garras; nadie lo había logrado jamás.

Wulfric se incorporó lentamente y eso impulsó a Indra para moverse del lugar donde casi echaba raíces. Brincó hacia su izquierda, donde una de sus espadas yacía sobre la hierba, la tomó con agilidad y la sostuvo defensivamente hacia Wulfric, a pesar de que estaba desarmado y a unos diez metros de ella.

Él levantó sus palmas para apaciguarla e indicarle que no era una amenaza, pero Indra no parecía estar muy convencida. Al observarla con más cuidado notó que el brazo con el que sostenía la espada le temblaba. Tuvo que pasar otro momento para que ella tragara saliva y rompiera el silencio entre ambos.

—¿Cómo es que estás vivo?

Wulfric titubeó sin saber qué decir. Recordó que la chica había presenciado su decapitación. Entre todo el caos de aquella noche, se había olvidado de ese pequeño detalle. Ahora entendía por qué lo miraba de esa manera. Para Indra él era un fantasma, un muerto que de alguna manera caminaba sobre la Tierra. Aquello requería una explicación y no tenía ninguna que ofrecerle.

—¿Por qué no tendría que estarlo? —dijo, fingiendo confusión.

Molesta, Indra sacudió su espada.

—¡Te mataron anoche! ¡Lo vi con mis propios ojos!

Wulfric hizo una mueca exagerada que simulaba encontrar aquella afirmación hilarante.

—Tal vez tus ojos te engañan. Si me hubieran matado, seguramente lo recordaría.

El engaño era su única carta bajo la manga. La chica daba la impresión de ser una persona sensata; tal vez podría persuadirla de que lo que veía ahora era más confiable que su memoria de la noche anterior, dado que la alternativa desafiaba toda lógica y razón.

—¡Yo sé lo que vi! —gritó Indra—. Sucedió a menos de dos metros de donde yo me encontraba. Vi cómo te cortaron la cabeza y cómo uno de ellos arrastró tu cuerpo hasta los árboles de allá. *¿Cómo es que estás vivo?*

Wulfric no tuvo otra alternativa más que seguir adelante con la farsa.

—Toda la evidencia está en contra de lo que dices, pues aquí estoy, de pie —dijo tranquilamente—. En el caos y la confusión de la batalla se puede perder la perspectiva de los hechos. Lo que vimos no siempre es lo que pensamos que vimos. —Wulfric vio la plasta de sangre seca en el cabello de Indra y aprovechó la oportunidad para apuntalar su mentira—. ¿De casualidad sufriste un golpe en la cabeza anoche?

Eso hizo que Indra reflexionara por unos segundos. Por primera vez despegó sus ojos de Wulfric y miró a lo lejos. Quizá se cuestionaba a sí misma. Él detectó esa leve seguridad y prosiguió.

—¿Cuál es la explicación más racional: que me hayan matado y que milagrosamente me haya levantado de entre los muertos, o que estés confundida?

Sus ojos regresaron a Wulfric, salpicados con una pizca de duda.

—Muy bien —respondió ella—. Tú dime entonces qué pasó.

—Según recuerdo, yo también recibí un golpe en la cabeza —dijo inventando la historia a medida que hablaba—. Me dirigía a ayudarte, pero me pegaron por la espalda y todo se volvió negro. Es lo último que recuerdo. Luego me desperté allí, entre los árboles, rodeado de cadáveres. Por cierto, eres muy talentosa con la espada. En verdad quedé muy impresionado. —Si algo había aprendido Wulfric en su otra vida era que la adulación era una táctica muy útil al discutir con una mujer.

Indra bajó la punta de su espada de la altura del pecho a la cintura; todavía en guardia, pero no tanto como antes. Wulfric la vio esforzarse por reconciliar lo que sus sentidos y su memoria le decían, ambos claros pero antagónicos. A él le dolía verla usar su propia razón en su contra, pero no podía decirle la verdad. Por el bien de ambos, necesitaba que se creyera aquella mentira para poder deshacerse de ella.

—Me alegra ver que estás viva —dijo. Apenas era la segunda verdad de esa mañana—. Pero te tomará algún tiempo reponerte de lo que pasó ayer. No sólo físicamente. Lo he visto muchas veces. La niebla de la guerra juega trucos con nuestras emociones y con nuestra memoria, pero con el tiempo tu mente se aclarará y recordarás las cosas como son.

Todavía inquieta, Indra trató de calmarse.

—Recuerdo con claridad a la abominación —dijo—. Y tengo las cicatrices para probarlo. Tienes suerte de que no te hiciera jirones, como a los demás.

Wulfric se dio cuenta de que ahora tenía la oportunidad de obtener respuestas, pero debía ser muy cuidadoso.

—¿Anduvo por aquí una abominación? —preguntó fingiendo incredulidad lo mejor que pudo.

Indra asintió.

—Es la que he estado cazando. Salió de entre los árboles y mató a dos de esos hombres —dijo, apuntando con el dedo—. Mira allá y encontrarás lo que queda de ellos.

—¿Y tú qué hiciste? —preguntó Wulfric. Sabía parte de la historia, por supuesto: la chica se había acercado de forma imprudente a la bestia y la había retado a pelear. Pero necesitaba saber, desesperadamente, el resto de la historia. ¿Cómo es que había logrado sobrevivir? Para él, verla viva desafiaba cualquier explicación racional, al igual que ver a Wulfric vivo lo hacía para ella.

—Me enfrenté al monstruo —respondió—. Casi me mata, pero lo herí y huyó de vuelta al bosque.

Esta vez no hubo necesidad de que Wulfric fingiera incredulidad. Se le notaba en la cara e Indra lo vio.

—¿Qué? —preguntó indignada.

—Perdón, pero nunca escuché de alguien que sobreviviera un encuentro así —dijo.

—Te olvidas que yo no soy cualquiera. Soy una iniciada de la Orden y estoy entrenada para combatir y matar abominaciones.

Era verdad que podía pelear y lo hacía muy bien, Wulfric lo había visto por sí mismo. De cualquier forma, el que ella hubiera sobrevivido a una bestia como esa, a la que Wulfric había visto matar a tantas personas, era imposible. Dio un paso adelante, clavándole la vista.

—¿Qué pasó en realidad? ¿Cómo te escapaste? Dime la verdad, niña.

Su tono, profundamente serio, tal vez traicionaba el propio interés de Wulfric en saber sobre el tema, pero Indra no dio señales de notarlo. Lo único que había escuchado era el insulto y, para ella, nada podía ser peor. Sus fosas nasales se abrieron y avanzó una zancada hacia Wulfric.

—¿*Escapar*? ¿Tú crees que yo huí de la bestia? ¡Cómo te atreves! ¿Crees que soy una cobarde?

—Creo que no estás diciendo toda la verdad. No es posible que hayas luchado contra una abominación y hayas sobrevivido.

—¿Ahora resulta que eres un experto en el tema? —replicó Indra. Y como no podía decirle la verdad, Wulfric no supo qué responder. No conforme con haberlo dejado callado, Indra estaba resuelta a probarse a sí misma. Levantó el lado derecho de su jubón, dejando a la vista sus costillas desnudas. Su carne estaba penosamente magullada; ostentaba una horrible mancha púrpura y marrón—. Mira, ¡aquí es donde me embistió y casi me rompe las costillas!

—Eso te lo pudiste hacer peleando contra cualquiera de los bravucones —dijo Wulfric, y sólo consiguió hacer que Indra se sintiera más decidida. Examinó el suelo a su alrededor. Cuando encontró lo que buscaba se agachó para recogerlo.

—¡Aquí está! Esa cosa apresó mi muñeca con su asquerosa lengua. —Le mostró a Wulfric el guantelete de cuero abrasado que aún olía a sulfuro—. Si de veras sabes tanto sobre abominaciones como dices, entonces sabrás que su baba es como ácido. Tuve que arrancarme esto antes de que me quemara la piel.

Indra dejó que Wulfric estudiara el guantelete arruinado y se giró de nuevo, buscando algo más. La vio a unos metros y corrió por ella.

—¡Aquí! —Se inclinó para recoger aquella cosa del suelo y Wulfric vio que se trataba de su otra espada, manchada con una sustancia espesa y aceitosa que reconoció como la sangre de la bestia. Indra levantó la hoja para que él pudiera verla—. ¡La sangre negra de una abominación! ¿Percibes el olor a azufre? No hay forma de confundirlo. ¡Y mira allá, el rastro que dejó al huir sangrando por la herida que yo le provoqué!

Wulfric no necesitaba mirar; era el mismo rastro que lo había conducido de vuelta al claro. De hecho, aceptó por fin que ella estaba diciendo la verdad. Que había luchado contra la bestia y sobrevivido y, más que eso, que la había herido. Lo había herido a él.

—¿Por qué me miras así? —preguntó Indra, sin duda inquieta por la expresión perpleja de Wulfric, cuya mente se aceleraba con las repercusiones de algo que había considerado imposible hasta entonces. Y con esa incipiente idea, por primera vez en tantos años, surgió un destello de esperanza, tan débil que no se atrevía a alimentarlo, pero aun así lo hizo porque la posibilidad que prometía era demasiado seductora para resistirse. *Paz. Libertad.* Dos cosas tan distantes, tan antiguas que apenas las recordaba, pues hacía mucho tiempo que se había resignado a no recuperarlas jamás.

Pero ahora... ¿Y si fuese posible? ¿Y si él pudiera...?

—¿Hola?

La voz de Indra sacó a Wulfric de su ensoñación.

—Lo siento —dijo, regresando a la realidad—. ¿Qué?

—Me estabas mirando de una forma muy extraña —respondió ella, observándolo cautelosamente. Wulfric notó que sujetaba con más fuerza la empuñadura de la espada manchada con la sangre de la bestia. La sangre de él.

—Tú heriste a la abominación —dijo en un tono bajo, como si la verdad fuera tan frágil que temiera decirla más alto—. Tú la hiciste sangrar.

Indra se relajó un poco.

—Me alegra que estemos de acuerdo en eso. No me gusta que me llamen mentirosa o, peor aún, cobarde. —Limpió la sangre de la hoja con un trapo que sacó de su bolsillo y enfundó ambas espadas en las vainas cruzadas sobre su espalda.

Wulfric tenía muchas ganas de creer, pero no quería hacerse ilusiones. No aceptaría más que certezas.

—¿Dónde exactamente cortaste a la bestia? —preguntó.

—Me embistió para pisotearme —contestó Indra—. Yo me deslicé por debajo y levanté mi espada, así que cuando pasó por encima de mí le corté el vientre.

Indra imitó de forma dramática el movimiento. La mano de Wulfric se movió instintivamente hacia su propio estómago, a la extensa cicatriz bajo la túnica. Todavía no estaba seguro si aquello significaba lo que él creía, pero…

Necesitaba a esta chica.

—Yo te recomendaría que no te quedaras aquí —continuó Indra, vigilando los árboles—. Herida como está, la bestia no habrá llegado muy lejos y es probable que todavía ande cerca. Regresa al pueblo. Estarás más seguro allá.

—¿Y tú? —dijo Wulfric. Apenas hacía un momento no podía esperar a que la chica se fuera y ahora, más que nada en el mundo, necesitaba que se quedara. Todas sus esperanzas dependían de ello.

—Yo espero terminar lo que empecé. Regresaré a casa cuando mate a la bestia, no antes. Pero tú debes irte. Te deseo lo mejor.

Se dio la vuelta y se dirigió a los árboles, dejando a Wulfric con sus pensamientos. No, eso no era suficiente. Sí, la chica tenía habilidades, pero su victoria a medias seguramente había sido un golpe de suerte y no era probable que se repitiera. Necesitaba que en el próximo encuentro las probabilidades favorecieran a Indra. No le encantaba lo que tendría que hacer, mas no podía pensar en una mejor opción.

—¡Espera!

Ella se detuvo y se volvió con el ceño fruncido al descubrir a Wulfric siguiéndola.

—Dije que debes volver a...

—¿Es prudente ir a buscar a la bestia tan pronto? —dijo Wulfric en un tono admonitorio.

La expresión de Indra sugirió que no apreciaba que se cuestionaran sus tácticas.

—Ir ahora es mejor que darle tiempo a que descanse y sane sus heridas. Tendré una mayor oportunidad si voy tras su rastro mientras sigue herida.

Wulfric no podía decirle, no todavía, que ponerse a buscar a la bestia durante el día sería inútil, pues el rastro de sangre no la llevaría a ninguna parte en tanto que la bestia que buscaba durmiera invisible dentro de él. Tampoco podía decirle que para cuando emergiera esa noche su herida con seguridad habría desaparecido, ya que volvía a renacer cada noche, entera y con renovadas fuerzas. Necesitaría otra excusa para detener a la chica, al menos por el momento. Tendría que hacerlo con mucho tacto; parecía que el mejor recurso sería decir la verdad.

—¿Y qué hay de tus heridas? —dijo—. Tus costillas lastimadas te harán más lenta en la batalla, y no podrás pelear correctamente hasta que hayas recuperado la movilidad del hombro que te dislocaste. —Lo señaló con el dedo—. Hiciste un buen trabajo acomodándolo en su lugar, pero no estarás recuperada por completo al menos durante un día más.

La mano de Indra se posó en su hombro. El defecto en su movimiento era apenas perceptible, y sin embargo Wulfric había notado que ella tuvo una ligera dificultad extendiendo su brazo sobre su espalda para meter la espada en su funda.

—No puedo darme el lujo de perder un día —dijo.

—Unas pocas horas entonces —agregó él—. Quédate un rato y permíteme darte las gracias.

—¿Por qué?

—Quiero disculparme por mi forma grosera de tratarte ayer cuando querías compartir el fuego. Deseo también agradecer tu generosidad en el cruce de caminos. Y si yo estaba inconsciente cuando llegó la bestia, entonces seguramente salvaste mi vida haciendo que huyera.

—Ése es mi trabajo. No necesito que nadie me agradezca por hacerlo.

—Mi honor me exige agradecerte —dijo Wulfric—. Por favor, ten piedad de este viejo y hazle un poco de compañía.

A Indra le pareció extraño que dijera eso. No se veía tan viejo, aunque era difícil apreciarlo tras la barba apelmazada y la mugre embadurnada sobre su rostro. En realidad, todo lo relacionado con él era extraño: este hombre harapiento que hablaba de honor y blandía la espada más hábilmente que su propio padre, un maestro guerrero. Este mendigo que parecía saber tanto sobre tantos temas y que cargaba una pesada cadena de hierro por razones que ella no entendía. No había nada sobre él que no la intrigara o la desconcertara de alguna manera.

Además tenía razón en lo que decía sobre su hombro. Aún no estaba arreglado por completo y no tenía la suficiente libertad de movimiento para enfrentarse nuevamente a la bestia. Lanzó un suspiro de resignación.

—Una hora, no más. Pero con una condición.

Wulfric sonrió e Indra se dio cuenta de que era la primera vez que lo veía hacerlo.

—Pide lo que quieras —concedió.

Ella posó su mirada sobre la pesada espiral de hierro en el suelo, detrás de Wulfric.

—Tienes que contarme por qué llevas esa cadena a todas partes —dijo, curiosa sobre cómo reaccionaría ante esa petición. La última vez que hizo la misma pregunta él se molestó repentinamente y le pidió que se marchara.

Wulfric titubeó por un momento antes de asentir. Le hizo una seña para que se sentara y comenzó a recoger madera para encender un fuego. Indra lo miró ir y venir, aparentemente sumido en sus propios pensamientos. ¿En qué estaría pensando?

Wulfric cavilaba sobre cómo iba a decirle la verdad. Dado que ella había preguntado por la cadena, tal vez ése sería un buen lugar para el inicio de su narración. ¿O sería mejor ir hasta el principio, a la historia de quién había sido en su otra vida y cómo se había convertido en esta tortuosa sombra de sí mismo? Cualquiera que fuera su relato, tenía que contarlo con mucho cuidado si es que quería que ella accediera a ayudarlo.

Más que cualquier otra cosa, él albergaba una esperanza, aunque sabía que era peligroso hacerlo. Había muchas formas en las que su plan podía fallar. Volver a tener esperanzas después de haberlas perdido durante tanto tiempo… Pero no podía dejar de pensar en eso. La cicatriz en su vientre parecía quemarle y su pulso se aceleraba con emoción.

Si la bestia puede sangrar, entonces puede morir. Y yo también.

Veintidós

Compartieron las labores para la preparación de la comida: Indra quitó la piel y limpió el conejo que Venator dejó caer a sus pies tras una breve cacería, y Wulfric lo asó sobre la fogata que había encendido. Comieron en silencio; Indra esperó pacientemente a que Wulfric le contara sobre la cadena, pero la comida avanzaba y él no mostraba señales de que fuera a hacerlo. Daba la impresión de estar perdido en sus pensamientos —al igual que la noche anterior—, distraído y con la mirada fija en el fuego mientras masticaba. Indra estaba indecisa sobre presionarlo; había visto lo suficiente para entender que la cadena tenía un significado muy personal para él, pero no se iría de allí hasta obtener una respuesta a aquel acertijo.

—Me acabo de dar cuenta de algo —dijo ella, casualmente, mientras chupaba la grasa tibia de sus dedos—. Nunca me dijiste tu nombre.

Wulfric levantó la vista del fuego para descubrir a Indra contemplándolo con expectación. Se trataba de una pregunta bastante inocua, después de todo, pero le fue imposible convocar aquella palabra a sus labios. Habían pasado quince años desde que lo pronunció por última vez, en parte porque ya no pensaba en sí mismo como una persona. Ahora era otra cosa, algo indigno del nombre que su madre y su padre le habían dado. Evocar su nombre le recordó todo lo perdido, todo lo que la bestia que llevaba dentro había destruido. ¿El decirlo en voz alta lo haría revivir intensamente el dolor de esas memorias?

Tal vez, pero ¿tenía otra opción? Con el tiempo tendría que contarle a la chica más cosas, muchas más que sólo su nombre.

Si quería tener éxito con su plan, tendría que contarle toda la verdad. Mientras comía el conejo que el halcón de la chica había capturado se preguntaba por dónde empezar su historia, y ahora caía en cuenta de que quizá lo mejor era lo más simple: empezar con el nombre del hombre que una vez fue.

—Wulfric —contestó al fin. Respiró profundamente y lanzó un hueso al fuego. Era extraño decir su nombre, pero no resultó tan doloroso como temía. La chica reaccionó como si el nombre le resultara extraño, pero Wulfric no le puso mucha atención.

—¿Y cómo terminaste viviendo de esta manera? —preguntó Indra, esperando que le contara no sólo la historia de la cadena que cargaba sino también su historia personal. Todo sobre él resultaba un enigma. Era más erudito y educado que cualquier vagabundo que ella hubiera visto en su vida. Si no fuera por su apariencia, Indra hubiera pensado que era un noble. Quizás era un noble venido a menos por alguna razón, supuso Indra. Aun ahora, en aquel miserable estado, el hombre tenía más gracia que la mayoría de los nobles que conocía, su padre incluido.

Wulfric suspiró, tiró lo que quedaba del esqueleto del conejo y la miró directamente. Indra sabía leer a la gente y lo que veía ahora, para su propia satisfacción, era un hombre resignado, aunque reacio, a contarle su historia. Al fin. Ansiosa, se inclinó hacia él.

—Una vez, hace mucho tiempo, yo fui un soldado —comenzó— al servicio del rey Alfred. Yo... —Wulfric vaciló sin saber cómo seguir. O tal vez estaba renuente a hacerlo. Indra no podía saber qué pasaba por su mente. Él devolvió la vista al fuego y se ensimismó nuevamente: un profundo conflicto se agitaba en su interior. De pronto, se puso de pie de manera tan ágil que Indra se sorprendió, y comenzó a ir de un lado para el otro, con la cabeza inclinada, meditabundo. La enfrentó—. Lo siento —dijo con una expresión de genuino arrepentimiento—. Esto es más difícil de lo que imaginé.

Ella vio que había algo más que contrición en su mirada. Había vergüenza. Se puso de pie.

—Lo que sea que hayas hecho —le dijo—, no soy quién para juzgarte.

246

Wulfric gruñó e hizo un gesto que podría haberse tomado como una sonrisa a medias debajo de aquella barba enredada y sucia.

—Es fácil prometer eso antes de escuchar la confesión —sentenció.

—Déjame que la escuche entonces. —Ella se acercó a él y compasivamente puso una mano sobre su brazo. Gimió ante el intenso dolor que sintió en su hombro herido.

—Todavía te duele —dijo Wulfric, aprovechando la oportunidad de hablar de otra cosa, de cualquier otra cosa.

Indra se tocó el hombro con la otra mano.

—No es nada —agregó, sin poder disfrazar la incomodidad. Wulfric la tomó por el brazo.

—A ver, deja que te muestre.

El instinto de Indra, al ser agarrada por cualquier hombre, hubiera sido zafarse y tal vez romperle el brazo al tipo antes de alejarse, pero, por razones que no comprendía, no lo hizo en esta ocasión. Se quedó inmóvil, sumisa ante la intensidad de la mirada de Wulfric.

—Prometiste contarme —le recordó ella con la voz entrecortada.

—Ya habrá tiempo para historias después. Ahora quita la mano.

Ella titubeó, así que Wulfric le tomó la mano y la retiró de su hombro; a continuación posó sobre ella su propia mano, pero sin lastimarla.

—Estate quieta —le dijo mientras le apretaba el hombro, palpando cada músculo y tendón—. Mmm —murmuró, asintiendo con la cabeza. La soltó y se hizo hacia atrás, separó un poco las piernas, pasó un brazo sobre su propio hombro y luego levantó el otro brazo por detrás de su espalda para tomar la muñeca del primero. Desconcertada y divertida, Indra observó cómo Wulfric se contorsionaba.

—Así —le dijo. Sólo entonces Indra se dio cuenta de que la invitaba a imitarlo. Lo obedeció, cohibida, y Wulfric asintió satisfecho. Gritó de dolor: la sensación era mucho más intensa que cuando se lo había acomodado, y hubiera renunciado de no ser porque Wulfric se acercó a ella y la ayudó a colocar el brazo en la posición correcta.

—¿Estás seguro de que sabes lo que haces? —exclamó Indra, haciendo gestos de dolor—. ¡Me duele más que antes!

—¿Qué prefieres: un poco de dolor ahora, o un brazo débil que no pueda sostener la espada después? —le dijo Wulfric—. Confía en mí. —A pesar de que su hombro le quemaba, ella le permitió guiar su brazo más atrás para que su otra mano pudiera alcanzarlo y sujetarlo por la muñeca. Una vez que lo logró, Wulfric se retiró—. Bien. Ahora tira hacia abajo despacio, lo más que puedas, diez veces.

Ella obedeció, tratando de ignorar el dolor y la certeza de que se veía tan ridícula como Wulfric cuando le había mostrado la posición. Al terminar, soltó su muñeca y jadeó aliviada de poder llevar su brazo al costado.

—¿Cómo se siente ahora? —preguntó Wulfric.

Indra flexionó el brazo y giró el hombro, sorprendida al descubrir que la molestia, aunque persistente, era apenas una débil sombra de lo que había sentido antes del ejercicio.

—Mejor —contestó maravillada—. Mucho mejor.

Wulfric asintió, dedicándole a Indra lo más parecido a una sonrisa que podía producir.

—Repite ese ejercicio cada hora y para la noche ya no tendrás dolor. Tu brazo estará como nuevo... —Se detuvo, súbitamente consciente de que la expresión de agradable sorpresa en el rostro de Indra había mutado en algo que se parecía más al espanto. Ya no lo miraba a los ojos, sino más abajo, al centro de su cuerpo.

—Ayer no tenías esa cicatriz —dijo.

Wulfric miró hacia abajo: en el momento en que se había estirado para ajustar el brazo de Indra, su túnica se había abierto un poco por la rasgadura en el costado. Aún estaba sujeta por el lazo en la cintura, pero su torso había quedado expuesto. A pesar de que su carne era de un color gris pálido debido a la ceniza adherida, la cicatriz oscura que corría desde abajo de su cintura, pasando por el centro de su estómago y hasta sus costillas, era claramente visible. Abrió la boca para hablar, sin saber lo que diría, pero Indra lo interrumpió.

—Anoche cuando comimos te ajustaste la túnica y vi que tenías muchas cicatrices, pero no ésa. Tampoco te la hicieron ayer en la batalla. —Sus ojos se empequeñecieron—. ¿Y qué es… *eso?*

Avanzó unos pasos para ver mejor. Entre la oscuridad y la luz del fuego, la marca oscura en el centro de su pecho no había resultado claramente visible la noche anterior, pero a plena luz del día no podía ser más notoria. Era como si le hubieran tatuado un emblema en la piel, una marca de ganado humano con la inconfundible figura de… se acercó para mirar cuidadosamente… de un *escarabajo.*

Casi tropezándose y con los ojos desorbitados, Indra dio un brinco hacia atrás, retirándose repentinamente. Desenvainó una de sus espadas y la sostuvo frente a Wulfric. Mientras ella lo miraba aterrorizada, él pudo ver cómo la chica iba comprendiéndolo todo.

—La marca de la bestia está en ti —dijo entre dientes—. Al igual que su pestilencia. Pensé que el sulfuro que olía venía de la espada con la que la herí… ¡pero ese olor sale de ti!

Wulfric jaló su túnica y se acomodó el lazo. Se sintió casi aliviado, contento de que la chica hubiera llegado a la verdad a través de su propia deducción. Eso era mejor que encontrar una forma para decírselo él mismo. Ahora el reto era mantenerla tranquila, tratar de que fuera sensata y no hiciera algo precipitado, lo que parecía estar a punto de hacer.

—Deberías bajar esa espada —le indicó con calma. Con mucho cuidado, y mostrando las palmas, dio un paso hacia ella—. No voy a lastimarte.

—No te acerques más. ¡Te lo advierto! —gritó ella—. ¡O seré yo la que te haga daño!

—¿Y qué te propones hacerme? —preguntó Wulfric secamente—. ¿Cortarme la cabeza? Como ya lo has visto, se necesita algo más que eso.

El rostro de Indra hervía; su pecho se levantaba, agitado con su respiración mientras luchaba por controlar la sensación de alarma que le crecía por dentro, alarma que, de no ser controlada, se transformaría rápidamente en un pánico debilitador. Se concentró en aplastar esa sensación: debía hacer lo que fuera para no sucumbir al miedo. Hizo acopio de la emoción más auténtica que tenía y de la cual podía extraer fortaleza cuando más la necesitaba: la ira. Escupió en el suelo y miró fieramente a Wulfric.

—Debí haberlo sabido, debí haber confiado en mis propios sentidos, en mi memoria, que nunca me han fallado. Pero eres muy convincente, ¿verdad? ¡Un experto mentiroso, tal y como cuenta la leyenda!

Desconcertado, Wulfric arrugó la frente.

—Oh, sí —prosiguió Indra—, he escuchado las historias que cuentan en la Orden sobre una abominación distinta a todas las demás, una que toma forma de humano durante el día y muestra su verdadero ser en la noche. Una bestia que miente y engaña para esconderse entre los hombres y asesinarlos cuando menos se lo esperan. Siempre pensé que era un mito, un cuento para asustar a los iniciados, pero ahora veo que es la verdad. ¿Cuál es tu plan? ¿Entretenerme aquí lo suficiente para que me puedas matar después del anochecer? ¡Dime la verdad, bestia, si es que puedes!

Durante unos segundos, Wulfric permaneció contemplando a Indra en silencio, atrapado en sus ojos de acero. Luego, para sorpresa de ambos, se soltó a reír. Era apenas una risita, pero sirvió para exacerbar la ira de Indra. Dio un paso hacia él con el brazo de su espada estirado y amenazante.

—Búrlate de mí bajo tu propio riesgo —amenazó Indra.

Wulfric vio que su explosión de risa involuntaria sólo había empeorado la situación, así que se contuvo. Su atención regresó a la punta de la espada de Indra que ahora se encontraba a unos veinte centímetros de su nariz.

—No quise ofenderte —dijo él—. Pero a menos que quieras que te ofenda más, te sugiero que quites esa espada de mi cara.

Su tono habría hecho que cualquier hombre inferior soltara su espada y huyera, pero Indra no se acobardó. Por el contrario, su brazo se tensó aún más.

—Con razón sabías tanto sobre las abominaciones y sobre la Orden. ¿A cuántos hermanos de armas habrás matado? ¿A cuántos hombres, mujeres y niños inocentes? ¡Ah, tu cabeza será un gran trofeo! Tú…

Lo que sucedió a continuación fue demasiado rápido como para que Indra se percatara por completo. Sus ojos apenas percibieron un movimiento súbito de Wulfric, y casi de manera instantánea sintió algo duro como un garrote azotándose contra su brazo que sostenía la espada. Aulló y apretó su muñeca, que ahora resonaba con un dolor tan intenso que temía se hubiera roto.

Saltó hacia atrás por instinto, lejos de Wulfric. La espada que sostenía en su mano apenas hacía un segundo ahora estaba en la de él. Con rapidez sacó su otra espada y se puso en guardia. Por un instante los dos permanecieron así, a dos espadas de distancia, ella lista para defenderse de un ataque.

—Eres buena, niña, pero no *tan* buena —dijo Wulfric con un tono de cansancio en su voz—. Si quisiera matarte no necesitaría convertirme en bestia para hacerlo.

Bajó la espada y la lanzó hacia ella: la punta de la hoja se clavó en el suelo frente a los pies de Indra. Ella la arrancó y se dio cuenta de que el dolor en su muñeca se desvanecía. Wulfric ahora estaba desarmado, tras haber regresado la espada con la misma facilidad con que la había tomado.

—Te dolerá el brazo por un rato, pero no estás lastimada —agregó—. Te lo repito: no tengo deseo alguno de hacerte daño.

—Es otro truco —contestó Indra desafiante—. ¡Otra mentira!

Wulfric sacudió su cabeza.

—Juro que nunca había encontrado a una persona que fuera dueña de tanta inteligencia como tú y se rehusara con tal vehemencia a usarla. ¡Piensa, niña! Si quisiera matarte, ¿te habría ayudado a curar tu hombro? ¿O hubiera tratado de que te alejaras de mi fogata la primera noche? ¿O hubiera peleado junto a ti contra esos rufianes?

Un destello de duda traicionó los ojos de Indra.

—Tal vez no como un ser humano, pero en la forma de bestia tu intención de matarme anoche era más que clara.

Wulfric asintió.

—Cierto, pero no hay nada que pueda hacer para evitar eso. Y según recuerdo, tú fuiste la que inició esa pelea. Marchaste hacia la bestia llena de coraje, incitándola a pelear. ¿O lo estoy recordando mal?

Otro destello de duda, que fue rápidamente sofocado.

—Así que lo admites. Tú y la abominación son la misma cosa. ¡Cambias de forma!

—Lo admito, sí —dijo Wulfric—. Pero la historia verdadera no es como la has dicho tú. Hay mucho más que no sabes. La cadena es parte de eso. Yo iba a explicarte todo antes de que sacaras tus propias conclusiones fundadas en verdades a medias. Te contaré toda la verdad si me prometes escuchar.

Aunque Indra no bajó la espada, Wulfric vio que sus palabras surtieron efecto. Había más dudas que certezas ahora, pero todavía las suficientes como para mantener la cautela.

—Indra, no te conozco mucho, pero creo que sí lo suficiente como para darme cuenta de que tienes una gran propensión a la ira, esa neblina roja que desciende sobre tus ojos y te empaña la razón. Estoy seguro de que te ha llevado por el camino equivocado en más de una ocasión. No cometas ese error ahora. Te pido que veas más allá de tu ira por un momento y te preguntes en qué crees realmente. Si soy de verdad tu enemigo.

La contempló cuidadosamente, esperando no haberse equivocado con respecto a ella. Todavía estaba a una distancia desde donde podía ser víctima de su espada, y sería difícil usar el mismo truco para desarmarla de nuevo. Había sido una apuesta la primera vez. La verdad demostraba que la chica era mucho mejor con las espadas de lo que él había querido creer; era de los mejores que había visto en toda su vida.

Finalmente, tras lo que pareció un momento interminable, Indra bajó la punta de su espada un poco; no lo suficiente para perder su ventaja defensiva, pero sí para mostrar que tenía una pizca de confianza en las palabras de Wulfric.

—Si tratas de engañarme o jugarme un truco...

—No lo haré. Lo juro —dijo Wulfric—. De hecho, creo que puedo ayudarte.

—¿Ayudarme? ¿Cómo?

—Debes matar una abominación y regresar a la Orden con su cabeza para probar que lo hiciste, ¿no es así? Yo puedo ayudarte con eso. A cambio de un solo favor.

Los ojos de Indra se entrecerraron con sospecha. Presentía que no iba a gustarle la oferta, tan tentadora como pudiera sonar.

—¿Qué tipo de favor?

Wulfric se dio la vuelta y volvió a la fogata, que comenzaba a apagarse. Levantó una rama y atizó las brasas con ella antes de lanzarla al fuego. Luego se sentó con las piernas cruzadas y se calentó las palmas de las manos mientras el fuego crecía alrededor de la madera fresca, que crujía lanzando chispas. Sólo entonces se volvió a mirar a Indra.

—Quiero que me mates.

Veintitrés

A medida que avanzaba el día, Wulfric le contó a Indra su historia, pero no la versión completa. Algunos detalles eran muy dolorosos de recordar y, peor, de narrar. Además pensó que la chica sólo necesitaba saber ciertas cosas para comprender la situación. Indra permaneció de pie, todavía muy desconfiada para sentarse, escuchando a Wulfric. Este le contó sobre aquel periodo de su vida en que sirvió como un joven soldado al rey Alfred el Grande. Lo que omitió decir fue cómo le había salvado la vida, lo que lo hizo acreedor al grado de caballero, así como a la amistad y eterna gratitud del rey. Esos detalles, aunque verdaderos, le parecían presuntuosos, y Wulfric no sentía que hubiera nada de qué enorgullecerse.

Le dijo a la chica que como parte de su servicio militar se había enlistado en una orden recién fundada cuya misión era cazar al demente arzobispo Æthelred, así como a su horda demoniaca. Pero lo que no le dijo fue que el rey le había encomendado personalmente fundar la Orden y reclutar a sus miembros; eso también le parecía jactancioso. Wulfric le relató a Indra aquella amarga batalla final contra Æthelred y la odiosa maldición que el arzobispo le había lanzado al poner su mano marchita sobre el medallón de escarabajo, quemando la piel de Wulfric. En su relato tampoco se concedió a sí mismo el crédito de haber matado a Æthelred, terminando así con su reino de caos y terror.

Le confesó a Indra que se exilió tras darse cuenta de que se había convertido en un monstruo. Pero no pudo compartir los detalles de cómo había llegado a comprender esa realidad por primera vez. La memoria de aquel día, tan lejano ahora, haber despertado en el establo cubierto de cenizas para descubrir que él mismo había asesinado a cada hombre, mujer y niño de su aldea, incluidas su amada esposa y su hija recién nacida, era simplemente atroz. No podía hablar de eso.

Indra absorbió cada palabra, a veces de pie, inmóvil, a veces yendo de un lado a otro, pero jamás quitó la vista de Wulfric: al principio porque no confiaba en él y lo observaba como un halcón que espera un movimiento súbito o cualquier señal de engaño, pero para el final de aquella historia, tan increíble y trágica, porque había capturado toda su atención. Al término del relato se desplomó sobre el suelo, junto al fuego. Wulfric tomó aquello como un gesto de confianza, pero en realidad era más bien producto del cansancio de la chica, pues la historia había cobrado un precio tanto a quien la contaba como a quien la escuchó.

Durante un buen rato los dos permanecieron sentados, en silencio, a ambos lados del fuego. ¿Qué quedaba por decir? Wulfric volvió a clavar la vista en el baile de las flamas. Su mirada parecía apesadumbrada, ahora que Indra conocía la verdad. Ella, por su parte, estaba callada no porque no se le ocurriera nada que decir, sino porque tenía tantas preguntas que no sabía por dónde comenzar. Finalmente volvió al inicio de todo.

—La cadena...

Wulfric lanzó una mirada a ese enredo metálico y gris, sin forma, que brillaba bajo los últimos rayos del día.

—Es la única forma en la que puedo restringir a la bestia cuando emerge —dijo él—. Antes de que termine el día debo encadenarme para que cuando se produzca la transformación en la noche, la bestia no pueda lastimar a nadie.

—Cuando te transformas en esa cosa, ¿no puedes controlarte?

Wulfric negó tristemente con la cabeza.

—Oh, no sabes cómo lo he intentado. Pero nunca soy lo suficientemente fuerte. En el momento en que la bestia despierta es como si yo me paralizara dentro de ella, consciente de sus acciones, pero impotente para cambiarlas. Por eso la cadena es todo lo que tengo.

Indra pensó durante unos segundos.

—Hablas de la bestia como si tú y ella no fueran una misma cosa, sino un ser aparte de ti, con su propia mente.

Wulfric escupió en el fuego y movió su mano con desdén.

—Decir que esa cosa tiene su propia mente es darle demasiado crédito. Tiene su propia conciencia, puedo sentirla junto a la mía, pero no piensa ni razona como tú o como yo entendemos esos conceptos. A ella la mueve algo más bajo, más aún que el instinto animal. Un deseo, una urgencia tan profunda de infligir dolor y muerte que, a pesar de que puedo sentirla, no puedo describirla. No puedo... —La voz de Wulfric se fue apagando. Indra lo miró mientras él se tomaba un instante para recuperar la compostura y reprimir el sentimiento oscuro que le bullía por dentro—. La verdad es que no sé en dónde termina la bestia y en dónde comienzo yo. Lo único que sé es que su voluntad es mayor a la mía.

—Así que tú estás consciente cuando la bestia está despierta —dijo Indra, dándose cuenta de que susurraba, como si hablar de la bestia en voz alta pudiera despertarla—. Todo lo que ella siente, ¿tú lo sientes?

—Unas veces más que otras —respondió Wulfric—. En ocasiones he podido ver con perfecta claridad las caras de la gente que la bestia asesina, he escuchado cada grito, hasta he podido sentir el sabor de la sangre mientras la bestia se da un festín. Pero en otras experimento todo como si fuera una especie de pesadilla, imágenes y sensaciones vagas, borrosas, como una locura que no puedo entender. Con frecuencia, antes de la cadena, me levantaba sin recordar nada de la carnicería que la bestia había perpetrado la noche anterior. Sólo me quedaba una sensación de malestar por dentro, así como los restos sangrientos que hubiera dejado regados.

Wulfric hizo un gesto hacia donde los cuerpos destrozados de los rufianes que la bestia había masacrado la noche anterior seguían esparcidos sobre la tierra entre manchas de sangre. Indra se estremeció. Pasó un momento de silencio; ella pensaba en cómo articular su próxima pregunta, una que quería hacer desde hacía mucho tiempo. Se inclinó hacia él.

—Perdón, pero... ¿cómo funciona exactamente? Me refiero al cambio de hombre a bestia, y viceversa.

Wulfric se encogió de hombros.

—Poco después de que cae la noche comienzo a experimentar convulsiones, espasmos que hacen que mi cuerpo se contorsione. Aumentan en intensidad hasta que pierdo la conciencia. A eso le sigue mucho dolor y ceguera, y luego llega la locura, la pesadilla que desciende sobre mí al estar dentro de la bestia. Me despierto después de la madrugada, cubierto de cenizas sulfúricas que son, supongo, los restos de la transformación de vuelta a mi forma humana. Cómo se ve todo esto, no podría decirlo, ya que nunca lo he presenciado, y los que lo han hecho no han vivido para contarlo. —Wulfric miró hacia el cielo y se puso de pie—. Tú serás la primera.

Indra se levantó de un brinco: sus instintos defensivos todavía estaban alertas, pero no sacó su espada.

—¿Qué quieres decir con eso?

Wulfric caminó sin prisa hasta la cadena de hierro y comenzó a desenredarla.

—Durante mucho tiempo pensé que no podía morir. El primer año de la maldición lo intenté. Lo intenté por todos los medios que te puedas imaginar. Me amarré a una piedra muy pesada y me hundí en el fondo de un profundo lago, donde me ahogué. Busqué pelea con hombres violentos y dejé que me cortaran la garganta. Una vez fui hasta la orilla del mar y me lancé del acantilado más alto para estrellarme contra las rocas. En cada una de esas ocasiones volví a nacer con la bestia esa misma noche. También hubo una ocasión en que algunas personas que descubrieron lo que yo era me quemaron en la hoguera, en la plaza del pueblo. A la mañana siguiente yo estaba vivo y todos ellos masacrados por la bestia que se había levantado de mis cenizas. Tras esos intentos por fin entendí que mi incapacidad de morir, o al menos de permanecer muerto, era parte de mi penitencia, que debo arrastrar esta maldición por toda la eternidad. Pero tú me mostraste que no era así.

La sensación que ya se arrastraba por debajo de la piel de Indra se volvió más inminente.

—¿Yo lo hice?

Wulfric siguió desenredando la cadena, revisando cada eslabón con mucho cuidado en busca de fallas o rupturas. Su ritual de todos los días.

—Como hombre sé que no puedo morir, y durante mucho tiempo pensé que la bestia tampoco podía, pues todos los que lo han intentado fallaron. Y ha habido tantos. Hombres muy diestros, armados, y ninguno le pudo hacer ni siquiera un rasguño a la bestia. Hasta que tú me hiciste esto. —Puso la cadena en el suelo y se giró para darle la cara a Indra. Abrió su túnica para mostrarle la cicatriz que subía desde su vientre hasta su pecho—. Tú probaste que la bestia es susceptible de ser lastimada, que puede sangrar como cualquier abominación sangra, y más: que cualquier cosa que le hagan a la bestia me la hacen a mí. Y si la herida de la bestia es también mi herida, quizá también su muerte será mi muerte. ¿Lo comprendes?

Indra sacudió su cabeza. Lo comprendía bien, pero no quería aceptarlo.

—No puedes estar seguro de que funcionará —le dijo débilmente.

—Quizá no —dijo Wulfric regresando a su cadena—. Pero a los dos nos conviene intentarlo. Yo no tengo deseos de seguir viviendo esta maldita existencia por un día más si hay forma de escapar, y tú… bueno, una vez que la bestia haya muerto, tú puedes hacer lo que quieras con su cadáver. Córtale la cabeza y regresa a la Orden para mostrarla. Reclama tu premio. Invéntales una historia heroica si gustas. A mí no me importa.

Indra guardó silencio; Wulfric tomó la cadena y la arrastró hacia un árbol cercano.

—Pronto anochecerá —dijo—. Me voy a encadenar, algo que tengo que hacer sin importar si tú aceptas o no mi propuesta. Cuando la bestia despierte seguirá siendo peligrosa. No la subestimes aunque esté aprisionada. Ya sabes que su parte baja es vulnerable, como bien lo descubriste tú misma, y mientras esté encadenada al árbol esa parte quedará expuesta. Creo que estás más que capacitada para realizar esa tarea. ¿Tenemos un trato?

Toda su vida Indra había soñado con matar a una abominación, pero nunca se imaginó que sería de esta manera. Nunca nada como esto. ¿Una presa encadenada, como una rata que cayó en una trampa? ¿Dónde estaba el honor en una situación así?

Por otro lado, ¿acaso no había ya mostrado suficiente honor? Aunque no dijo nada, se había ofendido por la sugerencia de Wulfric de que inventara un cuento heroico. Ya tenía una historia de verdadera heroicidad tras haber enfrentado a la bestia en una batalla mortal. Indra la había hecho sangrar, le había mostrado que no era una simple víctima indefensa que sólo sabe gritar y aterrarse.

Algo en aquel encuentro le molestaba, pero lo hizo a un lado y se dijo a sí misma: *Esto no se trata de honor. Se trata de revancha. Tómalo como venga.*

Indra hizo un gesto afirmativo con la cabeza. Satisfecho, Wulfric caminó alrededor del árbol para envolverlo en hierro. Mientras lo hacía, Indra miró las nubes formándose sobre el cielo oscuro y se preguntó cómo era que al final tenía todo lo que siempre había deseado, pero no podía dejar de sentirse llena de incertidumbre. De pavor.

Con sombría fascinación, Indra observó cómo Wulfric realizaba su tarea cuidando cada detalle: el sello de alguien que conoce la importancia de un trabajo bien hecho y que lo ha perfeccionado a lo largo de años de práctica. La única alteración que hizo en su rutina fue que no se quitó la túnica, en parte para evitarle la vergüenza a Indra, pero más que nada porque sabía que ya no volvería a necesitarla. Si ella hacía lo que le tocaba, como habían acordado, Wulfric y la bestia morirían como uno solo y él ya no necesitaría de ninguna cosa terrenal.

Al principio Indra lo contemplaba desde una corta distancia, pero Wulfric le dijo que se alejara, señalando con el dedo una roca grande localizada varios metros más allá. La bestia, le recordó, no podía moverse estando encadenada, pero sí podía utilizar su lengua como látigo, lanzarle un zarpazo o escupir su saliva letal. Indra presenció el final del ritual desde allí, recargada contra la roca lisa y con las rodillas dobladas pegadas a su pecho para protegerse del frío que la noche comenzaba a hacer sentir; Venator la cuidaba posado en una rama. Indra vio cómo Wulfric se sentó en la base del árbol y pasó la cadena por encima de su cabeza y alrededor de su torso, usando ambos brazos para apretarla con fuerza a su alrededor. Se fijó en que dejó la cadena un poco floja, en previsión por el gran tamaño de la bestia. Como hombre podría zafarse de sus propias ataduras, pero la bestia estaría firmemente atada por el hierro.

El toque final: Wulfric deslizó un candado entre dos de los eslabones para asegurar la cadena a su alrededor y lo cerró con la llave. Luego puso la llave en el suelo, cerca de él, pero tras contemplarla por un segundo, la recogió y la lanzó lejos de su alcance. Indra comprendió que él no creía necesitarla más.

Después de aquello el tiempo transcurrió de manera extraña. El crepúsculo dio paso a la noche y la oscuridad pareció amplificar el silencio entre ella y Wulfric; los dos permanecían sentados, a cierta distancia, ella observándolo con toda su atención y él con la mirada perdida en algún lugar del bosque. Se veía sereno, tranquilo; su mente ya estaba en alguna otra parte, un lugar al que su alma pronto habría de llegar. Indra le preguntó si quería hablar, sólo para romper el silencio. En realidad se preguntaba si él tendría algunas últimas palabras que decir, cualquier cosa que quisiera sacar antes de morir: antes de que ella terminara con su vida. Pero no se atrevía a decirlo de esa manera.

Wulfric pareció leerle la mente, pero dijo que no, que sólo quería dormir. Quería dormir de verdad, de la forma en la que recordaba que dormía hacía mucho tiempo, y no despertar jamás. Luego le dio las gracias, tomándola por sorpresa.

—¿Por qué? —le preguntó.

—Por liberarme —respondió él—. Ya había abandonado toda esperanza, pero cuando te vi por primera vez algo me dijo que tú podrías ayudarme. No puedo explicarlo. De alguna manera supe que eras un alma piadosa y podrías realizar un acto de bondad. Sólo quiero que sepas que estoy muy agradecido por eso.

Indra desvió la mirada, sintiéndose súbitamente avergonzada, indigna.

—No puedo ver qué hay de bondadoso en acabar con la vida de un ser humano.

—Si hubieras vivido mi vida —dijo en una voz tan cansada que era apenas un susurro—, lo sabrías.

Por un instante Indra se concentró en los sutiles movimientos de las hojas, en los suaves sonidos que producían al ser mecidas por la brisa nocturna. Cualquier cosa para no mirar al hombre que había jurado matar. *No es un hombre*, se recordó. *Es una abominación, sólo que con una forma distinta a la que esperabas. Y como cualquier otra abominación, ha asesinado a cientos de inocentes y seguirá matándolos si no llevas a cabo tu misión.*

Finalmente volvió su mirada al árbol donde Wulfric estaba sentado. Conforme las últimas luces de la tarde se desvanecían la silueta de él se había ido escondiendo bajo la amplia sombra del tronco, pero ahora la oscuridad ya se había instalado y lo cubría por completo. Una figura negra contra una pálida luz de luna que apenas lograba penetrar las copas de los árboles. Una figura inmóvil.

—¿Wulfric?

Él no contestó. Indra deslizó su espalda sobre la roca hasta ponerse de pie. Cautelosamente se asomó hacia la oscuridad debajo del árbol. Cuando sus ojos se acostumbraron a la noche pudo comprobar que Wulfric se había desplomado hacia el frente. Su cabeza colgaba cerca de su pecho; una mata oscura de cabello enredado cubría su cara. Tan inmóvil que apenas parecía respirar.

—¿Wulfric?

Nada. Indra dio un paso hacia él. Desde su percha, Venator graznó y agitó sus alas: una advertencia. Ella lo hizo callar con un movimiento de su mano y dio un paso más, lo suficientemente cerca como para que la bestia pudiera atraparla, pero Wulfric no era una bestia todavía, aún era sólo un hombre. Indra se preguntó si la transformación sería un proceso rápido.

¿Podría el monstruo aparecer de súbito, sin aviso, y sorprenderla? Lo dudaba, aunque tenía que admitir que las cosas que había presenciado desde que conoció a Wulfric le daban toda la razón para creer que cualquier cosa era posible.

Estaba consciente de que su curiosidad podía ponerla en peligro, así que trató de no acercarse más de lo necesario: cuidando que la distancia que hubiera entre ellos fuera la adecuada para reaccionar rápidamente en caso de necesidad, dio un paso más. Fue entonces, cuando su pie presionó con suavidad la tierra, que la cabeza de Wulfric se levantó repentinamente y se irguió contra el tronco del árbol, con sus ojos bien abiertos.

Indra dio un salto atrás. Su cara enrojeció al mismo tiempo que una descarga ardiente la recorría por dentro, irradiando ese calor a todos sus músculos y tendones: era su cuerpo preparándose para pelear o para huir. Pero no hizo ninguna de las dos cosas. Se quedó parada como si tuviera raíces, con su mirada fija en el ser humano atado al árbol frente a ella.

Apenas hacía unos momentos no podía mirarlo, y ahora no podía quitarle la vista de encima. La posición de la luna había cambiado, su luz se colaba entre los huecos del dosel de hojas arriba de ellos, cayendo directamente sobre Wulfric. Bajo aquella pálida franja de luz, Indra notó que aunque tenía los ojos abiertos, ya no era él. El calor, la chispa, la vida que ella aprendió a reconocer en aquellos ojos había desaparecido. Estos eran —y había visto suficientes como para estar segura— los ojos de un hombre muerto. Y sin embargo se movía, una marioneta controlada por una fuerza salvaje e inhumana que vivía dentro de él.

Su cuerpo comenzó a temblar y a contraerse de forma ligera al principio, pero muy pronto ya estaba retorciéndose y sacudiéndose incontrolablemente; sólo la cadena a su alrededor lo mantenía en su lugar. Una vez Indra había sido testigo de alguien que sufría un episodio de convulsiones, su cuerpo entero se doblaba por espasmos tan violentos que se habían necesitado tres personas para sostenerlo mientras su espalda se contorsionaba al punto casi de romperse. Pero esto era mucho peor.

La cosa que antes fuera Wulfric abrió su boca y dejó escapar un aullido tortuoso que asustó a los pájaros que dormían en los árboles cercanos, haciéndolos huir en la noche y provocando en Indra un escalofrío. Era la voz de Wulfric, pero también era algo más: un sonido gutural, primitivo, que no pertenecía a este mundo: el ruido de esa criatura que ahora lo poseía. Indra intentó alcanzar su espada pero su corazón se detuvo cuando su mano, al tratar de asirla, encontró sólo aire. ¿Dónde estaban sus espadas? Recordó que se había quitado sus armas para poder descansar la espalda contra la roca. *¡Estúpida!* Corrió de regreso a la roca y levantó sus dos espadas, apretándolas con fuerza; la sensación en sus manos de las empuñaduras envueltas en piel la reconfortó al instante.

Venator brincaba sobre la roca como si ésta fuera una estufa caliente, agitaba sus plumas esponjadas y chillaba de una forma que Indra jamás había escuchado. Entonces ella se giró hacia el árbol y vio la cosa más espeluznante en toda su joven vida.

El cuerpo de Wulfric se partía en dos como una fruta muy madura por la fuerza de algo dentro de él que presionaba violentamente hacia fuera, tratando de escapar. La ruptura de la carne iniciaba en el centro del pecho, en donde la cicatriz con forma de escarabajo había sido quemada sobre su piel, y continuaba hacia abajo hasta su vientre. Los ojos de Wulfric se dieron la vuelta hasta quedar en blanco y su cabeza se desplomó sobre su pecho mientras su cuerpo era descuartizado desde su interior. Lo que salió no fue sangre, sino un pegajoso saco de vísceras negras y brillantes que burbujeaban y supuraban al ser escupidas por la herida abierta. Indra retrocedió horrorizada cuando una tenaza, chorreando aquella sustancia negra y babosa, se hizo visible en el pecho abierto de Wulfric y comenzó a tantear ciegamente hasta encontrar el suelo del bosque. Le siguió una pata larga que terminaba en una filosa garra. Para entonces ya no había residuos humanos de Wulfric, al menos no que fueran visibles; la poca carne que quedaba se encontraba cubierta de baba negra y era imposible decidir en dónde terminaba Wulfric y comenzaba la bestia.

Las dos patas frontales encontraron apoyo, lo que permitió al resto de la bestia salir de su cascarón humano. En el momento en que la cabeza de la bestia emergió, Indra reconoció aquel horripilante racimo de ojos bulbosos, esas espantosas mandíbulas que no dejaban de moverse y las quijadas llenas de dientes filosos como agujas. La bestia levantó su cabeza y abrió la boca ampliamente, babeando saliva espesa mientras aspiraba el aire de la noche. El resto del cuerpo terminó de brotar, las largas patas se desdoblaron por sus articulaciones y las placas del caparazón blindado se desplegaron en toda su extensión. Indra estaba sorprendida y horrorizada de cómo la magia negra le permitía a esa monstruosidad gigantesca nacer de un recipiente mucho más pequeño que ella. Lo acababa de presenciar. Un parto violento, infernal, un parásito nacido en la oscuridad que asesina a su huésped para poder vivir.

Ya totalmente fuera y sin rastros de Wulfric, la bestia trató de avanzar sólo para darse cuenta de que le era imposible. Los eslabones que colgaban sueltos alrededor del pecho de Wulfric ahora se estiraban tensos sobre el ancho contorno del escarabajo gigante. Confundido por no poder moverse, descubrió la cadena y con una frustración en aumento movió sus patas retorcidas y clavó sus garras en el metal, pero fue en vano. Su cuerpo entero se sacudió tratando de liberarse; la cadena se torcía y se tallaba contra el tronco del árbol de una forma tan violenta que se incrustó en la corteza. Las ramas, al agitarse, soltaban las hojas, que caían al suelo como lluvia.

Indra permaneció en una postura defensiva, con las dos espadas listas para atacar en caso de que la bestia pudiera liberarse, pero tanto la cadena como el árbol resistieron. La miró por un largo rato, esperando que la bestia se cansara o se diera cuenta de que su lucha era inútil, pero nunca lo hizo. Por el contrario, daba la impresión de volverse más salvaje y violenta con cada nuevo fallo en su intento por escapar; su frustración se acumulaba y su furia no tenía fin.

Ahora es tu oportunidad, dijo la voz interna de Indra. *¡Hazlo!*

La forma en la que el lomo de la bestia estaba sujeto al tronco dejaba expuesto su vientre suave y palpitante, como una tortuga de espaldas sobre su concha. Un golpe en cualquier otra parte de su cuerpo rebotaría inútilmente contra aquella coraza gruesa e impenetrable, pero por debajo era vulnerable como cualquier animal. Indra lo había hecho antes: ahora sería más sencillo. A pesar de que sus patas con garras se movían en el aire y seguía luchando contra sus ataduras, la bestia continuaba siendo un blanco estático. Ella podría correr y agacharse para atacar al bicho clavándole su espada en el vientre una y otra vez hasta que muriera desangrado.

Pero algo se lo impedía. Avanzó unos pasos hacia la bestia antes de encontrarse nuevamente enraizada al suelo, con las dos espadas a cada uno de sus costados.

El ruido de sus pasos alertó a la bestia de la presencia de Indra y al verla se enfureció todavía más. Aulló y siseó mientras se jalaba contra la cadena, desesperada por escapar y matar. Estiró sus garras para atacarla, pero ella estaba fuera de su alcance. Luego le escupió su veneno ácido, sin embargo Indra había aprendido a reconocer el movimiento de mandíbula que precedía al escupitajo, así que lo esquivó con facilidad. La bola de saliva cayó sobre un árbol detrás de ella y de inmediato carcomió la corteza.

Indra sabía que matarla no sería difícil. Sabía que le estaría haciendo un favor al mundo al mandar a esa criatura de vuelta al pozo infernal del que había salido. Sabía que su padre, apenas viera lo que su hija había hecho, tendría que admitir que se había equivocado. Finalmente podría encontrar la paz que ella buscaba. Pero ya no se trataba simplemente de matar a un monstruo, como siempre imaginó que sería, porque ahora no podía pasar por alto que aquella cosa asesina y horripilante que se sacudía y aullaba frente a ella no era sólo un monstruo, sino un alma humana también. En algún lugar dentro de esa coraza oscura se encontraba escondida una persona inocente, un buen hombre. Una víctima de la abominación, tanto como las otras que habían sido asesinadas por ella. O tal vez más.

La bestia siguió chillando, retorciéndose y lanzando sus garras al aire, luchando con toda su ira por matarla, pero Indra se dio la vuelta y regresó las espadas a sus fundas. Luego caminó de vuelta a la roca y tomó asiento. Sacó de su túnica un pedazo de pergamino y un junco afilado que usó para escribir una nota breve. Era algo que esperaba nunca hacer, pero aquella situación iba más allá de cualquier cosa para la que se hubiera preparado: necesitaba el consejo de quien tenía más experiencia que ella.

Cuando terminó con la nota, la enrolló lo más que pudo y la ató a la pata de Venator.

—A casa —le dijo, y lo vio tomar el vuelo y desaparecer en el cielo oscuro.

Volvió a sentarse y buscó en la pequeña bolsa que llevaba en la cintura: necesitaba la aguja y el carrete de hilo grueso que guardaba para reparar su armadura de piel. Necesitaría ambas cosas por la mañana.

Veinticuatro

Las nubes de la madrugada partieron y la luz del sol penetró por las copas de los árboles para caer sobre el rostro de Wulfric, despertándolo. Con un gruñido se incorporó hasta quedar sentado. Algunos días, los efectos de la transformación en su cuerpo dolían más que otros. Hoy, la resaca —como a veces se refería Wulfric a esa sensación— era una de las peores. Su cabeza palpitaba y la brillante luz sólo empeoraba la situación. Su estómago dolía como si no hubiera comido en días, aunque sabía que justo la noche anterior había cenado. Más que nada se encontraba desorientado, con la visión borrosa; el mundo a su alrededor parecía mecerse como un barco en el mar. Tendría que esperar unas horas para recuperarse por completo.

Aun así, sus facultades mentales seguían funcionando, lo suficiente para saber que algo andaba mal. Desde que despertó lo había sentido. A medida que su conciencia iba en aumento, se dio cuenta de que lo desconcertante era que faltaba algo. Faltaban varias cosas, de hecho.

Primero, no tenía la cadena enredada alrededor de su cuerpo. Al abrir los ojos esa mañana no estaba atado a un árbol, como era lo normal, sino que su cuerpo yacía libre sobre el suelo. Ya se había acostumbrado a despertar con el olor a sulfuro, pero ese día apenas pudo percibirlo. Su visión se enfocó adaptándose a la luz y pudo ver la razón: no se había levantado cubierto por una gruesa capa de cenizas, como había sucedido cada día a lo largo de tantos años. La pátina gris de mugre que usualmente cubría cada centímetro de su cuerpo había sido lavada; su piel, rosada y brillante, estaba limpia. Esto le pareció antinatural:

había pasado tanto tiempo sin verla de esa manera. Y no estaba desnudo, sino vestido con su túnica de capucha.

Nada de esto era normal. Y no estaba nada bien.

Se puso de pie despacio, dejando escapar un gruñido de dolor; aquello era lo único que se apegaba a la rutina de cada mañana. Cada músculo y articulación en su cuerpo dolía penosamente. Todavía algo mareado, se tambaleó y casi se cayó al intentar caminar, pero se detuvo de un árbol cercano. Notó las muescas astilladas en su corteza; más abajo, al pie del tronco, descubrió su cadena suelta, sin candado. Finalmente se dio cuenta de lo más extraño de todo, lo último que esperaba al despertarse. El hecho mismo de haber despertado, de seguir aún con vida.

—Buenos días —dijo una voz a sus espaldas. Él se giró con más rapidez de la que debía, a juzgar por su pobre estado, y perdió el equilibrio. Trastabilló torpemente antes de recuperar su postura. Sólo entonces vio a Indra sentada un poco más allá, indiferente, quitándole la piel a un pequeño animal. Le sonrió a Wulfric, quien le pagó el gesto con una expresión de perplejidad.

—¿Cómo es que estoy vivo? —preguntó. Su voz era ronca, pues su garganta estaba más seca que un hueso: siempre se levantaba muerto de hambre y de sed.

—Estoy preparando el desayuno —dijo ella. Levantó al animal muerto por sus patas traseras y jaló la piel hacia abajo, sacándola por la cabeza hasta dejar al descubierto la carne—. ¿Podrías encender un fuego?

Wulfric marchó hacia ella, pisando con fuerza.

—¡No juegues conmigo! ¡Se supone que debo estar muerto!

—La evidencia apunta a lo contrario —repuso ella, dejando al animal en el suelo y limpiándose las manos con un trapo.

El cielo sobre ella se oscureció; Indra levantó la vista para comprobar que Wulfric se había acercado más y su sombra la cubría mientras él la observaba desde su altura. Su expresión de perplejidad se estaba transformando en algo parecido a la ira. Por un instante se preguntó si debería alcanzar una de sus espadas, pero vio que Wulfric intentaba calmarse.

—Teníamos un trato —dijo en un tono más mesurado—. Tú te comprometiste a...

—¡Sé muy bien a qué me comprometí! —exclamó ella poniéndose en pie de un salto y perdiendo a su vez la calma—. Pero es más fácil decirlo que hacerlo.

Wulfric se alejó moviendo la cabeza con irritación.

—No podía habértelo puesto más fácil. Te ofrecí a la bestia encadenada e indefensa, te dije cómo y en dónde atacarla... Dime, ¿qué más tendría que haber hecho?

Indra reflexionó en silencio por un momento mientras Wulfric iba de un lado a otro del claro con paso pesimista. Finalmente dijo:

—No debiste haberme dado las gracias.

Él se detuvo y la miró perplejo.

—¿Qué?

—Tú me diste las gracias. Fue lo último que dijiste antes de que... antes de que te convirtieras en esa cosa. Tal vez si no lo hubieras hecho habría sido más fácil para mí olvidar que incluso después de que emergió la bestia aún había un hombre bueno y decente atrapado en alguna parte ahí dentro.

Wulfric la contempló consternado.

—¡Te lo agradecí no porque yo sea decente o bondadoso, sino porque iba a ser un alivio! Porque pensé que tú podrías concederme por fin la liberación que tanto he esperado. Qué estúpido fui.

—Lo siento —dijo Indra—. Yo vine a matar una abominación, pero no así. Yo no podría quitarle la vida a un monstruo si eso significa que también se la estoy quitando a un hombre inocente.

Wulfric bufó con desdén.

—Si me conocieras mejor, no pensarías que soy tan inocente.

—¡Yo no soy quién para juzgarte! —dijo Indra.

—¡Exactamente, no eres nadie! —escupió Wulfric apuntándola con un dedo acusador—. ¿Entonces quién te crees para juzgarme inocente, decente o bueno? ¿Qué sabes de mí? ¡Nada! ¡No sabes nada!

—Sé que nada que hayas podido hacer te vuelve merecedor de un castigo como este. —Titubeó antes de hacer la pregunta, pero su curiosidad no le daba tregua—. ¿Qué querías decir cuando me contaste que esta maldición era parte de tu penitencia? ¿Penitencia por qué?

Wulfric se movió con torpeza y se alejó de ella.

—¿A ti qué te importa? Ya decidiste que no vas a ayudarme.

—Estás equivocado —dijo ella—. Quiero ayudarte. Pero quiero pensar que existe una mejor manera de hacerlo. Algo que no sea la muerte.

—La muerte es lo que merezco —replicó de espaldas a ella.

—Tampoco creo eso —dijo Indra—. Ningún hombre está más allá de la redención y del perdón.

Él se giró para encararla; Indra vio las lágrimas inundando sus ojos.

—Aunque eso fuera verdad, yo no soy sólo un hombre, ¿o sí?

—Tampoco eres sólo un monstruo —respondió ella y trató de poner su mano sobre el brazo de Wulfric para consolarlo, pero él se movió y volvió a alejarse.

—Hace dos noches, cuando vinieron esos rufianes, más personas fueron asesinadas por mi propia mano que por la bestia —dijo Wulfric—. En mi vida como ser humano yo, de manera voluntaria, he matado más personas que esa criatura irracional ha matado en la suya. Y ha matado a muchas. Así que te pregunto, ¿cuál de nosotros dos es el verdadero monstruo?

Hubo un momento de silencio antes de que Indra se atreviera a hablar.

—Esos hombres que mataste... fue cuando eras un soldado durante la guerra, ¿no?

Wulfric movió despectivamente la mano.

—Muchos en la historia han usado esa excusa para justificar algo que disfrutaban hacer.

—Tal vez —dijo Indra escudriñando el rostro de Wulfric—. Pero tú no. No creo que lo hayas disfrutado. He conocido a soldados así y puedo darme cuenta de que no eres como ellos. Dime si estoy equivocada.

Wulfric hizo una mueca y levantó los hombros, mostrándole que no tenía ganas de seguir hablando de ese tema. Arrastró los pies hacia delante y luego hacia atrás, indeciso. Luego se dio la vuelta y miró a Indra fijamente.

—Te lo pido una vez más. ¿Me vas a ayudar o no? Si no, mejor vete y déjame solo.

Indra echó atrás los hombros y se paró muy recta frente a él, sin dejarse intimidar.

—Si por ayudarte te refieres a que mate a la bestia y a ti con ella, la respuesta es y seguirá siendo no. Pero tampoco me iré. He jurado proteger a las personas del flagelo que Æthelred le impuso a esta tierra y tú eres tan víctima de él como cualquier otro. Creo que no fue ningún accidente el que nos hayamos encontrado. Creo que alguien me mandó aquí para ayudarte.

Wulfric miró a Indra con extrañeza y después la sorprendió al alzar sus brazos al aire y levantar su rostro hacia las alturas.

—¡Dios mío! —gritó con exasperación—. ¿No cargo ya con suficientes maldiciones como para que ahora me impongas esta, un carbunclo más terco que una mula?

Indra cruzó los brazos sobre su pecho, molesta.

—Te burlas de mí.

Wulfric bajó la mirada del cielo.

—No me burlo de tus intenciones; son muy honorables. Sólo de tu ingenuidad. ¡Dime! ¡Dime cómo es que piensas ayudarme!

—Quizá debamos empezar por algo pequeño —dijo mientras sacaba una bota de piel llena de agua de su cinturón y se la ofrecía a Wulfric—. Parece que tienes algo de sed.

Wulfric contempló la bota de agua cautelosamente. Estaba renuente a aceptar cualquier tipo de ayuda o amistad de la chica, y mucho menos a alentarla. Aunque a decir verdad, ella no parecía necesitar que la alentaran. Y él tenía tanta sed. Tras titubear durante unos segundos, le arrancó la bota de las manos y la vació de un solo trago. Al terminar se limpió la boca con la manga de su túnica y, al devolverle la bota a Indra, le pareció ver una pequeña sonrisa de satisfacción en su cara.

—Esto no significa nada —dijo él.

Ella recibió la bota de piel.

—Si no aceptas mi ayuda, al menos acepta mi compañía. Te invito a desayunar conmigo. Claro, si es que no tienes otros compromisos hoy.

Wulfric frunció el ceño.

—Ahora eres tú quien se burla de mí.

—No más de lo que te mereces —replicó Indra antes de caminar de vuelta al lugar donde estaba su campamento. Se sentó, tomó al animal despellejado, sacó un cuchillo y lo abrió en canal para limpiarlo. Wulfric la miró trabajar, hábil y eficientemente, mientras él intentaba poner en orden sus pensamientos. Tenía muchas ganas de tomar su cadena, seguir su camino y dejar a la chica. Nada bueno podía resultar teniéndola cerca. ¿Por qué, entonces, sintió que sus pies lo acercaban a ella, en lugar de alejarlo?

Se arrodilló frente a ella y comenzó a recolectar yesca para el fuego. Todavía no comprendía por qué estaba haciendo eso, por qué seguía allí. Él había caminado junto a reyes, peleado contra los bárbaros más fieros del otro lado del océano y matado a los monstruos más inverosímiles. ¿Entonces por qué esta chica advenediza, de la mitad de su talla y una fracción de su edad, lo confundía de esa manera? Si ella fuera como tantos otros que se había encontrado en sus viajes, si ella le hubiera propinado una golpiza o intentado matar, o hacerlo huir, él habría sabido exactamente qué hacer. Él habría…

En ese momento lo entendió. La chica daba la impresión de ser extraña y confundía a Wulfric porque hablaba un lenguaje que él ya había olvidado. Empatía. Tolerancia. Compasión. Se encontraba en un territorio tan inexplorado por tanto tiempo que ahora le resultaba por completo desconocido; sin embargo, el deseo de volver a descubrirlo era similar a un dolor antiguo, profundo hasta los huesos, algo más poderoso que su instinto de huir.

Sacó una chispa golpeando un par de pedernales y prendió el fuego; luego se ajustó la túnica para sentarse con propiedad sobre el suelo. Indra fingió no verlo y continuó con su trabajo, así que Wulfric hizo lo propio, agregando madera a la fogata para alimentar las flamas. Estaba tan embebido en sus propios pensamientos que no se le ocurrió preguntarle a la chica en dónde estaba su halcón, pues ni siquiera había notado su ausencia.

Veinticinco

Luego de volar toda la noche, Venator llegó a su destino antes incluso de que Wulfric despertara. Era un viaje largo pero lo era mucho menos con la velocidad de un ave, y vaya que Venator era veloz, tanto por crianza como por entrenamiento.

Lo que alguna vez fue la catedral de Canterbury había cambiado enormemente desde la última vez que fue ocupada por un arzobispo, hacía muchos años. Los experimentos impíos de Æthelred y la subsecuente infestación habían llevado al rey a declarar que el lugar ya no era sagrado y, por lo mismo, adecuado para su propósito original. El rey donó el recinto a la recién fundada Orden para que la usara en su tarea de cazar a los cientos de abominaciones dispersas a lo largo de Inglaterra, un gran peligro para hombres, mujeres y niños de todas partes. Para adaptarse a su nuevo papel como cuartel militar, la catedral había sufrido importantes modificaciones, con murallas y otras fortificaciones construidas a lo largo de los antiguos capiteles de la iglesia.

Venator descendió sobre uno de los bastiones de la catedral-fortaleza y brincó de un lado a otro del parapeto, aleteando y dando chillidos. Al poco tiempo los graznidos persistentes y ruidosos del halcón terminaron por despertar a un guardia que dormía en una barraca cercana. Salió a través de una puerta de arco hacia el pasillo de la azotea, todavía medio dormido y tratando de abrocharse los pantalones. Al ver que no se trataba de un cuervo fastidioso, se puso en estado de alerta de inmediato. El halcón seguía agitando sus alas y graznando; el guardia se acercó al parapeto para verlo más de cerca.

El plumaje del ave, así como la mirada penetrante de sus ojos ambarinos, eran inconfundibles. La Orden tenía varias aves de caza, pero ninguna como esta.

Venator.

Llegó un segundo guardia, casi desnudo de no ser por una manta de lana áspera sobre sus hombros. Frotándose los ojos para sacarse el sueño, caminaba con torpeza sosteniendo una ballesta.

—Maldito cuervo —murmuró—. ¡Me lo comeré de desayuno!

—No es un cuervo —dijo el primero, y cuando el otro levantó la mirada, dejó caer al piso de piedra la flecha que sujetaba en su mano—. ¡Por todos los diablos! —exclamó despertándose por completo.

—Ve a buscar al lord marshal —dijo el primer guardia.

—Apenas salió el sol. Seguramente sigue dormido.

El primer hombre se volvió para encarar al segundo. Quizás este tonto se había olvidado de las órdenes que lord Edgard había dado a todos los soldados la noche en que su hija partió, un año antes, pero él no.

—¡Pues ve y despiértalo! ¡Ahora!

Atontado, Edgard se sentó sobre la cama al escuchar el golpeteo urgente. Era uno de sus hombres, que alternaba sus gritos con puñetazos sobre la puerta; su voz sonaba amortiguada por la gruesa madera de roble. Estaba teniendo un sueño estupendo y haber sido interrumpido lo regresó al mundo real de un pésimo humor. Cuando se dio cuenta de que acababa de amanecer, salió de las sábanas, puso los pies sobre el piso helado de piedra y se estiró. Como los martillazos a la puerta no cesaban, Edgard pensó en las distintas formas de hacerle la vida miserable a quien fuera que estuviese haciendo aquel escándalo.

—¡Adelante!

La puerta se abrió y un guardia entró corriendo. Edgard lo miró de arriba abajo con curiosidad. En su apuro, no había pensado en vestirse y estaba desnudo, excepto por una cobija envuelta alrededor de su cuerpo y una ballesta descargada en su mano. Edgard esperó un momento para terminar de asimilar lo absurdo de la escena antes de hablar.

—Sólo diré que más vale que tengas una buena excusa para haberme despertado.

El guardia no titubeó.

—Venator regresó.

Cada músculo en el cuerpo de Edgard se tensó; su sangre se volvió repentinamente más caliente en su interior.

—¿Cuándo? ¿Dónde?

—Justo ahora, en la parte oeste de la muralla.

Echándose una túnica encima, Edgard se vistió más rápido que nunca en su vida y se dirigió a la puerta.

—Muéstrame.

Levantando su cobija para que sus pies descalzos no tropezaran con ella, el guardia guio a Edgard a través de los pasillos de la fortaleza. Era una escena cómica, y si fuera cualquier otro día Edgard la hubiera encontrado divertida, pero ahora no podía pensar en nada más que en la llegada del halcón y lo que esto podría significar.

Por un lado tenía razón para sentir alivio, pues quería decir que su hija seguía con vida: una posibilidad que después de diez largos meses se antojaba tristemente escasa. Luego de seis meses sin saber de Indra —a pesar de haberle pedido expresamente que mandara al halcón con noticias, al menos para saber que se encontraba bien—, Edgard comenzó a temerse lo peor. Había contemplado mandar a sus hombres a buscarla, pero estaba seguro de que si hacía tal cosa y ellos la encontraban viva, ella no volvería a hablarle jamás.

No haría falta mucho, lo sabía, para llevarla a ese extremo. Era demasiado necia y orgullosa, algunos incluso dirían que arrogante, como para aceptar ayuda, y se ofendería mortalmente ante la sugerencia de que necesitaba ser rescatada.

Eso y el hecho de que ya lo odiaba lo suficiente. De un modo extraño, aquella idea había servido de consuelo para Edgard durante los meses sin su hija: la falta de comunicación, con toda seguridad, se debía a que ella no quería comunicarse, y no tanto a que no pudiera hacerlo.

Por otro lado, su orgullo y obstinación harían que Indra no escribiera a menos que estuviera realmente en aprietos, que su vida corriera peligro y que tuviera que admitir que no podía manejar sola la situación. Sí, ella sabía cuidarse a sí misma más que bien; no faltaban iniciados, incluso paladines graduados, que podían testificar de ello luego de haberla enfrentado en los entrenamientos. Algunos todavía conservaban las cicatrices de esas peleas. Sin embargo, Edgard sabía que tarde o temprano, en el ancho mundo, su hija terminaría por enfrentarse a algo que sobrepasara sus habilidades.

Antes de partir a su Prueba, Edgard le había dicho que si no volvía, probablemente la única razón sería su propio orgullo desmedido. Eso, o su maldita ira, que nunca aprendió a controlar. De dónde había sacado ese carácter, sólo Dios sabía. De su padre, tal vez.

Caminaron apresuradamente a través de la columnata del claustro central de la vieja catedral, que había sido convertido en un patio de entrenamiento al aire libre. Al principio, el rey Alfred se había opuesto rotundamente a que la catedral vacía se convirtiera en la base de operaciones de la Orden —transformar la casa de Dios en un cuartel de guerra—, pero Edgard lo había persuadido de que era lo mejor. *Dios o la guerra, ¿es alguno mejor que el otro?*, había argumentado. *Cuál ha cobrado más vidas últimamente... ¿quién podría decirlo?*

Renuente, Alfred había terminado por consentir. Una vez que los trabajos fueron terminados, la catedral transformada se volvió un gran lugar capaz de alojar a cualquier fuerza militar del mundo. En esa época Alfred apoyaba a la Orden, pues se sentía personalmente responsable de la amenaza que Æthelred había desatado y él había permitido. Así que no reparó en gastos para que Edgard construyera una fortaleza para la Orden que, en su mejor momento, llegó a contar con casi mil hombres. El rey, decidido a erradicar cualquier traza del flagelo de Æthelred, se había resuelto aún más tras recibir las noticias de la muerte de Wulfric. Su amigo más cercano había sido asesinado por una abominación, junto con su familia y vecinos, mientras celebraban su regreso a casa. Alfred se sentía responsable de eso también. *Lo que sea que necesites, lo tendrás*, le había dicho a Edgard al ponerlo a cargo de la Orden. *Hasta que todos y cada uno de esos monstruos hayan muerto.*

Pero había pasado mucho tiempo desde entonces y la catedral realmente necesitaba reparaciones. En los años posteriores a la muerte de Alfred, su hijo y sucesor, Edward el Viejo, no había visto con buenos ojos a la Orden. Quizás era que Edgard y sus hombres hicieron su trabajo demasiado bien; para cuando Edward subió al trono, la mayoría de las abominaciones habían sido eliminadas. Sólo unas cuantas quedaban por allí y raramente se les veía; tanto, que para entonces su existencia había comenzado a caer en el reino de los mitos.

Así que el nuevo rey veía a la Orden como un gasto innecesario para los recursos de la Corona, que se necesitaban en otros rubros. Por ejemplo, la guerra. A pesar de todos los esfuerzos de su padre por mantener la paz con los daneses, Edward había jurado recuperar todos los territorios en los que estos se habían asentado. Así que su gasto primordial era para construir un ejército del tamaño necesario para llevar a cabo esa tarea. Aquello le dejaba muy poco dinero para la Orden, que Edward consideraba una tontería hecha por su difunto padre. Edgard se las había arreglado para convencer al rey de que les continuara otorgando un pequeño estipendio para poder terminar con su trabajo. Pero en la realidad, la Orden ya era solamente una sombra de lo que fue: apenas unos cien hombres y con poco menos del oro necesario para darles techo y comida.

Tentados por una mejor paga y condiciones en el ejército de Edward, todos los días desertaban más miembros de la Orden. Por si fuera poco, había pasado más de un año desde la última vez que un iniciado ingresara, sin contar a Indra. Muy pronto no quedaría nada de la Orden. Edward hizo públicos sus planes para disolverla y devolver la catedral a la Iglesia.

Edgard había pasado muchas noches en vela pensando en qué sería de su vida cuando eso sucediera. Estaba la opción de volver a la guerra, pero ahora los humanos le parecían una presa insulsa luego de haberse acostumbrado a cazar monstruos. Ya había probado aquella cacería, la que otorgaba el más grande de todos los trofeos, y la gloria que venía con ella. Pero la gloria había desaparecido, y muy pronto la caza desaparecería también.

Sí, ese periodo de su vida no podía ser más desalentador… pero se sentía animoso mientras seguía al guardia por la escalera de espiral que conducía a la parte oeste de la muralla. Ambos subían los escalones de dos en dos. Quizá su hija lo despreciara —y con razón, incluso—, pero estaba viva. Y se estaba comunicando con él.

Apenas lo vio llegar, Venator voló desde el parapeto hasta el antebrazo de Edgard. El ave había sido bien entrenada; si cualquier otra persona hubiese intentado quitarle el mensaje amarrado a su pata, terminaría lamentando la pérdida de un dedo o algo más. A pesar de que Edgard era el legítimo destinatario, desabrochó con mucho cuidado el brazalete de cobre de la pata para extraer el pequeño pergamino, todo sin quitarle la vista a ese pico corvo, afilado como daga.

En cuanto Edgard desplegó el rollo y comenzó a leer, Venator saltó de su brazo y se posó sobre una pared cercana. El sol iba en ascenso, su luz se esparcía por la tierra cubriéndolo todo de oro tibio. Una vista maravillosa que nadie apreció, excepto Venator. Los dos guardias observaban a Edgard mientras leía; su preocupación aumentaba a medida que la expresión llena de esperanza de su comandante se desvanecía. El rostro se le aflojó, luego se tensó su quijada y el color abandonó sus mejillas.

Edgard volvió a enrollar el pergamino, despacio y cuidadosamente. Tenía una expresión neutra, imposible de descifrar. Los guardias esperaron alguna orden que les diera un indicio sobre qué lo había perturbado de esa manera, pero no recibieron ninguna. En su lugar, Edgard se dio la vuelta, pasó por la puerta arqueada y bajó rápidamente las escaleras, con su capa volando tras él. Los guardias intercambiaron una mirada.

—¿Milord? —gritó uno de ellos.

Ya no podían ver a Edgard, pero su voz retumbó con un eco por la escalera en espiral:

—¡Asegúrense de que ese halcón esté bien comido y descansado! Volverá a salir dentro de una hora.

Edgard se dirigió al edificio opuesto a la muralla del lado oeste de la catedral. A pesar de que había pasado mucho tiempo desde la última vez que tuvo que correr para algo, y de que ya no era ningún jovencito, ahora corría tan rápido como nunca lo había hecho. Cruzó a zancadas el patio de entrenamiento y entró a la nave central de la catedral, que ahora servía como bodega de alimentos, suministros y equipo. Dadas las condiciones más recientes, estaba casi vacía: sus existencias menguaban cada mes con la velocidad con que disminuían los medios para reponerlas.

Edgard avanzó por el pasillo central hasta el altar y luego bajó otra escalera de caracol que conducía al sótano de la catedral. Allá abajo el ambiente era frío y húmedo, además de oscuro. Tuvo que encender una antorcha para encontrar su camino en el pasillo; la flama proyectaba sombras sobre las viejas paredes de piedra. Pasó varias puertas y llegó hasta una al fondo del corredor. Aquella lejana habitación había funcionado alguna vez como biblioteca y archivo de la catedral, pero, al igual que el resto de la iglesia, se le había dado otro uso luego de que la Orden tomó posesión del inmueble. Seguía siendo una especie de biblioteca, pero ahora solamente albergaba ciertas cosas que nunca debieron haber existido.

Edgard abrió la puerta e irrumpió en la habitación sin molestarse en tocar. Todavía era muy temprano, pero no tenía duda de que su consejero esotérico ya estaría trabajando. El pobre apenas y dormía.

Y allí estaba en su escritorio, al fondo de su estudio mal iluminado, con la cabeza gacha y tan absorto en su trabajo que no reparó en la entrada tan estridente de Edgard. Fue hasta que Cuthbert percibió la sombra proyectada sobre la pared por la antorcha de Edgard que finalmente levantó la vista y vio a su jefe acercarse. De inmediato se puso de pie para recibirlo como dictaba la jerarquía, aunque su atención se centró más en la flama de la antorcha que en el hombre que la cargaba.

—Milord —dijo Cuthbert—. Por favor, no se permite fuego aquí dentro.

Su escritorio estaba cubierto por una gruesa capa de pergaminos que ahora juntaba y atraía hacia sí para protegerlos. Estaba rodeado de libros y papeles, en cada mesa y superficie, incluso apilados sobre el suelo, y la penumbra dejaba entrever que había muchos más escondidos en la oscuridad.

En los estantes detrás de Cuthbert estaba el meollo de todo: el *Bestiario*. Un proyecto comenzado en hojas sueltas hacía quince años que había crecido hasta convertirse en una docena de gruesos volúmenes encuadernados en piel que catalogaban cada especie de abominación encontrada por la Orden, incluidos dibujos detallados de los cuales Cuthbert estaba particularmente orgulloso. En cada uno de los casos se describía a la bestia en cuestión, sus características de comportamiento, hábitos, modos de ataque y, lo más crucial, sus puntos vulnerables, mismos que se describían con un detalle pasmoso. Una zoología diabólica. Se trataba de conocimiento invaluable que podía consumirse en un instante por la chispa errática de una flama.

Este loco y sus manías. Edgard suspiró y apagó la antorcha, dejando el estudio en completa oscuridad, salvo por una extraña luz verde que brillaba levemente dentro de una lámpara de lectura sobre el escritorio de Cuthbert. Este giró una perilla en la base de latón y la flama verde ardió con más fuerza, pero no bailó ni titiló como los fuegos comunes. Era más brillante y más quieta, y la luz que proyectaba en el cuarto poseía un resplandor etéreo y tornasolado. Sólo entonces Cuthbert notó la expresión grave en la cara de su amo. Iba a preguntarle la razón, pero Edgard se le adelantó:

—Indra está viva.

—¡Bendito sea! —exclamó Cuthbert sonriendo ampliamente. Su alivio ante la noticia era casi palpable, y se preguntó por qué Edgard no parecía compartir esa alegría—. ¿Ya regresó?

—No, pero mandó un mensaje. —Edgard le entregó el diminuto pergamino—. Léelo.

Cuthbert lo desenrolló y sus ojos recorrieron el papel a toda velocidad. Unos segundos después, su quijada caía por completo. Asombrado, volteó a mirar a Edgard.

—Odio admitirlo —dijo Edgard—, pero tengo la impresión de que tú estabas en lo correcto.

Tú sabías que yo tenía razón desde el primer día en que te lo dije, pensó Cuthbert, sin decirlo. *Simplemente preferiste ignorarme.*

—¿Qué propone que hagamos, milord? —preguntó en voz alta.

—Lo que ella pide —respondió Edgard—. Cabalgaremos para encontrarla apenas tenga a mis hombres listos.

Edgard sintió la turbación de Cuthbert. Hacía mucho que el escuálido padrecito no estaba en el campo, una tarea que nunca le vino bien del todo. Pero uno tenía que concederle que se había curtido considerablemente desde aquellos primeros años en que Wulfric los presentó. Toda una vida de cazar abominaciones suele tener ese efecto.

Cuthbert no había envejecido con gracia durante esos años, pero Edgard tuvo que reconocer que tampoco él. Toda una vida de cazar abominaciones suele tener ese otro efecto también. Pero algo en aquellos ojos pálidos y hundidos en la cara de Cuthbert sugería que él se había llevado la peor parte. Tal vez la causa de eso no fueron las abominaciones en sí, sino la exposición prolongada y cercana a la magia de Æthelred.

Aceptando que Cuthbert quizá había equivocado su verdadera vocación al entrar al sacerdocio, Edgard lo nombró miembro civil permanente de la Orden, encomendándole la tarea de seguir estudiando los descubrimientos de Æthelred con la esperanza de encontrar nuevos y más positivos usos. En efecto, había hallado varios, pero eran apenas poco más que pequeñas curiosidades. La flama que no se consumía en la lámpara de su escritorio era uno de los mejores, por ejemplo.

Cuthbert estaba en efecto turbado, pero Edgard erraba al adivinar la razón.

—Me refiero a qué propone usted que hagamos una vez que lleguemos allá —dijo el sacerdote—. Indra está pidiendo su ayuda.

Edgard sonrió con suficiencia y volvió a leer la nota de su hija.

—No he hecho más que tratar de ayudar a esa niña toda su vida y nunca lo ha aceptado. Es muy irónico que esta sea la causa por la que finalmente acepte mi ayuda, ¿no crees? —contestó Edgard.

—De mi lectura de esa nota —dijo Cuthbert—, yo deduzco que no está pidiendo ayuda para sí misma, sino para él.

La sonrisa de Edgard se borró de su rostro. Se guardó el papel.

—Necesito que estés listo en una hora. —Dio media vuelta y se encaminó a la puerta.

Antes de salir, algo capturó su interés. Estaba sobre una de las tantas mesas donde se apilaban papeles e instrumentos, pero esta era más un escritorio de trabajo atestado de herramientas especializadas, metales preciosos, gemas y otros materiales en bruto —el equipamiento de un joyero—. Edgard se detuvo y levantó lo que parecía ser uno de los varios objetos ya terminados: una pequeña esmeralda enmarcada en oro. Era un trabajo fino y preciso, la intrincada gema de apenas el tamaño de una semilla de manzana. Interesado, la expuso a la luz para examinarla de cerca. Aquello sería un mero ornamento para un hombre cualquiera, pero Cuthbert le había compartido a Edgard su verdadero propósito, y se le ocurrió que esta cosa podría serles de utilidad ahora. Indra era su hija y la amaba, pero no confiaba en ella por completo —y sospechaba que el sentimiento era recíproco.

Sosteniendo la joya todavía, se volvió a Cuthbert para preguntarle:

—¿Esto de verdad funciona?

—Por supuesto —dijo Cuthbert, siempre dispuesto a hablar de uno de sus proyectos—. Los resultados de mis pruebas han sido muy satisfactorios. De hecho, la que tiene en su mano es una de las más exactas de todas.

Edgard asintió, considerando las palabras del sacerdote por un instante antes de meter el dije dorado en su bolsillo.

—Milord. —Cuthbert lo observaba detrás de su escritorio con un gesto de preocupación, iluminado por la cálida luz verde. Edgard se detuvo en la puerta y lo miró—. Sé que usted y yo hemos tenido nuestras diferencias sobre esto en el pasado —dijo Cuthbert—. Yo le concedo que tal vez antes era algo evitable. Pero ya no. Usted tiene que...

Edgard lo calló levantando una palma y con una mirada tan dura que la sombra que proyectó sobre la pared pareció aumentar de tamaño.

—Ya hemos tenido esta conversación antes, demasiadas veces en realidad. Te prohíbo que vuelvas a mencionar el tema.

Y con eso desapareció; la puerta se cerró tras él. Cuthbert se desplomó sobre su silla y giró la perilla de su lámpara de escritorio hasta dejar la flama en su posición mínima. En tiempos como ese, cuando necesitaba pensar, la oscuridad le sentaba mejor.

Veintiséis

Comieron en silencio; Wulfric porque estaba renuente a conversar e Indra, a pesar de toda su curiosidad, porque sabía que era mejor no presionarlo a hablar más. Aunque Venator era el especialista, Indra también era buena para cazar, y ahora veía a Wulfric más o menos como al venado que debía acechar y que podía huir si ella no tenía cuidado y le dejaba sentir que se estaba acercando demasiado.

Pero a diferencia de un venado, a quien mataría para comer, a Wulfric no deseaba hacerle daño. De allí la ironía: él *quería* que ella le hiciera daño, que lo matara; era su oferta de ayuda lo que lo desconcertaba de esa manera.

Y ella quería ayudarlo. Nunca en su vida había encontrado un alma tan digna de compasión como la suya, y en esos tiempos aquello no era cosa menor. Pero a pesar de sus buenas intenciones y todas sus promesas, Indra no tenía idea de qué podía hacer por él. Quizás él tenía razón y no hubiera otra forma de asistirlo más que con una muerte piadosa. Cierto, la Iglesia lo prohibía como remedio para los enfermos a quienes la medicina ya no puede ayudar, guerreros gravemente lisiados o mutilados más allá de cualquier salvación, pero sus camaradas lo hacían de todos modos para ponerle un fin a su sufrimiento.

Si Wulfric podía ser considerado como uno de esos casos, era difícil de saber; lo único que Indra comprendía era que la solución que él proponía era aborrecible. Tenía que existir otro modo. Wulfric estaba maldito por una magia tan fuerte como jamás había visto, pero ella tenía la certeza, o al menos lo deseaba con tantas ganas, que alguien dentro de la Orden sabría cómo ayudarlo. Por eso había mandado a Venator de vuelta a Canterbury. Había un hombre en particular en el que Indra tenía puestas sus esperanzas, el más inteligente que conocía, el que le había enseñado todo lo que sabía sobre magia. Con seguridad, Cuthbert sabría qué hacer. Sin duda.

Miró hacia el cielo, en donde el sol ya se alzaba en el cenit. No sabía cuándo habría llegado Venator a Canterbury o en cuánto tiempo volvería con la ayuda. Sólo le quedaba estar cerca de Wulfric y evitar que escapara antes de que ellos arribaran. Si se enterara de la verdad, no tenía duda, lo perdería en ese mismo instante. De por sí había sido difícil convencerlo de quedarse esa mañana; si supiera que venían compañeros de la Orden, no le volvería a ver ni el polvo. Era mejor de esta manera.

Y luego estaba el problema de su padre. Aunque ella no había pedido específicamente que él viniera en persona, sabía que vendría. Aun en las mejores circunstancias sería un reencuentro complicado, pero ahora… Había convivido con él desde siempre y creía conocerlo bastante bien; con todo, Indra se dio cuenta de que realmente no tenía idea de cómo reaccionaría ante este problema tan peculiar.

Ella misma se había embarcado en la misión de cazar y matar una abominación, pero la que encontró había confundido todas sus expectativas y la había hecho cambiar su punto de vista. ¿Qué vería su padre? Era un hombre de guerra, hecho a sus modos, que siempre regresaba de las expediciones de caza de la Orden con una sonrisa de satisfacción: alguien que disfrutaba de eso que la mayoría visualizaba como algo triste pero necesario. Sin embargo, ¿Indra no se había marchado de casa con la idea de matar a una de esas bestias? A su padre le había sido impuesta la tarea de matar abominaciones por orden real, mientras que ella lo había buscado ansiosamente por sí misma, entusiasmada. Más que eso, lo había exigido a pesar de los múltiples intentos de su padre por disuadirla, de prohibírselo. Ella deseaba con todo su ser matar una abominación; ¿en qué se diferenciaba entonces de su padre?

Pero no es igual, se dijo a sí misma. Ella tenía sus propias razones, las mejores razones del mundo.

Mientras más reflexionaba, más se preocupaba de haber cometido un grave error. Su padre vendría acompañado de una fuerza de guerreros, los mejores que pudiera elegir. Veteranos que sólo le obedecían a él y a nadie más. Una vez que llegaran, la habilidad de Indra de controlar la situación dependería exclusivamente de persuadir a su padre de ver las cosas desde su punto de vista, y ahora se daba cuenta de que no le tenía mucha fe a esa posibilidad. ¿Qué había hecho? ¿Sería que en su apuro por ayudar al pobre de Wulfric lo había condenado a una muerte segura?

Miró nuevamente al sol, preguntándose cuánto tiempo tendría antes de que llegaran. Necesitaba pensar. Severo e inflexible como era su padre, ella era un digno rival, y como prueba estaba el hecho de que ahora se encontraba en este lugar y no en casa. ¿Podría persuadirlo de ayudar a este hombre, convencerlo de que era distinto a todas las abominaciones que su padre había matado sin titubear? Tal vez podría hacerlo si tenía el tiempo y la libertad de intentarlo. Si pudiera ver antes a su padre y hablarle con calma para prevenir que actuara precipitadamente, aunque no pudiera convencerlo del todo. Pero ¿cómo? Sus ojos se posaron sobre las dos espadas recargadas contra una roca, sus hojas brillando bajo la luz del sol. Quizás...

—¿Qué me hiciste exactamente?

La voz de Wulfric sacó de golpe a Indra de sus pensamientos. Levantó la cabeza para verlo frente a ella con los brazos extendidos hacia delante, examinándolos como si su propia piel le fuera ajena. Aquella imagen tenía algo de divertido.

—Te quité la cadena y te saqué de las cenizas mientras dormías. Luego te lavé con agua del río —le dijo—. ¿Acaso tú no...? Quiero decir, tú normalmente... —Tropezó con sus palabras al darse cuenta de lo incómodo que resultaba preguntarle a alguien con qué frecuencia tomaba un baño.

Wulfric comprendió lo que ella quería decir.

—Al principio me lavaba lo más posible, cada día. Pero pronto me di cuenta de que era una pérdida de tiempo. Las cenizas regresaban cada mañana, cubriéndome de nuevo. —Se miró las manos, rosadas y limpias como las de un bebé recién

287

nacido—. Luego de un tiempo empecé a verlo como parte de mi piel. Parte de mí.

—Bueno, si me permites opinar —dijo Indra—, creo que es una gran mejora. Antes parecías un fantasma, todo cubierto de gris. Pero yo sospechaba que había un hombre escondido allí abajo. Me alegra haber estado en lo correcto.

Y era verdad; la diferencia era impresionante. La mugre que cubría a Wulfric de la cabeza a los pies lo hacía verse de mucha más edad. Sus ojos tenían algo que daba la impresión de pertenecer a un alma vieja, pero era obvio que apenas sobrepasaba los treinta años. Æthelred llevaba quince años muerto, así que Wulfric debió ser poco más que un niño soldado cuando la maldición del arzobispo loco cayó sobre él. Otro detalle trágico sumado a una de por sí triste historia.

—Ven —dijo Indra—, ve por ti mismo. —Tomó una de sus espadas y se la ofreció a Wulfric. Él la miró y parpadeó un par de veces, pero no hizo ningún gesto para tomarla—. Me jacto de mantener mis espadas pulidas y brillantes como un espejo —agregó, alentando a Wulfric para que la sostuviera—. Anda, mira.

Cautelosamente, Wulfric estiró un brazo y tomó la espada; la sostuvo verticalmente. La hoja destellaba bajo el sol. Indra observó cómo él se contemplaba en el angosto pedazo de metal, moviéndolo de un lado a otro para poder abarcar toda su cara. Esperaba alguna señal de sorpresa o de agrado, pero sólo obtuvo el gesto perturbado de quien no se reconoce en su propio reflejo. O quizá de quien sí se reconoce, pero no le gusta lo que ve. Tras un rato, sus ojos se distanciaron y sus manos languidecieron, dejando caer la espada sobre la tierra. Indra la recogió.

—Ahora bien, si hicieras algo con ese nido de ratas que tienes por barba... —dijo tratando de aligerar el ambiente. Le dedicó una sonrisa a Wulfric, pero no resultó contagiosa. Él siguió estudiando sus manos con aquella mirada distante, cohibido, sin saber bien cómo sentirse. Se volvió al árbol en donde había pasado la noche; la cadena de hierro que había raspado el tronco y desprendido la corteza estaba tirada, floja, a su alrededor. Indra presentía que él necesitaba preguntar algo, pero no se atrevía.

—¿Quieres saber qué le pasa a la bestia en la madrugada? —inquirió Indra.

Wulfric la miró.

—¿Tú la viste?

Ella asintió.

—Con el alba comenzó a aullar de dolor, luego fue debilitándose poco a poco hasta que perdió toda su fuerza y simplemente murió. Por un momento se quedó inmóvil y su cuerpo brilló como si tuviera un fuego por dentro. Unos segundos después ardió, consumida por las flamas más extrañas que jamás haya visto, hasta que de ella quedó sólo una pila de cenizas. Y en el centro estabas tú, durmiendo como un recién nacido. Cuando se enfriaron las cenizas te saqué de allí y traté de despertarte, pero estabas muerto para el mundo. Y como no se me ocurría otra cosa, creí que sería una buena idea limpiarte.

Silencio. Wulfric bajó la mirada hasta su túnica, sus dedos recorrían las rasgaduras que Indra había remendado con hilo y aguja. Sus puntadas eran buenas, mejor hechas que el resto de las puntadas que sostenían a la túnica en una pieza.

—¿Por qué hiciste esto? —le preguntó.

—Pensé que tal vez alguien que pasa sólo parte de su vida como humano debería verse como uno mientras pueda. —Sus ojos se abrieron—. ¡Casi se me olvida! —exclamó poniéndose de pie de un brinco—. Tengo algo para ti.

Wulfric observó cómo Indra se dirigió al otro lado de la roca y regresó con un cambio de ropa perfectamente doblada: camisa, capa, pantalones y un par de botas encima de todo. Las prendas se veían viejas y usadas y había una mancha de sangre en la camisa alrededor de una rajadura hecha por un cuchillo, pero esa también había sido remendada cuidadosamente.

—¿Qué es eso? —preguntó Wulfric.

—Se la quité a uno de los hombres que matamos... a uno que yo maté, si mal no recuerdo. No creo que vaya a necesitarla. Sé que no es mucho, pero es mejor que esa túnica apolillada. Las botas, me parece, están casi nuevas. ¿Por qué no te las pruebas? —Indra hizo gesto de acercarse a él pero Wulfric se puso en pie de un salto y se alejó, como si el regalo fuera una especie de veneno.

—¿Qué pasa? —preguntó—. No te sientas culpable. El tipo que llevaba estas prendas era escoria. Dudo que las haya adquirido de manera honesta.

—No —respondió Wulfric—. No es eso. Es que eres muy buena conmigo. Demasiado buena.

Se giró para atravesar el claro en dirección al árbol. Desenredó la cadena de la base y se apuró a acomodarla sobre su cuerpo, cruzándola sobre sus hombros. Indra lo siguió, sosteniendo aún la ropa en sus brazos.

—Es un desperdicio si no aceptas esto. Al menos...

—¡No! —gritó Wulfric e Indra se congeló, sorprendida. Él pareció arrepentirse de inmediato y dulcificó su tono—. No. Si yo quisiera parecer un hombre, vivir como un hombre, ya lo habría hecho. Pero no es eso lo que soy. No es lo que merezco ser.

Wulfric casi había terminado de levantar la cadena. Todavía le quedaba un tramo pero gran parte estaba ya sobre su cuerpo, un peso que nadie debería cargar. A pesar de que lo intentaba, Indra no podía comprenderlo.

—¿Por qué te castigas de esa manera? —le preguntó.

—Dios es el que me castiga —contestó Wulfric y terminó de enredar la última parte de la cadena a su cuerpo—. Yo no soy quién para cuestionarlo.

Mientras Wulfric revisaba que la cadena estuviera bien afianzada, Indra se tomó un instante para pensar en lo que él había dicho.

—Yo también soy cristiana, pero por favor perdona que te diga esto —se excusó—: lo que acabas de decir es probablemente la cosa más estúpida que he escuchado en toda mi vida.

Wulfric levantó la cabeza y miró a Indra, sorprendido. La expresión de ella le confirmó que, efectivamente, ella había dicho lo que él creyó escuchar.

—¿Castigarte por qué? —continuó—. ¿Qué pecado podrías haber cometido que se merezca... *esto*?

—Tal vez tú y yo no leímos el mismo libro —repuso Wulfric—. En mi versión de la Biblia, la cólera divina es infinita.

—También es infinita su clemencia —dijo Indra dando un paso hacia el frente—. En mi experiencia, son los hombres los que tienen mucho de lo primero y muy poco de lo segundo. Nadie duda de la miseria de tu maldición, pero ¿por qué tienes que aumentarla de este modo? Rechazas cualquier tipo de ayuda, niegas toda esperanza y te empeñas en vivir la existencia más abyecta posible. Si crees que alguien te está castigando mira hacia ti mismo, no hacia arriba.

Wulfric la contempló en silencio; los eslabones de la cadena sobre su pecho golpeaban ligeramente unos contra otros con el movimiento de su respiración. Indra tensó sus músculos, preparándose para la posibilidad de un ataque. Sin embargo, Wulfric sólo se agachó para recoger el candado y la llave del suelo y colgarlos de la cadena.

—De verdad te agradezco tu ayuda, pero ya no la necesito más —dijo en un tono calmo y mesurado que sugería un gran esfuerzo para mantenerlo de esa manera—. No es bienvenida tu ayuda. Que tengas un buen día.

Le dio la espalda. Indra avanzó un paso vacilante hacia él y se detuvo.

—¿Por qué tienes que irte? —le gritó.

—No pierdas tu tiempo tratando de seguirme —respondió Wulfric sin volverse—. He escapado de rastreadores mucho mejores que tú. —Llegó a la orilla del claro y se internó en el denso y enmarañado bosque. Las ramas de los árboles se cerraban tras él como una cortina a medida que se adentraba en la foresta y desaparecía.

Indra permaneció en su lugar por unos segundos, paralizada por la indecisión. Volvió a pensar en sus miedos sobre lo que su padre haría cuando llegara con sus soldados, así que consideró dejar que Wulfric se marchara. Pero si la Orden no lo encontraba aquí cuando llegaran, con seguridad se pondrían a buscarlo. Y ahora sabían exactamente qué buscar. A quién buscar. La única ventaja de Wulfric —su habilidad para esconderse a plena luz del día— se había perdido desde el momento en que escribió aquellas pocas líneas en la nota. Por eso ahora ella era responsable del destino de ese hombre, y la mejor oportunidad que tenía —la única— estaba junto a ella: sólo Indra podría convencer a su padre de no cazar a la bestia, sino de ayudar al hombre.

La posibilidad de que su padre hiciera lo correcto era ciertamente muy remota, pero no era su único recurso. También poseía su ingenio y, con un poco de buena suerte, un as bajo la manga que podría hacer toda la diferencia del mundo. *Por favor, que Cuthbert venga con ellos. Él sabrá qué hacer.*

Escuchó un ruido familiar y levantó la vista, protegiendo sus ojos del sol. Venator volaba circundando el cielo sobre ella. Indra sonrió: la imagen del halcón siempre le otorgaba nuevas esperanzas a su día. La respuesta que trajera de Canterbury le ayudaría a prepararse para lo que viniera. Además, su retorno tenía una ventaja adicional: no cabía duda de que Wulfric estaba en lo correcto cuando dijo que ella no podría seguirlo si él no quería ser rastreado, pero hasta ahora no conocía a ningún ser humano que pudiera eludir a un halcón.

Veintisiete

La tarde había sido larga y extenuante; Indra sintió alivio al ver que el sol se escondía al fin. Wulfric fue fiel a su palabra: rastrearlo resultó imposible. Para ser un hombre que llevaba el lastre de una cadena tan pesada, se movía con bastante agilidad por una ruta difícil de seguir. Se mantenía lejos de los senderos ya trazados para avanzar por entre los matorrales más densos y crecidos; espinas y otras cosas punzantes habían rasgado la ropa y la piel de Indra durante todo el día.

Si lo estuviera buscando sola le habría perdido la pista hace horas, sin la esperanza de volverlo a encontrar, pero por fortuna no era así. Venator lo había localizado de inmediato desde su ventajosa posición aérea y no tuvo problema alguno para seguirlo. Lo difícil era acompañar el vuelo del halcón; mientras que este planeaba sin esfuerzo por arriba de zarzas y matorrales, Indra tenía que rodearlos o pasar a través de ellos. En algún punto Wulfric cruzó un río poco profundo pero muy ancho; hubiera sido casi imposible para Indra seguir sus huellas a través del agua, de no ser porque contaba con los ojos de Venator en el aire. De todos modos tuvo que caminar con el agua helada hasta la cintura y resistiendo la corriente. Una hora después, cuando su ropa empapada comenzaba apenas a secarse bajo el sol, Indra seguía temblando, helada hasta los huesos. ¿Y qué tan rápido avanzaba este hombre que Venator tenía que mantener tal ritmo para no perderlo de vista? En varias ocasiones el halcón debió volar en círculos para esperar a Indra, lo cual resultaba vergonzoso para ella, y tuvo que repetirse a sí misma que su amigo emplumado no le recriminaba de ninguna manera su tardanza mientras la observaba desde las alturas.

A medida que su cansancio y frustración crecían, Indra miraba constantemente al cielo para no perderse el progreso del sol. Sabía que Wulfric se detendría en algún momento antes del ocaso para tener tiempo suficiente de atarse y pasar la noche. Pero no fue hasta que el sol se hubo escondido por completo en el horizonte que Venator se posó en la parte alta de un árbol para indicar que Wulfric por fin se había detenido.

Ella se dejó caer sobre un tronco tirado para descansar y recuperar el aliento, preguntándose cuánta distancia habían cubierto ese día. Calculaba que no más de quince kilómetros, pero a través de un terreno tan difícil se sentían como cien. El rumbo tomado no fue en línea recta, pues Venator se había desviado varias veces hacia la izquierda o la derecha para seguir el sinuoso rastro de Wulfric. Indra sospechaba que no estaban lejos del claro del que habían salido esa mañana. Eso al menos era una buena noticia, pues significaba que el lugar de la reunión de esa noche no quedaba tan lejos.

Venator bajó y se aperchó en una rama cercana. Indra se limpió el sudor de la frente; el ave parecía fresca, ni una pluma fuera de lugar. Nuevamente tuvo que convencerse de que el halcón no la juzgaba en silencio. Sin hacer ruido, Venator caminó sobre la rama y señaló con la cabeza hacia una densa pared de árboles que la noche ya cubría con su oscuridad. Para Indra estaba claro: Wulfric se encontraba cerca, en la dirección que el halcón apuntaba. Ella asintió dándole a entender a Venator que recibió la información y, poniéndose de pie, le hizo una señal para que se quedara quieto mientras ella avanzaba en silencio hacia el conjunto de árboles.

Indra avanzó despacio entre los árboles, agachada, cuidando cada paso; cabía la posibilidad de que Wulfric le hubiera tendido alguna trampa. Por lo que ahora sabía de él, no la sorprendería. Pero no encontró ninguna y pudo acercarse, sin que él lo advirtiera, al lugar donde se preparaba para pernoctar.

De pronto lo vio más allá de los árboles, directamente frente a ella, y se congeló. Poco menos de treinta metros los separaban, pero desde allí Indra podía escuchar el suave tintineo de la cadena al ser enredada alrededor del tronco de un árbol robusto. Se agachó un poco más y observó cómo Wulfric se deshacía de su manto harapiento, lanzándolo hacia un lado, para sentarse desnudo sobre la base del árbol y acomodar la cadena alrededor de su pecho. Era el mismo ritual del que Indra había sido testigo la noche anterior, esta vez sin que Wulfric supiera que lo observaba. Algo no se sentía bien, como si ella estuviera inmiscuyéndose en el secreto más profundo y oscuro de aquel hombre, en un momento de sagrada privacidad. Así que tuvo que recordarse a sí misma que todo lo que estaba haciendo era para ayudarlo a él. *Dios, espero que así sea.*

La transformación le llegó a Wulfric apenas un minuto después de que hubiera terminado de asegurar la cadena a su alrededor. Cuando su cuerpo comenzó a temblar y convulsionarse, ella cerró los ojos. Ya sabía lo que seguía y no tenía ningún deseo de volver a verlo. Regresó por donde había venido, más rápidamente esta vez. Ya no había necesidad de sigilo. Lo único que quería era alejarse. Su corazón latía más rápido; al escuchar el primer aullido de la bestia haciendo eco a través del bosque, Indra se lanzó a correr, esquivando árboles, poniendo distancia entre ella y la pesadilla que se desarrollaba a sus espaldas.

Llegó jadeante hasta donde estaba Venator, quien de inmediato voló para posarse sobre su hombro. Se acercó a su cara y la acarició con su cabeza; la sensación de sus plumas sedosas contra su mejilla funcionó como un calmante para Indra. *Venator, mi eterno protector.* Por encima del sonido del viento aún podía escuchar ligeramente el aullar lejano de aquella cosa, que no dejaba de ser temible ni siquiera por la distancia. Ahora sabía que era la misma bestia que había escuchado a la orilla de las colinas hacía varias noches, el mismo y pavoroso gemido que le provocó una sensación helada a lo largo de su columna vertebral y que ahora se repetía. No podía bloquear aquel ruido, así que sólo le quedaba distraerse en algo práctico.

Levantó su antebrazo y Venator, obediente, brincó sobre él.

—Cena —le dijo, y fue todo lo que el halcón necesitó.

Levantó el vuelo y en un instante desapareció en la noche oscura. Indra sacó sus dos espadas y las puso sobre el suelo frente a ella; las hojas brillaban bajo la luz de la luna. Había una cosa más que necesitaba hacer esa noche antes de cenar o descansar. Aquello que había estado tratando de evitar desde que mandó su mensaje a Canterbury, y que no podía posponer más. Era hora de ir a encontrarse con su padre.

Edgard llegó a la vieja iglesia una hora antes del crepúsculo. Él y sus hombres habían cabalgado tan rápido como sus caballos resistieron, deteniéndose a descansar solamente una vez en toda la jornada. Para el final del día tanto hombres y caballos arribaron al punto de encuentro rendidos y hambrientos, pero antes de la hora acordada. Sólo entonces Edgard se dio cuenta de que había sido un esfuerzo vano; el tiempo ahorrado en el camino ahora tenían que pasarlo esperando a que llegara Indra, y mientras más despacio pasaban esas horas, más crecían su impaciencia y desesperación. ¿Por qué estaría tardando tanto?

Ahora la noche había caído y ella podría llegar en cualquier momento; cada minuto que pasaba lo hacía lenta y exasperantemente, y Edgard se llenaba de preocupación. ¿Estaría ella a salvo? ¿Qué tal si la bestia la había herido? ¿Y si hubiera cambiado de opinión? ¿Y si todo resultaba ser una broma cruel, una forma infantil de Indra para vengarse de todas las cosas que según ella su padre le había hecho?

¿Sería capaz de un acto tan malicioso, tan lleno de rencor, en contra de su propio padre, el hombre que la había criado y cuidado? Esperaba que no fuera así, pero no lo descartaba. A pesar de todo lo que había hecho por su hija, ella no le había demostrado nada más que ingratitud a lo largo de su vida. Por supuesto que no esperaba que a su corta edad pudiera comprender las decisiones tan difíciles que él había tenido que tomar respecto a su crianza, pero al menos podría valorar el hecho de que hizo lo mejor que pudo bajo las peores circunstancias: cada decisión que él tomó fue por el bien de Indra, para protegerla.

¿No era eso lo que se esperaba de un padre? Pero ella estaba resentida y se rebelaba en su contra a cada oportunidad que tenía. Aunque sabía que las dificultades entre padre e hija eran algo común, la ira que Indra llevaba por dentro hacía que su crianza se transformara en una tarea imposible.

Desde el día en que tuvo edad suficiente para tomar una espada de práctica, ella había insistido, en contra de los deseos de Edgard, en ser entrenada para el combate. Él y otros intentaron persuadirla de que las artes militares no eran algo apropiado para una señorita, pero ella sólo se había empeñado más en hacerlo, como si necesitara probar lo contrario. Cuando él le prohibió entrenar con los iniciados, ella se escabulló y buscó aprender por sí misma, espiando y siguiendo las sesiones diarias en el campo de entrenamiento o engatusando a los instructores para que le dieran lecciones privadas y practicando por su cuenta. Siempre practicando. Ningún castigo podía detenerla. Si él le quitaba su espada, ella se las ingeniaba para conseguir otra; si la encerraba en su habitación, ella encontraba el modo de escapar. Finalmente se dio por vencido y le permitió entrenar con los iniciados, esperando que su espíritu rebelde se desvaneciera —al tener finalmente lo que quería— y perdiera interés en el asunto. Pero ella se entregó con toda su alma y, con el paso del tiempo, fue mejorando cada vez más.

Para cuando derrotaba a hombres mayores que ella por cinco años en el círculo de entrenamiento, ya era claro que aquello no era un pasatiempo pasajero, y tampoco podía ignorarse su evidente talento, fuera mujer o no. Pero cuando ella quiso ser parte de la Orden como una iniciada formal, Edgard le dejó claro que ya había sido suficiente y, por supuesto, se lo prohibió. La idea de una iniciada o, peor, una paladina, era absurda y sin precedentes. Pero ella se había obsesionado con matar a una abominación, como si aquello pudiera corregir todo lo que le parecía mal en su propia vida. Indra le puso un ultimátum a su padre: lo haría como un miembro de la Orden, totalmente entrenada y preparada como cualquiera de los paladines, o bien lo haría por su propia cuenta, pero le retiraría el habla para siempre. En cualquiera de los dos casos, no aceptaría un no por respuesta.

Así fue como, en contra de sus deseos, le permitió a su hija embarcarse en aquella misión insensata, sólo porque tenía miedo de perderla para siempre. Diez meses atrás la había visto partir sabiendo que tal vez jamás volvería, pero esperando que, si regresaba, el tiempo pasado lejos le hubiera servido para reflexionar y apreciar todo lo que él hacía por ella.

Edgard salió de su ensimismamiento. Sus botas habían escarbado una zanja en la tierra húmeda por donde caminaba de un lado a otro sin cesar. Sus hombres aprovecharon mejor el tiempo: armaron el campamento en el patio de la iglesia e hicieron todos los preparativos que Edgard ordenó. Algunos ya se encontraban alrededor del fuego, cenando con gran apetito. El aroma de la carne asada se propagó por el aire; a pesar de que el estómago de Edgard gruñó al olerlo, no tenía ganas de comer. Estaba demasiado ansioso, no sólo por ver a su hija, sino también por lo que ella había descubierto.

Una abominación como ninguna otra, un híbrido de ser humano y bestia. Un peligro único para él y para Indra. Era de vital importancia que este asunto se manejara de manera correcta. Por eso había traído a veinte de sus mejores hombres. Indra podría albergar la cándida idea de salvar a la bestia —lo que sea que eso significara—, pero él conocía el peligro que aquello entrañaba. Y sólo él sabía cómo lidiar con algo así.

Edgard miró hacia la luna y se preguntó por cuánto tiempo había estado esperando. Algunos de los paladines, terminada su cena, se disponían a prepararse para la noche. ¿Por qué tardaría tanto su hija? Él había elegido este lugar porque era el punto de referencia más cercano al área desde donde ella había mandado el mensaje. Esperaba que no le tomara tanto tiempo llegar. *Al caer la noche*, decía el mensaje que él había mandado de vuelta con Venator.

Pero Indra nunca seguía sus instrucciones al pie de la letra… ni de cualquier otra forma. Aun así no podía dejar de pensar lo peor. *¿En dónde diablos estaba?*

—¿Milord?

Era uno de sus hombres, parado cerca de la orilla del campamento; miraba hacia el bosque cercano y su mano estaba en la empuñadura de su espada. Edgard se giró para ver una silueta menuda que emergía de la oscuridad entre los árboles. Aquella figura caminó hasta el claro y la luz de la luna la iluminó. Indra. Una sonrisa de alivio recorrió el rostro de Edgard y se dirigió hacia a ella, caminando más rápido a medida que se acercaba.

—Mi niña —dijo—, no sabes cómo me alegra el corazón poder verte. —Abrió los brazos, pues su primer instinto era abrazarla, pero ella se tensó y dio un paso atrás para alejarse de él. Edgard entristeció de súbito—: ¿No vas a darle un abrazo a tu propio padre?

La cara de Indra lo decía todo. El corazón de Edgard se empequeñeció. Conocía esa mirada. Era la misma que le había dedicado cuando se fue hacía diez meses, la misma que le había mostrado a lo largo de toda su vida. Se resistía a él tanto como siempre.

Quizá sólo necesita tiempo, se dijo a sí mismo. *No debo presionarla.* Así que no intentó acercarse más, pero trató de ser amable y cariñoso.

—Te ves muy bien —le dijo, y no era mentira. Se veía mucho mejor de lo que esperaba. Unos cuantos rasguños y moretones, sí, pero parecía que su Prueba la había fortalecido. Había seguridad en sus ojos y en la forma en la que se comportaba, más de la que tenía antes, y vaya que entonces ya mostraba suficiente—. ¿Cómo te ha tratado la Prueba en estos diez meses?

—Bastante bien —contestó ella. También su voz sonaba diferente. Más madura, más experimentada. Sí, la Prueba la había fortalecido, sin duda. Aquello podría ser un problema, pero no algo infranqueable—. Gracias por venir —añadió Indra.

¿Gracias? Aquello era una novedad. Edgard trató de recordar alguna ocasión anterior en la que Indra le hubiera expresado gratitud, pero no pudo. El hecho de que lo hiciera ahora le transmitía algo importante: que Indra lo necesitaba, y que era consciente de ello. Estaba dispuesta a mostrarle algo de respeto para ganarse su favor. *Pero no lo suficiente para aceptar un abrazo de su padre, por supuesto. Eso sería demasiado pedir.*

—¿Cómo no iba venir si me lo pide mi única hija? —dijo con una sonrisa cálida, pero el sentimentalismo pareció molestar a Indra. Era demasiado osado decir algo así tan pronto, pensó. Tendría que andarse de puntillas para no ofender a esa chiquilla insolente. ¿Qué no se daba cuenta de que su propio comportamiento irrespetuoso lo ofendía a él?

—Como puedes ver, vengo desarmada —repuso Indra, al parecer con ganas de ir al grano—. Vengo ante ti de buena fe.

Edgard no lo había notado pero, ahora que se fijaba bien, las empuñaduras de las dos espadas que usualmente eran visibles sobre los hombros de Indra no estaban en su lugar. El hecho de que ella creyera necesario aclararlo le preocupó.

—No hacía falta —dijo abriendo sus manos en un gesto conciliatorio—. Tú no eres mi enemigo. Y espero que entiendas que yo no soy tu enemigo tampoco.

Indra asintió, pero no se veía convencida.

—¿Trajiste a Cuthbert?

Edgard suspiró y le hizo una seña a uno de los soldados detrás de él, quien dio media vuelta y corrió al campamento. Indra y Edgard se contemplaron en silencio, una reacia a hablar y el otro inseguro sobre qué decir. Así que fue un alivio cuando Cuthbert apareció al fin, levantándose la sotana para no mancharla con el lodo que pisaba.

A Indra se le iluminó la cara apenas lo descubrió, algo que Edgard no dejó de notar. Cuthbert llegó hasta ellos y Edgard vio cómo Indra le sonreía al escuálido sacerdote: como nunca le había sonreído a él, su propio padre. Por un momento sintió que los odiaba a los dos.

—Cuthbert, qué bueno verte —exclamó Indra.

—Milady —contestó Cuthbert con una reverencia.

Suficiente.

—Bien, ya estamos todos aquí. ¿Dónde está esa cosa?

Indra se enfureció.

—Creo que quieres decir que en dónde está *él*.

—Bueno, ya cayó la noche —repuso Edgard con una sonrisita—. Si este hombre es como lo describiste, entonces creo que, en este instante, la forma en la que hice mi pregunta es la correcta.

—Está cerca —dijo Indra—. No lo pude convencer de quedarse conmigo, pero lo he estado siguiendo sin que él lo sepa.

—¿Trató de hacerte daño? —preguntó Edgard.

—No. Y no creo que quiera hacerle daño a nadie.

Edgard asintió e hizo un gesto hacia la parte del bosque por donde había venido Indra.

—Bien, pues. Estamos listos. Guíanos hasta él.

Dio un paso adelante, pero Indra lo detuvo sosteniendo la palma de su mano frente a su cara.

—Primero necesito tu palabra —dijo.

Edgard la miró socarronamente.

—¿Mi palabra, dices?

—Tu palabra de que no deseas hacerle daño a este hombre, sino ayudarlo.

—Por supuesto —afirmó Edgard—. ¿No era eso lo que me habías pedido? ¿No es por eso que he venido hasta aquí? Haré todo lo que pueda por esta alma desgraciada si tan sólo me llevas a él.

Edgard esperó, pero Indra no se movió. Escudriñó la cara de su padre tratando de leer sus motivos verdaderos, luego miró a los paladines de la Orden que estaban formados tras él.

—Si realmente has venido a ayudarlo —dijo—, ¿por qué trajiste una docena de hombres armados?

—Sólo por precaución —respondió Edgard en un tono tranquilizante—. No sabemos nada de este sujeto fuera de lo poco que tú explicaste.

—Te dije que él no quiere hacerle daño a nadie. ¿Es que no confías en mí?

—Claro que sí. Pero tú también debes confiar en mí, ¿o si no qué estamos haciendo aquí?

Indra pareció dudar por un momento; luego centró su atención en Cuthbert.

—Yo sé que tú sí me dirás la verdad —dijo—. ¿Se puede revertir la maldición de este pobre hombre?

Edgard clavó sus ojos en el sacerdote. Cuthbert desvió la mirada y la bajó a sus pies, luchando contra su conciencia. Luego, tras un momento, levantó su cabeza para encarar a Indra.

—No —dijo tristemente—. Pero... —Edgard lo interrumpió levantando su mano con un gesto brusco.

Indra lo miró furiosa.

—Y por supuesto que tú ya sabías eso antes de partir con tus guerreros armados. No sé cómo pude pensar siquiera por un instante que me dirías la verdad. No has hecho más que mentirme desde que tengo memoria.

—¡Suficiente! —atronó Edgard, al límite de su paciencia—. Soy tu padre y vas a obedecerme.

La voz estruendosa de Edgard sacudió a varios de los hombres tras él, pero Indra permaneció inmóvil.

—Creo que ya he dejado claro muchas veces cómo me siento respecto a eso —dijo ella con su voz más tranquila.

Edgard dio otro paso al frente, el ceño fruncido, amenazante.

—Muy bien. Si no aceptas mi autoridad como padre, la aceptarás como la de tu comandante oficial. Como jefe de la Orden, yo...

—No voy a permitir que lastimes a este hombre —replicó Indra sin doblegarse—. Él es inocente y no merece ser castigado por las acciones de una bestia que no puede controlar.

—Yo tampoco quisiera castigar a un perro rabioso por sus acciones —dijo Edgard—, pero tiene que ser sacrificado de todos modos. —Se llevó la mano a la frente y miró al cielo, exasperado—. ¿Por qué estamos hablando de esto como si fuera una negociación? Nos llevarás hasta ese monstruo, sin más objeciones. Se acabó la discusión. *Ahora.*

Indra escuchó un crujido tras ella y se giró para ver a ocho más de los soldados de Edgard, saliendo de entre los árboles con las espadas listas para atacar. Se apostaron en semicírculo tras ella; junto con los otros doce, acabaron de rodearla por completo. Indra miró a Edgard como si ya esperara esto.

—¿Qué era eso que habías dicho sobre confiar en ti?

Edgard se encogió de hombros.

—Como dije, la confianza es útil sólo si es mutua. Si tú no confías en mí, entonces me obligas a hacer las cosas de diferente manera. De una forma u otra, nos vas a llevar hasta esa bestia.

Indra miró las caras de los hombres que la rodeaban. No había quien no mostrara un rostro endurecido por las batallas, lleno de cicatrices. Los reconoció casi a todos. A unos los había golpeado y vencido en los entrenamientos, y no dudaba que estuvieran más que contentos de devolverle el favor a Indra, apenas les dieran la orden. Se volvió a su padre.

—Tú no me lastimarás. Sabes que no funcionaría.

Edgard suspiró; sabía que esa estratagema no podría tener éxito, pero aún tenía otras cartas bajo la manga.

—No te lastimaría. Pero haría que te ataran y te llevaran de vuelta a Canterbury mientras mis hombres hacen una búsqueda exhaustiva en esta área. Si esta abominación tuya no está lejos de aquí, dudo que tardemos en encontrarla. O bien, tú puedes llevarnos hasta ella y evitar así una cacería que seguro será peor para la abominación que para nosotros. La elección es tuya.

Todavía esperaba convencerla de hacer esto sin engendrar en ella más resentimiento en su contra. Dio un paso más; quedó tan cerca que podría tocarla, pero ella se hizo nuevamente hacia atrás.

—Indra, sólo quiero lo mejor para ti. Ayúdanos y a nuestro regreso a Canterbury se te recompensará con una investidura completa de la Orden. No sólo serás el paladín más joven en toda la historia de la Orden, sino también la primera mujer. ¿No es eso lo que siempre has querido?

Ella lo contempló con desprecio y movió su cabeza negativamente.

—Tú no entiendes nada, ¿verdad? Nunca vas a entender.

Edgard sabía que no había cosa que él pudiera hacer o decir para que su hija dejara de menospreciarlo. Con un suspiro profundo, hizo una señal a sus hombres. Ella permaneció completamente inmóvil mientras los soldados cerraron el círculo a su alrededor, pero cuando el más cercano a ella se estiró para tomar su brazo, dio un traspié al intentar agarrar algo que no estaba allí. Un momento después, otro paladín la aprisionó con ambos brazos desde atrás, sólo para caer de frente, directo al lugar en donde había estado Indra hacía apenas unos segundos. Edgard contempló asombrado cómo los soldados, uno tras otro, intentaban atraparla sin éxito, pues sus manos pasaban a través de ella como si se tratara de un fantasma. Cuthbert fue el primero en comprender lo que estaba sucediendo y no pudo evitar que una gran sonrisa asomara a sus labios. Giró la cabeza para que Edgard no pudiera verlo.

Edgard marchó hacia Indra y acercó su mano. Igual que sucedió con los otros, pasó limpiamente a través de su cuerpo como si ella no fuera más que una sombra. Indra le sostuvo la mirada y le regaló una sonrisa burlona.

—Parece que confiamos el uno en el otro de la misma manera —dijo ella antes de desaparecer: su figura se desvaneció justo frente a los ojos de Edgard.

Él permaneció de pie, desconcertado. Luego giró y apretó la garganta de Cuthbert, cuyos pies avanzaron frenéticamente en reversa mientras Edgard lo empujaba contra el árbol más cercano, con los ojos rojos de furia.

—¿Tú le enseñaste esa magia? —preguntó Edgard, acercándosele tanto que las gotas de saliva que brotaban de entre sus dientes apretados cayeron sobre el rostro de Cuthbert—. ¿Le enseñaste a proyectarse?

El sacerdote manoteaba inútilmente, tratando de quitarse la mano que aprisionaba su cuello. Su cara enrojeció, su boca se abría y se cerraba como la de un pez que boquea en la orilla del río sin poder respirar. Edgard aflojó un poco el agarre, sólo lo suficiente para que Cuthbert pudiera hablar.

—¡Ella quería aprender y no pude disuadirla! Milord, usted más que nadie sabe lo insistente que puede ser cuando se le mete una idea en la cabeza. ¡Es incapaz de aceptar un no por respuesta!

Edgard lo liberó y Cuthbert cayó sobre sus rodillas, resollando.

—No hay nada más cierto que eso —dijo Edgard, mirando hacia el lugar en donde Indra había desaparecido. Luego volvió a Cuthbert—. ¡Idiota! ¿Qué estabas pensando al decirle la verdad cuando ella preguntó si podía hacerse? La teníamos en nuestras manos hasta ese momento. ¿Qué otras verdades le habrías dicho si hubiera tenido oportunidad de preguntar?

Cuthbert levantó la mirada, lastimoso, hecho un ovillo y cubierto de lodo en la base del árbol, todavía esforzándose por respirar. Era un misterio que Edgard nunca terminaría de comprender cómo ese hombre había sobrevivido todo ese tiempo en el mundo sólo por su inteligencia, tan grande como pudiera ser.

—Ninguna que me correspondiera decirle —contestó el sacerdote con voz rasposa.

Edgard entendió lo que había querido decir, y no lo apreció en absoluto. Preparó su mano para golpear. Cuthbert se agazapó asustado y aquello fue suficiente para Edgard. Con una sonrisa burlona le extendió su mano al sacerdote para ayudarlo a ponerse de pie. Todavía necesitaba de él, después de todo. Cuthbert tomó la mano de Edgard con mucha cautela y este lo jaló hacia arriba. Edgard concentró su atención en el bosque oscuro que los rodeaba.

—¿Qué tan lejos puede estar? —preguntó.

—Depende del nivel de su habilidad —contestó Cuthbert—. Cuando más, unos ocho kilómetros en cualquier dirección.

Edgard frunció el ceño. En cualquier otra circunstancia, encontrarla sería casi imposible. Pero por fortuna conocía a su hija lo suficiente para sospechar que le haría alguna jugarreta, así que había venido preparado.

—Qué suertudos somos —le dijo a Cuthbert, quien se estaba quitando el lodo de la sotana— de que ella no sea la única con trucos mágicos bajo la manga.

Veintiocho

Wulfric se despertó entre las cenizas, frunciendo los ojos para defenderse de los rayos del sol. Gimió al sentir su cuerpo aquejado de pies a cabeza por los dolores que cada mañana le eran ya tan familiares como ver la luz del nuevo día. Se sacudió aquel polvo gris del cabello, luego movió su mano entre los rescoldos hasta encontrar la llave donde la había dejado y abrió el candado; la cadena se aflojó. Se sacudió para que cayera y se incorporó, sintiendo la ceniza aún tibia en las plantas de los pies.

Una vez más se encontraba cubierto de aquel residuo gris, sin traza alguna de la carne humana escondida debajo. De alguna manera era más cómodo así. Había sido raro verse como ayer, como el hombre que alguna vez conoció, pero que apenas recordaba. Su piel cenicienta formaba parte de quien era ahora y se sentía extraño sin ella. Aunque no culpaba a la chica por haberlo intentado. Sus intenciones eran un acto de bondad. No podía esperar que ella lo comprendiera.

¿Cómo lo había llamado? ¿Un fantasma gris? Una descripción bastante acertada, pensó. El fantasma de un ser humano que vivió hacía mucho tiempo.

Encontró su túnica, se la echó encima y comenzó a desenredar la cadena del árbol. Como siempre, la corteza estaba rota y arrancada por los tirones de la bestia al tratar de liberarse. Como era su costumbre, revisó cada eslabón para asegurarse de que no estuviera doblado o roto. Si alguno lo estuviera...

—Wulfric.

Indra estaba al otro lado del árbol.

Exasperado, Wulfric dejó escapar un gruñido. Aunque sabía que trataría de seguirlo, estaba seguro de que le había perdido el rastro el día anterior; el camino que tomó era complicado, tanto como para perder a cualquiera. Pero al parecer siempre terminaba subestimando las habilidades de esta chica. Ella, que no entendía el simple concepto del «no».

—Mira, niña —dijo con voz cansada—. No te lo repetiré otra vez...

Indra se movió hacia él y Wulfric notó que había algo diferente en su comportamiento. Había urgencia en su cara, algo que rayaba casi en el miedo. Daba la impresión de que apenas había dormido desde la última vez que la vio.

—Escúchame —dijo ella—. Tenemos que irnos tan lejos de aquí como podamos, lo más rápido posible. Te lo explicaré más tarde, pero ahora vámonos. Ya hemos perdido demasiado tiempo.

—¿Estás hablando en plural? —preguntó Wulfric—. Pensé que fui muy claro cuando dije que quería estar solo.

—¡Es que no lo entiendes! —dijo ella—. Te he puesto en grave peligro. ¡Tenemos que irnos!

Wulfric no supo cómo reaccionar. Había muerto y renacido tantas veces que ya no pensaba que pudiera estar realmente en peligro. Más bien pensaba en las personas que estarían en peligro si él se descuidaba, aunque fuera un poco.

—¿En peligro? ¿De qué manera? —preguntó.

—La Orden está aquí. Te están buscando. Justo ahora. —Por la forma en la que ella se comportaba, cambiando el peso de su cuerpo de una pierna a la otra, era evidente que estaba muy preocupada—. Wulfric, lo siento. Mi padre es un hombre poderoso; él dirige la Orden. Yo creí que podría persuadirlo de ayudarte, pero me equivoqué. Su objetivo es cazarte y para eso trajo a sus mejores paladines.

Wulfric se tomó un momento para reflexionar sobre lo que acababa de oír. Luego, con calma, se ajustó la túnica y tomó asiento en la base del árbol donde había dormido, cruzando las piernas.

—¿Qué estás haciendo? —exclamó Indra—. ¡No es una broma! ¡Si llegan hasta aquí te van a matar!

—Muy bien —respondió Wulfric—. Que vengan.

Indra lo miró boquiabierta.

—¿Qué?

—Si tú no me concediste mi único y simple deseo, estoy seguro de que ellos sí lo harán. Que me encadenen y acaben de una vez con esta maldita cosa —dijo mientras acomodaba cuidadosamente los pliegues de su túnica deshilachada sobre sus rodillas—. Siempre evité a la Orden porque pensaba que yo no podía morir. Cualquier contacto con ellos sólo resultaría en otra matanza inútil. Pero ahora tengo evidencia para creer que sí puede funcionar.

Indra levantó los brazos, dándose por vencida.

—Eres imposible, lo juro. ¡Nadie podrá ayudarte si eres tan necio!

—Es lo que he tratado de hacer todo este tiempo: convencerte de que nadie puede ayudarme.

—¿Y cómo sabes que es posible matar a la bestia? Yo sólo le hice una cicatriz que luego se pasó a tu cuerpo —dijo Indra—. Eso no prueba nada.

—Para mí es prueba suficiente —replicó Wulfric, un mar en calma frente al huracán que era Indra—. Si hubieras vivido mi vida durante estos quince años también te aferrarías a cualquier mínima esperanza, por pequeña que fuera. Dicen que Dios trabaja de manera misteriosa: ahora lo entiendo por fin y le agradezco que te haya mandado hasta mí.

Indra parpadeó incrédula.

—¿Tú crees que Dios me mandó?

—Sí. Creo que tú eres la manera en la que Dios me comunica que ya sufrí lo suficiente por mis pecados. Que llegó la hora de que termine mi castigo.

Profundamente exasperada, Indra se llevó las manos a la cara y jaló su piel.

—Un hombre loco y maligno te hechizó con su magia negra mientras tú arriesgabas tu propia vida para detenerlo, ¿y todavía crees que esto es un castigo de Dios?

—Sí —dijo él—. Castigo por toda una vida de matanza, castigo por traicionar a mi padre y a mi madre.

Indra se dejó caer sobre una rodilla frente a él. Se veía más calmada ahora, más racional.

—Wulfric, explícame esto para que pueda comprenderlo y te juro que no te molestaré más. Te dejaré para que tengas el destino que crees que te mereces. Pero, por favor, ayúdame a entenderte antes.

Él suspiró. ¿Qué más daba decirle la verdad a la chica? Pronto estaría muerto y tal vez, si satisfacía su curiosidad, ella sería fiel a su palabra y lo dejaría pasar sus últimas horas en santa paz.

—Mi padre quería que yo fuera un campesino, y mi madre, algún tipo de artesano. Pero me hice soldado y entregué mi vida a la guerra, en donde descubrí que tenía un gran talento para la violencia. Algunos pensaban que era un don. Yo no. Pero de todas formas permití que eso floreciera. Cuidé y alimenté al asesino en mí con cada vida que cobré en la batalla, hasta que me convertí sólo en eso.

»Te diré lo que creo. Este monstruo que tengo dentro siempre estuvo allí, desde el día en que nací. Existe dentro de cada persona y cada quien debe conquistarlo antes de que el monstruo lo conquiste a él. Yo había perdido esa batalla mucho antes de que me enfrentara a Æthelred. Y Dios lo usó a él para castigarme. A través de Æthelred Dios me mostró en lo que me había convertido. Lo mandó a él y a su magia negra para que sacara esa cosa asesina dentro de mí y le diera forma.

»Pero no terminó allí. La maldición, como pronto me di cuenta, era sólo en parte castigo. Era también una prueba. Dios me estaba dando una última oportunidad para redimirme a mí mismo, para probarle que no estaba más allá de la salvación. Cuando regresé a casa y la bestia emergió por primera vez, Dios me retó a que encontrara la fortaleza para conquistarla. Pero fallé. La bestia salió libre y masacró a cada hombre, mujer y niño de mi aldea, incluida mi amada esposa y mi hija recién nacida. A las dos las cortó en pedazos, las tasajeó hasta dejarlas irreconocibles, todo porque yo no tuve la fuerza para detener a la bestia, ni siquiera para proteger a los seres que más amaba. La vida que llevé como soldado disminuyó tanto al hombre que yo era, que al final sólo quedó el monstruo.

»Por eso sé que Dios me castiga: porque sólo Él habría sido capaz de concebir una justicia tan poética.

Indra contemplaba a Wulfric estupefacta. Él, por un instante, se sintió culpable de agobiarla con el horror de su historia, pero pensándolo bien, había hecho todo lo posible para no contárselo. Era ella la que había insistido en escucharlo.

—Ahora espero que puedas entenderme —continuó—. Y que cumplas tu palabra de dejarme para que pueda morir en paz.

Indra no respondió ni dio señales de haber escuchado. Seguía paralizada, con una mirada que sugería que los pensamientos se sucedían rápidamente dentro de su cabeza, imposibles de ordenar. Se puso en pie de un salto y caminó de un lado a otro, más agitada de lo que estaba cuando se apareció ante Wulfric esa mañana. Se detuvo y lo miró.

—Todo esto sucedió hace quince años. Cuando la bestia mató a tu esposa e hija y destruyó tu aldea.

—Sí —dijo Wulfric.

Indra movió la cabeza.

—No, no es posible —exclamó—. Eres muy joven. En ese entonces tendrías la edad que yo tengo ahora. Demasiado joven para tener esposa e hija.

—Yo nací hace cuarenta y cuatro años —dijo Wulfric—. Pero desde que cayó esta maldición sobre mí no he envejecido ni un día. Es parte de mi castigo, supongo, para que nunca encuentre alivio al morirme de viejo. —Wulfric hizo una pausa—. Niña, ¿te sientes bien?

La cara de Indra se había tornado pálida. Como lo hiciera ya alguna vez, miró a Wulfric cual si fuese un cadáver que salía de su tumba.

—Me dijeron que mis padres fueron asesinados por una abominación —dijo ella—. Junto con toda mi aldea. Me lo dijeron desde que tuve uso de razón.

Wulfric estaba confundido.

—Dijiste que tu padre dirigía...

—Es mi padre sólo de nombre. Me sacó de mi cuna cuando encontró la aldea en ruinas. Hace quince años. Me crio como si fuera de su propia sangre pero siempre sospeché algo, y cuando exigí que me dijera la verdad, me contó que mi padre era un hombre llamado Wulfric, un campesino que había muerto junto con mi madre en la masacre de ese día. No le di importancia cuando me dijiste tu nombre la primera vez, pues no es un nombre tan fuera de lo común, pero...

El corazón de Wulfric se aceleró. Ahora él, como Indra, trataba de darle sentido a algo que parecía imposible.

Su esposa e hija estaban muertas. Él mismo lo había visto. Cwen había sido destrozada en pedazos, de eso no había duda. Pero ¿la bebé? Sólo había mirado por un instante, la memoria del horror que había visto en la cuna de su hija había quedado grabada en su mente, indeleble, tan vívida ahora como hacía quince años. Nada más que sangre y trozos irreconocibles de piel y hueso astillado. Pero ¿a quién pertenecían?

Repasó aquella imagen una y otra vez en su mente y se dio cuenta de que, entre tanta carnicería, no podía estar seguro. No podía...

—No —dijo recordando un detalle que anularía aquella posibilidad—. Eres mayor. Tú dijiste que tenías dieciocho años. Tú dijiste...

—Mentí para que me tomaras en serio —admitió Indra—. En octubre voy a cumplir dieciséis.

Octubre. El mes en que había nacido su hija.

—¿Cómo se llamaba tu madre? —le preguntó.

—Cwen —contestó, y Wulfric enrojeció de la cabeza a los pies, sintiendo cómo se aceleraba su pulso. Abrió la boca para hablar, pero le faltaban las fuerzas; su voz era apenas un suspiro. No obstante, estaba lo suficientemente cerca de Indra para que ella pudiera escuchar.

—Mi esposa.

Venator llegó volando y aterrizó cerca de ellos. Llevaba un gordo salmón de vientre blanco en el pico: el trofeo de su cacería matutina. Ni Wulfric ni Indra lo notaron: en ese momento no existía nada más en el mundo que ellos dos.

Wulfric se puso de pie muy despacio. Se miraron mutuamente. Ambos temían moverse, o hablar, por miedo a hacer añicos aquel instante. No había duda sobre la verdad, pero era tan frágil que cualquier cosa podía deshacerla. Al final fue Wulfric quien se aventuró primero, al dar un paso hacia Indra con el brazo levantado para tomar el de su hija. Ella hizo lo mismo. La distancia entre ellos se cerró...

—¡Deténganse!

Ambos se congelaron, muy cerca el uno del otro, en el momento en que veinte soldados de la Orden, montados a caballo y con los arcos y las espadas listas, emergieron de entre los árboles y los rodearon. Luego apareció Edgard, con la mandíbula tensa, seguido por un triste y cabizbajo Cuthbert.

Aunque habían pasado quince años, Wulfric reconoció a su viejo amigo y compañero de inmediato. El cabello de Edgard era mucho más ralo ahora y había engordado considerablemente, pero seguía teniendo ese aspecto autoritario de siempre. Aquella actitud le acomodaba mejor cuando era joven. En aquel entonces reflejaba un bien ganado exceso de seguridad; ahora se veía como arrogancia.

Edgard no reconoció a Wulfric tan rápido, o más bien parecía desconcertado por su presencia, así que centró su atención en Indra.

—Te dije que ibas a conducirnos hasta la bestia —dijo con una sonrisa de satisfacción—. Lo quisieras o no.

Veintinueve

—Venator, a mí.

Al principio, el halcón parecía confundido; luego voló al brazo de Edgard, como le habían ordenado. Este se sacó el guante de piel de la mano derecha y, cuidadosamente, removió el anillo de cobre de la pata de Venator. Lo abrió por los goznes y lo sostuvo de forma que Indra pudiera verlo. Tenía incrustada en el interior una esmeralda finamente cortada, tan pequeña y escondida que Indra no la había notado cuando Venator regresó de Canterbury.

—Una gema encantada —dijo Edgard con aire de satisfacción—. Uno más de los pequeños milagros que hemos cosechado tras estudiar los manuscritos de Æthelred a lo largo de los años. No aspiro a entender cómo funciona la magia, pero la esmeralda es fácil de localizar, para quienes tienen el conocimiento, sin importar la distancia o el lugar del mundo donde se encuentre. Yo había planeado usarla para marcar a alguna abominación que capturáramos y lleváramos a Canterbury para estudiarla, en caso de que escapara. Pero parece que funciona muy bien para localizar a chiquillas errantes que traicionan la confianza de sus padres.

Wulfric fulminó a Edgard con la mirada.

—¿Este es el hombre que te encontró y te crio como si fueras su propia sangre? —preguntó a Indra con una voz baja y contenida.

Indra estaba perpleja.

—¿Lo conoces?

—Alguna vez fue mi amigo.

Edgard se echó la esmeralda al bolsillo; se veía decepcionado porque su astucia no había sido apreciada como esperaba. Se volvió a poner el guante.

—Sepárenlos.

Los soldados respondieron desmontando sus caballos para tomar a Wulfric y a Indra de los brazos y separarlos. Él no se resistió, pero el primero que trató de ponerle la mano encima a ella recibió un codazo en la cara y cayó al suelo con la boca sangrando. Al segundo lo golpeó en la espinilla con la suela de su bota; este se alejó cojeando, maldiciéndola. Luego, cuando trataba de sacar sus espadas, tres hombres la sujetaron al mismo tiempo, apresando sus brazos por detrás: no había nada más que ella pudiera hacer. La arrastraron lejos de Wulfric mientras pateaba y luchaba inútilmente por liberarse.

—Con delicadeza, por favor —dijo Edgard con sorna—. Aunque sea una traidora engreída, sigue siendo mi hija.

Indra dejó de luchar y se enfocó en Edgard. Todo su ser se llenó de un desprecio que le llegaba a la médula de los huesos.

—¡No soy tu hija! —gruñó antes de mirar a donde los otros paladines sostenían a Wulfric—. ¡Soy *su* hija! Y tú lo supiste siempre, ¿no es cierto? Cuando me encontraste en mi cuna, pero no viste su cuerpo entre los muertos, supiste que estaba en algún lugar, vivo. ¡Maldito cerdo mentiroso!

Edgard se encogió, incapaz de esconder cómo le dolían las palabras de Indra. Pasó la pierna sobre su montura y bajó del caballo. Indra se tensó al verlo acercarse; si no estuviera apresada por los tres soldados, le habría sido difícil decidir entre huir de él o lanzársele con las espadas desenvainadas.

Se paró frente a ella, ya sin ningún rastro de arrogancia. Ahora solamente había sinceridad en sus ojos, pero para Indra era sólo una fachada.

—Indra, mi niña —dijo—. Debes comprender que lo que hice fue para protegerte. Te escondí la verdad porque saberla no podía traerte más que amargura. Tú te merecías algo mejor. Te merecías un padre verdadero, no esa... —hizo un gesto con la cabeza hacia donde estaba Wulfric, teniendo cuidado de no verlo a los ojos—, no esa criatura patética.

La ira de Indra no disminuyó; al contrario, ardió con más fuerza.

—Esa no era tu decisión, sino la mía. Y me la robaste —replicó ella apretando los dientes—. Toda mi vida supe que algo estaba fuera de lugar, pero no sabía qué, o por qué. Y ahora sé que es porque tú fuiste un cobarde, un egoísta que no me dijo la verdad.

El enrojecimiento en la cara de Edgard debió advertir a Indra para que no fuera más allá, pero la ira se había apoderado de ella y las consecuencias ya no le importaban. Tenía que decir lo quería, pasara lo que pasara.

—Siempre pensé que no me habías dicho toda la verdad, pero nunca imaginé que se tratara de algo tan bajo como esto —dijo—. Sabes que desde que era muy pequeña estaba segura de que no eras mi padre verdadero, a pesar de tu insistencia. No sólo porque tus hombres murmuraban a mis espaldas, sino porque yo te veía tal cual eres y sabía que no podía ser la hija de un maldito cobarde como tú.

Sus palabras permanecieron suspendidas en el aire. Varios de los soldados intercambiaron miradas nerviosas. Edgard apretó la quijada; su propia ira comenzaba a bullirle por dentro. La herida que Indra le había propinado era artera, profunda, y sólo había una manera de responder. Levantó su mano para golpearla...

—Edgard.

Este se congeló. A unos metros de él, Wulfric lo miraba fijamente.

—Si te atreves a ponerle una mano encima, te mostraré cómo un padre protege a su hija.

Edgard conocía esa mirada en los ojos de Wulfric; no era una amenaza hueca. De cualquier forma, tres soldados lo custodiaban.

Así que golpeó con fuerza la cara de Indra con el dorso de la mano, dejándole una marca roja sobre la mejilla.

Los tres que cuidaban a Wulfric se habían confiado por su falta de resistencia cuando lo apresaron, así como por su apariencia desaliñada. Ahora Wulfric les obsequió una razón para reconsiderar esa postura. Antes de que el golpe de Edgard hubiera siquiera completado su trayectoria, uno de los hombres ya estaba en el suelo con la tráquea rota. El segundo y el tercero cayeron poco después, uno aullando de dolor mientras contemplaba el hueso astillado que salía de su brazo y el otro inconsciente, con ríos de sangre brotándole por la nariz. Libre, Wulfric se lanzó contra Edgard. A medio camino una flecha lo alcanzó en el hombro, pero él siguió corriendo hasta que tres más le dieron en el pecho y la pierna derecha. Indra gritó al ver cómo Wulfric se tropezaba y caía de frente, con su rostro directamente sobre el suelo y los brazos abiertos a unos centímetros de los pies de Edgard.

Los arqueros montados prepararon más flechas; Edgard avanzó cautelosamente y le dio un empujón al cuerpo de Wulfric con su bota. No se movió.

—¡Bastardo! —escupió Indra, pateando con las dos piernas mientras los dos paladines luchaban por retenerla—. ¡Maldito bastardo!

Edgard la ignoró e hizo una señal a dos de sus hombres. Estos levantaron el cuerpo de Wulfric por los brazos y se lo llevaron; sus piernas iban arrastrando sobre la tierra. Desconsolada, Indra miró cómo lo colocaban sobre el lomo de un caballo.

—Cálmate, niña —dijo Edgard—. Sabes tan bien como yo que no estará muerto por mucho tiempo. —Se dio la vuelta y caminó hacia su caballo, plantó un pie en el estribo y trepó a la montura—. ¡Muévanse! —ordenó a sus hombres—. Tenemos que llegar a Canterbury antes de que caiga la noche, o no llegaremos.

Condujeron a Indra hacia otro caballo; iba dócil, sin fuerza para pelear. Cuando terminaron de montar y la Orden comenzó a cabalgar, Cuthbert fue el último en seguir; su cabeza colgaba con vergüenza.

Hicieron mejor tiempo que en el camino de ida y llegaron a Canterbury justo antes de que el sol se pusiera. Edgard les había explicado a sus hombres la condición de Wulfric y lo que pasaría si la noche caía antes de que lo hubieran asegurado dentro de la fortaleza, así que esta vez no se detuvieron ni a descansar.

El cuerpo de Wulfric fue llevado a un calabozo construido como parte de las renovaciones militares por órdenes de Edgard. Bajaron las escaleras de piedra y pasaron puertas con barrotes de hierro hasta llegar a una celda cubierta de paja, en donde lo lanzaron bruscamente sobre una mesa de roble apuntalada con hierro y atornillada al suelo. Los seis soldados asignados para esa tarea la realizaron con la mayor velocidad posible; abajo, en las entrañas de la vieja iglesia, la única iluminación era la de las antorchas en las paredes; no había ventanas que les indicaran cuánto le faltaba al sol para ponerse, así que no había forma de saber cuándo el muerto se volvería algo mucho más peligroso.

Extendieron el cadáver y lo envolvieron en cadenas que pasaban por unos aros de hierro en las orillas de la mesa. Apenas aseguraron las cadenas, los hombres huyeron de la celda corriendo por el pasillo de paredes de piedra por el que habían llegado. La mayoría de los soldados ya estaba a los pies de la escalera que los devolvería a la superficie cuando el último de ellos huyó de la celda cerrando la pesada puerta de hierro tras él. A pesar de la oscuridad, podría jurar que mientras insertaba con manos temblorosas la llave en el candado vio moverse el cuerpo de Wulfric. Luego él, como todos los demás, se fue corriendo con el llavero repicando por el movimiento de sus piernas y desapareció en la primera vuelta de la escalera de caracol.

Minutos más tarde, Edgard apareció llevando con él una silla de madera con respaldo recto. Colocó la silla a un metro de la puerta de hierro de la celda y tomó asiento, atisbando hacia la penumbra más allá de los barrotes. Bajo el tenue brillo de la antorcha podía ver una figura oscura, inmóvil y encadenada a la mesa reforzada, pero no mucho más.

Se sentó. Y observó. Y esperó. Tras quince minutos se preguntó si algo estaba mal, y justo cuando ya movía su pierna con impaciencia, Wulfric también se movió.

Fascinado, Edgard se inclinó hacia el frente; había visto a todas y cada una de las abominaciones existentes, las había cazado y matado, pero nunca había presenciado algo como esto.

El cuerpo de Wulfric se sacudió contra las cadenas que lo ataban a la mesa y comenzó a abrirse para dejar salir aquella sangre oscura que apestaba a sulfuro. A Edgard se le ocurrió que esa bestia podría serle más útil que un simple trofeo.

Bajo la tenue luz de su lámpara, Cuthbert caminaba impaciente dentro de su estudio. En esta ocasión, la oscuridad no le ayudaba a pensar. No es que no tuviera idea; el problema con el que se enfrentaba era más bien saber si el plan podría resultar y, sobre todo, si él tendría el valor de llevarlo a cabo.

Nunca se había considerado un valiente. La razón por la que había tomado los hábitos en una época de guerra interminable no había sido la vocación divina, sino el deseo de evitar el reclutamiento por parte del ejército. No tenía el temple para eso. Aun así, Dios encontró una manera de ponerlo a prueba. Su comprensión única de los descubrimientos de Æthelred y su reclutamiento forzado para pertenecer a la Orden lo habían hecho testigo de horrores más allá de lo que una guerra convencional podría mostrarle. Por supuesto que estar al servicio de la Orden lo había curtido, pero él sabía que nunca dejaría de ser la sombra de ese clérigo inexperto que fue quince años atrás.

No había prueba más grande que el hecho de haber traicionado a su amigo. Los años pasados bajo el comando de Edgard en Canterbury habían sido mayoritariamente miserables. Los caballeros de la Orden, machos y fanfarrones, lo veían como un debilucho raro al que tenían que ridiculizar y hostigar; Edgard estaba al tanto y nunca había hecho nada por detenerlos. Indra era la única que se había mostrado generosa y amable con él. La conocía desde que era una bebé, desde el día en que Edgard la trajo acunada en sus brazos del pueblo devastado de Wulfric. La había visto crecer y, con el correr de los años, se convirtió en su única amistad.

Para él no era un misterio de dónde le venían su asombrosa habilidad con la espada, su carácter noble, su astucia y aquella sed de conocimiento; todas esas características las había heredado claramente de su verdadero padre; en cambio, no se parecía en nada al hombre que la había criado. Con el tiempo, su obstinada persistencia para esclarecer sus dudas le había sacado la verdad a Edgard, pero sólo una parte. El resto, la parte más importante, había sido guardada como un secreto por Cuthbert y por Edgard hasta el día de hoy. Cuthbert no podía lamentar más que así fuera. Ahora había visto con sus propios ojos cuánto les había costado tanto al padre como a la hija esos años de separación. Él podría —debería— haber hecho mucho más, desde hacía tanto tiempo. ¿Pero con qué costo para su propia seguridad, para su vida? *El cobarde siempre será cobarde.*

Alguien llamó a su puerta. Cuthbert esperaba que no fuera Edgard; nunca había sentido menos ganas de verlo como en ese momento. La puerta se abrió; Cuthbert aumentó la luminosidad de su lámpara y pudo ver bajo la flama verde que se trataba de Indra. Al principio sintió alivio, luego pensó que tal vez deseaba verla mucho menos que a Edgard. ¿Qué era peor: el miedo o la culpa? Se las arregló para mostrar una sonrisa precavida mientras ella cerraba la puerta tras de sí.

—Pensé que estabas confinada a tu habitación —le dijo.

—Sabes que eso no funciona conmigo, ni ahora ni nunca —contestó Indra. Cuthbert se preguntó qué le habría hecho al pobre idiota asignado a vigilar su puerta.

—Bueno, pues mi sorpresa al verte no es tan grande como la alegría que me da —dijo, buscando alguna señal de que ella se sentía de la misma manera—. Casi un año sin saber de ti. Tengo que admitir que hubo momentos en los que temí lo peor.

Indra lo miró sin inmutarse. Si había algo que indicara algún sentimiento cálido por su amigo, estaba oculto entre las sombras y la penumbra.

—¿Creíste que no iba a sobrevivir allá afuera? —preguntó ella en un tono que no le dio ninguna esperanza a Cuthbert.

—A veces —confesó—. Pero luego recordaba lo buena que eres con esas espadas y ese bastón tuyo, y se me pasaba el temor.

Sonrió avergonzado, esperando que su intento de bromear le otorgara una respuesta positiva de parte de Indra. Si no, al menos sabría si estaba furiosa contra él. La incertidumbre era insoportable. Nada. Ni siquiera un parpadeo. Cuthbert comenzó a sentirse muy intranquilo.

—Indra, yo…

—¿Lo sabías?

Su vergüenza era tal que no pudo seguir viéndola a los ojos. Se giró y enfocó su mirada en los volúmenes empastados en piel de los estantes. Cualquier sitio menos ella.

—Sí. Yo soy la razón por la que Edgard lo supo en primer lugar. Cuando te trajo aquí, luego de visitar la aldea de tu padre, y dijo que no pudo encontrar su cuerpo entre los otros restos, yo le conté de mis sospechas.

—¿Cuáles sospechas? —Indra se aproximó unos pasos y quedó más cerca de la luz, lo cual volvió aún más difícil para Cuthbert mirarla de frente. Se dirigió a su escritorio y comenzó a mover papeles distraídamente.

—Antes de que Æthelred muriera en la catedral, arriba de donde estamos ahora, le impuso una maldición a tu padre. La cicatriz en su pecho es la prueba de eso.

—Así que fue mi padre quien mató a Æthelred —escuchó que dijo Indra detrás de él—. No Edgard, como siempre lo ha presumido.

No era la intención de Cuthbert revelar esa verdad; simplemente había salido en el recuento de la historia. Pero se alegraba de que hubiera sido así. Ya era hora de que todas las verdades escondidas que lo estaban pudriendo por dentro salieran. Asintió.

—Después de matar al arzobispo, tu padre quemó los últimos escritos de Æthelred, pero yo ya había visto lo suficiente para comprender lo que había encontrado: la manera de crear una nueva forma de abominación, un tipo de magia que pudiera transformar a un hombre en bestia y viceversa, una y otra vez, sin fin. Cuando me enteré de lo que había sucedido en la aldea de tu padre un día después de que regresara a casa, supe de inmediato lo que había pasado.

»Le conté a Edgard de mi descubrimiento; le rogué que mandara a sus hombres a buscar a Wulfric para que encontráramos una forma de ayudarlo, pero se rehusó. Sabía que lo que yo le estaba diciendo era verdad, pero se escudó alegando que no había pruebas, pues estaba consciente de que era imposible dárselas. Estaba resuelto a criarte como si fueras su hija, así que abandonó a Wulfric a la vida maldita que ha tenido que vivir todos estos años.

»Y me dijo que si alguna vez me atrevía a contarte esto, haría que me torturaran hasta la muerte. Como puedes ver, fue mi propia cobardía, así como las mentiras de Edgard, lo que te llevó a creer toda tu vida que tu verdadero padre había muerto. Parece que Dios encontró una manera de corregir mi error. Pero eso no me hace menos despreciable por perpetuar esa mentira durante todo este tiempo.

Finalmente se dio la vuelta para encararla y se sorprendió al encontrarla más cerca de él. Tembló por la culpa.

—Indra, jamás podré disculparme lo suficiente. Entiendo si nunca me perdonas por lo que he hecho, pero espero que al menos no me odies. Eres mi única amiga en todo el mundo y si me odias no podría soportarlo.

El silencio se apoderó del cuarto; todo lo que Cuthbert podía escuchar era el sonido de la respiración de Indra. Luego, al fin, ella alargó su brazo y tomó la mano de Cuthbert entre la suya. Cuando Cuthbert comenzó a sollozar ella lo estrechó entre sus brazos, como si fuera a caerse si no lo sujetaba.

—Yo también tengo pocos amigos —dijo ella, sintiendo cómo el cuerpo de Cuthbert temblaba entre sus brazos—. Pero no los desecho por decirme la verdad, no importa qué tan atrasada esté. —Indra se hizo para atrás para que Cuthbert recuperara la compostura y se limpiara los ojos con la manga de su túnica—. Sin embargo, eso no quiere decir que puedas librarte ahora de hacerme un gran gran favor.

Cuthbert sonrió; una sensación de alivio recorría todo su ser.

—Lo que pidas —concedió con voz temblorosa.

—Antes, en el atrio de la iglesia, dijiste que la maldición no puede quitarse. ¿Estás absolutamente seguro?

—Lamentablemente eso es verdad —respondió Cuthbert—. He pasado los últimos quince años buscando una manera de hacerlo, pero esa maldición es muy profunda. La bestia está en él hasta el tuétano, es tan parte de él como su mitad humana. Si existe alguna forma de exorcizarlo, está más allá de mis habilidades.

Abatida, Indra se pasó los dedos por entre su cabello.

—Eras mi única esperanza —exclamó—. Estaba segura de que podrías encontrar una manera…

A Cuthbert le partía el alma verla así. *Ya es suficiente,* pensó. ¿Dejarás que el miedo gobierne toda tu vida? ¿Y qué si no funciona? Tendrás que decírselo. Tendrás que intentarlo. Le debes eso *y más.*

—No sé cómo separar al hombre de la bestia —dijo—, pero quizá haya otra forma de salvarlo. Al menos en parte.

Indra tomó firmemente a Cuthbert por el brazo.

—Dime cómo.

Treinta

Wulfric no estaba acostumbrado a despertar en la oscuridad, o sobre su espalda; por lo demás, todo era igual: los dolores, el mareo, la sed furiosa y el olor a sulfuro que le eran tan familiares. La ausencia de la luz brillante del sol era, de alguna manera, un regalo misericordioso, pero no por eso dejaba de ser confuso. Se sentó emitiendo un gruñido de dolor y notó algo más: estaba desnudo y sucio, pero no vio la pila de cenizas sobre la cual se despertaba siempre.

Mientras sus manos tentaban la superficie en la penumbra, se dio cuenta de que estaba sentado sobre un piso de madera. Luego encontró las orillas. No, no era un piso, sino una especie de plataforma o mesa. Miró a su alrededor en la oscuridad, tratando de recordar cómo había llegado hasta ese sitio. Su memoria era difusa, imágenes y sensaciones apenas formadas y dispuestas en un orden ilógico. Recordaba el dolor de las flechas atravesando su carne y una descarga súbita de ira. Una cara que recién había conocido y otra que no había visto en años. La cara nueva se quedó quieta hasta que la pudo evocar y recordar por completo. Era el rostro de una chica, joven y hermosa, que formaba con los labios las mismas palabras una y otra vez. Lejana e indistinta al principio, su voz fue volviéndose más clara con cada repetición.

...un hombre llamado Wulfric, mi verdadero padre era un hombre llamado Wulfric, mi verdadero padre...

El resto llegó a él de golpe, súbitamente y con tal fuerza que se quedó atolondrado por un instante.

Mi hija. Mi hija está viva.

—Buenos días.

Giró la cabeza bruscamente: al otro lado de la pesada puerta con barrotes de hierro, contra la débil luz de la antorcha, se dibujaba una figura oscura. Wulfric no podía ver claramente al hombre pero reconoció la voz de Edgard. Con cada hueso y músculo de su cuerpo protestando por el dolor, se bajó despacio de la mesa y plantó sus pies sobre el suelo cubierto de paja. Mientras se erguía derecho, Edgard dio un paso al frente, todavía detrás de los barrotes, más allá del alcance de su brazo. Wulfric pudo ver su cara por fin.

—No tenía caso que estuvieras encadenado como una bestia durante el día, así que ordené que te liberaran y se llevaran las cenizas después de que regresaste a tu forma humana —dijo Edgard—. Debo confesar que fue la cosa más extraordinaria que he visto. Luego de que Cuthbert me contó en lo que te habías convertido, siempre me pregunté cómo era la transformación. Pero esto supera todo lo que me había imaginado.

Los ojos de Wulfric se ajustaron a la luz y pudo ver en la mesa de roble chamuscada el lugar en el que había dormido: una huella fantasmal en la madera que vagamente formaba una figura humana. Arrastrando los pies sobre la paja, se dirigió lentamente hacia la puerta de hierro; Edgard se retiró un paso al verlo acercarse. Aún mareado, se aferró a uno de los barrotes para mantenerse en pie.

—¿Dónde está ella? —Su voz se quebró: tenía la garganta seca como un hueso.

Edgard suspiró.

—Wulfric, sabes que siempre he sido tu amigo. Lo que hice por Indra fue tanto por nuestra amistad como para protegerla. Deberías estar agradecido de que fuera yo quien la encontró. Pregúntate a ti mismo: ¿no hubieras pensado en mí para criarla si supieras que tú y Cwen iban a morir? ¿Quién podría haber sido un mejor padrino?

—Alfred iba a ser su padrino —dijo Wulfric. Y era verdad; fue lo único que había planeado pedirle a su amigo el rey a cambio de todos esos años a su servicio. Pensaba preguntarle a Cwen si estaba de acuerdo el día después de volver a casa. El día que había despertado para encontrarla muerta.

Decepcionado, Edgard desvió la mirada.

—Sí, bueno. Entonces tal vez fue el destino el que hizo que Alfred jugara un papel en todo esto. Yo regresé a Winchester para informarle al rey de la muerte de Æthelred, y él se rehusó a celebrar en tu ausencia. Me mandó a tu aldea para insistirte en que asistieras y fue así como descubrí a Indra, la única sobreviviente de la carnicería que tú, sí, tú, habías hecho la noche anterior. La encontré llorando y cubierta con la sangre de su propia madre. Si no fuera por mí, la habría criado algún campesino pobre y sin educación, o hubiera muerto de hambre allí sola. Es gracias a mí que ella sobrevivió y tuvo una crianza apropiada. Por supuesto, jamás me ha mostrado ni un gramo de agradecimiento por ello.

»En verdad, amigo, te hice un favor al evitarte que la criaras tú. Es una niña desobediente y testaruda, al punto de que es realmente imposible. No es lo que ningún padre espera de una hija. ¿Disciplina? ¡Ja! ¡Ella se burla de la autoridad!

Wulfric recordó a Edgard abofeteándola y de inmediato le vinieron a la mente todas las veces en que había visto a su amigo intimidar y abusar de los hombres a su cargo durante las guerras.

—¿La golpeaste?

Edgard alzó la barbilla beatíficamente.

—Tú no la conoces. Yo sí. Su ingratitud pone a prueba el temperamento de cualquiera. Fue criada por un noble en una casa que sería la envidia de muchos reyes. Nunca le ha faltado nada.

—Excepto su verdadero padre —repuso Wulfric—. Tú sabías lo que me sucedió. Podías haberme buscado, o decirle la verdad a Indra para que, si así lo quería, me buscara. Pero no hiciste nada.

—Estabas condenado. Más allá de cualquier salvación —dijo Edgard con firmeza—. Yo no hice nada malo, Wulfric. ¿A quién le hice daño? Ella necesitaba un padre, y tú sabes que yo siempre quise tener un hijo propio.

—¡Entonces debiste haber procreado uno! —le gritó Wulfric—. Pero preferiste abandonarme para poder robarte a mi hija.

Agarró los barrotes de metal con ambas manos y los sacudió con tanta fuerza que repiquetearon. Edgard dio otro paso hacia atrás.

—¿Hubieras prefiero condenarla a crecer sabiendo que su padre es un monstruo maldito que mató a su madre y que deambula por allí como un espectro, más allá de toda esperanza? —dijo Edgard tratando de parecer resuelto frente a la mirada fulminante de Wulfric—. ¿Qué bien le habría hecho saber eso?

—Esa chica es más fuerte de lo que piensas —respondió Wulfric—. Debiste haberle confiado la verdad. En su lugar, la herida que le causaste con esa mentira la ha envenenado toda la vida.

Edgard lucía menos seguro de sí mismo, pero estaba decidido a aferrarse a lo que veía como su propia virtud. Apuntó a Wulfric con dedo acusador.

—Estás equivocado en odiarme por esto, viejo amigo.

Detrás de los barrotes, Wulfric negó con la cabeza.

—Tú no eres mi amigo. Y no te odio. Te compadezco.

Edgard se sorprendió.

—¿Qué?

—He visto de cerca la ira de mi hija. Es algo digno de tomar en cuenta. Ha pasado toda su vida buscando la razón que desencadenó esa ira. Y la ha encontrado al fin. Afligido con esta maldición como estoy, prefiero estar en mi lugar que en el tuyo.

Wulfric observó cómo la expresión de Edgard se volvía amarga a medida que asimilaba sus palabras. Le tomó un momento recuperar la compostura.

—Vine a decirte que no te guardo rencor. Tal vez crees que Dios te ha condenado con esta aflicción que sufres, pero creo que Él todavía tiene un propósito para ti. Tú fundaste la Orden y ahora, cuando más lo necesita, tú podrías ser quien la rescate.

Wulfric lo miró sin comprender.

—He pedido que nos visite un emisario del rey. Llegará antes del anochecer. Cuando mis hombres vengan a amarrarte a la mesa, te aconsejo que no te resistas. Estoy seguro de que no te gustaría morir dos veces en dos días. —Edgard se dio la vuelta y se dirigió a las escaleras en espiral al final del pasillo.

—Edgard.

Se detuvo y miró hacia atrás. Wulfric lo observó desde las sombras.

—Te ves viejo.

Súbitamente cohibido, Edgard se quitó un mechón de cabello blanco que caía sobre su rostro arrugado. Una pequeña herida, pero una herida que Wulfric sabía que le ardería especialmente. *Eres igual de vanidoso que antes, sólo que ahora sin muchas razones para serlo.*

La mirada de Edgard fue de las escaleras a la celda y viceversa, como tratando de decidir si debería dejar pasar por alto aquel insulto. Luego volvió a la celda y se detuvo justo donde Wulfric no pudiera alcanzarlo.

—¿Sabes?, nunca me di verdadera cuenta de lo cercana que era tu relación con Alfred —dijo con un tono desdeñoso—. Claro, hasta que lo vi devastado cuando le comuniqué la noticia de tu muerte. Nunca se recuperó de eso. Se enfermó poco después. Creo que tu muerte fue el principio del fin para él. Qué lástima.

Dejó que las palabras se asentaran en la mente de Wulfric y luego giró con un ademán ostentoso de su capa. Avanzó con rapidez por el corredor apagando a su paso todas las antorchas hasta que la oscuridad se tragó por completo a Wulfric.

El tiempo tiene la particularidad de estirarse o doblarse extrañamente en la oscuridad total. Wulfric no supo cuántas horas pasaron hasta que al final del pasillo se encendió una antorcha, creando un diminuto y parpadeante punto de luz. Luego otra, más cerca. Alguien iba por el pasillo encendiendo antorchas a medida que se aproximaba.

Wulfric se puso de pie y se acercó a los barrotes. No era una figura la que venía, sino dos. Al principio pensó que se trataba de los hombres de Edgard, como le había advertido que vendrían, pero luego escuchó un par de voces discutiendo entres sí. Reconoció de inmediato una de ellas y la otra le resultó familiar, pero no sabía a quién pertenecía.

Cuando la última antorcha se encendió y las flamas crecieron, proyectando un resplandor frente a la celda, Wulfric vio a Indra y a un hombre encapuchado que se retorcía las manos nerviosamente. Pero toda la atención de Wulfric estaba sobre su hija. Presionó su cuerpo contra los barrotes para alcanzarla. Ella tomó su mano y se acercó a él todo lo que el metal entre ellos se lo permitió.

Wulfric la miró y, a pesar de la mala iluminación, le resultó obvio ahora. Tenía los ojos de su madre. Su nariz. Su sonrisa. Su espíritu. Era asombroso. ¿Cómo no lo había visto antes? *Pero ¿quién ve lo imposible, aun cuando está frente a sus propios ojos?*

—Padre —dijo ella con los ojos anegados.

—Mi niña —Wulfric apretó su mano con fuerza.

Al final fue el de la capucha quien los regresó de vuelta a este mundo. Carraspeó respetuosamente y se descubrió la cabeza.

—¿Creen que tal vez haya tiempo para esto más tarde?

—Claro —dijo Indra—. Padre, te presento a…

—Cuthbert —completó Wulfric asombrado. Lo reconoció al instante. Siempre le había caído bien ese muchacho tan extraño. A pesar de que se había olvidado de él a lo largo de los últimos años, verlo otra vez le trajo a Wulfric una alegría que no podría explicar. Había algo en él, además de su timidez y su torpeza, que lo reconfortaba profundamente. Incluso se aventuraría a decir que le daba esperanza, pero había pasado tanto tiempo desde que tuviera alguna que ya no sabría reconocerla.

—Milord —dijo Cuthbert—. Creo que hay una manera de ayudarlo.

La expresión de Wulfric se tornó triste.

—No quiero que me ayuden a escapar. Sólo se meterían en problemas. Yo no voy a…

—Sólo escúchalo —replicó Indra—. No tenemos demasiado tiempo.

—No se trata de escapar. Esa no es mi especialidad —dijo Cuthbert con una sonrisa nerviosa—. La magia, por otro lado...

Wulfric vio el destello resuelto en los ojos de Cuthbert y sacudió la cabeza.

—No hay forma de romper esta maldición.

—Es verdad —respondió el sacerdote—. Pero si estoy en lo correcto, podemos encontrar la manera de modificarla un poco.

—Aún tienes salvación, no importa si puedes verlo por ti mismo o no —dijo Indra—. De eso estoy bien segura. Y te lo puedo probar.

Wulfric estaba perplejo.

—¿Qué quieres decir con eso?

—Tú crees que el monstruo dentro de ti destruyó al hombre que alguna vez fuiste. Pero yo sé que no es así. Hace muchos años, la primera vez que apareció, me perdonó la vida mientras todos a mi alrededor murieron. Luego, hace apenas unas noches, cuando peleé contra el monstruo en el claro del bosque, volvió a dejarme ir.

—No —dijo Wulfric—, dijiste que la bestia huyó después de que la heriste.

Indra bajó la cabeza, abochornada.

—Es posible que yo haya... adornado de más mi recuento de la historia. La verdad es que no huyó. La herida que le hice sólo la enfureció más. Me tenía sobre el suelo, desarmada y vulnerable. Podría haberme matado fácilmente. *Debió* haberme matado. Pero no lo hizo. Me dejó vivir.

»¿No lo ves? Me perdonó la vida no una ocasión, sino dos, y sólo porque tú no le permitiste que me hiciera daño. Porque aunque estuvieras dentro de la bestia, una parte de ti, muy en el fondo, sabía que yo era carne de tu carne. Y esa parte, consciente de ello o no, fue lo suficientemente fuerte para detener a la bestia. —Ella apretó su mano con más fuerza—. Padre, el hombre que fuiste no está destruido. Vive aún. Ya ha derrotado a la bestia dos veces y podría volverlo a hacer. Eso es, si cuenta con la voluntad necesaria para luchar.

La mente de Wulfric se aceleró. Lo que recién había escuchado hacía que todo lo que creía sobre sí mismo fuera una mentira. Pero de alguna manera tenía sentido. *Quizá tiene sentido sólo porque yo quiero creer que es así.* Miró a Cuthbert sintiéndose perdido. El cura asintió con sobriedad, confirmando lo que Indra había dicho.

—Hay una forma de ayudarlo, milord, pero es imposible si usted no se cree capaz de hacerlo.

—Tutéame. Ahora soy más joven que tú —dijo Wulfric.

—Bien, lo intentaré —aceptó Cuthbert—. La ayuda comienza no pidiendo el perdón de Dios, sino de ti mismo. La culpa que cargas es prueba de que eres un hombre de conciencia, pero ya es tiempo de que la dejes detrás. Para que esto funcione necesitas tener fe en ti mismo, convicción y fuerza. Y tal vez algo de suerte. Wulfric, eres el hombre más fuerte que he conocido. Pero tienes que querer esto. Más de lo que has deseado cualquier cosa en tu vida. ¿Lo quieres?

Él contempló a la hija que creyó haber perdido para siempre. Vio sus ojos, idénticos a los de su madre.

—Sí —respondió. Su voz era apenas un susurro.

—Bien —dijo Cuthbert, arremangándose la túnica. Se tronó los nudillos, juntó las palmas en un aplauso y las frotó vigorosamente—. Empecemos entonces.

—Espera —atajó Indra—. Hay algo que tengo que preguntar. Algo que ya había perdido la esperanza de saber. —Lo miró casi implorando—. ¿Cómo me llamo? Mi verdadero nombre. Por favor dime que lo recuerdas.

Wulfric había olvidado muchas cosas, ya sea porque el pasado las había erosionado o bien porque él había reprimido ciertos recuerdos. Pero no eso. Aunque su vida pasada había sido reducida a polvo, una memoria persistía intacta, tan clara e indestructible como un diamante. Acudió a su mente de inmediato.

—Beatrice —le dijo—. Tu nombre es Beatrice.

Y Beatrice lloró.

El emisario del rey bajó por las escaleras de caracol siguiendo a Edgard, que guiaba el camino con una antorcha. En cualquier otra circunstancia, Edgard hubiera estado inquieto por esta visita; con el rey Edward tan consumido con las preparaciones para la inminente guerra, solicitar su atención, aun a través de un representante, suponía un riesgo considerable de ser tomado como una pérdida de tiempo. Pero Edgard estaba seguro de que, una vez que el emisario fuera testigo de lo que vería esa noche, regresaría exactamente con el mensaje que Edgard quería. Eso, desde luego, si no estaba indispuesto para cabalgar al día siguiente. El hombre era relativamente joven y con toda probabilidad jamás había visto una abominación en persona, mucho menos una del tipo que Edgard iba a presentarle ahora.

Ya había olvidado el nombre del emisario, pero el tipo era importante en la corte. Un primo lejano de la reina o algo así. No era ninguna sorpresa: a Edgard le pareció el típico sapo cobarde que no podría haber llegado a la posición que tenía por mérito propio. Si este era uno de los consejeros del rey, Edgard tenía entonces serias dudas sobre la próxima guerra contra los vikingos. Si la guerra era insensata en teoría, ¿no lo sería también en la práctica?

Sin embargo, no dejaba de ser una buena señal que el rey Edward hubiese mandado a ese hombre, sobre todo considerando que Edgard temía que no mandara a nadie. Significaba que la Orden todavía era merecedora de algún respeto por parte de la Corona. A pesar de que ese respeto había disminuido considerablemente desde los días del rey Alfred, no sería así por mucho tiempo más.

Llegaron al final de las escaleras y Edgard colocó la antorcha en una base sobre la pared. El corredor ya estaba iluminado, pero se volvía más oscuro a medida que se alejaba de la escalera, y el final era todo sombras. Con un movimiento amplio de su brazo para que el emisario lo siguiera, Edgard comenzó a andar por el pasillo. El enviado del rey había dado la impresión de estar muy irritado desde el momento en que llegó, y ahora, allí abajo en aquel calabozo mal iluminado, su consternación fue mucho más evidente.

—Estarás al tanto de que el rey no aprecia en absoluto distracciones injustificadas en tiempos tan críticos como este —dijo el emisario frunciendo el ceño. Según las estimaciones de Edgard, era la quinta vez que se lo había hecho notar desde su arribo.

—Por supuesto —contestó—. No se me ocurriría jamás solicitar la atención de su majestad a menos que fuera un asunto de urgencia. Estoy seguro de que cuando veas lo que tengo que mostrarte estarás de acuerdo conmigo.

Iban a mitad del corredor cuando el paso del emisario disminuyó, como si la inquietud se hubiera apoderado de él. Desde donde estaba podía ver a un grupo de hombres armados haciendo guardia en frente de una celda con barrotes al final del pasillo. Las antorchas alumbraban las barras de metal, pero no penetraban más allá; lo que sea que estuviera allí dentro estaba oculto en la más profunda oscuridad.

Edgard notó que el emisario se había quedado unos pasos atrás y giró para comprobar que, en efecto, había hecho un alto total mientras miraba con aprensión hacia la celda.

—¿Qué tienes allí dentro? —preguntó.

Edgard sonrió.

—Te puedo asegurar que es perfectamente seguro —le contestó.

Con mucha cautela el emisario siguió a Edgard hasta donde estaban los guardias. Atisbó dentro de la celda y se encontró con Wulfric, encadenado sobre la mesa de roble. Como estaba bien

332

atado y había cierta distancia entre él y los barrotes, dio un paso adelante para echar un vistazo más de cerca, observándolo con fascinación. Su piel, sucia con ceniza gris, su cabello enredado y su barba salvaje, esa mirada perdida en los ojos.

—¿Qué es esa cosa? —preguntó el emisario en voz baja—. ¿Es un vikingo?

—No —contestó Edgard—. Es algo mucho más peligroso.

El emisario no podía dejar de mirar.

—No parece del todo humano.

—Qué curioso que digas eso —dijo Edgard intencionadamente—. Sólo es mitad humano. La otra mitad es abominación.

—¿Abominación? —Al emisario pareció divertirle—. Pero él es...

—Nuestra teoría es que la maldición que Æthelred trajo a este mundo hace muchos años se ha convertido de alguna manera en algo diferente, mucho más peligroso. Una especie de ser híbrido. Abominaciones que parecen humanos durante el día, pero que adquieren su forma verdadera durante la noche. Quizás hayas escuchado algunas historias al respecto.

El emisario contempló a Wulfric cuidadosamente. Edgard se dio cuenta de que estaba escéptico... pero no iba a estarlo por mucho tiempo más.

—Sí, he escuchado algunas —dijo el emisario—. Estoy seguro de que no son más que leyendas y cuentos de fantasmas.

—Yo pensaba igual que tú. Pero ya no. Mientras estamos aquí hablando tan tranquilos, esta nueva amenaza se esparce por todo el territorio como una plaga. No sabemos hasta dónde, porque este nuevo monstruo es más difícil de detectar que las viejas abominaciones. Capturamos esta hace un par de días, pero sólo Dios sabe cuántas más habrá por allí sueltas, escondiéndose de nosotros a plena luz del día.

A pesar de sus dudas, Edgard podía ver que el emisario caía poco a poco en su mentira. El miedo iba trepando por su cuerpo en tanto que mantenía su mirada fija en Wulfric.

—Al caer la noche... ¿se transformará?

Edgard asintió y reprimió una sonrisa. Había calculado el tiempo a la perfección. Faltaban apenas unos minutos para el ocaso del sol y entonces este hombrecito sabría de verdad lo que era el horror.

—¿Has comido abundantemente el día de hoy?

El emisario se desconcertó al escuchar esa pregunta tan extraña.

—¿Qué? No. ¿Por qué?

—Porque es mejor no tener nada en el estómago para ver lo que estás a punto de presenciar.

Edgard había acomodado el escenario a la perfección. Ahora sólo quedaba esperar. Una vez que el emisario viera la monstruosidad en la que Wulfric pronto se convertiría, regresaría a Winchester y le comunicaría al monarca la existencia de esta nueva y terrible amenaza para el reino. Seguramente lo convencería de que era cierto o, en su defecto, de acudir él mismo a Canterbury a comprobarlo con sus propios ojos. Y eso sería más que suficiente para que creyera. Suficiente también para que bañara con oro nuevamente a la Orden y así Edgard pudiera reconstruirla y recuperar su antigua gloria y poder para combatir a esta nueva amenaza.

¿Qué más daba si era puramente imaginaria? En los días más oscuros del flagelo de las abominaciones, la Orden había sido un símbolo de esperanza para el pueblo que vivía atemorizado. La plaga ya no existía, pero la necesidad de poseer símbolos persistía. La gente todavía necesitaba algo que temer para seguir siendo leales y obedientes. Necesitaban esperanza para seguir siendo productivos. Necesitaban a alguien mejor que ellos mismos para admirar y respetar. Y los hombres jóvenes aún necesitaban un lugar a donde ir para ser entrenados y pelear al servicio de una causa importante.

Los pueblos y aldeas a lo largo de todo el territorio precisaban de soldados como los de la Orden para darles la bienvenida como héroes y sentir que algo de esa gloria los tocaba a ellos también. A los plebeyos ignorantes del pueblo les hacía bien llenar a Edgard y sus paladines con regalos, tributos y cerveza gratis, amén de presentar a sus hijas a hombres tan valientes y nobles como él. Sí, Inglaterra necesitaba a la Orden. Todavía lo necesitaba a él.

—Milord.

Edgard fue arrancado de sus pensamientos. Uno de los guardias le hizo una seña en dirección a la celda y Edgard dio un paso para ver que la cabeza de Wulfric se agitaba de un lado a otro y su cuerpo estaba flojo. Ya era hora. Puso la mano sobre el hombro del emisario, que estaba clavado a su lugar con los ojos grandes como platos en mórbida anticipación.

—Ya es tiempo —le dijo—. Cuando comience, no vayas a correr. La bestia no puede romper las cadenas y, como tú eres los ojos de su majestad, es muy importante que lo veas todo.

Edgard podía percibir el temor del hombre. Temblaba y, a pesar de que las paredes de piedra del calabozo conservaban el frío, su cara estaba perlada de sudor. Y nada había sucedido aún. Sí, este tipo iba a darle un buen reporte al rey.

Los minutos pasaron. Algunos de los guardias se movían inquietos y la agitación inicial del emisario se transformaba de manera progresiva en impaciencia.

—¿Cuándo exactamente…?

—En cualquier momento —repuso Edgard. Su propia consternación crecía también. No debía tomar tanto tiempo. Empezaba a preocuparse de que algo no estuviera en orden cuando vio a Wulfric estremecerse y retorcerse debajo de las cadenas. Sujetó al emisario firmemente del brazo—. Ahora —dijo—. Mira, mira.

Pasaron unos segundos. Y luego la quijada de Wulfric se abrió y comenzó a roncar. Era un ruido muy fuerte, áspero y estruendoso, muy parecido al que haría un serrucho al cortar un tronco. Las paredes de la celda amplificaron los ronquidos, haciendo eco a lo largo del corredor.

El emisario le lanzó una mirada fulminante a Edgard.

—¿Qué diablos es esto?

Edgard buscaba una respuesta.

—A veces la transformación tarda un poco…, si tan sólo me concedieras unos cuantos minutos…

Y el emisario esperó tres minutos más, durante los cuales la cacofonía de los ronquidos y gruñidos de Wulfric se volvió más y más intensa. Al cabo, el emisario giró sobre sus talones y se marchó de regreso a la escalera de caracol. Edgard corrió tras él.

—Por favor...

—¡No, no! —dijo el emisario burlonamente—. ¡Ya vi suficiente! Por supuesto que voy a informarle a su majestad del gran peligro que corre Inglaterra con estos dormilones tan ruidosos. En cuanto le diga al rey lo que he visto aquí, no tardará en reajustar el presupuesto de la Orden a una cantidad suficiente para combatir esta nueva amenaza.

El emisario subió los primeros escalones y Edgard se dio cuenta de que aquella era una causa perdida. Se dio por vencido y regresó hacia la celda, hecho una furia.

—¡Abran esa puerta!

Uno de los guardias se apuró a buscar la llave para abrir la cerradura. En cuanto el guardia giró la llave, Edgard lo empujó y entró a donde Wulfric seguía encadenado, levantando a los muertos con sus ronquidos. Lo golpeó en la cara, despertándolo de inmediato.

Wulfric parpadeó para enfocar y descubrió a Edgard de pie frente a él.

—¿Por qué no te has transformado?

En lugar de responder desvió la mirada, como si el otro no estuviera allí. Edgard lo tomó de la quijada, apretándolo con fuerza, y lo obligó a verlo a los ojos.

—¡Mírame y contesta! —aulló furibundo—. ¿Por qué no te has transformado? ¿Qué hay de diferente esta noche? —Nada. Edgard lo soltó y dio un paso hacia atrás. Respiró para controlarse—. No me convertirás en la burla de la Corona por segunda vez. En la mañana partiremos a Winchester. Te llevaré hasta el rey yo mismo. Si es necesario que languidezcas en sus calabozos por un mes, que así sea; tarde o temprano él verá lo que eres. Y si no puede verlo, si no me eres de utilidad, entonces te traeré de regreso acá y te enterraré encadenado bajo metros y metros de roca para que continúes sufriendo en la oscuridad siglos después de que Indra y yo seamos polvo.

Todavía temblando de rabia, se dirigió a su oficial de más rango, un hombre robusto con cuello de toro que enseñaba a los iniciados a combatir a mano limpia y era famoso por ser demasiado rudo con ellos.

—Quítale la cadena y asegúrate que recuerde todo lo que dije. Que lo recuerde muy bien.

El cuello de toro asintió y señaló con la cabeza hacia la celda, ordenándoles a sus subalternos que lo siguieran. Edgard observó cómo desencadenaron a Wulfric de la mesa y lo levantaron. Cuando los primeros golpes le cayeron encima, Edgard se dio la vuelta y se encaminó hacia las escaleras. No tenía deseos de mirar. *Es un mal necesario,* se dijo a sí mismo alejándose, *pero yo no soy un hombre malo.*

Treinta y dos

Amaneció. El emisario del rey había partido para Winchester y los hombres de Edgard trabajaban en los establos preparando a los caballos para hacer el mismo trayecto. La carreta que sostenía una jaula de metal estaba amarrada a una pértiga que permitía que dos caballos fuertes la jalaran al mismo tiempo. La jaula había sido construida para albergar abominaciones capturadas en el campo y transportarlas a Canterbury para ser estudiadas, pero se había usado muy pocas veces ya que capturar una abominación viva era casi imposible. Por lo regular morían peleando. Pues bien, Edgard le había encontrado un uso ahora. Mientras el sol se levantaba sobre Canterbury, un mozo de cuadra se movía dentro de la jaula, esparciendo sobre el piso paja que extraía de un costal. Colocó más paja de la que usaría normalmente para un animal; sabía que el ocupante de la jaula sería humano, al menos por un tiempo.

Mientras tanto, cuatro hombres bajaron por la escalera en espiral y se internaron en las penumbras del calabozo de la catedral, prendiendo antorchas a lo largo del corredor. Dos de ellos cargaban una cadena gruesa y pesada. El guardia que iba delante, y que llevaba el llavero en el puño, le gritó a Wulfric que se levantara; dos de los guardias habían estado presentes durante la paliza de la noche anterior y sabían que se necesitaría más que un grito para despertarlo. Era probable que tuvieran que cargarlo y sacarlo inconsciente.

La luz de las antorchas no llegaba más allá de los barrotes metálicos. Podían ver la mesa de roble y las manchas de sangre seca sobre las baldosas, pero su vista no alcanzaba el fondo oscuro de la celda. No había señales del prisionero, quien seguramente estaría agazapado en alguno de esos rincones ocultos por las sombras.

El guardia con las llaves golpeó ruidosamente un barrote con el aro metálico.

—¡Dije que te levantaras! ¡Arriba, flojo!

Escucharon un gruñido proveniente de la esquina más lejana y lograron ver algo cuando el prisionero se movió en la oscuridad. Aunque no era más que una silueta difusa entre las penumbras, parecía moverse como alguien que se acomoda en su sueño, no como quien está despertando.

—¡Arriba, dije! —atronó el guardia de las llaves, perdiendo la paciencia.

El otro guardia que estaba junto a él fue el primero que notó que algo no andaba bien. Ya había visto a Wulfric y sabía que no era un hombre pequeño, pero aquella figura en la oscuridad era muy grande. Demasiado. Se movió nuevamente sobre el suelo, haciendo un ruido gutural. Y aunque el olor que salía de la celda solía ser repugnante, nunca había sido así de fétido. Nunca como...

—Muy bien, suficiente. —El guardia principal metió la llave en la cerradura y estaba a punto de darle la vuelta cuando su compañero detuvo su mano.

—¡Espera! Algo no está...

La lengua salió disparada de la esquina oscura y por entre los barrotes de la puerta, enredándose en el cuello del que cargaba las llaves como una soga constrictora. La saliva corrosiva hirvió a través de la garganta del hombre tan rápido que no tuvo tiempo ni para gritar. Dejó salir un borboteo asfixiado al tiempo que su cabeza se separaba del cuerpo y caía a sus propios pies; un géiser rojo brotó de su cuello.

Los dos guardias tras él gritaron y retrocedieron, aterrorizados, mientras que la lengua volvía a esconderse en la oscuridad; el hombre junto al cadáver se quedó en su lugar, paralizado por la impresión. Se sorprendió cuando la cosa escondida en la negrura de la celda brincó hacia él y se hizo visible bajo la luz, pero para entonces ya era demasiado tarde. La bestia lanzó su enorme cuerpo negro contra los barrotes con tanta fuerza que se doblaron hacia fuera, golpeando al guardia del otro lado y lanzándolo al suelo, inconsciente.

Los dos que quedaban dieron otro paso atrás, más no emprendieron la huida. Los barrotes de la celda estaban doblados pero habían resistido; la bestia seguía contenida tras ellos. Observaron cómo las extremidades con garras tanteaban metódicamente cada barrote, como si buscaran alguna debilidad en el metal. Esto los perturbó sobremanera. Aquel no era el comportamiento irracional de las abominaciones a las que estaban acostumbrados. Aunque extraordinarios, no eran más que animales que se guiaban por su ferocidad salvaje y nada más. Pero esta se movía de manera casi racional. Tenía un objetivo. Poseía inteligencia. Era casi humana.

Los dos sintieron que el estómago se les iba a los pies cuando la garra de la bestia encontró la llave metida en la cerradura y la giró. El mecanismo hizo un clic, la puerta se abrió despacio y el gruñido de la bestia hizo eco con las paredes. Quizás era real o simplemente un truco de las sombras, el caso es que la bestia dio la impresión de crecer en el momento que puso las patas fuera de la celda: su tamaño monstruoso ocupaba el pasillo a todo lo ancho. Avanzó pesadamente rumbo a los guardias. Su caparazón rozaba contra el bajo techo de piedra, las fauces abiertas dejaban escurrir una saliva que caía sobre el suelo con un siseo como de aceite hirviendo.

A uno de los dos guardias se le ocurrió sacar su espada.

La bestia se detuvo.

Parpadeó con sus ojos negros y apiñados al tiempo que inclinaba la cabeza, contemplando el arma con una aparente curiosidad. Luego escupió un gargajo venenoso que golpeó la hoja de metal con tanta fuerza que la espada escapó de la mano del guardia. Antes de que cayera al piso, la mitad del acero ya se había disuelto. Mientras el ácido carcomía lo que quedaba de la espada, los dos hombres se dieron la vuelta y corrieron. La bestia no intentó perseguirlos; simplemente miró cómo peleaban al pie de la escalera por el privilegio de subir primero.

Se escuchó un quejido y miró al suelo. El guardia que había golpeado a través de los barrotes yacía frente a ella y estaba volviendo en sí. Cuando sus párpados se abrieron y vio al monstruo sobre él, cayó presa del pánico y trató de huir a gatas, pero lanzó un grito al sentir un dolor agudo como una lanceta a lo largo de su pierna. Estaba rota. No podía moverse ni hacer otra cosa que no fuera mirar aterrorizado a esa cosa horripilante que lo contemplaba desde arriba, como haría un gato con un ratón herido y acorralado.

El monstruo prestó atención al guardia durante un momento más, luego pasó por encima de él y se alejó por el corredor. El hombre en el piso, que no podía creer que siguiera vivo, observó cómo aquella cosa gigantesca comprimía su caparazón para poder subir por entre las estrechas paredes de la escalera de caracol.

Indra iba de un lado a otro de su habitación. ¿Funcionaría la magia? ¿Cuánto más tendría que esperar para saberlo? Estaba desesperada por salir y buscar respuestas, pero Edgard le había puesto un segundo guardia afuera de su cuarto la noche anterior tras enterarse de su escape de ese día por la mañana —aunque por fortuna no se había enterado del propósito del mismo—. Pero ahora no podía salir sin causar un escándalo que lo arruinaría todo.

Sé paciente. Sigue el plan. ¿Pero qué tal si el plan no funcionaba? ¿Qué pasaría entonces? Su padre estaría condenado para siempre y todo porque ella lo había entregado directamente a Edgard. *Porque nunca piensas, niña estúpida. Estúpida, estúpida, estúpida…*

Escuchó el repicar de las campanas afuera. Una alarma. Cuando corrió hacia la puerta y pegó su oreja contra ella pudo oír más campanas a lo largo de la catedral. Aquello sólo podía significar una cosa.

Ahora.

Golpeó la puerta con fuerza.

—¿Qué está pasando allá afuera?

Una voz huraña le contestó:

—Nada. ¡Cállate!

Daba la impresión de que el guardia estaba nervioso. Indra siguió golpeando la puerta con más fuerza que antes.

—¡Quiero saber qué está pasando! ¡Abran esta puerta!

Escuchó girar una llave dentro de la cerradura y suavemente tomó el picaporte. La puerta se abrió sólo lo suficiente para que el guardia metiera la cabeza, pero Indra alcanzó a ver soldados armados corriendo por el pasillo.

—No te lo voy a repetir, ¡cállate y quédate...!

Ella le dio un tirón a la puerta, abriéndola con todas sus fuerzas y jalando al guardia para meterlo a la habitación. Mientras el hombre se tambaleaba hacia ella, Indra levantó la rodilla y le dio en donde más duele. Él soltó un gemido ahogado antes de caer al suelo.

Su compañero entró con la intención de sacar su espada. Para ser justos con él, habría que decir que su mano casi había llegado a la empuñadura cuando recibió el primer golpe en el vientre. Se dobló hacia el frente boqueando. Seguía intentando sacar la espada, lo cual representaba un peligro para Indra, así que lo cogió del cuello de la camisa y tiró de él, de modo que su nariz fue a encontrarse de lleno con su frente. Salió volando hacia atrás y cayó sobre su espalda en el corredor, con brazos y piernas extendidos. Ella atravesó el umbral y le quitó la espada; luego se detuvo y regresó a su habitación. El primer guardia estaba hecho un ovillo; seguía consciente pero no podía hacer nada salvo cubrir su entrepierna con las manos y gemir calladamente. Igual que el otro, no opuso resistencia mientras ella lo desarmaba y salía al pasillo con una espada en cada mano. Una estaba muy bien, pero dos siempre era mejor.

Edgard gritaba órdenes y sus hombres atestaban la armería para equiparse con todo lo que pudieran cargar. Picas, hachas, espadas, ballestas. Enfundaban sus cuerpos con armaduras que tenían piezas especialmente forjadas y tratadas para resistir la saliva corrosiva que poseían gran parte de las abominaciones conocidas. Aunque Edgard sabía que en realidad la armadura no era efectiva, los paladines lo ignoraban, así que se sentían más seguros para ir a la batalla contra el monstruo. Para Edgard aquello era suficiente.

—¡Quiero que me lo traigan vivo! —gritó mientras los soldados se abrochaban con torpeza las correas de piel y se ajustaban las fundas de las espadas—. El que lo mate se las verá conmigo. Debemos acorralarlo de vuelta en el calabozo y luego sellar la entrada.

El clamor de las campanas era ensordecedor, pero por encima de ese ruido Edgard podía escuchar hombres gritando no muy lejos de donde se encontraba. Sonidos de terror y pánico provenientes de soldados curtidos para la guerra, entrenados para lidiar con amenazas como esa. Mal augurio. Miró los rostros de los que se preparaban para ir a la batalla y se preguntó si serían suficientes. Buscó a Cuthbert, pero no pudo encontrarlo.

Ahora que lo pensaba, Edgard cayó en cuenta de que no había visto al hombre desde el día anterior.

—¡Alguien tráigame a ese sacerdote! ¡Ahora!

La bestia avanzaba por el ancho pasillo central de la nave. Soldados armados se lanzaban contra ella, pero los movimientos de sus extremidades con garras los proyectaban contra las paredes a uno y otro lado. Cuando eran demasiados al mismo tiempo como para golpearlos de uno por uno, el monstruo bajaba su cabeza y los embestía cual si fuera un toro. Los que no se apartaban terminaban en el suelo o estrellándose contra las bancas. La bestia estaba por llegar a la salida que daba al patio cuando más hombres inundaron la iglesia y cerraron las pesadas puertas, las aseguraron y formaron una barrera con picas y espadas apuntando al monstruo.

Este hizo una pausa y dejó escapar una especie de bufido de aire caliente. Los hombres permanecieron en su lugar a pesar de que sabían que los atacaría con un frenesí irracional, pues así actuaban todas las abominaciones que habían conocido. Sabían, incluso, que algunos de ellos morirían.

Pero no los embistió. En su lugar, se dio la vuelta y se alejó de ellos, aventando bancas y cajas de suministros hasta convertirlas en astillas, abriéndose paso hacia un arco que daba a un pasaje lateral. Cuando la vieron desaparecer tras el arco, los soldados de la puerta primero relajaron su postura, una mezcla de alivio y confusión, y después corrieron para perseguirla.

La bestia corrió por el pasaje de paredes de piedra hasta que llegó a una pequeña rotonda en la que convergían varios pasillos. Todos eran muy parecidos. La bestia permaneció al centro de la habitación y giró sobre sí misma despacio, considerando las posibilidades. Estaba perdida. Al escuchar ruidos tras ella se dio la vuelta, pero no fue lo suficientemente rápida. Seis hombres aparecieron bajo el arco, agrupados en una apretada falange, con los escudos entreverados y listos para atacar.

Se lanzaron contra el escarabajo gigante cual si fueran una sola pared de acero: el peso combinado de todos logró voltearla contra el muro del fondo. Ahora yacía de lado, con su suave y palpitante vientre expuesto y luchando desesperadamente por enderezarse.

La falange se desintegró y los seis soldados se colocaron alrededor de la bestia con sus picas y espadas listas. Uno de los hombres, ansioso por pelear, se lanzó hacia el frente y clavó la punta de su pica en el vientre de la bestia, que lanzó un chillido horripilante. Sangre negra comenzó a manar de la herida y a gotear sobre el suelo.

—¡Edgard la quiere viva! —exclamó otro de los guerreros.

—¡A la mierda con él! —dijo el que hirió a la bestia, contemplando la sangre escurrir por su arma—. Ya quedan muy pocas abominaciones y esta es la mía.

Hizo su brazo hacia atrás para lanzar la pica como una jabalina, pero se desplomó sobre sus rodillas y luego cayó de frente, soltando su arma al momento en que su rostro golpeaba el suelo. Tenía una espada clavada profundamente en su espalda.

344

Sus compañeros se volvieron hacia el arco y vieron que Indra venía disparada contra ellos, sosteniendo la otra espada con ambas manos. Apenas estuvo cerca, la hoja filosa de su arma le abrió la garganta de oreja a oreja a uno de los hombres y a otro le cortó el brazo a la altura del codo. Antes de que los cuerpos cayeran a cada lado de Indra, los demás ya se habían agazapado al otro extremo de la rotonda, formando un abanico para defenderse mejor.

Ella vio a la bestia contra la pared, gimiendo mientras su sangre formaba un charco sobre el suelo. A Indra se le encendió el rostro. Se agachó y le quitó la espada al primero que mató; después observó a los otros tres frente a ella.

—Todos ustedes me conocen. Si alguno duda que pueda matarlos a todos y cada uno, quédese donde está. Los demás pueden irse.

Los soldados titubearon e intercambiaron miradas indecisas. Luego se desperdigaron, cada uno por un pasillo diferente.

Indra corrió hacia la bestia.

—¿Te puedes mover?

El monstruo hizo un ruido, pero lo significaba, si es que tenía un sentido, ella no podía saberlo.

—Resiste.

Puso las espadas sobre el suelo y se colocó entre la pared y la bestia. Con su espalda contra el caparazón y su bota contra la pared, usó todas sus fuerzas para voltear al monstruo. Pero era como querer enderezar una carreta que se hubiera volteado. Al principio parecía inútil; aquella cosa era demasiado pesada. Pero Indra no iba a darse por vencida, así que siguió empujando hasta que por fin la bestia se movió. Realizó un último esfuerzo haciendo acopio de toda su energía y el peso del bicho gigante se encargó del resto del trabajo, cayendo al fin sobre su vientre. Trató de sostenerse inútilmente sobre sus patas, pero la herida lo había debilitado y el piso estaba resbaloso por tanta sangre.

—Vamos —dijo ella. Escuchaba el ruido de pasos acercándose con rapidez, aunque le era imposible saber de dónde provenían—. ¡Tenemos que irnos ahora! —Miró a su alrededor.

Cualquiera de los arcos podía llevarlos a la libertad o a su captura.

—¿Es tu padre o tu mascota? Debe ser muy confuso.

El corazón de Indra se encogió en el momento en que se giró para enfrentar a Edgard y a una docena de guardias tras él. No sólo eso: de cada uno de los pasillos que convergían en la rotonda salieron más paladines armados. Ella se dio cuenta de que la razón por la cual escuchaba pasos que podrían provenir de cualquier lado era porque en efecto venían de todas direcciones.

Treinta, treinta y cinco hombres, calculó Indra. Eran tantos que apenas cabían en el lugar. Por instinto Indra levantó su par de espadas, pero estaba consciente de que sus probabilidades ante todos esos soldados eran nulas.

Edgard movió su cabeza de un lado a otro.

—Indra, por favor. Ya se ha derramado suficiente sangre por hoy y apenas es de mañana. Aléjate de esa cosa y ven hacia mí. Te prometo que no te castigaré si le pones fin a esta tontería ahora mismo.

Ella sopesó las espadas en sus manos calculando la distancia y preguntándose si podría hacer llegar la hoja filosa hasta su garganta antes de que la atraparan sus hombres. Lo dudaba, pero valía la pena intentarlo. Después de todo, tenía de su lado el factor sorpresa. Edgard no lo estaría esperando porque en todos estos años no había terminado de entender cuánto lo odiaba. Pero en apenas unos segundos se enteraría, y sería la última cosa que habría de hacer.

Tensó los músculos, preparándose para lanzarse contra él. Entonces sintió movimiento a sus espaldas y vio que los hombres de Edgard retrocedían ligeramente: por encima de su hombro contempló a la bestia que se ponía de pie lentamente. Podía moverse, pero ni estando ilesa tendría una oportunidad contra tantos soldados armados. ¿Qué esperaba hacer?

La bestia le dio un empujoncito a Indra y dirigió su cabeza a la única de las salidas de la rotonda que no estaba bloqueada. Era una escalera.

Ella sabía bien a dónde conducía: a la muralla que rodeaba toda la catedral. Las posibilidades de escape desde la muralla eran igual de escasas que las que tenían ahora. Pero la bestia se encaminó hacia las escaleras y un grupo de guardias se movió para bloquearle el paso. Indra los interceptó rápidamente, interponiéndose entre ellos y la escalera.

—Hasta aquí —les advirtió manteniéndolos a distancia con la punta de su espada, mientras sostenía la otra lista para atacar.

Edgard marchó hacia ella: la poca paciencia que le quedaba había desaparecido.

—¡Indra! ¡Suficiente! ¿Qué tratas de hacer? Si das un paso más, te juro que te arrepentirás. ¡Indra, escúchame!

Pero ella no lo escuchó. Tampoco lo miró, ni dio señales de reconocer su presencia. Mantuvo la vista fija en los hombres más cercanos a ella, los que suponían un peligro inminente para la bestia que comenzaba a subir despacio por la escalera. Luego caminó hacia atrás y subió los escalones sin bajar sus espadas.

Indra abrió la puerta con un golpe de su hombro y emergió a la pasarela de la muralla. El sol brillaba con tanto esplendor sobre el cielo sin nubes que tuvo que protegerse los ojos. La bestia se quedó detrás, en la oscuridad de las escaleras, como si tuviera miedo de salir a la luz.

—Anda, no pasa nada —le dijo ella haciéndole una señal para que la siguiera. Al escuchar pasos en la escalera, repitió el movimiento con más urgencia—. ¡Vamos!

Lenta y penosamente, la bestia salió a la luz del día. De inmediato retrocedió. Movía la cabeza e intentaba cubrir sus ojos sin párpados. A sabiendas de que los hombres de Edgard no estaban lejos, Indra tomó a la bestia por una de sus garras y la jaló hacia la pasarela. Por primera vez la vio claramente bajo la luz del sol. Si no se tomaba en cuenta su naturaleza violenta, la criatura en sí era hermosa de una manera extraña y terrible. Quizá no fuera algo que Dios hubiese creado, pero era una criatura hermosa, sin duda.

Edgard y los soldados salieron a la pasarela y comenzaron a acercarse. Indra miró a su alrededor: realmente no había lugar a dónde huir. La pared exterior le daba la vuelta a toda la catedral y tenía unos treinta metros de altura. Si hubiese una fosa debajo quizá podrían brincar, pero, así como estaban las cosas, la única forma de escapar de la muralla era una caída libre hacia la muerte.

El monstruo parecía ajustarse lentamente a la iluminación. Miró al cielo azul sobre su cabeza y respiró el aire limpio y tibio. Luego se giró para capturar la hermosa vista de las colinas y los valles de Canterbury que se extendían en todas direcciones más allá de la muralla. Finalmente la miró a ella, la chica que había arriesgado su propia vida para salvarlo. Para salvarlo a *él*.

A Indra se le inundaron los ojos. Edgard estaba a unos metros de ella y tras él, un pequeño ejército de ocho en fondo que abarrotaba la pasarela.

—Lo siento —dijo ella. Fue todo lo que se le ocurrió.

La bestia rugió y levantó a Indra con una de sus patas, presionando su cadera contra el caparazón. Edgard y sus hombres venían hacia ellos, pero la bestia se movió nuevamente con rapidez y huyó hacia una de las torres en las esquinas de la muralla. La escaló con gran agilidad, hasta quedar fuera del alcance de cualquier espada o pica. Un arquero cargó una flecha y estaba apuntando hacia ellos, pero Edgard empujó su arco a un lado.

—¡Idiota! Podrías herirla a ella. ¡Nada de flechas!

La bestia trepó hasta la parte superior de la torre y permaneció allí, a unos siete metros de la pasarela. Miró hacia las decenas de hombres armados que los esperaban abajo y apretó con más fuerza a la chica. Ella sintió aquella extremidad fuerte y musculosa cerrarse alrededor de su cintura, pero no se resistió ni intentó liberarse. Aunque pareciera imposible, jamás en su vida se sintió más segura.

Entonces la bestia se tiró de la torre —y con ella Indra— hacia fuera de la muralla.

Edgard corrió hacia el parapeto y observó cómo caían por el aire, dando vueltas pero sin separarse, cual si fueran una sola entidad.

Indra vio el mundo girar a su alrededor. Pensó en cerrar los ojos, no obstante se contuvo. Temía entrar en pánico pero no lo hizo. Si estos eran sus últimos momentos de vida, entonces moriría como siempre había querido vivir: sin miedo, sin rendirse y con su verdadera familia. Así que contempló el paisaje sin temor, a pesar de que el suelo se acercaba cada vez más y más. De pronto, el suelo se alejó. Ahora algo la llevaba hacia arriba. El horizonte estaba cada vez más bajo porque ella subía y subía más alto en el cielo.

Le era difícil mirar hacia arriba por el firme agarre de la bestia, pero consiguió girar su cuello lo suficiente para ver la envergadura de dos grandes alas que salían del lomo de la bestia, batiéndose tan rápido que eran sólo una mancha borrosa, como las de un colibrí. Indra se maravilló por el viento que le acariciaba la cara, por el espectáculo de su propia sombra pasando sobre las pequeñas aldeas y granjas, y por el horizonte más lejano que había visto jamás. Un solo pensamiento atravesó su mente: *Qué cosa tan increíble es volar.*

De pronto se dio cuenta de que algo estaba mal. El vuelo de la bestia se volvía inestable, el batir de sus alas errático y aquellos campos y granjas diminutos de allá abajo comenzaron a crecer con asombrosa velocidad. La bestia cayó en picada, apenas librando el techo de un granero desvencijado; a sólo un par de metros de altura soltó a Indra sobre un montón de tierra y luego se estrelló contra el suelo, dejando un surco tras de sí por donde siguió rodando, entre golpes y tumbos, para finalmente detenerse.

Indra se puso de pie y un dolor le aguijoneó su tobillo derecho. Estaba muy lastimada y tuvo que cojear penosamente para llegar hasta donde la bestia yacía inerte. La sacudió en un intento de hacerla volver en sí, pero no se movió. Cuando probó por segunda vez, sintió que el caparazón estaba tibio y en seguida se tornaba caliente. Ella se retiró y la bestia comenzó a brillar para luego incendiarse; flamas de un azul etéreo consumían su cuerpo entero y lo quemaban hasta las cenizas.

Todo sucedió muy rápido. En el momento en que las flamas se apagaron, sólo quedó una montaña hirviente de rescoldos alrededor del cuerpo desnudo de Wulfric, hecho un ovillo bajo aquella ceniza gris. Indra se acercó para tocarlo, pero las cenizas todavía ardían y tuvo que retirar su mano maldiciendo. Sabía que le llevaría tiempo sacarlo de allí, y aún más despertarlo.

Escuchó el estruendo de cascos de caballo a lo lejos. Se giró hacia la catedral, una miniatura en el horizonte, y avistó una figura solitaria cabalgando hacia ellos. El hombre estaba todavía muy lejos como para saber de quién se trataba, pero no había forma de confundir el caballo que montaba. Aquel brillante corcel blanco era el único de su tipo en Canterbury y le pertenecía a Edgard.

No, no, no…

Indra no tenía espada ni ningún otro tipo de arma, ni un caballo para huir, ni siquiera dos buenas piernas para correr. Y además su padre estaba inconsciente y vulnerable. Aun si ella tuviera los medios para escapar, jamás lo abandonaría. Se puso de pie frente a Wulfric; Edgard seguía acercándose. El galope de su caballo retumbaba bajo los pies de Indra.

A unos metros, Edgard jaló las riendas del animal y desmontó antes de que este se detuviera por completo. Marchó hacia Indra con la espada desenvainada.

—Niña, muévete a un lado. No estoy de humor.

Ella permaneció firme en su lugar.

—No voy a dejar que lo toques.

Él hizo una pausa para respirar profundamente. Indra reconoció la calma antes de la tormenta: esa expresión que se apoderaba de su rostro justo antes de las palizas que le propinaba cuando era más niña, antes de que ella aprendiera a defenderse.

—Ya se me acabó la paciencia contigo —dijo con un tono plano y carente de emoción—. Vas a venir conmigo. Tú y él vendrán conmigo. ¿O piensas pelear, herida y desarmada como estás?

—Pienso pelear contigo —dijo ella—. Herida y desarmada. Vamos a ver quién mata a quién. Pero no regresaré contigo. Ni ahora ni nunca.

Edgard sacudió su cabeza tristemente y se acercó a ella.

—Qué pena.

Indra había aprendido a luchar con fluidez y gracia, pero ahora no tenía la habilidad ni la energía. Su tobillo no le permitía moverse tan bien como lo necesitaría si comenzaban a intercambiar golpes; su única oportunidad era tomar a Edgard por sorpresa y acabar rápidamente con él. Esperó a que se aproximara lo suficiente y se aventó, cabeza por delante, clavando el hombro en su pecho. Ambos fueron a dar al suelo.

Antes de que Edgard pudiera recuperarse, ella ya estaba sobre él: sus puños llovieron sobre la cara del hombre, rompiéndole la nariz y abriéndole los labios. Aunque Indra estaba furiosa e implacable, él pudo romper el ataque tomándola por la muñeca con una mano y golpeándola con la otra. Le dio con fuerza en la quijada y se la quitó de encima.

Mientras ella se arrastraba sobre el suelo, atontada, Edgard se puso de pie y recuperó su espada. Caminó hasta donde ella luchaba por pararse y preparó el arma para atacar. Estaba a punto de bajar la espada sobre Indra cuando algo descendió en picada y golpeó su cara, rasguñándolo y desgarrando su piel. Se fue de espaldas, presa de un pánico desesperado. Desde su lugar en el suelo, Indra vio a Edgard peleando contra el ave con su mano libre, para luego soltar el arma y usar ambas manos para protegerse. Ella logró finalmente ponerse de pie y fue cojeando a recoger la espada.

—Venator, a mí.

Sólo entonces el halcón suspendió el ataque y voló hasta el hombro de Indra.

Edgard todavía se cubría la cara con ambas manos, pero era evidente que había perdido un ojo; en su lugar había solamente un hueco lleno de sangre. Se incorporó hasta quedar sobre sus rodillas y vio a Indra de pie frente a él, con la espada en la mano. Escupió un diente ensangrentado y la miró con desprecio.

—Lo único que siempre quise fue ser un padre para ti, Indra —dijo débilmente, con el labio roto e inflamado—. Y este es mi pago. Una hija que no es más que una perra irrespetuosa, desobediente y detestable. ¡Cómo me arrepiento de haberte encontrado aquel día!

Ella reflexionó sobre lo que acababa de escuchar. Pensó en lo fácil que sería despegar esa cabeza odiosa de aquel cuerpo en un segundo. Un golpe limpio, y listo. Levantó la espada y, al girar los hombros, alcanzó a ver a Wulfric, tendido sobre las cenizas tras ella.

—Tienes razón en casi todo —le dijo a Edgard, rotando la espada en su mano un cuarto de vuelta—, excepto en una cosa.

Golpeó la cara de Edgard con la parte plana de la hoja. Lo miró desplomarse de lado sobre el suelo, inconsciente. Luego dejó caer la espada junto a su cuerpo.

—Mi nombre es Beatrice.

A la distancia venían más soldados a caballo; aún no eran visibles, Indra sólo alcanzó a distinguir una nube de polvo en el horizonte. Cojeó hasta donde estaba Wulfric. A pesar de que las cenizas todavía no se enfriaban por completo, lo jaló y lo alejó de ellas, sin importarle el ardor de los rescoldos calientes quemando sus manos. Con dificultad, se echó el cuerpo de su padre sobre el hombro y lo llevó hasta el caballo de Edgard.

Era mucho más ligero que la bestia, pero de todas formas pesaba más de lo que ella podía cargar con dos piernas fuertes, y ahora sólo tenía una para apoyarse. Dos veces tropezó y cayó; dos veces se puso de pie y volvió a cargar a Wulfric. Finalmente pudo arrojar su cuerpo sobre el caballo. En ese momento vio a los soldados que se aproximaban cabalgando desde Canterbury. Estarían aquí en un minuto.

Indra subió a la montura y espoleó al caballo. Era famoso por ser el más rápido en Canterbury; aquellos que venían detrás no tenían ninguna oportunidad de alcanzarlos, incluso con la doble carga. *Al fin, una ventaja.* Apretó sus talones contra los costados del animal; a sus espaldas, la catedral se desdibujaba cada vez más lejos en la niebla, hasta que desapareció por completo de su vista.

Varios kilómetros y horas después, sentados juntos frente a un río susurrante, Wulfric aguantaba el dolor en silencio mientras Beatrice acomodaba su brazo en un cabestrillo que ella misma había confeccionado a partir de un pedazo de tela de su blusa. Estaba roto, pero no tan severamente como para que no pudiera sanar. Wulfric ostentaba una cicatriz nueva justo al lado de la marca con forma de escarabajo en su pecho. Era el recuerdo de la herida con la pica que la bestia había recibido esa mañana. Pero al igual que la otra, más abajo sobre su vientre, se había curado casi por completo antes de que él despertara. Temblaba; seguía desnudo salvo por la áspera cobija de la montura con que se había envuelto. El corcel blanco de Edgard holgazaneaba por allí, bebiendo del río. Venator vigilaba la escena desde una rama.

—Necesitamos conseguirte ropa —dijo Beatrice, ajustando el cabestrillo. Wulfric asintió, pero algo más le preocupaba.

—¿Por qué no lo mataste?

Beatrice dirigió su mirada hacia el bosque, como buscando una respuesta.

—Lo pensé. Realmente quería hacerlo. Pero también recordé lo que tú habías dicho sobre la culpa que arrastraste durante todos estos años por los hombres que habías matado. Decidí que no quería su muerte sobre mi conciencia.

Él la miró de una manera extraña que ella no pudo interpretar.

—¿Hice mal?

—No —dijo Wulfric, orgulloso—. Hiciste lo correcto.

Ella no estaba tan segura.

—Quizás hubiera sido mejor si lo hubiera matado. Ahora vendrá tras de nosotros.

Wulfric se puso de pie, arropándose con la cobija.

—Una razón más para alejarnos lo más posible de él.

—¿Adónde iremos?

Él lo consideró y no pudo encontrar una respuesta. Había pasado tantos años de su vida como un nómada, sin un destino en mente, viviendo sin propósito alguno, yendo de un lugar a otro, que nunca se le ocurrió pensar en un mañana. Y ahora... ahora tenía un propósito y un mañana en que pensar.

—¿Tú qué opinas? —le preguntó a ella.

Pensativa, miró a su alrededor.

—He escuchado que las montañas al norte son realmente hermosas.

Wulfric sonrió.

—Yo también.

Ella se dirigió a la orilla del río para tomar las riendas del caballo; se movía con mucho cuidado sobre el terreno irregular, pues su tobillo aún le dolía. Tenía las manos cubiertas con tela, también extraída de su blusa, para cubrir las quemaduras que se hizo al sacar a Wulfric de su nido de cenizas.

—Gracias —dijo él—. Por salvarme.

Ella lo miró con ternura.

—Si hablamos de salvar, entonces creo que estamos a mano.

Revisó la montura del caballo y miró hacia el cielo.

—Se hará de noche pronto. Tú... quiero decir, ¿crees que...?

—Tendremos que esperar para saberlo —respondió Wulfric—. Cuthbert me enseñó a contener a la bestia y parece que hasta ahora ha funcionado bien, pero sigo aprendiendo. Cada noche será una nueva prueba. Pero de algo puedo estar seguro: si vuelve, no te hará daño.

Venator emprendió el vuelo cuando Wulfric subió a la montura, para luego inclinarse y ayudar a su hija a trepar.

Una pregunta seguía intrigándola.

—¿Cómo supiste que podías volar?

—No lo sabía —dijo él—. Dios trabaja de manera misteriosa.

Y cabalgaron.

Epílogo

Wulfric estaba a punto de terminar la carta. Se había tomado su tiempo, ya que era la única que pensaba mandar y quería estar seguro de que incluyera todo lo que necesitaba ser dicho. Se frotó la barbilla mientras la leía nuevamente. Su cara se sentía extraña desde que se rasuró toda la barba, pero Beatrice le había asegurado que se veía mucho mejor así.

Cuando se sintió lo suficientemente satisfecho con la carta, agregó sus iniciales. No era ningún literato, pero había logrado transmitir lo que deseaba.

Edgard:

Sé que quieres a Beatrice a tu manera, así que me gustaría que supieras que se encuentra bien y a salvo conmigo. La bestia no supone ningún peligro para ella. En estos últimos meses he aprendido a dominarla; puedo invocarla si así lo quiero y cuando aparece puedo controlar lo que hace. Quédate seguro de que jamás le haría daño a Beatrice, sólo a los que intenten lastimarla.

Me enteré de que la Orden será disuelta por decreto real y que el tiempo que te queda antes de que la catedral sea devuelta a la Iglesia es muy corto. Te deseo lo mejor en cualquier camino que decidas tomar, pero quisiera decirte algo: no sería prudente que nos buscaras. Beatrice no desea verte. Por esa razón hemos tenido que ser cuidadosos para asegurarnos de que nunca nos encuentres. Por lo mismo, también, me queda más que claro que te arrepentirías profundamente si

355

decidieras buscarnos. A decir verdad, tendrías que temerle más a ella que a mí o a la bestia.

Sé también que Cuthbert ha dejado de servirte y se ha forjado su propia vida. De vez en cuando nos deja saber que está bien. Si alguna vez dejamos de tener comunicación con él, si algo le pasa, no tendrás necesidad de buscarnos. Nosotros te encontraremos.

Mi hija y yo estamos muy felices, los dos, por primera vez en muchos años. Déjanos ser y las cosas estarán bien para todos.

W.

—Venator, a mí.

El halcón voló hasta él desde su percha afuera de la humilde cabaña. Wulfric dobló el papel, lo metió en el aro de cobre alrededor del tobillo del ave y la hizo volar. Desde la roca donde estaba sentado contempló a Venator elevarse sobre el lago y dirigirse hacia las montañas hasta que se perdió de vista, como si la niebla se lo hubiera tragado.

Wulfric regresó a la cabaña. No era la gran cosa, pero viéndolo bien, no necesitaba mucho más. ¿Qué más quiero si la tengo a ella?, pensó mirando a su hija, que labraba la tierra preparándola para sembrar un nuevo cultivo. Exactamente como él se lo había enseñado.

Era una aprendiz muy espabilada y ya era la mejor ayudante de campo, justo como Wulfric lo fue cuando su padre le enseñó. Ella le sonrió al ver que se aproximaba. Se parecía tanto a su madre. Clavó la pala en la tierra para que se sostuviera sola y se limpió la frente, contenta de tener un rato de descanso.

—Vi que Venator se fue —dijo ella—. ¿Entonces sí lo hiciste?

Él asintió, contemplando la tierra recién labrada.

—Tienes talento para la agricultura. Eres tan buena con esa pala como lo eras con la espada.

Ella la sacó de la tierra y la sopesó.

—Esta no es tan útil en una batalla —dijo jugando.

—No —repuso Wulfric—. Pero una espada nunca le ha dado de comer a nadie.

Ella metió la pala en la tierra nuevamente.

—¿Qué vamos a plantar?

—Zanahorias. Para cuando llegue el otoño, todo esto estará lleno de zanahorias. Sólo espera y verás. —Metió la mano en el bolsillo de su abrigo—. Mira, tengo algo para ti. —Sacó un cordón de cuero del cual colgaba un simple pendiente de peltre con una gema roja y brillante—. Vi esto en el mercado cuando fui a comprar el papel —dijo levantándolo para que lo viera mejor. Después de titubear por un instante, ella lo tomó y lo examinó en su mano, mirando cómo la gema capturaba la luz del sol.

—¿Qué tipo de piedra es? —preguntó.

—Es un rubí —contestó Wulfric—. El mercader dijo que también es conocido como carbunclo. Recuerdo que una vez te llamé así. En ese tiempo no sabía qué cosa tan bonita era un carbunclo.

Ella parpadeó para evitar que se le salieran las lágrimas.

—Lo siento. No sé qué decir. Nunca en mi vida me habían dado algo como esto.

—Nunca en mi vida me habían dado algo como tú —dijo Wulfric sonriendo—. Así que también en eso estamos a mano.

Un escarabajo salió lentamente de la tierra suelta y trepó por el mango de la pala. Beatrice lo vio y lo dejó subir a su mano para que ambos pudieran observarlo.

—¿Y este qué es? —Trataba de sacarle a Wulfric todo el conocimiento sobre bichos y escarabajos desde que supo que él a su vez lo había aprendido de su padre. Pero no lo había conseguido aún.

—Es un escarabajo pelotero común y corriente —respondió Wulfric—. También se le llama estercolero.

Vio cómo se le iluminaba la cara a su hija con el simple placer que le proporcionaba saber más. Aquello le trajo una felicidad que no había sentido desde que la sostuvo recién nacida entre sus brazos. No sabía cómo ser el padre de una hija. Pero aprendería. Por ahora, estar con ella era suficiente.

Soy un padre. Tengo una hija.

Sí, eso era más que suficiente.

MIEMBROS HONORARIOS DE LA ORDEN

Abominable no hubiera sido posible sin el apoyo de los individuos abajo nombrados, quienes me patrocinaron a través de *Inkshares*. Por lo anterior, los declaro miembros honorarios de la Orden. *¡Contra Omnia Monstra!*

Adam Gomolin
Alan Hinchcliffe
Austin Wintory
Brian Kirchhoff
Danny Hertz
Emma Mann-Meginniss
Genevieve Waldman
Geoffrey Bernstein
Howard Sanders
Jay Wilbur
Jeff Harjo
Ken Fabrizio
Kevin Becker
Kiki Wolfkill
Laurie Johnson
Linda Wells
Logan Decker
Mace Mamlok

Meggan Scavio
Mekka Okereke
Michael Pachter
Michael Sawyer
Michael Selis
Patrik Stedt
Peter «KmanSweden» Koskimäki
Piotr Jegier
Ray L. Cox
Robbie D. Meadows
Ronald Tang
Samuel Parrott
Simon Kirrane
Steve Lin
Thomas Grinnell
Timothy E. Thomas
Tony Dillon
Tricia Gray